HEYNE HARDCORE

SOPHIE ANDRESKY

VÖGELWILD

Erotischer Roman

WILHELM HEYNE VERLAG
MÜNCHEN

Sollte diese Publikation Links auf Webseiten Dritter enthalten, so übernehmen wir für deren Inhalte keine Haftung, da wir uns diese nicht zu eigen machen, sondern lediglich auf deren Stand zum Zeitpunkt der Erstveröffentlichung verweisen.

Unter www.heyne-hardcore.de finden Sie das komplette Hardcore-Programm, den monatlichen Newsletter sowie alles rund um das Hardcore-Universum.

@heyne.hardcore

MIX
Papier aus verantwortungsvollen Quellen
FSC® C014496
FSC www.fsc.org

Penguin Random House Verlagsgruppe FSC® N001967

Originalausgabe 04/2022

in der Penguin Random House Verlagsgruppe GmbH,
Neumarkter Straße 28, 81673 München
Redaktion: Carolin Müller
Umschlaggestaltung und -motiv:
Johannes Wiebel | punchdesign, München,
unter Verwendung eines Motiv von AdobeStock / sakkmesterke
Satz: Schaber Datentechnik, Austria
Druck und Bindung: GGP Media GmbH, Pößneck
Printed in Germany

ISBN: 978-3-453-67737-1

»Wenn du tust, was du immer getan hast, wirst du kriegen, was du immer gekriegt hast.«

Barkeeper in *Falling Water*, Staffel 2

»Ein Buch soll kein Spiegel sein – es soll eine Tür sein!«

Fran Lebowitz

»Die Lösung vieler Probleme liegt sehr oft auf dem Grund eines halb aufgetauten Käsekuchens.«

Gemma in *Vögelfrei*, S. 139

In Liebe für Marcus.
Wie immer. Für immer.
Diesmal noch mehr als sonst.

KAPITEL 1

Ich bin frei!

Einen Moment lang fühle ich mich schwindlig, als mir bewusst wird, wie frei. Mein Studium habe ich unterbrochen. Und Sven verlassen. Endlich, meine Güte, das hat gedauert, bis ich mich dazu durchringen konnte. Aber jetzt fühlt es sich an, als hätte ich ein viel zu enges Korsett gesprengt, und all meine Wünsche und Gedanken, die ich vor Sven und ehrlich gesagt auch vor mir selbst versteckt habe, quellen hervor und prickeln auf meiner Haut und in meinem Kopf, als würde darin eine große Badebombe blubbern.

Dazu diese Heidi-Landschaft, die Alpen!

Ich halte mich am Griff des heruntergeschobenen Zugfensters fest und fühle, wie das Schaukeln der altmodischen Bahn, ihr Rattern und Schlingern durch meinen Körper geht. Wieder eine Kurve. Ich schließe die Augen und strecke den Kopf aus dem Fenster, der Fahrtwind greift nach meinen langen schwarzen Haaren. Er pustet alles weg, die bleierne Schwere, die tausend Kleinigkeiten, die mich jahrelang runtergezogen, meine Gedanken verklebt und verhindert haben, dass ich vom Fleck komme. Sven und seine Vorstellungen davon, wie ich zu sein und was ich zu fühlen habe, wie ich mich verhalten soll. Sven mit seinen Schubladen, in die er mich gestopft hat wie ein Knäuel Klamotten, bis es darin so eng wurde, dass ich kaum noch atmen konnte. Und ich fand das sogar gut, weil ich die Enge für Geborgenheit und die Fremdbestimmung für Sorge gehalten habe.

Jetzt und hier ist mein früheres Leben so weit weg wie Berlin, in dem ich aufgewachsen bin und das ich noch nie wirklich verlassen habe, abgesehen von ein paar belanglosen Pauschalurlauben. Ich stehe in diesem ruckelnden Regionalzug, dessen Räder bei jeder Weiche so hart anstoßen, dass es sich in meinem Bauch anfühlt, als wollte der Waggon abheben. Soll er ruhig. Mir ist das recht. Mir ist überhaupt jedes Abenteuer recht, volles Risiko. Ich will alles und noch mehr. Diese grenzenlose Freiheit schickt einen Hitzeschauer durch meinen ganzen Körper bis in die Fingerspitzen, bis zu den Haarwurzeln, bis zwischen meine Beine. Einen Moment lang wünsche ich mir, ich könnte auf der Stelle in diesem kleinen Abteil mit dem abgenutzten, dunkelroten Plüschsamt einfach meine Klamotten ausziehen, sodass der Wind mich überall berührt. Soll der Schaffner doch reinkommen. Sollen mich doch die wenigen anderen Fahrgäste anstarren, wie ich nackt am

Fenster stehe, schaumgeboren vor Möglichkeiten. Ist mir egal. Lang genug habe ich mich versteckt. Ich lache laut gegen das Rattern des Zuges an, entfesselt. Von mir aus verhaftet mich wegen Erregung öffentlichen Ärgernisses. Dabei weiß ich gar nicht, wie die Gesetze hier sind, vielleicht darf man nackt Zug fahren in Österreich, oder haben wir schon Südtirol erreicht, keine Ahnung.

Ich bin nicht nur frei, ich bin wie ausgehungert. Es kommt mir so vor, als hätte ich eine strenge, freudlose Diät hinter mir, und jetzt brechen alle Dämme, und ich darf endlich wieder genießen. Wieso sollte ich auf irgendetwas verzichten oder mich festlegen? Ich will alles probieren, alles erleben, das brave Mädchen war gestern, ab heute bin ich wild – vögelwild. Ab sofort wird die ganze Welt meine Spielwiese sein. Ich kann nicht widerstehen, alles in mir will feiern, noch mehr spüren, überschäumen.

Also knöpfe ich meine Bluse auf, ziehe sie aus dem Jeansbund und hebe meine Brüste aus dem BH. *»Wou-wohu hohe Berge«,* singt der alte Schlager in meinem Kopf. Ich streichle über meine harten Nippel, die im kühlen Zugwind hart geworden sind wie Brombeeren. *»Wou-wohu Gipfelstürmer in Trachtenjacke und mit Wanderstab.«* Ja, ein Stab wäre nett jetzt. Leider liegt der einzige Vibrator, den ich dabeihabe, ganz unten im großen Koffer. Und beim Stab des Schaffners muss ich eher an *Lebt denn der alte Holzmichel noch* denken.

Aber selbst ist die Frau: Ich bleibe gegen das Fenster gelehnt stehen, falls draußen auf dem Gang jemand vorbeikommt, man braucht ja nicht direkt mitzukriegen, wie sehr mich diese Reise, dieser Aufbruch in ein neues Leben, erregt.

Ich öffne den Knopf und den Reißverschluss meiner Jeans und streiche mir über den Bauch, betaste kurz meinen Nabel, eine ganz empfindliche Stelle, an die ich Liebhaber nur ranlassen würde, wenn ich sie sehr gut kenne. Dann gleitet meine Hand tiefer, die Fingerspitzen schlüpfen unter den Saum meines Slips, dehnen ihn etwas, noch tiefer, bis sie das kurz geschnittene Schamhaar berühren. Ich stelle meine Füße weiter auseinander, presse meine Hand gegen meinen Venushügel, und wie von selbst flutscht der Mittelfinger zwischen die Mösenlippen. Ich bin schon so feucht, dass es mich überrascht. Das ständige Brummen und Beben des Waggons, als würde man auf einem rodeogroßen Vibrator sitzen, haben mich offensichtlich heißgemacht. Ich muss kaum etwas tun. Mein Finger rutscht über meinen Kitzler, und mit jeder Bewegung, die von den Schienen und den Rädern direkt in meinen Unterleib fährt, breiten sich die Feuchtigkeit und die Hitze zwischen meinen Beinen mehr aus. Ich beuge meinen Oberkörper vor, sodass sich die Brustspitzen gegen das kalte Glas pressen, mein ganzer Körper wacht auf nach einem langen, bleiernen Schlaf. Ich hatte ja keine Ahnung, wie viel Energie man zwischen den Brüsten oder auf den Oberschenkeln fühlen kann. Selbst meine Kniekehlen glühen. Ich verstärke den Druck auf meine Möse, presse mich gegen meine Hand, reibe mich daran und versuche, den Mittelfinger, so weit es geht, in meinen Möseneingang vordringen zu lassen. Eine harte Kurve lässt mich schlingern, ich halte mich erschrocken mit der freien Hand am Fenstergriff fest, mein Körper wird hin und her geworfen, ich verliere die Kontrolle, muss mich ausbalancieren, damit ich nicht auf das rote Samtpolster falle – und genau bei dieser plötzlichen Seitwärtsbewegung geschieht es: Ich komme, die Lust explodiert tief innen, verbindet den Nabel, meinen Finger, der halb in meiner Möse steckt, und den Kitzler, der mir unter diesem Feuerwerk viel größer vorkommt. Selbst mein Poloch zieht sich zuckend zusammen, ich kann gerade noch gierig einatmen, da wird mein Hals auch schon eng. Es dauert nur wenige Sekunden, aber es fühlt sich an, als wäre mein ganzer Körper in seine Atome zerlegt und wieder zusammengesetzt worden.

Ich atme einige Male tief durch, um mich zu berappeln, ziehe die Hand zwischen meinen Beinen hervor, rieche an den Fingern den salzigen Geruch meiner Möse und ordne meine Kleidung.

Ich fühle mich schläfrig, am liebsten würde ich mich auf den Plüschsamt sinken lassen und eine Weile die Augen schließen, aber das wäre Verschwendung, denn draußen wird die Landschaft immer spektakulärer, wir fahren durch die reinste Heimatfilm-Kulisse.

Die Alpen. Ich kenne unzählige Insta-Fotos, auf denen durchtrainierte Frauen in Felsspalten Yoga machen, in grünen Bergbächen baden oder vor Almhütten Smoothies trinken. Ab heute Abend bin ich eine von ihnen, aber ich werde mir sicher nicht irgendeinen malerischen Wasserfall suchen, um dann bescheuertes Zeug wie *#dankbar* zu posten. Ich fand immer schon, dass Insta etwas ist für Menschen mit zu viel Zeit und zu wenig eigenem Leben. Ich will nicht fotografieren, sondern fühlen, und ich bin schon ganz hibbelig, wenn ich nur daran denke, was mich erwartet.

Das topmoderne Chalet von Nikola und Sergej liegt auf gut zweitausend Meter Höhe. Ich habe Bilder davon gesehen und mich gewundert, weil ich bis dahin immer dachte, in Südtirol gebe es nur traditionelle Häuser mit Holzbalkonen und Geranien. Der Bau ist ein Architektentraum aus Glas und Sichtbeton, schräg in den Berg gesetzt, mit riesigen Fensterfronten und Solarmodulen. Die zum Chalet gehörende Kunstgalerie liegt unterirdisch. Wenn man vor dem Chalet steht, erkennt man nur einen grasbewachsenen Hügel mit eingelassenen Oberlichten, das ist das Dach. Geld spielt für die beiden offenbar keine Rolle. Nicht nur beim Haus, sondern – lucky me – auch bei der Bezahlung ihres Personals.

Ich hatte so lange darüber nachgedacht wegzugehen, weg aus Berlin, weg von der Uni, weg von Sven, weg von der kleingeistigen Spießerin, zu der ich geworden war, und plötzlich passierte alles ganz schnell. Wild entschlossen rief ich Marei an, meine berühmt-berüchtigte Tante. Sven hat ihren Namen in Anführungszeichen gesprochen, und zwar immer, wenn ich irgendetwas in seinen Augen Ungehöriges gesagt, gedacht oder getan habe. »Das hätte jetzt auch von deiner Marei kommen können«, meinte er dann, oder: »Da hör ich deine Hippietante Marei.«

Dabei ist Marei alles andere als ein Hippie – obwohl ich auch das cool fände, weil eigentlich alles cool ist, was sie macht. Sie zieht ihr Ding durch, und es kümmert sie nicht, was andere davon halten. Sie liebt Männer. Und Frauen. Oder beides. Nacheinander und gleichzeitig. Ich wusste, dass sie mich unterstützen würde. Und das tat sie auch. Ich habe am Telefon nur gesagt: »Ich bin so weit. Ich muss hier weg.«

Sie hat nicht gefragt, ob ich das alles nicht lieber noch mal überdenken will. Sie würde nie meine größeren Gefühle oder Entschlüsse hinterfragen. Wenn ich etwas sage, nimmt sie das ernst, anders als Sven, der mir gern in endlosen Monologen erklärte, wieso ich nur meinte, etwas zu wollen oder zu finden, ich aber doch eigentlich ganz anderer Meinung sei, nämlich seiner. Damit ist er lange durchgekommen. »Er kennt mich besser als ich mich selbst«, habe ich zu meinen Freundinnen gesagt. Das ist mir jetzt peinlich, denn wahr ist wohl: Er kannte mich überhaupt nicht und hatte auch kein Interesse daran herauszufinden, wer ich wirklich bin. Er wollte, dass wir unser Boy-Girl-Ding, das wir in der Mittelstufe angefangen hatten, nahtlos weiterführten bis zu einer Reihenhaus-Jägerzaun-Idylle. Oder wie ich es eher bezeichnen würde: bis zu einem Zwangsjacken-Gehirnwäsche-Kollaps. Aber ich bin keine Höhlenfrau, die mit Beerensammeln zufrieden ist, sondern eine Jägerin. Ich will die Nacht und den Herzschlag und den Rausch. Tief in mir wusste ich das immer, aber meine Freundinnen waren sich alle so einig, die Sache mit Sven müsse etwas Großes sein.

Marei dagegen verstand sofort, was ich wollte. Am gleichen Abend rief sie zurück und erzählte mir von Nikola und Sergej. Dass sie die beiden auf einer Reise in der Toskana kennengelernt habe und sie dort mit ihrer alten Freundin Gemma unterwegs gewesen seien.

Gemma. Da klingelten bei mir alle Alarmglocken, denn über Gemma erzählt Marei fast nie etwas – wenn aber doch, ist es immer geheimnisvoll und aufregend. Fotos habe ich von Gemma noch nie gesehen, und Marei behauptet, es gebe auch kein einziges. Sobald Marei Gemma-das-Phantom erwähnt, könnte man meinen, sie stehe kurz vor der Heiligsprechung, eine Mischung aus Wonder Woman und Kameliendame. Nikola und Sergej jedenfalls, die sie in Gemmas Begleitung getroffen hatte, seien schwerreiche Galeristen in Südtirol, und sie suchten eine Art Personal Trainer oder Mädchen für alles.

»Sie haben schon eine Hausangestellte, einen Privatsekretär und einen Koch, du musst also keine Böden wischen, Akten ablegen oder Gemüse schnippeln.« Ich hatte neben meinem Studium der Kunstgeschichte Zumba- und Yogastunden in einem Fitnessstudio gegeben und fragte mich, ob das als Qualifikation reichen würde, aber Marei ließ meine Zweifel nicht gelten, also schickte ich eine Bewerbung – und war innerhalb einer Woche engagiert.

Ich konnte mein Glück kaum fassen.

Wohnen würde ich oben am Berg in diesem Traumhaus mit Pool und Koch, zu einem fürstlichen Honorar. Da Nikola und Sergej das Ganze auf ein Jahr begrenzt hatten, weil sie wohl wieder nach Sankt Petersburg zurückgehen wollten, passte es mir perfekt. Ein Jahr Auszeit, genau das, was ich brauchte, um mich zu sortieren und meine neu gewonnene Freiheit zu genießen. »Ich will mal ein Jahr keinen Stress!«, sagte ich zu Marei. »Keine Liebesverwicklungen, keine emotionalen Achterbahnfahrten. Sex allerdings gern. Und gern viel. Aber nur Sex!«

Marei lachte.

»Loulou, es ist nie nur Sex. Und wie ich dich kenne, hältst du das Rumspielen nicht lang durch. Da brauche ich keine Kristallkugel. Du verliebst dich wieder. Unsterblich und bis in die Knochen. Du kannst nicht nur Sex. So bist du eben. Und das ist ja auch schön so.«

Ich war ein bisschen beleidigt, als sie das sagte. Als wäre ich eine weltfremde Romantikerin, die direkt ihr Herz verschenkt, nur weil sie ein paar Orgasmen hatte. Marei wird schon sehen, wie viel Hetäre in mir steckt. Liebesstress kommt für mich nicht infrage, nicht in diesem Jahr, nicht mit mir. Ich will ein wildes Jahr. Auf der Alm, da gibts koa Sünd, also schau'n mer mal, wie es unterm Dirndl und in der Lederhose jodelt.

Eine Durchsage unterbricht meine Gedanken. Gries am Brenner. Von Berlin aus bin ich bis Innsbruck geflogen und habe dann den Bummelzug genommen. Bis Brixen dauert es noch etwa eine Stunde. Dort wird mich ein Fahrer abholen. Und die letzten zwanzig Minuten nehme ich eine Berggondel, verrückt: Zum Chalet hoch fährt eine Art Seilbahn, die noch aus der Zeit stammt, als dort oben ein Hof war und man damit Milchkannen rauf- und runtertransportierte. Man steht in großen Metallkörben, in denen nach wie vor auch Vorräte und Einkäufe befördert werden.

Außerdem gibt es natürlich eine normale Zufahrt, die habe ich auf den Fotos gesehen, aber sie wird wohl eher selten benutzt. Nichts soll oben die Ruhe der Berge und die Natur stören, keine Autos, keine Abgase. Sogar die Besucher der Ausstellungen müssen in den Korbgondeln hinaufschweben. Ich stelle es mir vor wie ein Zauberschloss.

Widerwillig schiebe ich das Abteilfenster hoch. Ich würde so gern die Landschaft draußen bewundern, aber ich sollte mich vorbereiten, immerhin haben meine Chefs mich noch nicht kennengelernt, und ich will nicht dumm dastehen und gar keine Ahnung von ihrem Geschäft haben. Ich habe mir einiges zusammengegoogelt und ausgedruckt. Die Galerie ist erst seit etwa einem Jahr dort oben und offenbar in der Kunstszene schon schwer angesagt. Besonders eine Ausstellungsreihe, die erst vor wenigen Monaten angefangen hat, wird immer wieder erwähnt. Ein unbekannter Künstler liefert in kurzen Abständen jeweils drei neue Gemälde. Niemand weiß, wer er ist oder wo er herkommt. Angeblich handelt es sich um einen Mann, so lautete ein bloßes Gerücht, dem aber nie widersprochen wurde. Die italienischen Zeitungen nennen ihn »La Nebbia«, den Nebel, weil er ganz urplötzlich aufgetaucht ist und seine Bilder so mysteriös sind. Eine Serie fand ich online und bekam direkt Gänsehaut: Diese Bilder sind ganz anders als das, was ich bisher in Ausstellungen gesehen habe. Sie sind klassisch, ja geradezu altmeisterlich gemalt, Öl auf Leinwand, und könnten auch aus dem sechzehnten Jahrhundert stammen.

Man sieht in der Dreierserie, die online zu finden ist, immer einen Ausschnitt aus einem dunklen Zimmer. Einmal mit einer brennenden Kerze, einmal mit einem umgeworfenen Hocker und einmal mit einer Türklinke, auf die ein Schlaglicht fällt. Hyperrealistisch. Keine Erklärung, keine Geschichte, keine Titel. Und trotzdem berühren mich diese Bilder auf eine merkwürdige

Art. Die Gegenstände scheinen zu schweben wie in einem Traum. Die Atmosphäre ist bedrohlich, ohne dass ich sagen könnte, warum.

Ich bin gespannt, was dahintersteckt, und den Kunstsammlern geht es offenbar genauso, denn innerhalb kürzester Zeit hat dieser Maler, den noch nie jemand interviewt oder getroffen hat, Höchstpreise erzielt. Er stellt nur bei Nikola und Sergej aus, und sie schweigen darüber, woher sie ihn kennen.

Jedes Bild wird teurer verkauft als das vorige, was mich wundert, denn modern sind diese Arbeiten nicht. Die Kritik überschlägt sich vor Begeisterung, obwohl es gegenständliche Bilder sonst schwer haben und schnell kitschig oder epigonal genannt werden. Ich lese von Neo-Manierismus, beseelten Stillleben, Seelenräumen oder psychotischen Nachtgeburten, die sich im Profanen des Gegenständlichen manifestieren. Während meines Studiums bin ich mit dieser Sorte Kunst noch nicht in Berührung gekommen, aber Bilder und Kritiken faszinieren mich gleichermaßen. Ich hoffe, Nikola will nicht nur mit mir durch die Berge joggen und an ihrer Dirndl-Figur arbeiten, sondern setzt mich auch in der Galerie ein.

Es sind allerdings nicht alle begeistert. So überschwänglich die großen Feuilletons schreiben, so sehr ätzen die alpenländischen Kunstblogs.

»Wieder nur drei Bilder, und das für sechs Euro Eintritt«, schreibt *Muse Moni.* »Die Ausstellung deprimiert mich«, findet *Coras World of Art*. »Alles so schwarz, kaum Farbe, eher Tupfer. Der Künstler hat offenbar durchgehend schlechte Laune beim Malen.« Und *Kunst-undKreatives* empört sich: »Die Bilder versteh ich nicht, ärgerlich, bei Kunst will ich nicht denken, sondern sie einfach schön finden.«

Eine scheppernde Zugdurchsage unterbricht meine Lektüre und kündigt Brixen an, ich bin endlich da. Aufgeregt sammle ich meine Sachen zusammen, den Rollkoffer, zwei Taschen und einen Schlapphut. In meinem Kopf fühlt es sich an, als hätte jemand eine Dose Alpenkräuterlimo geschüttelt und geöffnet, alles sprudelt und prickelt.

Ich balanciere mit beiden Taschen jeweils über einer Schulter die Metallstufen hinunter und wuchte schnaufend den großen Koffer aus dem Zug. Um mich herum lachen und schwatzen Familien, die Gesichter voller Vorfreude auf den Urlaub oder einen Ausflug. Frauen in tief dekolletierten Dirndln gehen mit schnellen Schritten zum Ausgang, die Augen fest auf ihre Handys gerichtet, und gönnen der atemberaubenden Berglandschaft keinen Blick. Wahrscheinlich sieht man die gar nicht mehr, wenn man hier aufwächst. Plötzlich springt ein Verschluss meines Koffers auf, er ist einfach zu voll. Ein Windstoß weht mir den Strohhut vom Kopf, ich erwische ihn gerade noch und stelle eine der Taschen auf die Krempe. Dann kümmere ich mich um die Kofferschnalle, es wäre ja zu blöd, wenn sich der ganze Inhalt über den Bahnsteig verteilen würde: Bikinis, Unterwäsche, meine Vibratoren, die ich für einsame Nächte eingepackt habe. Am besten noch vor die Füße meines Kollegen, der mich abholen soll.

Aber das Schloss meines Koffers rastet anstandslos wieder ein, und außerdem bin ich nicht verklemmt. Ich lass mich nicht so leicht einschüchtern, ich nehme alles, wie es kommt, und stehe meine Frau. Ich atme tief durch, schultere meine Taschen, setze mir den Hut wieder auf und ziehe den Koffer hinter mir her zum Ausgang. Der Sommer meines Lebens beginnt, hoffentlich wird er heiß und feucht.

Wo sind die feschen Jungs und Mädels? Ich bin bereit!

KAPITEL 2

Auf dem kleinen schmalen Bahnhofsplatz steht der von Nikola angekündigte weiße SUV mit getönten Scheiben. Zwei Männer erwarten mich, sie sehen sehr verschieden aus, sind aber beide auf ihre Art attraktiv. Das fängt schon mal gut an.

Der eine, mittelgroß und geschmeidig wie ein Panther, telefoniert über ein Headset in einer Sprache, die ich nicht verstehe und auch nicht einordnen kann. Er winkt mir zu und nickt kurz, dann wendet er sich ab und spricht weiter in diesen fremden, gutturalen Lauten. Ich nutze den Moment, in dem er nicht hersieht, um ihn mir genauer anzuschauen. Und das lohnt sich. Zuerst fallen mir seine ungewöhnlich hohen Wangenknochen auf und dann, als er sich umdreht und sich unsere Blicke treffen, seine grauen Augen. Kein verwaschenes Blau, sondern das tiefe, helle Grau einer dichten Schicht Eis. Sein Mund ist fast feminin geschwungen, die dunkelblonden Haare sind im Nacken ausrasiert und fallen ihm in einem dichten Pony ins Gesicht bis zur Nasenspitze. Er ist eher schmal und nicht übermäßig groß, aber er bewegt sich wie jemand, der Kampfsport oder Freeclimbing betreibt. Oder doch eher wie einer, der auf Pilates schwört und nur Avocado mit Haferflocken isst? Ich tippe darauf, dass dieser Mann mit dem schicken schwarzen Hemd und dem katzenhaften Gang Titus ist, der von Nikola erwähnte Privatsekretär. Und er hat es drauf, einen sehr wichtigen Eindruck zu machen. Manche Männer haben ja schon diese Superhelden-Ausstrahlung, wenn sie bloß die Kaffeemaschine anschalten. *Lassen Sie mich durch, ich bin Espresso-Man und werde die Menschheit vor Koffeinmangel beschützen.* Ob Titus so einer ist, weiß ich noch nicht. Jedenfalls lässt er sich bei seinem Telefonat von meiner Ankunft nicht stören, und obwohl ich seine Worte nicht verstehe, klingen sie so, als würde er ununterbrochen Anweisungen geben. Er hebt nicht einmal die Stimme, er bleibt immer gleich höflich und gelassen, doch ich könnte wetten, dass man ihm besser gehorcht, und zwar zack, zack.

Ich muss unbedingt früh herauskriegen, wie das innerhalb des Chalets funktioniert, wer wem etwas zu sagen hat. Ich kenne zwar alle Staffeln von *Haus am Eaton Place*, und auch in *Downton Abbey* bin ich sehr zu Hause, aber meine Eltern hatten nicht mal eine Putzkraft, Dienstmädchen habe ich höchstens im Porno gesehen, und die verstanden unter Bohnern und Staubwedeln etwas anderes als Großputz. Ein Haushalt mit richtigem Personalstab ist mir in etwa so fremd wie ein exotischer Stamm.

Der andere Mann verkörpert, obwohl auch er ein gutes Gesicht hat, das Gegenteil vom ersten, lehnt groß und massig an dem weißen SUV und ist eher der Bärchentyp. Sein Poloshirt spannt überm Bauch. Sein Bart ist strubbelig, als hätte er sich einige Tage nicht darum gekümmert, und er wirkt irgendwie verkatert – er könnte einen Schurken in einem Italowestern spielen. Ich finde diesen moppeligen, griesgrämigen Typ Mann ja irgendwie niedlich. Es muss nicht immer alles durchtrainiert und top sein. Nicht jeder ist ein Siamkater, auch mit Grumpy Cat wollte ich immer kuscheln.

Ich und mein Koffer haben gleich den SUV erreicht. *So, Louisa, wer soll nun dein Herzblatt sein?*, lispelt es in meinem Kopf wie in einer dieser altmodischen Datingshows, die sich Marei so gern reinzieht, wenn sie stoned ist und halb aufgetauten Käsekuchen direkt aus der Packung löffelt.

Ich sehe von einem zum anderen, als wäre ich Produzentin für Frauenpornos. In meinem Kopf entsteht sofort eine Casting-Szene: Ich sitze auf einem plüschigen Thron, lasse mir Champagner reichen und wedele mit der Hand, damit der Kandidat die Hüllen fallen lässt.

»Du willst also mein Star werden in ›Vier Schwänze für ein Halleluja‹? Hast du denn Referenzen, Kohabitationskompetenz, ärztliche Spritzatteste, irgendwelche Special Skills?«

Ich öffne die Beine und lege sie über die Thronarmstützen, dabei gleitet mir der schwarze Kimono von den Schultern.

»Na dann, improvisier doch mal, Brummbär. Du kannst meine Muschi anspielen. Das finstere Gesicht darf bleiben, viele unserer Zuschauerinnen stehen auf Bad Boys. Mach mich feucht.«

In der Wirklichkeit räuspert sich der große Bärtige unwillig und holt mich damit unsanft aus meiner Fantasie zurück auf den Brixener Bahnhofsplatz. Er verschränkt die Arme vor der Brust und macht keine Anstalten, mir mit meinem Gepäck zu helfen. Sehr zuvorkommend. Der Koch, der sauer ist, dass er die Neue abholen muss? Bestimmt stehe ich in der Hackordnung unter dem Kulinarienkünstler, keine Frage, aber als Bedienstete, die wir doch wohl beide sind, sollte man zusammenhalten.

»Hallo«, sage ich und versuche, verbindlich zu lächeln. »Ich bin Louisa, die neue Kollegin. Kannst du mir mal mit dem Koffer helfen?« Er zieht die Augenbraue hoch, zögert und geht dann provozierend langsam ums Auto herum, ohne sich auch nur einen Deut zu beeilen.

Ich warte ab. Der fette weiße SUV weckt bei mir negative Assoziationen.

Es war im Hotpants-Sommer etwa ein Jahr vor dem Abi. Die Mädels meiner Klasse nannten ihn so, weil wir alle winzige Jeans trugen, die kaum über die Pobacken gingen. Bei vielen waren die eingenähten Taschen länger als der ausgefranste Saum. Es gab einen Wettbewerb, wer die knappsten trug, und meine Freundin Wanda und ich waren ganz vorn dabei. Wir lachten, wenn uns die alten Männer auf der Straße hinterherstarrten und nicht wussten, ob sie geifern oder schimpfen sollten.

Wanda hatte damals einen Nebenjob, sie arbeitete vor dem Freibad im Kiosk, den ein Freund ihrer Eltern betrieb, und verkaufte dort Süßigkeiten und Zigaretten. Daneben parkte der Kioskbesitzer oft seinen weißen Mercedes-Geländewagen, der fast so groß und dick war wie der, vor dem ich jetzt stehe.

Auch er gaffte uns an, wie wir nur in den superkurzen Höschen und Bikinioberteilen vor dem Laden herumtänzelten und die ganze Zeit kicherten. Wir fanden es lustig, ihn zu ärgern, und taten so, als bemerkten wir ihn nicht. Dann schmiegten wir uns aneinander und fingen an, uns zu küssen und dann zu knutschen. Wir hatten viel Spaß in diesem Hotpants-Jahr rund ums Freibad, aber dann gerieten die Dinge außer Kontrolle.

Denn gegen Ende des Sommers fand ich mich plötzlich zu Hause im Wohnzimmer wieder, vor einem Tribunal aus zwei Polizistinnen und meinen Eltern, die verstört, enttäuscht und fassungslos dem Bericht der Ordnungshüterinnen lauschten, während meine Mutter mir eine ihrer kratzigen Wolljacken umlegte.

»Brandstiftung, Diebstahl eines Fahrzeugs, Fahren ohne Führerschein, das sind alles keine Lappalien«, zählte die eine Polizistin auf, und meine Eltern wurden mit jedem Wort grauer im Gesicht, bis sie dasaßen wie Brunnenfiguren, unbeweglich und versteinert.

Nur meine Tante Marei, die an dem Abend zu Besuch war, versuchte, mich zu verteidigen oder wenigstens aus mir herauszukriegen, warum ich das getan hatte. Denn es stimmte, ich hatte hinter dem Kiosk am Freibad den Abfallkorb angezündet, und den Mercedes des Kioskbesitzers hatte ich auch geklaut und war damit losgefahren, obwohl ich noch keinen Führerschein besaß. Schuldig im Sinne der Anklage. Ich nickte zu allem, was sie mir vorwarfen, und schwieg weiter hartnäckig.

Die Polizistinnen kündigten an, dass die Sache noch ein Nachspiel haben würde, schließlich sei ich ja schon fast volljährig. Dann verließen sie endlich die Wohnung.

Sobald sie weg waren, fing meine Mutter an, hektisch aufzuräumen, und mein Vater quetschte sich in seine Laufklamotten, um sich abzureagieren. Und nachdem meine Mutter noch gemurmelt hatte, ich solle mir endlich was Vernünftiges anziehen, sprachen beide kein Wort mehr mit mir.

Marei und ich blieben allein im Wohnzimmer.

»Loulou, du machst so was doch nicht einfach aus Jux und Tollerei«, sagte sie, denn sie war eigentlich immer auf meiner Seite. Und daraufhin rückte ich endlich mit der ganzen Geschichte heraus.

Nämlich dass der Kioskbesitzer meine Freundin Wanda an dem Tag gedrängt hatte, mit ihm auf seinen angeblichen Geburtstag anzustoßen, und sie dann so abgefüllt hatte, dass sie kaum noch stehen konnte. Als ich zufälligerweise dazukam, hatte er sich bereits die Hose aufgeknöpft und sie hinter dem Verkaufstresen eingezwängt.

Ich musste diesen schweren, großen Kerl irgendwie von ihr wegbekommen, und da fiel mir nichts Besseres ein, als den Abfalleimer draußen anzuzünden und »Es brennt!« zu rufen. Was auch klappte. Er rannte aus seinem Kiosk und suchte laut fluchend nach irgendetwas, um das Feuer zu löschen, während auch schon die Kartons neben dem Abfallkorb in Flammen aufgingen. Wanda lallte nur. Ich griff reflexartig nach den Autoschlüsseln, die offen herumlagen. Dann schleppte ich meine Freundin, so schnell es ging und solange der Ladenbesitzer noch mit Fluchen und Löschen beschäftigt war, zu seinem großen Mercedes-Geländewagen. Ich bereitete mich zwar erst auf die Führerscheinprüfung vor, aber wir mussten da weg, also setzte ich mich hinters Steuer und fuhr los. Dummerweise wurde während der Fahrt eine Polizeistreife auf uns aufmerksam, und dann ging alles sehr schnell. Noch während wir kontrolliert wurden, hatte der Ladenbesitzer bereits Anzeige erstattet. Wanda flehte mich in einem ihrer kurzen wacheren Momente an, bloß nichts zu sagen, weil ihr das alles unheimlich peinlich war und sie sich fragte, ob sie nicht doch mit ihm geflirtet oder sich zu knapp angezogen hatte.

»Und das war dein einziger Fehler heute.« Marei unterbrach mich und drehte mein Gesicht zu ihr.

»Dass du auch nur erwogen hast, sie könnte recht haben mit diesem Unsinn. Er hat sie abgefüllt, er hat sie angegriffen, er ist der Täter. Schlimm genug, wenn *sie* sich für sein Verhalten schämt, aber warum hast du ihr nicht sofort widersprochen? Hast du von mir denn gar nichts gelernt?«

Ich fing an zu weinen, sie zog mich in ihre Arme und versprach mir, dass alles gut werden würde. Und das wurde es, gewissermaßen. Denn Wandas Eltern riefen noch am selben Abend an, um sich bei mir zu bedanken und um Bescheid zu geben, dass der Kioskbesitzer auf ihren Druck hin die Anzeige zurückgenommen hatte. Sie hatten aus ihrer Tochter herausgekriegt, was hinter der Sache steckte, und erklärten es meinen Eltern.

Doch die entschuldigten sich nicht bei mir, sondern brummten mir einen Monat Hausarrest auf, und den Führerschein durfte ich zur Strafe auch nicht mehr machen. Später als Studentin hatte ich dann kein Geld dafür, mein Job als Zumba- und Yogalehrerin brachte nicht genug ein.

Außerdem baten meine Eltern Sven, mit dem ich zu der Zeit schon so halb zusammen war, auf mich »ein bisschen aufzupassen« und mich vor mir selbst »zu schützen«.

Und das tat er.

Bei jedem noch so kleinen Regelverstoß erinnerte er mich an diesen Abend, egal, ob ich im Kino auf bessere Plätze wechseln oder bei Rot über die Ampel gehen wollte. Und ich fügte mich.

Meine Eltern schwärmten von Svens positivem Einfluss. Marei nicht. »Junge Mädchen brauchen keinen Einfluss, sondern Freiraum«, sagte sie oft. Aber sie war ja meistens auf Reisen. So wie ich jetzt. Auf Reisen kann man sich neu erfinden, und Sven gehört endgültig der Vergangenheit an.

Das alles schießt mir durch den Kopf, während ich mir immer wieder sage, dass man die Situation nicht vergleichen kann. Es ist nur ein ähnlicher Wagen, es ist kein Omen! Ich werde hier den Sommer meines Lebens haben, und Spaß ohne Ende.

Also winke ich dem mürrisch aussehenden Fahrer und zeige auf die Heckklappe.

»Ich bin die Zumba-Mieze, keine Spiritistin, ich kann so was nicht mit bloßer Gedankenkraft öffnen.«

Täusche ich mich, oder verkneift sich der seriöse Sekretär gerade ein Grinsen?

Da gibt der Bärtige seinen Widerstand auf, drückt einen Knopf am Armaturenbrett, und der Kofferraumdeckel schwingt auf. Er kommt mit genervter Miene zum Heck und wuchtet meinen großen Koffer ins Auto.

»Das ist nett von dir, vielen Dank.«

Ich strahle ihn an und lege meine Taschen und den Hut obendrauf. Er erwidert mein Lächeln nicht, offenbar ist er einer von der reservierten Sorte.

Egal, den werde ich schon knacken. Vielleicht machen er und ich mal eine Extrarunde Zumba oder Hot Yoga? Ich habe ein paar rattenscharfe Sport-Outfits dabei. Es wäre doch gelacht, wenn ich diesen grantigen Yeti mit meinen Moves nicht in Schwung brächte.

Ich steige mit dem Sekretär hinten ein. Er tippt und wischt weiter ungerührt auf seinem Handy herum und beachtet mich nicht weiter. Marei kommentiert so ein unhöfliches Verhalten gern mit: »Der wurde wohl von Wölfen aufgezogen.« Zumindest zu seinen Augen würde es passen.

Der Motor startet, und wir fahren los durch die atemberaubende Landschaft. Jetzt fängt mein Abenteuer an, denke ich, als sich der schwere Wagen in die erste Serpentine legt.

Die Berge sind so hoch, dass oben auf den Gipfeln Schnee zu sehen ist. Die Bäche haben eine ganz eigentümliche grüne Farbe, wie gefärbtes Kristallglas. Wir fahren an einer verfallenen Burg vorbei. Der Bär hinterm Steuer ist ein Raser, mir wird fast schlecht, aber er hat die Strecke sicher schon tausendmal bewältigt und kennt jede Kurve. Auf den Hängen grasen Kühe, deren Glockengeläut bis ins Auto dringt.

Das ist aber auch das Einzige, was ich höre, denn niemand spricht mit mir, und der schöne Sekretär hat inzwischen ein Laptop auf seinen Knien aufgeklappt und tippt in beeindruckender Geschwindigkeit darauf herum. Er scheint wirklich wichtig zu sein, vielleicht beschützt er gerade die Welt vor dem Untergang – mindestens seinem Gesichtsausdruck nach zu urteilen – oder gleich das ganze Universum.

Ich taxiere ihn möglichst unauffällig von der Seite. Sein Pony verdeckt die Hälfte seines Gesichts. Aber auch so fällt der scharfe Schnitt seines Profils auf. Zugegebenermaßen ist er atemberaubend attraktiv, hoffentlich lässt er beim Sex gern das Licht an, alles andere wäre Verschwendung. Seine Haut: feinporig wie bei einer Frau. Ich wette, sie ist ganz weich, wenn man drüberstreicht.

Ob er und der Bärtige es schon mal miteinander gemacht haben? Ich kann einfach nicht anders, ich muss mir diese Frage zwanghaft stellen, zu jeder unpassenden Gelegenheit. Selbst wenn ich bloß einen vollen Fahrstuhl betrete, frage ich mich sofort, wer mit wem Sex gehabt haben könnte. Und zwei Männer miteinander – das ist schon irgendwie scharf. Ich habe eine Freundin, die in solchen Situationen immer überlegt, wer bei einer Zombie-Apokalypse wen fressen würde, da finde ich meine Sexbesessenheit doch wesentlich appetitlicher.

Der Sekretär bemerkt, dass ich ihn verstohlen mustere, und erwidert kurz meinen Blick. Seine gletschergrauen Augen haben einen dunklen Rand um die Iris, das verleiht ihm etwas Katzenhaftes. Also falls ich jemals so einen unsäglichen Gestaltwandler-Film drehe (*Brillenboy – Steuerberater bei Tag, Waschbär in der Nacht* oder *Kroko-UPS-Paketbote bekämpft als Aligatormann aus der Kanalisation heraus das Verbrechen*), dann müsste mein Hauptdarsteller solche Augen haben. Man kann darin versinken, mir wird ganz flau im Magen, und das kommt nicht von den Serpentinen, die der Zottelbär nimmt wie Kurven beim Super-G.

Der Sekretär wendet sich wieder seinem Bildschirm zu, offenbar bin ich nicht würdig, von ihm angesprochen zu werden. Okay, der ist schwer zu knacken. Vielleicht will er erobert werden? Oder er jagt lieber selbst? Das werde ich noch herausfinden.

Außerdem gibt es etwas, das er nicht von mir weiß: Ich sehe nämlich besser aus, je weniger ich anhabe. Voll bekleidet und mit hochgesteckten Haaren bin ich fast unscheinbar, da muss man schon genauer hinsehen, aber je mehr ich ausziehe, umso attraktiver werde ich. Das hat Sven auch nach Jahren immer wieder verblüfft. Vielleicht liegt es daran, dass ich mich nackt einfach wohlfühle. Und spätestens wenn Männer sehen, dass meine Schneewittchenhaare bis zur Hüfte gehen, sind die meisten doch sehr angetan. »Du bist ganz schön von dir selbst eingenommen«, hat Sven mich gern getadelt, als wäre er mein Erzieher und nicht mein Freund.

Marei sah das anders. Als mich die Pubertät beutelte und ich ununterbrochen an mir herummäkelte, schob sie mich in ihr Schlafzimmer, das bei ihr »Boudoir« hieß, zog sich aus und stellte sich nackt vor ihren großen Spiegel. Erst machte mich das schwer verlegen, obwohl wir schon oft zusammen in der Sauna gewesen waren.

»Guck her, Loulou«, sagte sie, »so sehen echte Frauen aus. Die Magazine zeigen nur zu Tode retuschierte Fantasiekörper. Ich meine richtige Frauen. Wir haben Dellen und kleine Fettpolster.«

Sie strich über ihre Hüften und schnippte sich in die Falte zwischen Arm und Brustansatz.

»Aber das macht nichts. Du solltest dich viel weniger darum kümmern, wie du aussiehst, sondern mehr um das, was du fühlst. Wie viel Lust dir dein Körper schenken kann, ist viel interessanter, als in welche Klamottengröße er passt.«

Und sie riet mir noch, möglichst viel zu masturbieren.

»Denn irgendwann liegst du mit einem Jungen im Bett, der keine Ahnung hat und der Reinstecken für Sex hält und glaubt, sein Beitrag sei damit erledigt. Und dann ist es sehr sinnvoll, wenn du ihm erklären kannst, wozu dieses mösige Wunderwerk der Schöpfung alles taugt.«

Sie stellte sich in die Pose, die Turnerinnen am Ende ihrer Kür einnehmen.

»Kannst du deinen Körper genießen, ist er auch schön, meine Loulou.«

Diese Lektion blieb bei mir hängen. Meine Brüste sind etwas zu groß für meine restliche Figur, Po habe ich wenig, dafür helle Streifen auf der Hüfte, und meine Nase hat eine fast griechische Kurve, aber das macht alles nichts. Denn dieser Körper schenkt mir verlässlich wunderbare, erdbebengleiche Orgasmen. Dafür danke ich ihm sehr. Und ich sehe an den Blicken der Männer, dass auch sie das offenbar unterbewusst spüren und zu schätzen wissen.

Ich schreibe schnell eine SMS an meine so vorbildliche sexpositive Tante, während der SUV an einer kleinen Herde Lamas – tatsächlich, Lamas – vorbeifährt.

– Huhu, Marei, bin fast da. Ein Jahr Spaß, no dramatic Herzschmerz, ick freu mir!

Marei antwortet umgehend.

– Lass es krachen, Loulou, aber wenn sich dein heißes Herz verliebt, dann sperr es nicht ein.

Na, die wortkargen Jungs hier bringen es jedenfalls nicht zum Brennen. Vielleicht wollen sie mich nur zappeln lassen, aber so schnell bin ich nicht einzuschüchtern. Auch als wir die letzte Kurve hinter uns haben, der

SUV auf einem Parkplatz abgestellt ist und wir ausgestiegen sind, sagen die beiden nichts.

Wir warten neben einem Holzhaus, von dem sich ein Drahtseil den Berg hinaufspannt. In Abständen von etwa dreißig Metern laufen Metallkörbe an Stangen unter dem Seil, sie erinnern mich an ein Fahrgeschäft auf der Kirmes oder an oben offene Hundezwinger. Als Fracht des nächsten Transportkorbes gleiten große leere Milchkannen und leere Obst- oder Gemüsekisten scheppernd und klappernd an uns vorbei und verschwinden in der Hütte, wo sie von zwei Männern aus dem Korb gehievt werden. Diese Gondel ist für uns.

Einer der Mitarbeiter, der ein zerfurchtes, sonnengegerbtes Gesicht hat, packt mich am Arm und schiebt mich auf ein kleines Podest. Dann, als der Korb genau vor mir steht, schubst er mich durch die Gittertür hinein, der Korb schwankt unter meinem Gewicht, ich stolpere etwas und halte mich am Rand fest. Hinter mir betritt der schöne Titus mit einem großen, geübten Schritt den Korb und schließt die Tür, die nur ein dünner rostiger Haken sichert. Der Bär folgt uns im nächsten mit griesgrämiger Miene und meinem Gepäck.

Dicht gedrängt stehen Titus und ich im schwankenden Seilbahnkorb, und wenn er unter einem Mast hindurchfährt, rattert die Halterung über eine Reihe von Rollen. Ich hoffe, diese Konstruktion ist zuverlässig und trägt uns beide, aber Titus hält sich nicht mal fest und geht nur leicht in die Knie, wenn unser Gefährt besonders wackelt. Ansonsten starrt er ungerührt auf sein Handy. Ich rieche sein Parfüm und kann es nicht einordnen, obwohl ich mich mit Herrendüften gut auskenne, weil es das Einzige war, das ich Sven schenken konnte. Ich habe mich also mehrfach im Jahr durch die Parfümerien geschnüffelt. So eins war nie dabei.

Titus gibt die Beschäftigung mit seinem Handy endlich auf, kümmert sich aber trotzdem nicht um mich. Er steht, von mir abgewandt, mit verschränkten Armen da und betrachtet die Landschaft, und ja, die ist sensationell. Dichter Tannenwald, zirpende Grillen, Felsbrocken, gewundene, von Tannennadeln übersäte Wege zwischen Riesenfarnen, kleine Bäche, sogar ein weghuschendes Murmeltier sehe ich. Die schöne Umgebung hier kennt er doch wohl längst bestens, mich dagegen nicht, ich bin neu hier und hätte schon ganz gern ein bisschen Interesse für meine Wenigkeit gespürt.

Oben angekommen, fahren wir in die Bergstation ein, die anders als die gepflegte Hütte im Tal eher wie eine Bushaltestelle aussieht, sie ist nur ein überdachter Verschlag aus verwittertem Holz mit einem Betonfundament und alten Stahlstreben. Mitarbeiter gibt es hier keine. Titus öffnet die Tür des Korbs, die hart gegen das Metallgestänge schlägt, dann springt er auf eine mit Kies bedeckte Plattform. Ich denke schon, er hat mich vergessen, weil er keine Anstalten macht, mir aus der Seilbahn herauszuhelfen. Ich erwarte ja nicht, dass er mich auf seinen Armen ins Chalet trägt, aber eine Hand reichen könnte er mir schon, ich hüpfe schließlich nicht jeden Tag aus einem noch fahrenden Milchkannenexpress. Noch während ich überlege, ob ich einfach springen soll, ist er zu einem Schalter an der Barackenwand gegangen und hat auf einen großen Knopf gedrückt. Ruckelnd kommt der Korb zum Stehen. Er stellt sich neben die offene Tür und hält mir die Hand hin, aber jetzt habe ich auch meinen Stolz und steige aus, ohne mir von ihm helfen zu lassen. Sofort startet er die Seilbahn neu. Ich wüsste zwar gern, wie sich seine Hand anfühlt, aber er soll mich nicht für eine Mimose halten.

Auch der Bär kann jetzt seinen Korb verlassen und wuchtet mein Gepäck heraus. Da stehen nun der Koffer und die Taschen, und niemand kümmert sich darum. Jungs, das mit dem Kavaliersein müssen wir noch üben. Der Bär marschiert davon, und Titus wirft den Lift wieder an, der sich quietschend in Bewegung setzt. Da auch ihm mein Gepäck egal ist, lasse ich es erst mal stehen und steige hinter ihm her den Kiesweg zum Chalet hoch.

Und das Haus ist der Hammer! Noch nie habe ich so etwas gesehen. Der schräg in die Erde gebaute, halb im Berg versenkte Kubus aus Sichtbeton und Glas ist noch eindrucksvoller als auf den Fotos. Apokalyptisch und wunderschön zugleich. Und merkwürdigerweise, obwohl er die romantische Bergwelt ringsherum bricht, wirkt er nicht störend. Das Gebäude ist einfach so extrem anders, dass es der Landschaft keine Konkurrenz macht. Ein gestrandetes Raumschiff mitten in einer Disney-Idylle. Ich habe Ehrfurcht vor dieser Architektur. Bisher war ich kein Fan von Brutalismus, aber jetzt bin ich begeistert.

Vor dem Haus steht ein Paar, das genauso modelmäßig aussieht wie auf den Fotos, die sie mir geschickt haben. Nikola hat lange weißblonde Haare und ist in ein Etuikleid und einen bunt bestickten Kaschmirschal gehüllt. Sie steht auf berggipfelhohen Absätzen, und natürlich haben die Schuhe eine rote Sohle, Louboutins, das erkenne ich sofort. Sergej könnte einer *Vogue*-Modestrecke entsprungen sein. Auch er trägt Bart, der aber im Gegensatz zum strubbeligen Bären genau ausrasiert ist. Nikola hält einen kleinen Eimer in der Hand und bearbeitet mit einer Bürste eine Skulptur, die direkt neben dem Eingang steht. Ein dunkel patinierter weiblicher Akt, dessen Brüste und Möse golden schimmern – wahrscheinlich weil jeder Besucher dort hingreift. Die Figur biegt sich zurück, bildet eine Yogabrücke, ein Chakrasana, wobei ihre Füße so weit auseinanderstehen, dass man unausweichlich in ihre geöffnete Spalte sieht, wenn man aufs Haus zugeht. Nikola taucht die Bürste in den kleinen

Eimer und schrubbt zwischen den Beinen der Skulptur herum.

Als sie mich bemerken, strahlen sie mich an und kommen mir entgegen. Endlich freut sich mal jemand angemessen, dass ich da bin.

»Moos in der Möse«, ist das Erste, was die Frau sagt.

Darauf fällt mir nichts Intelligentes ein, also sage ich einfach: »Guten Tag, ich bin die Louisa.«

Der Bär geht an ihnen vorbei, ohne zu grüßen. Vielleicht ist er ein Gott am Herd und darf sich deshalb dieses Benehmen seinen Arbeitgebern gegenüber erlauben. Vielleicht muss er auch einfach dringend zurück in die Küche. Der Hausherr ruft ihm nach: »Jari! Sei mal ein bisschen gastfreundlicher und begrüße unser neues Familienmitglied!«

Dann zuckt er die Achseln.

»Du musst meinen Bruder entschuldigen. Künstler! Hat nur seine Arbeit im Kopf. Wahrscheinlich denkt er gerade darüber nach, ob er die Keilrahmen noch heute oder erst morgen spannt. Wir hatten beim Frühstück eine Diskussion wegen seiner Leinwände. Immer diese Leinwände. Na egal, erst mal herzlich willkommen!«

Er küsst mich schwungvoll auf beide Wangen, mein Gesicht glüht. Es hat mich also nicht der Koch abgeholt, sondern der Bruder des Hausherrn, na toll, da hab ich ja direkt einen super Eindruck hinterlassen.

Auch Nikola stellt sich mir vor, lächelt von einem Ohr zum anderen und hält meine Hand lange in ihrer.

»Wir sind so froh, dass du da bist«, zwitschert sie und küsst mich. »Ehrlich, wir brauchen jemanden, der uns fit macht und der uns in der Galerie hilft. Jari ist unser Hausgenie, aber nicht alltagstauglich, wie du ja schon festgestellt hast.«

»Ich hab ihn einfach geduzt, weil ich ihn für den Koch gehalten habe«, stammle ich verlegen.

Sergej und Nikola lachen.

Sie hakt sich bei mir ein und führt mich zum Eingang.

»Na hoffentlich. Wir duzen uns hier alle. Ab morgen siehst du mich im Sportdress schwitzen, oder wir machen Nackt-Yoga zusammen, ich finde, Kleidung stört oft einfach, und da wären steife Umgangsformen fehl am Platz.«

Sergej holt meinen schweren Koffer von der Liftstation und trägt ihn so mühelos, als wäre nur Styropor darin. Unter seinem Seidenhemd zeichnen sich deutlich seine Muskeln ab, dieser Mann braucht mich definitiv nicht für seine Fitness.

Titus hat sich einfach in Luft aufgelöst, ich habe gar nicht bemerkt, wie er an uns vorbeigegangen ist.

»Du gehörst jetzt zur Familie«, sagt Sergej und lächelt mit seinen weißen Zähnen so strahlend, dass ich gar nicht wegsehen kann. Rund um seine dunklen Augen bildet sich dabei ein Netz aus Lachfältchen.

Nikola lacht und stellt das Putzeimerchen neben der Haustür ab.

»Und ich habe endlich weibliche Verstärkung. Wir brauchen hier dringend mehr Muschi-Mojo.«

Ich zucke innerlich leicht zusammen. Von so einer eleganten, kultivierten Frau hätte ich nicht erwartet, dass sie das Wort »Muschi« verwendet. Ich muss wieder an Marei denken, die mir als Kind, wenn ich etwas Klemmiges sagte wie »da unten«, über die Wange strich. »Such dir ein schönes Wort aus, Loulou. Ein Körperteil, das dir so viel Freude und Energie bringen wird, hat einen Namen verdient. Der darf auch biestig sein, denn manchmal ist eine Möse ein kleines hungriges Monster.«

Nikola bemerkt meine Verlegenheit.

»Wir sind hier alle ganz locker. Wenn man mit Kunst arbeitet, muss man einen offenen Geist haben. Ich zeig dir jetzt erst mal unser Chalet. Dann richtest du dich ein, Constanze kann dir beim Auspacken helfen, sie ist das Hausmädchen und eher ein Schatz als eine Mitarbeiterin. Ohne sie wären wir verloren. Wenn du irgendwas brauchst, sag's ihr. Sobald du richtig angekommen bist, treffen wir uns am Pool zu einem leichten Dinner, dann lernst du die anderen kennen. Unseren Privatsekretär Titus hast du ja schon kennengelernt, und Tonio triffst du später, der ist dann wirklich der Koch.«

Beide lachen, und mein Kopf glüht wieder.

So puristisch und kubisch, wie das Chalet von außen aussieht, ist es innen nicht. Vor allem ist es viel größer, weil weite Teile in den Berg hineingebaut wurden. Verwinkelte Gänge, Treppen, Patios, die Licht hereinlassen, Fenster auf Höhe der Fußleisten oder der Decke und unendlich viele Türen verwirren mich. Ich werde Tage brauchen, um mich hier zurechtzufinden.

Mein Zimmer liegt im oberen Stockwerk. Vom Fenster aus blicke ich direkt auf ein Bergmassiv. Ein gewundener Pfad schlängelt sich ins Tal, und die Hänge sind so grün wie in einem Prospekt. Arbeiten, wo andere Urlaub machen, ein Traum. Ich habe ein Bad aus weißem Marmor. Auch der Boden des Schlafzimmers ist damit gefliest, und es fühlt sich angenehm kühl unter meinen heißen Fußsohlen an. An den Wänden hängen schwarz-weiße Akte, und der ganze Raum ist mit allem möglichen technischen Schnickschnack ausgerüstet, vom dimmbaren Sternenhimmel über einen Massagesessel bis hin zum Dusch-WC. Ich habe noch nie so luxuriös gewohnt und kann mein Glück gar nicht fassen.

Kaum stehe ich vor meinem geöffneten Koffer, klopft es auch schon, und eine junge Frau in schwarzer Hose und schwarzer Bluse kommt herein. Im Ausschnitt trägt sie ein gold-weiß gestreiftes Halstuch, die Farben der Galerie. Ihre roten Haare sind zu einem Dutt hochgesteckt, und um die Nase herum ist die weiße Haut gesprenkelt von Sommersprossen. Constanze. Sie lacht mich herzlich an und reicht mir die Hand. Sie kann zupacken, das merkt man sofort.

»Haut einen ganz schön um, unser Architekturwunder, was?«

Ich seufze.

»Ich hab Sergejs Bruder beim Abholen für den Koch gehalten, der glaubt jetzt, ich bin völlig bescheuert.«

Constanze rollt mit den Augen und wischt durch die Luft.

»Ach was, Jari spielt gerne die beleidigte Leberwurst, und er denkt, Nörgeln gehört zum künstlerischen Charisma. Eigentlich ist er ganz nett, und seine Bilder sind gar nicht schlecht, ich steh ihm manchmal Modell.« Sie lacht wieder und wirft sich in eine übertrieben verführerische Pose. »Dann werden sie natürlich besonders gut. Seine Grundstimmung ist eine Mischung aus Weltschmerz und Rivalität mit Sergej.«

Ich nicke und bin sofort froh, dass ich hier jemanden habe, der die Beziehungen im Haus durchschaut und mir auf die Sprünge hilft.

»Verkanntes Genie im Schatten des wirtschaftlich erfolgreichen Bruders?«

»Du hast es erfasst, begriffsstutzig bist du also schon mal nicht.«

Ich werfe einen Pullover nach ihr, den ich gerade in eine Schublade falten wollte.

»Wenn er sich zu sehr reinsteigert, stell ich mir immer vor, er wäre dieses grüne Vieh aus der Mülltonne.«

»Oscar?«

»Ja, das Krümelmonster in Grün.«

Ich versuche es und fantasiere mir seine mürrische Miene mit grünem Plüsch und einer Mülltonne zusammen.

»Funktioniert.«

Wir wuchten den Koffer gemeinsam auf einen Schrank. Da sind hauptsächlich Sport-Outfits drin, immerhin soll ich ja Nikola auf Trab bringen. Ansonsten habe ich wohl zu wenig schicke Sachen dabei, ich besitze so was gar nicht. Constanze bemerkt es gleich.

»Wenn wir in der Galerie eingesetzt werden oder Gäste im Haus sind, tragen wir schwarze Hosen und Blusen und immer das Galerie-Halstuch.« Sie streicht über ihren Körper wie ein Pin-up.

»Das hier ist unsere Uniform. Ich zeig dir gleich deine. Oder morgen. Heute kannst du es entspannter angehen lassen.«

»Wie ist der mit dem Laptop … Titus? Der hält sich für was Besseres, oder?«

»Immer busy, aber ein Guter, im Ernst. Nikola und Sergej beschäftigen ihn rund um die Uhr, manchmal glaube ich, er schläft überhaupt nicht. Lass ihn einfach in Ruhe sein Ding machen und komm zu mir, wenn was klemmt, ich wohne eine Treppe tiefer am Ende des Gangs.«

»Ich werde mich hier ständig verlaufen, das Haus ist wie eine Escher-Zeichnung.«

Sie zieht anerkennend die Augenbraue hoch.

»Kunsthistorische Vorbildung, nice. Aber du kriegst das hin, ich führ dich gleich rum.«

Wir gehen durch verwinkelte Gänge, eine Treppe runter, wieder einige Stufen hoch, an einer Glasfront vorbei, durch einen mit Pflanzen bewucherten Innenhof mit Deckenfester, durch das man einen Berggipfel sieht, und dann einen Korridor mit künstlichem Oberlicht entlang. Immer mal wieder bleibt sie kurz stehen und deutet auf eine Tür. »Hier schläft Titus«, sagt sie dann oder: »Hier gehts zu Nikolas Privaträumen.« Oder: »Da ist Jaris Atelier.«

Ich bin jetzt schon völlig verwirrt. Besonders irritiert mich, dass mittendrin einige alte Steinmauern wie von einer mittelalterlichen Burgruine erkennbar sind.

»Nikola und Sergej wollten eigentlich einen Entwurf von Zaha Hadid, die hat ja schon in Südtirol gearbeitet, das Museum Corones auf dem Kronplatzgipfel ist von ihr, aber die war gerade gestorben, dann haben sie einen jungen Architekten hier aus der Gegend genommen. Das Haus steht neben den Grundmauern einer alten Festung. In Südtirol gibt es viele solcher Objekte.«

Ich nicke, als wüsste ich das, und nehme mir vor, die Architekturlandschaft Südtirols heute Abend im Bett zu googeln.

Wir bleiben vor einer kleinen schmalen Wendeltreppe stehen. Ich will vorweggehen – da hält Constanze meinen Arm fest.

»Niemals diese Treppe hoch!«

Ich sehe sie irritiert an, aber Constanze erklärt es nicht.

»Einfach hier nicht hochgehen. Für Personal streng verboten.«

Ich stelle mir vor, dass Nikola und Sergej dort oben eine S/M-Folterkammer oder einen Klistierraum eingerichtet haben, wer weiß schon, was dieses »Wir sind hier alle ganz locker« wirklich bedeutet. Aber, wie Butler Hudson im *Haus am Eaton Place* immer so schön sagte: Das geht das Personal nichts an.

Zwischendurch öffnet Constanze einen Wandschrank, sieht mich von oben bis unten an und reicht mir dann einige schwarze Hosen und Blusen und natürlich das Galeriehalstuch.

Im Erdgeschoss gibt es unter zwei gegeneinanderlaufenden Treppen aus Sichtbeton zwei gleich aussehende Holztüren. Die linke, erklärt Constanze, führt in die Küche und den Weinkeller, den Humidor und die Vorratskammern. Von dort aus gibt es auch einen Tunnel zur Galerie, damit das Catering kurze Wege hat.

»Und die andere Tür?«

»Abgeschlossen.«

»Aber was ist dahinter?«

»Keine Ahnung. War seit meinem ersten Tag abgeschlossen.«

»Hast du Titus nicht mal danach gefragt?«

Sie schüttelt den Kopf.

»Wie schon gesagt, Titus ist busy. Wir sollten ihn möglichst wenig stören. Und jetzt zieh dir deinen Bikini an – oder auch gar nichts.«

Sie kichert.

»Dinner am Pool. Und was im Pool passiert, bleibt im Pool, sagt Sergej immer.«

KAPITEL 3

Ich stehe eine Weile im Bikini vor dem Spiegel und frage mich, ob es wirklich angemessen ist, für das erste Essen mit meinen Arbeitgebern wie ein Bond-Girl aufzutauchen. Dann beschließe ich, es für den Anfang nicht zu übertreiben, und wähle eine schlichte weiße Bluse, Shorts und das Galeriehalstuch.

Sergej und Nikola sehen es offenbar wirklich locker, denn beide sitzen in knappen Badehosen am Pool. Nikola hat noch einen transparenten Kimono über die Schultern geworfen, sonnt sich aber mit blanken Brüsten. Jari hat sich nicht umgezogen und steht abseits im Schatten und hämmert miesepetrig Leisten zusammen.

Constanze stellt mir Tonio vor, den Koch. Sie präsentiert ihn mit ausgestreckten Armen, als wäre er der Leadsänger einer Band.

»Und am Herd heute und immer für uns alle, der Meister der Aromen, der Künstler der Töpfe, der Herr über Pasteten und Backwerk, der Dompteur der

Kalorien und Zutaten, der von uns allen verehrte – Tonio.«

Er wischt sich die Hände an dem karierten Küchentuch ab, das ihm vom Gürtel herabbaumelt, und reicht mir beide. Wir wissen nicht so recht, ob wir uns umarmen sollen, es gibt ein kleines verlegenes Gerangel, aber er lacht dabei freundlich.

»Bei Constanze sind es die Buchteln, dein Lieblingsgebäck krieg ich auch noch raus.«

Er reicht mir ein winziges Blätterteigpastetchen mit einer Kräutercremefüllung. Es ist köstlich.

»Käsekuchen«, nuschle ich mit dem warmen Bissen im Mund, »aber eigentlich alles.«

»Das sind mir die liebsten.« Tonio gibt mir noch ein Pastetchen, diesmal mit Pesto. Ich mag ihn.

Titus und Constanze tragen ganz korrekt Uniform. Titus mustert mich missbilligend, sein Blick bleibt allerdings etwas zu lange an meinen nackten Beinen kleben. Sergej bemerkt das, klatscht demonstrativ, als ich dazukomme, und ruft: »Da kiekste, wa, wir ham die scheensten Beene von Ballin engaschiert.« Sein Versuch zu berlinern klingt so komisch, dass ich lachen muss, und auch Nikola lacht und versucht, ihm die Hand auf den Mund zu legen, bevor er noch mehr peinliche Folklore von sich gibt.

Tonio ist ein kleiner runder Mann, der mich an irgendjemanden erinnert, ich komm nur grad nicht drauf. Er hat eine Glatze und einen geschwungenen Bart, rollt viel mit den Augen, und Constanze kichert jedes Mal, wenn er sie in einem übertriebenen und sehr falsch klingenden Kölschen Tonfall »Liebelein« nennt. Er hält ihr Grillgut oder kleine Stücke Obst und Gemüse entgegen, als wären es Juwelen, und drischt dazu gestelzte Phrasen, die er abschließt mit: »Für diesen Paprikaprügel kannze achzisch Euro geben.« Oder: »Wollen Sie diesen Schaschlikspieß für knapp über dem Garpunkt essen?« Jetzt hab ich's: Die beiden spielen *Bares für Rares*, das meine WG-Mitbewohnerin immer angeschaut hat und das ich mir nicht mehr angucken kann, seit ich im Internet eine Pornoversion davon entdeckt habe. Die gute alte »Regel 34«: Alles, was es gibt, gibt es online auch in Versaut. Da pümpelte der Verkäufer einen riesigen Dildo mit Saugfuß auf den Tisch, und die Expertin riss sich die Bluse auf, leckte an dem Silikonschwanz herum und stöhnte: »Uuuhh, diese Äderung unter der Eichel weist auf das Frankfurter Bahnhofsviertel hin, späte Achtziger, ein Beate-Uhse-Original, da bin ich ganz sicher, und ja, ich möchte fast sagen, aus der ersten Swinger-Edition.« Anschließend fällt sie über den Moderator her und ruft, während sie ihn reitet: »Mach mir den Horst, du Hengst!« Es gibt Bilder, die kriegt man nie wieder aus dem Hirn.

Tonio und Constanze amüsieren sich jedoch prächtig, und auch die Herrschaft belustigt ihre Darbietung offenbar. Sicher bemerke nicht nur ich, dass die beiden, sosehr sie auch rumblödeln, die ganze Zeit mit schnellen, geübten Handgriffen weiterarbeiten, das Essen zubereiten und die Schüsseln auf den Tisch bringen. Sergej und Nikola haben ihr Personal gut ausgesucht, ich bin ein bisschen stolz, dass ich nun dazugehöre. Irgendwann hebt Sergej die Hand, als würde er einen Kellner herbeirufen, und bestellt: »Affenfötzchen!« Und Nikola stimmt begeistert zu: »Ja, Affenfötzchen! Mit Eis und Schirmchen!«

Verwirrt sehe ich in die Runde. Was bedeutet das nun wieder? Doch da nimmt Tonio schon einen Cocktailshaker und greift sich eine Flasche Hochprozentiges, und Constanze füllt Crushed Ice in bauchige Gläser. Ein Drink, alles klar. Wer sich schon beim Ordern eines »Sex on the Beach« verschämt wegduckt, wird diesen hier wohl kaum bestellen – nicht mein Problem. Ich bin zwar schon unter der einen oder anderen Theke gelandet, aber nie verschämt.

Tonio gießt weißen Rum ins Eis, dazu Ananassaft und ein paar Tropfen aus einem braunen Apothekerfläschchen, die er mit einer Pipette dosiert. Über die Gläser legt Constanze jeweils einen über einem Bunsenbrenner angewärmten Löffel, auf dem sie ein Stückchen sehr dunkle Schokolade schmelzen lässt. Auch das gewünschte Schirmchen und einen Strohhalm vergisst sie nicht. Bis der Drink bei mir angekommen ist, hat sich die Schokolade fast verflüssigt, und verstohlen beobachte ich, wie die anderen diese Kreation trinken: Sie lecken erst die Schokolade vom Löffel, die puddingweich ist und wirklich bitter, und nehmen dann einen Schluck Alkohol. Mit dem Geschmack habe ich nicht gerechnet, und ich bin mir nicht sicher, ob ich ein Fan davon werde. Die geheimnisvolle Extrazutat erkenne ich auch auf der Zunge nicht, es schmeckt irgendwie rauchig, aber zugleich samtig. Sven, der alles außer Bier unmännlich findet, würde diesen Drink hassen.

Der Cocktail steigt mir ungewohnt schnell zu Kopf. Ich bin froh, dass Tonio sich wieder ums Essen kümmert und keine weitere Runde bestellt wird. Jedenfalls weiß ich jetzt, wie »Affenfötzchen« schmeckt – keinen Tag hier und schon eine neue Erfahrung, so darf es gern weitergehen. Als die anderen mit dem Sonnenschirm beschäftigt sind, schicke ich schnell unterm Tisch eine SMS an Marei.

Affenfötzchen!

Sie antwortet prompt.

???

Ich muss grinsen. Soll sie überlegen, was hier abgeht. Liebe Tante, du bist nicht die Einzige, die in Welten vordringt, die nie ein Spießer zuvor gesehen hat.

Während Tonio beginnt, die Teller für den Hauptgang anzurichten, lässt sich Nikola von Sergej eincremen. Er verteilt die Lotion auf ihren schlanken Oberschenkeln und auch auf ihren Brüsten, dabei planscht sie mit den Füßen im Wasser. Ich muss mir eingestehen, dass ich gern an ihrer Stelle wäre. Sergejs Hände sind groß und kräftig, er packt richtig zu, und wenn ich mir ausmale, ich läge dort am Pool und seine Hände wären auf meinen Brüsten und meinem Bauch zugange, dann würde ich das Bikinihöschen ausziehen, mich wohlig ausstrecken, einen Fuß aufstellen und ihn zwischen meinen Beinen tun lassen, was er sicher sehr gut kann. Kurz überlege ich, was Sven zu dieser Szene gesagt hätte, bis mir wieder einfällt, dass das ja für mich gar keine Rolle mehr spielt. Es muss Schluss sein mit den ständigen Sven-Untertiteln in meinem Kopf.

Ich lehne mich zurück und genieße die Atmosphäre und meine neue Lässigkeit.

Das Essen wird serviert. Bei Tonios professionellem Koch-Outfit und dem luxuriösen Ambiente hier hätte ich erwartet, dass es ein gepflegtes Dinner gibt, Teller um Teller mit kleinen Kunstwerken, bei denen ich oft nicht wüsste, was es eigentlich ist, aber Tonio stellt Schüsseln mit dampfender Pasta, Ragout, Salat und Gemüse auf den Tisch, alles duftet köstlich, und jeder greift zu und reicht die Schüsseln weiter wie bei einem Familienessen. Ich fühle mich sofort aufgenommen und merke erst jetzt, dass ich großen Hunger habe.

Satt und zufrieden lehnen wir uns schließlich zurück, Titus telefoniert schon wieder etwas abseits stehend, aber die anderen lassen es gemütlicher angehen.

Irgendwann, ich bin schon ein bisschen schläfrig von dem Drink und dem vielen guten Essen, beginnen Tonio und Constanze, das Geschirr einzusammeln, und Nikola und Sergej streifen ihre Badehosen ab und springen nackt in den Pool, einfach so. Mit einem Seitenblick stelle ich fest, dass sich niemand darum schert. Das passiert hier also dauernd. Ich selbst schwimme liebend gern nackt, ich hasse es, mit nassem Zeug aus dem Wasser zu steigen, außerdem klemmt der Bikini immer irgendwo, einmal ist mir mein Busen vorn rausgehüpft, als ich vom Beckenrand hineinsprang, und jedes Mal habe ich dieses Muschi-frisst-Höschen-Problem, Kamelpfote voraus. Nackt ist es viel besser. Nicht direkt am ersten Tag, aber bald gehe ich auf jeden Fall pudelnudel schwimmen.

Die Sonne verschwindet langsam hinter den Tannenwipfeln, ein leiser Wind kommt auf und drängt die Hitze zurück. Am Himmel kreisen Vögel und ziehen ihre Bahnen zwischen den dahintreibenden Wolken.

Ich lehne mich zurück, lächle in mich hinein und finde mein neues Leben einfach großartig.

Der Tag geht schnell vorbei, und als ich im Bett liege, schlafe ich die ersten Stunden wie narkotisiert. Die Reise, die Bergluft, die vielen Eindrücke und die zweite

Runde Affenfötzchen, die Sergej – ohne Badehose – nach dem Essen noch geordert hat, um meine Ankunft zu feiern, haben mich völlig geschafft. Wenige tiefe Atemzüge, und der Schlaf kommt lawinenartig über mich.

Doch irgendwann wache ich plötzlich auf, ich muss mich einige Momente orientieren, bis ich wieder weiß, wo ich bin. Im Paradies, ich erinnere mich. Ich horche in die Dunkelheit, denn irgendetwas irritiert mich. Da ist es wieder. Eine Art Poltern, Satzfetzen, ein laufender Motor. Hieß es nicht, es sollten keine Fahrzeuge hoch zum Chalet? Aber fährt nachts die Seilbahn überhaupt? Und wer kommt denn mitten in der Nacht? Egal was ich versuche, ich kann nicht wieder einschlafen. Ein Tee wäre jetzt wunderbar, einen Kocher habe ich im Zimmer, nur Teebeutel finde ich nicht. Mir fällt ein, dass Constanze ja gesagt hat, ich solle mich bei ihr melden, wenn was ist. Um halb zwölf könnte sie noch wach sein. Ich schlafe immer ohne Pyjama, also werfe ich mir einen Morgenmantel über und tappe auf nackten Füßen aus dem Zimmer.

Sie wohnt eine Etage unter mir. War es die Treppe links oder rechts von meiner Tür? Ich erinnere mich nicht und nehme die linke. Der Gang sieht anders aus, aber jetzt ist es ja auch dunkel, abgesehen von der Nachtbeleuchtung. Im unteren Stockwerk versuche ich, ihre Tür zu finden, biege um eine Ecke und höre Stimmen, kein Gespräch, sondern ein Schnaufen.

Ich schleiche näher und sehe eine Tür, die halb offen steht. Wieso mache ich mich nicht bemerkbar? Irgendetwas hemmt mich. Mit angehaltenem Atem spähe ich um die Ecke und entdecke Constanze. Auf dem Boden. Und Titus. Er kniet neben ihr. Sie liegt ganz still, ihr Gesicht ist von mir weggedreht.

Er zieht an der schwarzen Hose ihrer Uniform. Sein Gesicht hat einen merkwürdig konzentrierten Ausdruck. Er atmet heftig und zerrt weiter an dem Stoff, Constanze rührt sich nicht. Was geht hier ab? Mein erster Impuls ist, laut zu schreien und dazwischenzugehen – da fällt mein Blick auf den kleinen schwarzen Gegenstand neben ihm. Eine Waffe.

Erschrocken halte ich mir den Mund zu, die Gedanken in meinem Kopf rasen. Sie hatte doch gesagt, er sei »ein Guter«. Was macht er mit ihr, zwingt er sie? Ich beschließe, Hilfe zu holen, ich weiß ja nicht, wie er reagiert, wenn ich ihn überrasche. Wer eine Waffe hat, kann sie höchstwahrscheinlich auch benutzen.

Ich haste davon, irgendwo hier müssen Nikolas Privaträume sein. Mir ist so heiß, dass der Schweiß über mein Gesicht läuft, ich bekomme kaum Luft – und muss mir bald eingestehen, dass ich keine Ahnung habe, wo Nikola schläft. Auf Verdacht hin öffne ich ein paar Türen und entdecke die Bibliothek, das Billardzimmer, eine Werkstatt und einen Konferenzraum. Dann hetze ich zurück, es ist mir jetzt egal, ob ich mich in

Gefahr bringe, ich werde Constanze nicht mit diesem undurchsichtigen Typ allein lassen.

Der Boden unter meinen Füßen ist kalt, mein Kopf glüht, atemlos komme ich endlich wieder vor ihrem Zimmer an und höre ihre Stimme. Der Klang stoppt mich, als wäre ich gegen eine Wand gelaufen, denn sie spricht ganz ruhig.

Was passiert hier? Ich linse um die Ecke und sehe Titus und Constanze auf dem Boden sitzen. Die Waffe ist weg. Sie wirkt etwas benommen, lehnt sich aber zu Titus und flüstert mit ihm. Ziehen die beiden irgendein Rollenspiel durch? Einbrecher überwältigt Stubenmädchen? War die Waffe eine Requisite? Ich bin völlig verwirrt und schleiche rückwärts den Gang entlang.

Wenn sie sich vergnügen wollen, bitte sehr, aber dieser Titus ist mir nicht geheuer. Vielleicht sollte ich gleich wieder abreisen. So toll der Job auch sein mag: Kann ich mit jemandem unter einem Dach wohnen, der eine Waffe hat und nachts an meiner Kollegin herumzerrt? Ich will nur noch meine Tür zweimal von innen abschließen und mich ins Bett verkriechen.

Aber diese erste Nacht ist noch nicht vorbei.

Auf dem Weg zu meinem Zimmer höre ich wieder dasselbe Geräusch, das mich geweckt hat. Ein Motorbrummen und Stimmen. Ich verstecke mich hinter einem Vorhang und spähe durch ein Flurfenster nach draußen.

Dort stehen Nikola und Sergej zusammen mit einem anderen Paar. Ein bulliger Mann und eine sehr junge, sehr hübsche Frau. Sie verladen Gemälde in den weißen SUV. Merkwürdig, dass das nachts gemacht wird und dass keine Spedition den Transport übernimmt. Besonders vorsichtig gehen die vier mit den unverpackten Bildern nicht um. Ich sehe bunte Leinwände, Neonfarben und viel Gold, halb abstrakte Motive von Gesichtern oder Körpern. Bilder von La Nebbia aus der aktuellen Ausstellung sind es jedenfalls nicht. Aber Constanze hat mir erzählt, dass Jari in diesem Stil malt.

Wieder poltert eines der Gemälde in den Kofferraum, die vier behandeln die Kunstwerke eher wie Sperrmüll. Ich begreife das nicht, denn beim Abendessen am Pool haben mir Nikola und Sergej lang und breit versichert, wie wichtig ihnen Kunst sei, wie sehr sie vor allem zeitgenössische Gemälde liebten und dass es in ihrer Galerie auch um »Bewusstseinserweiterung« gehe. Und jetzt dieser respektlose Abtransport. Kuratorische Sorgfalt sieht anders aus. Ist hier alles anders, als es auf den ersten Blick scheint?

Der Kofferraum wird zugeklappt, die vier klatschen sich ab und schlendern ums Haus herum.

Jetzt will ich es wissen und gehe von meiner Seite des Hauses, die auf den grünen Hügel der Galerie zeigt, zur gegenüberliegenden, wo sich der Pool befindet. Auch dort gibt es Fenster. Ich bin schon so im Spioniermodus, dass ich gar nicht lange überlege, ob sich das gehört, sondern verstecke mich wieder hinter einem Vorhang, um zu sehen, was die vier da treiben. An Schlaf ist ohnehin nicht mehr zu denken.

Nikola, Sergej und das andere Paar kommen Arm in Arm zum Pool, dessen Unterwasserbeleuchtung ein blaues Glühen verbreitet. Ohne Umschweife steigt Nikola aus ihrer Kleidung und gleitet ins Wasser. Auch Sergej zögert nicht, entblättert sich und springt nackt in den Pool. Die Besucher scheinen das schon zu kennen, denn auch die beiden lassen ihre Kleidung einfach fallen und steigen über die Treppe ins Becken. Vielleicht ist das hier so üblich, dass man nackt schwimmt, wenn eine Arbeit geschafft ist. Schnell stelle ich aber fest, dass es nicht ums Schwimmen geht.

Nikola und die junge Frau beginnen, sich zu küssen, und reiben gegenseitig ihre Brüste. Kleine Wellen driften kreisförmig von ihnen weg. Sergej paddelt bis unter das Sprungbrett, umfasst die vordere Kante mit beiden Händen und schwingt sich in einem einzigen Klimmzug hinauf. Er macht es sich im Schneidersitz auf dem wippenden Brett bequem und schaut zu, wie der andere Mann zu den Frauen krault. Er küsst abwechselnd Nikola und seine Partnerin, dann taucht er zwischen ihre Beine, und als er hochkommt, reitet die junge Frau auf seinen Schultern und hält sich an seinem Kopf fest, ihre Muschi direkt vor seinem Mund. Schwankend trägt er sie zum Beckenrand und setzt sie dort ab. Nikola lässt sich, auf dem Rücken liegend, treiben, bis er ihren Fuß zu fassen kriegt und sie zu sich heranzieht. Sie schlingt ein Bein um seine Hüfte, er streicht über ihren Bauch und fasst ihr zwischen die Beine. Seine Freundin zieht die weit geöffneten Knie an bis hinter ihren Kopf und lässt sich von ihm die rasierte Möse lecken, während er Nikola, die sich nun auch am Beckenrand festhält, mit der Hand fickt. Sergej beobachtet die drei vom Sprungbrett aus und reibt seinen harten Schwanz. Der Mund der jungen Frau steht weit offen, wahrscheinlich stöhnt sie gerade, aber ich stehe hinter Sicherheitsglas und höre nichts. Ab und zu kann ich sehen, wie Sergej lacht und etwas ruft, wahrscheinlich feuert er die drei an. Der Mann schwimmt ein Stück weg, Nikola leckt die andere Frau währenddessen weiter. Er öffnet die rote Box für den Rettungsring und holt etwas heraus. Im Licht der Poolbeleuchtung blitzt es kurz, mehr ist nicht zu erkennen, aber als er sich auf den Beckenrand setzt, sehe ich an den Handbewegungen, dass er sich ein Kondom überzieht. Er rutscht hinter seine Partnerin, die wieder ins Wasser gleitet und ihm den Hintern hinhält. Mit langsamen Stößen beginnt er, sie zu ficken. Nikola treibt neben ihnen, bis die andere Frau die Hand zwischen ihre Beine führt und ihre Möse reibt. Die Wellen im Pool schlagen höher. Sergej stützt sich mit einer Hand ab und bearbeitet weiterhin seinen Schwanz, der, das sehe ich bis hier oben, erstaunlich groß ist. Schließlich steht er auf, steigt vom Sprungbrett und geht um das Becken herum zu den dreien. Er zieht sich ebenfalls ein Kondom über, fasst der jungen Frau an die Brust, und im wahrscheinlich letzten Moment steckt er seinen Schwanz dem anderen Mann in den Mund. Ich ziehe eine Augenbraue hoch, das kam unerwartet für mich. Offenbar sind sie hier wirklich sehr entspannt. Ich habe noch nie live einen Mann einem anderen den Schwanz lutschen sehen, und es erregt mich. Vielleicht liegt es auch daran, dass sie es zu viert treiben oder die Partner tauschen.

Mit Sven war so etwas undenkbar. »Sex ist nicht so wichtig, wenn man sich liebt«, behauptete er. So ein Quatsch.

Gespannt beobachte ich, wie es weitergeht. Der Mann saugt nur einige Sekunden an Sergejs Schwanz, dann ist der offenbar schon fertig und lässt sich mit geschlossenen Augen ins Gras fallen. Auch Nikola scheint befriedigt zu sein und steigt über die Treppe aus dem Wasser.

Schließlich sitzen sie zu viert auf dem Rasen und schauen in den Sternenhimmel. Hätte Tonio noch Dienst, würde Sergej wahrscheinlich Affenfötzchen für alle bestellen.

»Hast du genug gesehen?«

Die Stimme hinter mir klingt spöttisch. Ich fahre herum und blicke in Titus' Gesicht, das, vom Mond beleuchtet, noch attraktiver und geheimnisvoller wirkt. Die Wangenknochen treten deutlich hervor, sein Mund ist leicht geöffnet, und die Wimpern werfen solche Schatten auf die blasse Haut, dass sie wirken wie künstliche.

Da fällt mir die Szene in Constanzes Zimmer wieder ein. Ich will sofort von hier weg, keine Sekunde bleibe ich länger im Dunkeln stehen neben einem Mann, der eine Waffe hat und Gott weiß wozu fähig ist. Ich ringe nur einen Moment um Worte, dann drehe ich mich einfach um und laufe ohne eine Erklärung in mein Zimmer zurück.

Meine nackten Füße klatschen auf dem Steinboden. Ich renne, als wären Furien hinter mir her, und tatsächlich weiß ich nicht, ob Titus mir folgt. Mein Herz rast, in meinem Kopf schwirrt alles durcheinander. Ich finde glücklicherweise mein Zimmer, stürme hinein, werfe die Tür hinter mir zu und schließe ab, einmal, zweimal, ein drittes Mal geht nicht. Schweißüberströmt lehne ich mich an das massive Holz. Dann stürze ich zu der Schminkkonsole, ziehe den altmodischen Stuhl mit mir und klemme seine Rückenlehne unter die Klinke. Vielleicht hat Titus als Sekretär einen Generalschlüssel? Vielleicht kann man die Tür öffnen, obwohl meiner steckt, keine Ahnung, ich werde es nicht darauf ankommen lassen.

Schwer atmend sehe ich mich um und packe in Gedanken die vielen Kleidungsstücke, die ich vor wenigen Stunden erst mit Constanze auf Fächer und Schränke verteilt habe, wieder in meinen großen Koffer.

Das mache ich oft, um herauszufinden, wie sich etwas anfühlt, ich spiele es durch und weiß dann meistens, wohin ich neige. Jetzt komme ich mit meiner Methode nicht weiter.

Ich will dieses Abenteuer nicht abbrechen.

Aber ich fühle genau, dass mit Titus etwas nicht stimmt. Das Grübeln erschöpft mich, als hätte jemand den Stecker gezogen oder mich Äther atmen lassen. Ich taumle zum Bett, nur einen Moment muss ich ausruhen, nur kurz die Augen schließen und einige Male tief atmen. Ein bisschen zur Ruhe kommen, damit mein Herzrasen aufhört und ich wieder klar denken kann. Die Bilder hinter meinen geschlossenen Lidern wechseln sich ab wie eine rasende Diashow. Nikola und Sergej im Pool, die griesgrämige Miene von Jari, das fremde Paar, das lieblose Verfrachten der Gemälde, die vielen Treppen, Korridore, Fenster und Türen in diesem merkwürdigen Haus, das immer größer und verwinkelter zu werden scheint, je länger man darin herumläuft, und immer wieder Titus.

Seine grauen Augen mit dem dunklen Kranz. Huskyaugen. Die Waffe auf dem Fußboden – die auch Constanze gehören könnte, wie mir durch den Kopf schießt. Oder die womöglich bloß ein Spielzeug ist für eine bizarre Sexinszenierung. Auf der Alm, da gibts koa Sünd, so wie sie und er nachher nebeneinandersaßen. Nicht wie Opfer und Täter und auch nicht wie ein Liebespaar. Sondern eher wie Freunde. Alte Freunde, die ein Geheimnis teilen.

Ich fühle überrascht, dass mich das erleichtert. Was verbindet Constanze und Titus? Wieso interessiert mich das plötzlich brennend? Wieso ist Titus' rechte Pupille nicht nur von einem dunkleren Rand umgeben, sondern im unteren Teil auch noch gesprenkelt? Wann habe ich das gesehen?

Es sind zu viele Fragen, sie legen sich wie eine schwere dicke Patchworkdecke auf mich, kein Teil passt zum anderen, aber sie hüllt mich ein und hält mich fest, und ich weiß im letzten wachen Moment, dass ich am nächsten Tag nicht abreisen werde. Nicht, bevor ich herausbekommen habe, was hier los ist.

KAPITEL 4

Wie kann es zwischen so vielen Apfelbäumen nach Speck riechen?

Nikola hat mich nach dem Frühstück »ins Tal« geschickt, ich soll die Umgebung erkunden, während sie selbst nackt Yoga neben dem Pool machen wollte.

»Dann bin ich ein bisschen geschmeidiger, wenn wir heute Mittag mit deinem Training anfangen.«

Ich sah mir ihren nackten muskulösen Körper an, dessen Möglichkeiten ich ja schon von ihren nächtlichen Aktivitäten kannte, und dachte dabei, dass sie sicher kein Gelenkigkeitstraining braucht. Als sie sich auf ihrer Yogamatte zu verrenken begann, dabei ungeniert die Beine spreizte und einfach ignorierte, wie Constanze und Tonio um sie herum das Geschirr ins Haus trugen, dachte ich an eine Fantasie, mit der ich früher oft masturbiert hatte:

In diesem Kopfkino-Kurzfilm habe ich die Biegsamkeit einer Kontorsions-Artistin im Zirkus. Ich bin nackt und liege auf dem Rücken. Langsam hebe ich die Beine, rolle den Oberkörper ein und bringe meine Füße hinter meinen Kopf, bis ich eine Art menschliches Paket bilde. Manchmal kommen Hände ins Bild, die mir Seile um die Fesseln binden und mich verschnüren, manchmal wird der Strick auch noch um meine Handgelenke gezurrt. Ich bin eine Schlangenfrau, am ganzen Körper rasiert, und obwohl ich so gekrümmt daliege, kann ich merkwürdigerweise normal atmen, und auch meine großen Brüste stören mich nicht. An meinen blanken Schamlippen fühle ich einen leichten Luftzug. Ich spüre, wie die Feuchtigkeit aus meiner Spalte rinnt, meine Möse ist geschwollen und prall.

Ein paarmal kam ich bereits, wenn ich mich bloß auf dieses Gefühl konzentrierte. Meistens brauchte ich mehr. Dann zögerte ich den nächsten Moment heraus, ich wusste ja, was folgen würde.

In der nächsten Sequenz erscheinen zwei Köpfe im Bild, sie haben keine Gesichter. Manchmal sind es Männer, manchmal Frauen, manchmal ein gemischtes Doppel, manchmal auch nur abstrakte Zungen. Eine Zunge spüre ich in meiner Mösenspalte, wie sie hoch- und runterleckt und den Kitzler betrillert, die zweite macht sich an meinem Poloch zu schaffen und dringt dort ein. Da explodiere ich, und meine Finger, die bis dahin an meiner Klitoris gespielt haben, stoßen in meinen Möseneingang, so lange, bis der Orgasmus abgeebbt ist.

Hinterher atme ich heftig, als wäre ich wirklich in dieser extremen Position verschnürt gewesen, meine

Bauchdecke ist hart vor Anspannung, und das Gewicht meiner Brüste wird mir bewusst.

Daran musste ich denken, als ich vorhin mit der Seilbahn runtergefahren bin und mich auf den Weg gemacht habe. Es wundert mich, dass ich manche Masturbationsfantasien ganz vergesse und sie dann plötzlich wieder hochkommen. Ich weiß nicht, wieso mich etwas lange Zeit anmacht und dann von heute auf morgen nicht mehr interessiert. Sven hat immer behauptet, er würde beim Wichsen nur an mich denken, ich habe ihm das nie geglaubt.

Marei hat mir, als ich ein Teenie war, ein Set mit verschiedenen Vibratoren und Dildos geschenkt.

»Probier aus, was du magst, Loulou, oder lass es. Dein Körper – deine Regeln. Dein Kopf – dein Universum. Du darfst alles denken, was du möchtest, du bist deine eigene erotische Superheldin, also breite dein Cape aus und flieg.«

Marei ist manchmal ein bisschen pathetisch, aber recht hat sie, und geflogen bin ich mit ihrem Spielzeug eine Menge, anfangs, weil ich mit gerade mal sechzehn noch keinen Sex mit Sven hatte, und später, weil ich nur noch Sex mit Sven hatte. Ich streiche mir erleichtert über die Stirn. Kein! Sven! Mehr!

Durch die Berge zu laufen, ist viel spannender, als ich es mir vorgestellt hätte. Hinter jeder Wegbiegung breitet sich ein neues Panorama aus. Mal stehe ich ganz plötzlich vor einem plätschernden kleinen Wasserfall, mal breitet sich eine bunt gesprenkelte Wiese vor mir aus, und dann wieder komme ich an einem eisernen Wegkreuz oder einer Heiligenfigur vorbei, die oft mit frischen Blumen oder Kerzen geschmückt ist. Der weiche Boden knirscht unter meinen Füßen, es läuft sich wegen der vielen Tannennadeln wie auf einem dicken Teppich. Große Baumwurzeln bohren sich neben dem Weg ins Erdreich und sehen aus wie moderne Skulpturen. Es gibt überall etwas zu entdecken, und das Zeitgefühl schwindet dahin.

Ich wandere durch die Landschaft und rieche Äpfel … und Speck. Ein Waalweg, der früher zur Bewässerung diente und der aufgrund der wenigen Steigungen und der vielen Aussichtspunkte den eher unsportlichen Touristen empfohlen wird, führt in weichen Schwüngen am unteren Teil des Berges entlang. Ich steige noch tiefer und komme zu einer riesigen Apfelplantage. Mir war schon klar, dass Äpfel irgendwo wachsen und nicht im Supermarkt aus einem Automaten ploppen, aber dass offenbar halb Südtirol voller Apfelbäume steht, wusste ich nicht. Und auch diese Sorte habe ich noch nie gesehen. Sie sind klein und dunkelviolett, fast schwarz. Ich pflücke einen und beiße hinein, versuche es jedenfalls, er ist steinhart und so sauer, dass sich mein Zahnfleisch zusammenzieht. Die brauchen auf jeden Fall noch eine Weile.

Und dann dieser Speckgeruch.

Erst nehme ich nur Rauch wahr und denke, hier wohnt jemand, der gerade frühstückt, aber bald wird der herzhaft brutzelige Duft so intensiv, dass es nicht mehr lecker riecht, sondern einen leichten Ekel bei mir auslöst. Offenbar wird hier irgendwo Speck in größerem Maßstab verarbeitet. Ich will gerade googeln, was es damit auf sich hat, als mein Handydisplay blinkt.

Marei hat die Gruppe »*Coole alte Tante – bezaubernde Nichte*« eingerichtet.

MAREI:
Loulou, wie gehts dir im Dirndl-Land?
Hast du schon Schüttelbrot und Schlutzer probiert?

LOUISA:
Ist Schlutzer was Unanständiges?

MAREI:
Jede Art von einvernehmlichem Genuss ist
anständig! … Predigt deine allwissende, um
Freiheit-für-alle bemühte Tante.

LOUISA:
Das sehen die hier auch so.

MAREI:
??? Hast du Spaß?

LOUISA:
Die Chefs sind toll, das Zimmermädchen und der Koch auch. Bruder des Chefs und Sekretär: na ja. Männer, weißte, wichtig-wichtig …

MAREI:
Jodel ihnen den Marsch! Loulou-Power!

Wir schreiben noch eine Weile hin und her, und als ich den Chat beende, weil ich ja mal irgendwann zurück ins Chalet und Nikola zum Training abholen muss, wundere ich mich selbst, dass ich Marei nichts von den nächtlichen Ereignissen erzählt habe. Aber sie würde es fertigbringen und sich in den nächsten Flieger setzen, um mich zu retten, das will ich auf keinen Fall. Außerdem kommt es mir längst unwirklich vor. Alle waren heute Morgen beim Frühstück gut gelaunt und gingen normal miteinander um, auch zwischen Constanze und Titus gab es keine eisigen Blicke. Vielleicht, so dachte ich beim Duschen, ist er nicht nur als Sekretär angestellt, sondern auch als Security? Hat deshalb die Waffe? Das erklärte zwar nicht die befremdliche Szene zwischen ihm und Constanze, aber ich beschloss, dass ich wohl keine Angst zu haben brauche, wenn Constanze keine hat.

Titus beachtete mich während des Frühstücks praktisch nicht. Er hatte mich nur kurz begrüßt, gefragt, wie ich in der ersten Nacht geschlafen und ob ich das

Käuzchen gehört hätte, aber er ließ sich nicht anmerken, dass wir nachts die peinliche Begegnung am Fenster hatten. Er schob mir sogar die Kaffeekanne hin. Dann hielt er sich die ganze Zeit abseits und telefonierte, während wir anderen gemeinsam an einem großen Tisch frühstückten. Ich beobachtete ihn. Neben ihm standen eine Tasse Kaffee und dick geschnittene Brote mit fast ebenso dick aufgetragener Butter, es stimmt wohl, dass die Bergluft hungrig macht.

Er sah wieder unglaublich aus, fast mädchenhaft schlank, aber, wie ich in diesem noch engeren Hemd deutlich sehen konnte, erstaunlich durchtrainiert für einen Privatsekretär. Immerhin trug er heute eine schwarz umrandete Nerdbrille und erfüllte damit wenigstens dieses Klischee. Ich wurde aus seiner Körpersprache einfach nicht schlau. Seine Kaffeetasse hielt er geziert, und er tänzelte leicht, während er telefonierte, als würde er einer inneren Choreografie folgen, sodass ich überlegte, ob er schwul sein könnte. Schäm dich, dachte ich direkt, als wäre jeder, der sich elegant bewegt, zwangsläufig schwul. Außerdem passte das so gar nicht zu der Szene mit Constanze. Er hatte kein bisschen gezögert, ihr die Jeans über die Hüften zu zerren, daran war nichts Vorsichtiges oder Spielerisches gewesen. Aber Constanze plauderte gut gelaunt und rührte dicke gelbe Marmelade in ihren Quark, schnitt noch frische Marillen hinein und brachte Titus eine halbe, die sie übrig hatte – nichts deutete auf irgendetwas Schlimmes zwischen den beiden hin. Natürlich fragte ich Constanze beim Geschirrabräumen, ob es ihr gut gehe, und erzählte ihr, dass ich nachts auf der Suche nach einem Teebeutel Titus' Stimme in ihrem Zimmer gehört hätte, aber nicht stören wollte. Constanze sah mich zwar überrascht an, blieb aber ganz gelassen und redete von Schlafstörungen. Also fragte ich genauer nach. »Ich habe ein komisches Gefühl bei Titus. Bist du sicher, dass der in Ordnung ist? Wenn du mal Hilfe brauchst, sag mir Bescheid!«

Sie zog mich an Tonio vorbei in den Spülraum und fasste mich an den Schultern.

»Titus kannst du hundertprozentig vertrauen.«

»Habt ihr was miteinander?«

Sie lachte.

»Herrgottswinkel, nein. Wir sind Freunde. Kollegen. Befreundete Kollegen. Er ist okay, er hat viel zu tun und macht nur seinen Job. Lass ihn in Ruhe und beachte ihn nicht weiter. Lass ihn einfach sein Ding machen.«

Dann ging sie summend zu Tonio, der das Fingerfood für die abendliche Vernissage vorbereitete, und spielte mit ihm einen weiteren Akt *Bares für Rares* mit Pumpernickel und Oliven. Im Rausgehen sah ich, wie Tonio ihr die Hand auf die Hüfte legte und Constanze einen Schritt näher an ihn herantrat. Constanze und Tonio also. Keine Ahnung, weshalb mich das beruhigte, denn aus ihrer Verteidigung von Titus war ich nicht recht schlau geworden. Erklärt hatte sie mir nichts, und ihr wiederholter Ratschlag, ihn in Frieden zu lassen, brachte mich auch nicht weiter.

Aber all das schreibe ich Marei nicht. Ich weiß, was sie sagen würde: *Wenn du so viel über einen Mann redest, ist er dir nicht gleichgültig.* Marei hat oft den Durchblick, aber sie ist nicht allwissend. Okay, ich finde Titus irrsinnig attraktiv, und ja, es gefällt mir sehr, wenn er mich mustert, aber mehr läuft da nicht. Ich kenne Mareis Position in Beziehungsdingen: miteinander reden, keine Spielchen spielen, klare Grenzen setzen, Wünsche und Bedürfnisse deutlich und direkt äußern, ein mulmiges Bauchgefühl immer ernst nehmen und sich dann besser aus der Affäre ziehen. Marei klingt in solchen Gesprächen wie eine Therapeutin, und darauf habe ich jetzt keine Lust. Ich will mich nicht schon wieder von hier verkrümeln, bevor mein Abenteuer so richtig begonnen hat, sondern mein bisher doch sehr vorhersehbares Leben verschärfen, aufpeppen, will Wagnisse eingehen statt Sicherheit.

Aber ob es eine kluge Idee ist, unter einem Dach mit jemandem zu leben, der so undurchsichtig ist wie Titus? Ich weiß es nicht, und gerade habe ich ehrlich gesagt gar kein Bauchgefühl, auf das ich hören könnte. Außer Neugier. Ich bin neugierig wie die Kinder in der Überraschungsei-Werbung. Spannung, Spiel und Schokolade – genau das will ich gerade. Und ziemlich dringend.

In einem Waldstück, in dem ich den Schatten und die Kühle genieße, mache ich eine Pause und steige auf einen kleinen Hochsitz, um mich auszuruhen. Das Holz riecht würzig, Hummeln brummen, ich ziehe Hose und T-Shirt aus und lege mich darauf, als ich von unten Stimmen höre.

Zwei Baritone versuchen, einen Kanon zu singen, unterbrechen sich aber immer wieder, weil sie so lachen müssen. Neugierig blinzle ich durch die Bretter. Unten auf dem Weg stehen zwei Männer, die weder wie die Einheimischen gekleidet sind, also ganz normal, noch wie die ehrgeizigen Wandertouristen, die in Karohemden und Kniebundhosen den Berg rauf- und runtersteigen, als gäbe es hier Pokale zu gewinnen. Die beiden kommen eindeutig aus der Stadt. Sie tragen kurze Lederhosen und Flipflops. Der eine hat die roten Haare zu einem Männer-Bun hochgezwirbelt, auf seinem T-Shirt steht *Geierwally*. Der andere mit blau gefärbtem krausem Haar und kaffeebrauner Haut hat sich ein Netzshirt mit Nietenkranz um den Ausschnitt angezogen, Berliner Clubstyle. »Nice«, würde meine Freundin Wanda sagen. Eine Sekunde lang bedaure ich es, dass sie nicht dabei ist. Wir zwei Mädels könnten den Jungs richtig einheizen. Dann sage ich mir: Why not? Ich bin doch wohl Frau genug für zwei Männer, und nach den feuchten Gedanken kommen mir die zwei gerade recht. Also streife ich den BH auch noch ab und winke von der Brüstung zu den beiden runter.

»Habt ihr euch verlaufen?«

Der Rothaarige lacht und deutet mit den Händen pantomimisch meinen Busen an.

»Lost in Paradise. Irgendwo bei Kilometer sechs sind wir gestorben und jetzt im Himmel, offensichtlich.«

»Also, ich bin ganz lebendig und könnte etwas Gesellschaft vertragen. Wart ihr noch nie in Südtirol? Wir haben die süßesten Äpfel.«

Ich winke die beiden rauf.

Eine Sekunde kriege ich leichtes Muffensausen, als sie wirklich zu mir hochklettern, aber dann stehen sie schon vor mir und starren so begeistert meinen fast nackten Körper an, dass ich es wieder rührend finde.

»Ja, Wunderdutteln!«, sagt der eine.

»Magste auch die Bumsschnute gucken lassen?«, sagt der andere.

Ich bin an zwei Poeten geraten. Das kriege ich hin.

»Den Muschmuff?«, frage ich zurück. Wir lachen. Und dann ziehe ich den Slip runter, zeige ihnen, was sie sehen wollen.

»Gleiches Recht für alle – Schwanzbelege, ihr Zipfelbuben«, ordne ich sofort an, und die beiden gehorchen und rempeln sich beim Ausziehen an, sodass der Hochsitz knirscht. Stramme Burschen hab ich mir da ausgesucht.

»Lattenparade. Na dann, paradiert.«

Ich stelle die Füße etwas weiter auseinander und hebe die Arme, sodass ich wie ein großes X dastehe.

Ich hatte noch nie zwei Männer gleichzeitig und habe keine Ahnung, wie man das anfängt, also lasse ich sie erst mal kommen.

Sie stellen sich ganz nah zu mir, einer vor mich, einer hinter mir, und befingern mich. Sie reiben meine Brüste, zwirbeln die Nippel, kneten meine Hinterbacken und wagen sich dann an meine Möse.

»Feuchtgebiete«, haucht der eine, der sich vor mich hingekniet hat, auf meinen Oberschenkel, bevor er mit der Nase zwischen meine Mösenlippen taucht. Nicht nur ein Poet, offenbar auch ein Literaturkenner.

Ich spreize die Beine weiter und stelle einen Fuß auf die kleine Bank.

Der hinter mir schiebt mir seinen harten Schwanz zwischen die Pobacken und presst sich an mich. Er hat mich von hinten umfasst und knetet dabei meine Brüste. Der vor mir saugt an meiner Klit, bis er mit glänzendem Schnäuzchen hervorkommt. Sich die Lippen leckend, kramt er in seiner abgelegten Lederhose und findet Kondome. Eines zieht er sich über, und eines reicht er seinem Kollegen. Das ist eingespieltes Teamwork. Ich beuge mich vor und stütze mich mit den Händen auf der Bank ab, den Hintern recke ich hoch.

»Einer nach dem anderen, schön sanft am Anfang und ausschließlich in die Muschi ficken«, sage ich.

»In die Bumsschnute«, murmelt der Rothaarige, stellt sich dicht hinter mich und führt seinen Schwanz ein

Stückchen ein. Ich hebe den Hintern noch ein bisschen, damit ich den perfekten Fickwinkel finde, und als ich ihn habe, gebe ich ihm Kontra, sodass sein Schwanz tief in meine Möse eindringt. Der dunklere Mann spielt mit meinen Haaren. Ich greife nach seinen Eiern und bin gespannt darauf, wie es sein wird, von ihm gefickt zu werden. Sein Schwanz ist etwas schmaler, aber länger, und genau so mag ich sie. Mit jedem Stoß des Rothaarigen werde ich feuchter und offener, sein Schwanz gleitet immer wieder in mich hinein und heraus, er stöhnt leise und murmelt dabei. Schließlich krallt er sich in meinen Hintern und kommt mit einem kurzen atemlosen »Jajaja«.

Jetzt bin ich dran. Ich schwenke ungeduldig meinen Hintern, sofort ficken soll er mich, ich habe schon eine Hand zwischen meine Beine geschoben und auf meinen Kitzler gelegt, um mich zu reiben, aber der Mann schiebt meine Hand weg, dringt mit seinem Penis in meine Möse vor, gleitet sofort bis zur Schwanzwurzel hinein, was gut geht, ich bin bereit und vorgefickt, und als er loslegt, umfasst er meinen Oberschenkel, erreicht gerade so eben meinen Kitzler mit den Fingerspitzen und reizt ihn, während er anfängt, mich zu bearbeiten. Endlich weiß ich, warum es »rammeln« heißt, denn genau das macht er, kleine schnelle Stöße, fest und hart, sodass ich vor und zurück wippe, bis mein ganzer Körper ruckelt und bebt und meine Brüste im Rhythmus zittern. Seine Finger auf meiner Klit reiben nicht so regelmäßig und perfekt, wie ich es selbst gemacht hätte, aber gerade das ist unglaublich geil, weil ich nie weiß, was ich als Nächstes fühlen werde. Ich schließe die Augen und überlasse mich dieser Fickmaschine, die mich mit einer Energie durchzieht, dass ich glaube, er hatte es noch nötiger als ich. Bei meinem Orgasmus ist es mir völlig egal, wer mich hört und wie das klingt, ich muss einfach schreien. Heisere, kehlige Laute kommen aus meinem Mund, Wortfetzen. Dann stöhnt auch er hinter mir, er stößt noch, solange es geht, weiter und kreist, mit dem Becken eng an meinen Hintern gepresst, bis sein Schwanz schließlich erschlafft und aus mir herausgleitet.

»Jessas«, seufzt er.

»Eine Wundermusch«, grinst der Rothaarige.

Ich drehe mich um und sinke auf die Bank.

»Und, Jungs? Rauchen? Kuscheln? Über unsere Beziehung reden?«

Wir grinsen uns an, als wären wir stoned, sitzen aneinandergelehnt zu dritt auf der Bank, ich zwischen den beiden Stadtpoeten.

»Ein wildes Gevögel, den Furien gleich«, beginnt der eine.

»So frei und so vöglig ists nie hinterm Deich«,
»aber am Berg die Wally wohl tobt«,
»sie vögelt selbst Geier, wie allseits man lobt.«

Ich klopfe den beiden auf die nackten Oberschenkel.

»Jungs, ihr gehört nach Klagenfurt.«

Ich stehe auf, ziehe mich an und verbeuge mich.

»Freut mich sehr, eure Mösenmuse gewesen zu sein.«

Die zwei protestieren nur schwach, als ich auf die Leiter klettere und mich an den Abstieg mache, sie wollen jetzt bestimmt ein Weilchen schlafen. Das würde ich auch gern, aber ich bin eine berufstätige Frau und habe einen Job zu erledigen. Für eine SMS an Marei reicht es noch.

Coole Tante, i bims, die Geierwally. Das Alpine ist sehr heiß, und ich bin heut ein Edelweiß.

Offenbar haben die zwei mich mit ihrem Gereime angesteckt. Gut gevögelt fühl ich mich irgendwie immer poetisch.

KAPITEL 5

Obwohl ich durch die beiden Jungs ziemlich ausgelaugt bin, ist jetzt Sport an der Reihe, dafür wurde ich schließlich engagiert.

Ich beschließe, dass ich mit Nikola auf jeden Fall oben trainieren werde. Die Waalwege werden sie nicht herausfordern, der Speckgeruch hätte sicher auch nicht gerade eine motivierende Wirkung, und die Wanderer, die mir entgegenkommen und jedes Mal grüßen, würden uns nur stören. Ist das bergtypisch, dieses ständige »Griaßdi«? In Berlin kann man froh sein, wenn jemand, der einem entgegenkommt, nicht seinen halb gegessenen Döner auf einen wirft oder man angeranzt wird, weil da wieder jemand seine Tabletten nicht genommen hat und glaubt, dass man zu einer riesigen Verschwörung gehört. Fremde anzusprechen, gilt da eher als feindlicher Akt, der höchstens mit »Is mir doch egal« beantwortet wird.

Als ich mich im Chalet in mein Sport-Outfit gepellt habe und die Eingangshalle betrete, steht Nikola schon mit Sergej da und sieht wieder mal aus wie ein Fitnessmodel. Wenn eine von uns sich straffen oder stählen müsste, bin eher ich das. Ich versuche, selbstsicher und energiegeladen zu erscheinen. Sergej hält einen Karton in den Händen, den er feierlich vor mir öffnet.

»Die vorausschauendste und beste Ehefrau von allen meinte, dass du so was bestimmt nicht im Gepäck hast.«

In der Schachtel liegen knöchelhohe Wanderschuhe mit fester Sohle und einer professionell aussehenden Schnürung.

»Liebes, die brauchst du«, sagt Nikola und zeigt auf die Treppe, damit ich mich setze und sie anprobiere. Sie kniet sich vor mich hin und reicht mir zuerst ein Paar dünne Seidenstrümpfe, dann dicke Wandersocken.

»Damit kannst du Blasen vermeiden. Hast du schöne Füße.«

Sie legt ihre Hände um meinen Knöchel und streichelt den Spann. Das ist mir ein bisschen peinlich, aber es fühlt sich auch gut an, ich weiß nicht genau, wie ich darauf reagieren soll. Ich muss wieder an gestern denken, als sie mit blanken Brüsten am Pool saß und von Sergej eingecremt wurde. Was, wenn sie das mit mir machen würde? Sie hat ja Erfahrung mit Frauen, das weiß ich seit meiner nächtlichen Spannerei. Außer ein paar verschämten Fummelnächten mit einer Mitschülerin, die am nächsten Morgen nicht mehr mit mir sprach und unsere Experimente verleugnete, hatte ich noch keine lesbischen Abenteuer. Und mit einer älteren Frau? Sehr reizvoll. Ich muss nicht immer den Ton angeben, ich lasse mich auch gern anlernen.

»Wirklich hübsche Füße«, unterbricht sie meine Gedanken.

Sergej steht daneben und nickt.

»Ja, Nicki hat einen Blick für Schönes. Weil sie selbst so ein Engel ist.«

Er streicht ihr übers Haar, küsst ihren Scheitel und schreitet in seinem Maßanzug davon.

Fast hätte ich geseufzt. Mich hat noch nie jemand als Engel beschrieben. Sven hat mir mal ein Frühstücksbrettchen geschenkt, auf dem eingraviert war: *Egal, was man dir erzählt hat, du bist keine Scheiß-Prinzessin.* Er fand das lustig, und ich dachte, ich müsse mitlachen.

Nikola hat mir die Schuhe fertig geschnürt und zieht mich hoch. Sie passen genauso angegossen wie meine schwarze Uniform. Jetzt weiß ich auch, warum ich vor meiner Anreise sämtliche Größen und Maße schicken sollte. Die Stiefel sind erstaunlich leicht, fühlen sich aber ungewohnt an, die dicke, steife Sohle und die Schnürung, die bis weit über die Knöchel geht, geben mir das Gefühl, Hufe zu haben.

»Heute laufen wir uns erst mal ein bisschen ein, nur ein Spazierweg«, kommandiert Nikola, und ich ahne schon, dass von uns beiden nicht ich der Drill-Instructor sein werde.

»Wir gehen den blauen Weg am Wasserfall entlang, etwa sechs Kilometer, aber nur achthundert Höhenmeter, ganz moderat, das schaffst du am ersten Tag, oder?«

Ich nicke. Ich muss. Ich bin hier als Trainerin gebucht, also werde ich diesen »Spazierweg« überleben, und zwar fit und gut gelaunt, und selbst wenn meine Füße am Ende so blutig sind wie Svens Lieblingsburger, dann werde ich mir das nicht anmerken lassen.

Gerade wollen wir los, als Jari in die Halle kommt und noch finsterer guckt als bei meiner Ankunft. Er stürzt auf Nikola zu:

»Was soll das?!«

Sie bleibt ganz ruhig und bindet sich einen hohen Pferdeschwanz.

»Was denn?«

»Dass ihr mir schon wieder grundierte Leinwände hingestellt habt. Die sind zu hart und zu dick, die atmen nicht. Ich hab euch doch erklärt, dass ich das selbst machen will. Ich bin kein Hobbymaler, der vorgefertigtes Material im Bastelladen kauft. Ich bespanne selbst und grundiere selbst.«

Sie nickt, als würde sie ihn absolut verstehen. Ihre Hand liegt auf seinem Unterarm, und ihr Blick zwingt ihn, ihr direkt ins Gesicht zu sehen.

»Mir ist das klar. Und Sergej auch. Deine künstlerische Energie ist eben eine andere, wenn du das Bild komplett selber in der Hand hattest, von der ersten Leiste an.«

Sie wartet einen Moment, bis er schnauft und sich etwas entspannt.

»Es ist aber so, dass unsere Kunden in Namibia, du weißt schon ...«, sie zählt es ihm an den Fingern vor wie bei einem Abzählreim für ein Kind, »... ich meine die Botschaftsangehörigen, die Familie des Ministers, der Wirtschaftskreis. Diese Leute rufen ständig hier an und fragen nach deinen Gemälden. Alle sind begeistert, sie lieben deine Kunst. Sie erzählen mir, wie wunderbar kraftvoll deine Handschrift ist und dass sie unbedingt mehr davon sehen wollen.«

Jari lächelt geschmeichelt, zumindest nehme ich das an, sein Mund ist unter dem dichten, etwas zotteligen Bart kaum zu erkennen.

»Aber«, Nikolas Stimme wird strenger, »du weißt doch noch, dass es mit deinem ersten Bild Schwierigkeiten gab. Die postapokalyptische Nymphe, ich habe die so geliebt, und die Botschafterin liebte sie auch, aber der Firnis hat Risse bekommen. Die Luftfeuchtigkeit ist dort einfach eine andere, die Klimaschwankungen sind erheblich. Sie mussten dein Gemälde direkt restaurieren lassen. Möchtest du, dass deine Bilder kaputtgehen? Willst du nicht Kunst für die Ewigkeit erschaffen?«

Jari druckst herum.

»Die haben uns gesagt, wie die Leinwände beschaffen sein müssen, damit nichts passiert. Härter und stärker *und* vorgrundiert. Das Verfahren ist aufwendig, dafür würdest du Wochen und Monate brauchen, die Zeit hast du doch gerade nicht, denn die wollen dich jetzt haben, jetzt, und möglichst viele Gemälde, die lieben dich dort. Also lass uns dir helfen. Jari, bitte. Darf ich dir helfen?«

Nikola legt ihm die Hände auf die Oberarme und streicht beruhigend an ihm hoch und runter.

»Konzentrier dich auf dein Schaffen, und was immer du brauchst oder was dich voranbringt, wir besorgen es. Sergej liebt dich nicht nur als Bruder, er vergöttert dich als Künstler. Mal dir dein Herz aus dem Leib und lass uns die profanen Sachen regeln. Wir sorgen dafür, dass deine optimalen Leinwände optimal grundiert sind, damit deiner Kunst nichts passiert und du noch in dreihundert Jahren in den Museen hängst. Dürfen wir das für dich tun?«

Sie legt ihre Arme um seinen Hals, zieht ihn an sich und streichelt seinen Nacken – etwas zu lange und zu innig für eine Schwägerin, schießt mir durch den Kopf, aber so ist Nikola eben. Als sie ihn endlich loslässt, sieht sie ihn eindringlich an, und er schnauft und nickt schließlich.

Sie umarmt ihn fest.

»Danke, Jari! Danke für dein Verständnis. Wir schaffen das gemeinsam. Du malst, und wir halten dir den Stress vom Leib.«

Sie klatscht in die Hände.

»Jetzt aber Bewegung! Ich will mit Louisa am Wasserfall entlang. Kleine Trimm-dich-Runde!«

Jari pfeift kurz.

»Wasserfall ... anspruchsvolle Tour.«

Nikola wischt seinen Einwand weg.

»Papperlapapp, sieh sie dir an, Louisa ist eine Wikinger-Schildmaid, die läuft die paar Kilometer mit links.«

Von wegen. Als wir am späten Nachmittag zurückkommen, brennen meine Oberschenkel wie in Säure getränkt. In meinem Hintern glüht ein Muskel, den ich nie zuvor gespürt und wahrscheinlich auch nie benutzt habe. Meine rechte Ferse ist nicht einfach wund gescheuert, sondern, gefühlt bis auf den Knochen, abgefräst. Ruckedigu, Blut ist im Schuh. Ich versuche, mir nichts anmerken zu lassen, und klatsche Nikola ab, die immer noch energiegeladen die Treppen hochspringt wie eine junge Gämse.

Ich warte, bis sie außer Sichtweite ist, dann stöhne ich und schleiche hinterher. Nie im Leben waren das nur sechs Kilometer, und Nikola hat ein Tempo vorgelegt, als verfolgte uns eine Rotte Wildschweine. Als sie mir zu Beginn der Tour verkündet hatte, ich könnte mich nachmittags ausruhen, damit ich abends bei der Vernissage wieder fit wäre, hatte ich das noch großspurig von mir gewiesen. Da war ich noch sicher, ich könnte mir die Galerie ansehen, bevor die Besucher kommen, damit ich vorbereitet bin auf Fragen und Anmerkungen.

Und jetzt will ich nur noch in die Wanne und danach ins Bett. Oder auf den Massagesessel. Oder von mir aus auf den Fußboden, völlig egal, Hauptsache, ich muss nicht mehr stehen und mich bewegen.

Auf den letzten Stufen vor dem Korridor, in dem mein Zimmer liegt, passe ich nicht auf, oder meine Beine rebellieren kraftlos, jedenfalls trete ich daneben, schaffe es nicht, mich am Geländer festzuhalten, und stürze rückwärts. Ich schlage hart auf und bin einen Moment benommen. Dann fühle ich, wie jemand eine Hand unter meinen Kopf schiebt. Ich öffne die Augen und sehe Titus' Gesicht. Er schaut mich besorgt an und tätschelt mir sanft die Wange.

»Louisa? Hörst du mich? Gehts dir gut?«

Ich stöhne. Er stützt mich, sodass ich den Oberkörper aufrichten kann. Ich suche nach Worten, aber Titus winkt ab.

»Der Wasserfallweg, denk dir nichts, Nikola läuft den ständig, sie ist das gewohnt. Jeder, der hier arbeitet, muss da durch, das ist die Aufnahmeprüfung. Ich war zwei Tage lang hinüber. Und Tonio ist hier in der Gegend aufgewachsen und hat sich trotzdem den Knöchel verstaucht. Aber du bist die Erste, die den Weg läuft wie nichts und dann an der Stufen-Challenge scheitert.«

Ich lächle kläglich.

»Treppensteigen gehört nicht zu meinen Disziplinen.«

»Kannst du aufstehen?«

Er klaubt meinen Schlüssel auf, der mir aus der Hand gefallen ist, hilft mir hoch und umfasst meine Taille mit dem Arm. Sein Griff fühlt sich kraftvoll und sicher an. Zum einen genieße ich seine Nähe, zum anderen fühle ich wieder Misstrauen. Mir ist noch ein bisschen schwindlig, aber ich lasse mich von ihm zu meinem Bett führen, wo er mich absetzt und mir vorsichtig die Wanderstiefel aufschnürt. Dass meine doppelten Socken durchtränkt sind von Schweiß und Blut, scheint ihn nicht zu stören.

»Nichts gebrochen, nichts gezerrt. Du hast dich nur erschreckt.«

Er steht auf und sieht mir noch mal tief in die Augen, um sicherzugehen, dass mir auch wirklich nichts fehlt.

»Du hast Glück gehabt, wir müssen nichts amputieren.«

Wir lächeln uns an. Und ich denke sofort, das klappt doch gut. Wir können auch nett miteinander umgehen, wahrscheinlich haben wir sogar eine ähnliche Art von Humor, wenn er mal nicht den beschäftigten Sekretär raushängen lässt.

Er geht aus dem Zimmer, und ich sitze noch eine Weile da und versuche, mich zu sortieren. Nach ein paar Minuten, in denen ich eigentlich nur auf die Tür gestarrt habe, bemerke ich, dass mein Schlüssel fehlt. Eben auf der Treppe hatte ich ihn noch. Ich taste die Bettdecke ab, sehe mich nach ihm um, aber finde ihn nicht. Mir fällt ein, dass Titus ihn aufgehoben hat.

War seine Hilfe bloß ein Ablenkungsmanöver, um an meinen Schlüssel zu kommen? Kann jemand so durchtrieben sein und dabei so mitfühlend wirken? Er offenbar schon. Ich traue mich kaum aufzustehen, weil ich mich vor dem Schmerz fürchte, aber ich werde jemandem, der so zwielichtig ist, nicht meinen Schlüssel überlassen, ich bin doch nicht irre.

Stöhnend humple ich zum Flur und folge Titus' und Nikolas Stimmen, die ich vom Ende des Korridors höre. Die Tür des Zimmers, das Constanze mir bei der Führung gezeigt hat, das immer verschlossen ist und das ich nicht betreten darf, steht offen. Nikola klingt wütend, Titus beschwichtigend. Ich trete auf die Schwelle und räuspere mich.

Titus sieht mich wütend an.

Ich schaue mich nicht im Zimmer um, sondern halte meinen Blick fest auf ihn gerichtet, aber natürlich kriege ich mit, was vor sich geht, wenn ich es auch nicht verstehe. Der kleine Raum, mehr eine Abstellkammer, ist vollgestellt mit prall gepackten altmodischen Kunstlederkoffern. Koffer über Koffer. Einer steht halb aufgeklappt da, und daraus quellen Geldbündel hervor. Nikola steht hinter einem Regal, sie sieht mich nicht. Ich höre Kofferschlösser, die aufschnappen, und ihr Fluchen.

Titus stürzt auf mich zu mit so viel Energie, dass ich einen Moment Angst habe, er würde mich stoßen oder schlagen, aber er drängt mich nur aus dem Zimmer, das allerdings unnachgiebig. Nikola soll offenbar nicht wissen, dass ich das hier mitbekommen habe.

»Was willst du hier?«, zischt er.

Im Zimmer fällt etwas Schweres polternd zu Boden.

»Du hast meinen Schlüssel.«

Verständnislos starrt er mich an, dann begreift er, was ich meine, kramt in allen seinen Hosentaschen und hält mir endlich den Schlüssel hin. Nikola flucht immer noch, lauter jetzt, erneut poltert etwas, auch das lauter. Wirft sie mit Koffern um sich? Im Korridor packt mich Titus fest an den Handgelenken, es tut richtig weh. Er flüstert, aber seine Stimme ist eiskalt, er könnte mich genauso gut anschreien.

»Komm nie wieder in diesen Raum.«

Ich sehe ihn fast trotzig an. Was hab ich denn falsch gemacht? Immerhin haben sie die Tür offen stehen lassen.

Er schüttelt mich.

»Hast du das begriffen? Du hast nichts gesehen, gar nichts, und jetzt hau ab, verschwinde.«

Ich schleiche mich wie ein geprügelter Hund mit eingezogenem Schwanz davon, während er die Tür zum Kofferzimmer hinter sich schließt. Ich stehe kurz davor loszuheulen, halb wütend, halb verwirrt. Gerade war er noch lieb und fürsorglich, sogar humorvoll – und gleich danach behandelt er mich so grob. Garantiert habe ich die beiden bei etwas Verbotenem erwischt. Ob Sergej weiß, was hier vorgeht? Ich ahne, dass ich ihn das besser nicht frage. Und Constanze auch nicht. Bevor ich nicht sicher bin, wem ich trauen kann, werde ich niemandem verraten, was ich weiß. Und eigentlich weiß ich ja gar nichts.

In meinem Zimmer wische ich mir eine Träne aus dem Augenwinkel. Eigentlich bin ich nicht so eine Heulboje, aber normalerweise renne ich auch nicht kilometerweit Berge hoch wie eine Ziege auf der Flucht und falle anschließend eine Treppe runter. Ich bin in jeder Hinsicht erschöpft. Constanze hat das vorausgesehen, denn auf dem Tisch in meinem Zimmer steht ein Tablett voller Köstlichkeiten: dunkles Brot, verschiedene Sorten Käse, Speck und Aufstriche, Bircher Müsli, Kuchen und eine Flasche Limo. Dazu hat sie eine Erste-Hilfe-Tasche gestellt mit allem, was man zum Verarzten von Blasen braucht, und den Katalog für die heutige Veranstaltung. Daneben liegt ein Kärtchen mit einer runden, kindlichen Schönschrift: *Der Wasserfallweg ist kein Spaziergang!* Plus ein lachendes Smiley.

Ich schaffe es gerade noch in die Dusche, versorge meine Füße und verschlinge gleich danach alles vom Tablett, unter anderem Brote mit drei Lagen des hauchdünn geschnittenen Specks, der viel besser schmeckt, als ich nach dem Geruch heute Morgen gedacht hätte. Aber kaum liege ich auf dem Bett und will mich in die Kunstbroschüre vertiefen, überfällt mich eine bleischwere Müdigkeit. Nur das Deckblatt bewältige ich noch (*Neue Gemälde: 3. Künstler: anonym*) und den ersten halben Satz des Grußworts (*Nach einem unglaublichen Monat haben wir nun wieder die Ehre ...*), dann schlafe ich auch schon ein. Es ist kein sanftes Hinübergleiten, sondern fühlt sich eher so an, als hätte mich jemand eine steile Treppe hinuntergestoßen in einen tiefen, dunklen Keller.

Ich laufe einen langen Korridor entlang und ahne sofort, dass ich träume. Vielleicht liegt es daran, dass meine Füße auf dem Marmorboden ein platschendes Geräusch machen, als würde ich in Pfützen treten. Als sich eine Treppe plötzlich umdreht und ins Nichts führt, wundere ich mich nicht mal. Alle bisher verriegelten Türen springen gleichzeitig auf, es klingt wie ein paar Dutzend altmodischer Kofferschlösser. Ich könnte jetzt erwachen, ich weiß, wie das geht, aber ein intensiver Apfelgeruch steigt mir in die Nase, der Moment der Klarheit ist vorbei, und ich betrete eines der Zimmer. Da steht ein Heuhaufen mit einer dicken Felldecke darüber. Ich denke noch »Warum liegt hier überhaupt Stroh?«, da sehe ich, dass sich auf diesem Lager jemand rekelt. Sergej. Sein Bart ist wie immer akkurat rasiert, er ist nackt, seine Muskeln sind beeindruckend, seine Bauchdecke bildet ein Eightpack, sein satyrhaft großer Schwanz ist steil aufgerichtet, er lädt mich mit einer Handbewegung ein und sagt: »Du darfst ihm huldigen.« Dabei nickt er zu Jari und Titus, die, wie ich jetzt erst sehe, auch beide auf dem Heuhaufen liegen. Jari, ganz und gar behaart, liegt mit dem Bauch nach oben und krault sich selbst die Brust. Ich höre zweimal hin: Er schnurrt, durchdringend wie ein großer dicker Kater. Ich bin sicher, dass seine Haare weich und flauschig sind, und erinnere mich gleichzeitig daran, dass Kater Widerhaken am Penis haben. Meine Möse zuckt, als ich das denke. Titus öffnet seinen schönen, geschwungenen Mund und sagt etwas zu mir, aber ich kann die Sprache nicht verstehen. Ich beuge mich vor, und er wiederholt seinen Satz mehrmals. Nichts davon verfängt. Ich bewundere seinen schmalen Körper, der mich an den eines Tänzers erinnert und erstaunlich durchtrainiert aussieht, und ganz ungeniert betrachte ich seinen Schwanz, auf den er zeigt, als wäre es ein Geschenk für mich. Er rekelt sich und redet in zärtlichem Tonfall in dieser fremden Sprache, und ich begreife davon nur: Alles an ihm gehört mir. Ich kann seinen Schwanz schon in mir spüren. Wenn ich nur wüsste, was er mir sagen will. Als ich gerade beschlossen habe, dass es egal ist und dass ich ihn berühren werde, als ich also bereits meine Hand nach ihm ausstrecke und mein Mund, der plötzlich ganz nah an seinem ist, schon seinen Atem auf den Lippen spürt, erwache ich.

Ich liege verschwitzt quer am Bettende und habe mich völlig in die Decke verwickelt. Ohne die Augen zu öffnen, drehe ich mich, bis ich an den Nachttisch herankomme. Jetzt bloß nicht das Gefühl verlieren, diesen weichen Atemhauch auf meinem Mund, die Gewissheit, wie sich Titus' schmaler, muskulöser Körper anfühlt. Ich ziehe die Schublade auf und taste herum, bis ich meinen Vibrator in der Hand halte. Ich drücke nur ein Mal auf den Knopf, normalerweise mache ich es mir direkt mit der dritten und stärksten Stufe, aber gerade ist mir zart zumute. Ich denke an seinen Mund und wie er meinen küssen wird, wie sich seine Lippen anfühlen, wie er leise meinen Namen sagt und sein Kinn sich an meine Schläfe schmiegt, wie ich die Augen schließe und alles zwischen uns klar und eindeutig ist. Ich fasse zwischen meine Beine, meine Möse glitscht vor Saft und glüht förmlich. Ein Gefühl von Sehnsucht und innerem Durst zieht von der Klitoris bis hoch zu meiner Brust. Eine Mischung aus bittersüßer Lust und einer Art Schmerz, von der ich mehr will, breitet sich in mir aus, als ich meine Mösenlippen mit dem leise surrenden Vibrator berühre. Ich umkreise den Kitzler, fahre langsam die Spalte auf und ab und genieße den Druck und die Vibration. Bevor ich komme, drücke ich mir den Vibrator der Länge nach zwischen die Schamlippen. Lege die Hände über meine Möse und presse die Knie zusammen, dann warte ich einfach ab, bis mich die Welle des Orgasmus überrollt. Atemlos öffne ich den Mund, aber kein Laut dringt daraus hervor, es ist eine ganz stille Lust, die von meinem Körper Besitz ergreift und mich flutet bis in die Fingerspitzen.

Ich bewege mich nicht, liege da, mit dem immer noch surrenden Vibrator zwischen meinen Beinen, lockere den Druck nur etwas, damit er zwischen meinen Mösenlippen hervorflutschen kann und nicht mehr die jetzt extrem empfindliche Klitoris berührt.

Ich versuche, wieder einzuschlafen und mich zurück auf den Heuhaufen zu denken, aber das Traumgefühl verschwindet mit der Lust, die aus meinem Körper strömt. Zurück bleiben Erschöpfung und Verwirrung über den nackten Sergej, den katzenartig schnurrenden Jari und den babylonisch auf mich einredenden Titus.

Ich halte nichts von Traumdeutung, und bei diesem müsste ich Dr. Freud auch gar nicht fragen: Nach den Jahren mit Sven bin ich klar untervögelt. Ich brauche dringend stressfreien Spaßsex ohne Nerverei oder Hintergedanken, und egal, was meine Tante über mich sagt, das ist genau das Richtige für mich, zumindest jetzt. Ich verliebe mich nicht wieder direkt oder verwickle mich in eine Beziehung, ich werde mir holen, was sich gut anfühlt, und jede Gelegenheit ergreifen. Ich bin so frei wie noch nie in meinem Leben, und das werde ich auskosten.

Spread your wings and fly, bezaubernde Nichte.

KAPITEL 6

Am frühen Abend stehe ich ausgeschlafen vor dem Spiegel in meinem luxuriösen Bad und male mir einen großen knallroten Mund. Porzellanteint, schwarzer Maria-Callas-Lidstrich, Wimperntusche und Rubikon No. 3 auf den Lippen, Parfüm, sonst nichts. Bei anderen Frauen sieht das nach sexy französischem Look aus, mir guckt aus dem Spiegel immer ein leicht abgerocktes Schneewittchen entgegen. Man sieht mich, wenn ich einen Raum betrete. Und wenn ich etwas sage, hören die anderen oft auf zu reden, und obwohl ich das nie zugeben würde, macht mich das ein bisschen stolz. Die Haare bürste ich streng zurück, flechte mir die Seite und stecke alles zu einem hohen Dutt auf. Halb Biennale-Guide, halb Sennerin, mir gefällt's. Dazu die schwarze Uniform und das goldweiße Halstuch.

Ich lasse mir von Titus' Launen diesen Traumjob nicht vermiesen. Heute Abend werden gleich zwei Kunstkritiker und drei Journalistinnen erwartet, Promis, deren Namen ich aus meinen Vorlesungen kenne, sie stehen auf der Gästeliste hinten in der Broschüre. Meine WG-Mitbewohnerin wäre grün vor Neid, wenn sie wüsste, wen ich hier treffe.

Constanze holt mich ab. Auch sie steckt in der schwarzen Uniform und ist sorgfältig zurechtgemacht. Jetzt bin ich ein bisschen aufgeregt. Beim Wasserfallweg habe ich keine überragende Figur gemacht, wenigstens bei der Galeriearbeit will ich glänzen und Sergej und Nikola zeigen, dass es eine gute Entscheidung war, mich einzustellen.

Gemeinsam gehen wir zwei Etagen tiefer, durch die Küche, in der Tonio schuftet und sechs Arme wie eine indische Gottheit zu haben scheint. Er jongliert mit Pfannen, winzigen Gläschen und Tellerchen und scheucht die Küchenhilfen herum. Kein *Bares für Rares* heute. Constanze wirft ihm einen Luftkuss zu, er zwinkert aber nur kurz zurück. Ich nehme an, dass diesmal keine Affenfötzchen serviert werden, aber bei Nikola und Sergej weiß man nie. Dann machen wir uns zusammen mit den Kellnern auf den Weg durch den unterirdischen Gang zur Galerie.

Wenn man direkt vor dem Chalet steht, sieht man fast nur eine gewölbte Rasenfläche, man könnte glauben, es sei einfach ein Hang mit einer Eingangstür, neben der eine bronzene Yoga-Schönheit die Beine spreizt. Erst auf den zweiten Blick entdeckt man, eingelassen ins Gras, die großen Oberlichter. Der offizielle Eingang für die Gäste befindet sich auf der Rückseite des Hauses, aber jetzt ist er noch verschlossen. Die Größe und Helligkeit des Ausstellungsraums plätten mich. Außer den Dachfenstern, die milchig und farbschonend abgetönt werden können, sorgt ein computergesteuertes Lichtsystem dafür, dass alle Kunstwerke optimal ausgeleuchtet sind. Und es ist in der Galerie wohltuend kühl, ohne dass ich eine Klimaanlage wahrnehme. Zwei Musiker mit einer Art Zither und etwas, das nach einem alten Waschbrett aussieht, spielen leise und sehr schräg etwas, das vielleicht Südtiroler Freejazz ist.

Constanze und ich gehen durch die Halle. Wir müssen wissen, wer und was wo hängt, falls uns jemand fragt. Außerdem werden wir Mäntel abnehmen, Prospekte verteilen und kaufwillige Gäste in das Büro führen, in dem Nikola oder Sergej die Vorverträge ausfertigen.

Das Büro ist in die Galerie hineingebaut und grenzt zur einen Seite an einen Wirtschaftsraum, wo Putzmittel, Rahmen und allerlei Werkzeug lagern. Beleuchtet wird es durch einen der Lichtschächte, die auf die Wiesen neben dem Chalet gehen. Wegen der Hanglage sieht die Öffnung fast aus wie ein normales Fenster. Sie dient sogar als Feuerwehrzugang, man muss nur die Glasklappe und einen knappen halben Meter Betonloch überbrücken, dann ist man drin – oder kann auf diesem Weg nach draußen ins Freie flüchten.

Mit langsamen Schritten gehe ich über den Marmorboden, meine Schritte hallen, ich genieße es, die Ausstellung noch ganz für mich allein zu haben.

Im hinteren Teil befindet sich die ständige Sammlung. Skulpturen aus rostigem Stahl, Collagen aus Verpackungen typischer Südtiroler Produkte, eine Aktserie mit Faunen und Nymphen vor Bergpanoramen, Fotografien von alten Wäschestücken aus der Region, spitzengeschmückte Mieder, Strumpfbänder, hochgeschlossene Nachtgewänder. Weiter vorn, hinter einer Wand aus Schrott und Pappmaschee-Speck, hängen ausdrucksstarke Gemälde. Neonfarben, goldene Hintergründe wie bei byzantinischen Ikonen, halb abstrakte Akte und Gesichter. Eins erinnert mich schwer an Constanze, sogar ihre Sommersprossen sind zu erkennen. Sie hat sich hinter mich gestellt und stupst mich in den Oberarm.

»Die sind von Jari. Gut, ne?«

Ich sehe sie erstaunt an. Genau solche Bilder haben Nikola und Sergej und das andere Paar nachts sehr unsanft in den SUV verladen, beinahe geworfen. Obwohl sie von seinem Bruder gemalt wurden. Warum tun die beiden das, wenn die Bilder im Ausland so hoch gehandelt werden?

Jari selbst ist auch da. Er hat sich zur Feier des Tages den wilden Bart gebürstet, sodass er nicht ganz so yetiartig aussieht, und ein weißes Hemd angezogen, das falsch sitzt, über dem Bauch spannt und hinten aus seiner Hose herauszipfelt. Heute finde ich ihn mit seiner missmutigen Art sogar irgendwie rührend: ein großer kleiner Junge, der artig bei einem Kaffeeklatsch dabei sein muss. Wie immer guckt er mürrisch drein und beobachtet uns. Ich habe das Gefühl, ihm eine Freude machen zu müssen, und lasse mir von Constanze erzählen, wie es war, für ihn Modell zu stehen, damit er sieht, wie wir uns vor seinen Bildern unterhalten. Als er zur Bar geht, schlendern wir weiter zum Anlass der heutigen Vernissage: die neuen Bilder von La Nebbia.

»Kommen die Gäste heute Abend wirklich wegen dieser drei Gemälde?«

Ich wundere mich, denn sie verlieren sich auf ihren Stellwänden mitten im Raum etwas, und der Weg hier herauf ist ja schon beschwerlich für nur drei Bilder.

Constanze sieht gar nicht richtig hin, sie kennt sie wohl längst.

»Das ist das Konzept. Immer jeweils drei neue. Beim ersten Mal waren Nikola und Sergej selbst gar nicht so begeistert und haben sie einfach dazugehängt. Aber dann überschlugen sich die Kritiken, und sie waren ratzfatz verkauft. Der Kunstmarkt ist unberechenbar. Jetzt haben sie Blut geleckt und stellen alles aus, was von La Nebbia kommt.«

Die Fotos, die ich mir im Zug angesehen habe, fand ich schon beeindruckend und auch irritierend, und dieser zwiespältige Eindruck verstärkt sich, als ich live davorstehe. Die Bilder gefallen mir, aber ich weiß nicht so recht, was diesen Hype ausgelöst hat.

Auf dem ersten sieht man einen Fuß, der im Dunkeln zu schweben scheint. Die Fußnägel sind naturalistisch, äußerst präzise gemalt, der Rest wird mit groben Pinselstrichen mehr angedeutet als ausgestaltet. Das zweite Bild zeigt eine Frauenhand auf einer Türklinke, eine zupackende Hand, bei der die Sehnen hervortreten. Nummer drei ist ein schimmernder Augapfel, die Pupille verschwommen, auch er losgelöst im Dunkeln.

Ich rufe mir ins Gedächtnis, was ich in der Broschüre gelesen habe, falls mich ein Besucher fragt. *Mysteriöse Dezentralisierung, Fokussierung auf Details, die einen Kontext ersetzen und sich einem Narrativ entziehen.* Gut, also wird hier keine Geschichte verkauft. Es gibt bestimmt eine. Aber obwohl ich das Gefühl habe, dass die Bilder zusammenhängen, erkenne ich doch keine Verbindung, sooft ich auch von links nach rechts blicke.

»Wer hängt die so?«, flüstere ich Constanze zu, denn die ersten Gäste haben die Galerie betreten, und jetzt sollten wir nicht mehr schwatzen.

»Wir. Es sind immer genaue Anweisungen dabei, wenn die Bilder in den Klimakisten geliefert werden.«

Nikola steht da in einem atemberaubenden Minikleid aus dunkelgrünem Brokat, die Haare streng nach hinten gegelt, sehr elegant und sleek. Ich bewundere sie für ihren Stil, allerdings ist es auch einfacher, sensationell auszusehen, wenn man so einen Körper hat und Geld keine Rolle spielt.

Ich gehe durch die Halle, räume leere Sektgläser und Tellerchen vom Catering weg, verteile Broschüren oder führe Besucher zu Nikola, die neben der Schrott-und-Speck-Installation Hof hält und so strahlend lächelt, als wäre sie bei einem Covershooting. Jari lehnt grimmig guckend an einer Wand: Keiner der Gäste spricht ihn an oder bleibt vor seinen Arbeiten stehen. Alle drängeln sich vor den drei neuen Gemälden des mysteriösen unbekannten Künstlers, machen Fotos mit den Handys oder mit Profikameras, sprechen in Aufnahmegeräte oder notieren sich Seite um Seite in Notizbücher. Ich wüsste zu gern, was die da schreiben.

»Also, ich würd mir das nicht aufhängen, das passt doch überhaupt nicht zu modernen Möbeln«, sagt eine Stimme direkt hinter mir.

Ich fahre herum. Da steht eine junge Frau in meinem Alter, die drei von Tonios Gläschen auf einer Handfläche balanciert und mit einem langstieligen Spatel auslöffelt. Sie trägt ein giftgrünes Shirt aus einem knirschenden lackähnlichen Material und hat einen wippenden Pferdeschwanz mit einem roten Haarband. Augenrollend leckt sie den Löffel ab.

»Eins a. Kochen können die hier.«

Sie zeigt mit dem Ellenbogen auf die Ausstellung von La Nebbia.

»Ehrlich, mich deprimiert Öl-Malerei, Aquarelle sind viel fröhlicher, findste nicht?«

Mir fällt keine Antwort ein. Sie ist ein Gast, und mit denen soll ich mich freundlich unterhalten, aber ich werde sicher nicht darauf einsteigen und über die Kunst meckern, die wir hier zeigen.

»Also, der Kontrast zwischen den altmeisterlich gemalten Details und der Skizzenhaftigkeit der Umgebung, die das Ganze aus einem Narrativ herauslöst, muss als Widerspruchshaltung ...«, fange ich zögerlich an, aber sie kichert nur und klopft mir mit dem Löffel auf den Arm, bevor sie sich über das nächste Gläschen hermacht.

»Ja, ich lös mich auch gleich aus meinem Narra... -Dings.« Sie kichert lauter und hält mir ihren Ellenbogen zum Gruß hin. »Ich bin die Biggi. Ich hab hier im Ort einen Kunstkreis. Und ich schreibe die *Pusteblume*, das ist so 'ne Art Flugblatt über Kultur in der Region, das wir verteilen. Gibts auch online. Meine Seite heißt *Biggisbergblog*. Ich geh immer zu Ausstellungen. Aber hier hoch komme ich nur wegen der Häppchen. Superlecker.«

Sie hält mir das letzte Glas hin, ich schüttle den Kopf und versuche, noch mal an die Bilder anzuknüpfen.

»Hast du unsere Broschüre gelesen? Darin stehen Aufsätze von Kunstkritikern, die sind wirklich interessant. Man muss sich wahrscheinlich reinsehen, um einen Zugang zu finden, der einem selbst ...«

»Ach, Zugang ...«, unterbricht sie mich wieder. »Zugänge gibts im Krankenhaus vor der Narkose. Kunst muss man erleben, und dann fühlt man was oder nicht, alles andere ist schnulli. In München, gell, da komm ich her, da ist alles Fake. Nur Blabla. Aber hier in Südtirol, hier gibts noch ehrliche Leute mit ehrlichen Ansichten, die wissen, was echt ist. Schau mal, das bin ich.«

Sie gibt mir ihre Karte, auf der, umgeben von Schnörkeln und Blumen, ihre Homepage und ihre Nummer stehen.

Ich weiß noch nicht so recht, was ich von ihr halten soll. Ich finde ihr Urteil mindestens zweifelhaft, andererseits wäre es vielleicht schön, hier jemanden in meinem Alter zu haben, der nicht zum Haus gehört, also nicke ich, lächle und stecke die Karte ein.

»Aber gerade Südtirol hat doch eine innovative Kulturszene. Die Architektur, der Jazz ...«, setze ich an, aber sie kichert und klopft mir wieder mit dem Löffel gegen den Arm.

»Ach geh. Natürlich hats hier auch Großkopferte und Spinnerte, gell, da halten sich immer welche für besonders gscheit. Aber wir haben hier eine Gruppe von Zugereisten, die sind wirklich hell im Kopf, die denken selbst, die sehen den Berg und sehen die Wirklichkeit, die Natur, das Echte, gell. Eine kleine Blume ist viel schöner als jede Skulptur, die Natur, die ist Kunst!«

Da tritt jemand neben mich und unterbricht Biggis Redeschwall. Titus.

Ich sehe ihn gespannt an und erwarte, dass er sich bei mir entschuldigt oder sein ruppiges Benehmen vor dem Kofferlager zumindest erklärt, doch das hat er überhaupt nicht vor.

»Du musst Nikola finden. Ich habe keine Ahnung, wo sie steckt, und wir haben zwei Käufer. Sergej hält die beiden hin, und ich kann die Verträge vorbereiten, aber Nikola muss unterschreiben, und sie hat den Schlüssel für die Schublade mit dem Galeriestempel. Wir brauchen sie sofort hier. Also los.«

Er gibt mir einen kleinen Schubs, der mich empört. Es fehlt nur noch, dass er »Los, Loulou, gutes Mädchen, such das Frauchen, such!« gesagt hätte.

Aber sein Gesicht hat diesen strengen Ausdruck, den ich schon kenne. Widerstand oder Diskutieren ist zwecklos, also mache ich mich auf den Weg, weit kann sie ja nicht sein, vielleicht in der Küche.

Tonio hat sie nicht gesehen, aber der würde nicht mitbekommen, wenn die Zombie-Apokalypse durch seine Küche wanken würde. Am Herd entwickelt er einen Tunnelblick. Also gehe ich noch in den Weinkeller, den nutzbaren Rest der mittelalterlichen Burg, und tatsächlich, da finde ich sie.

Allerdings ist sie nicht allein. Jari kniet vor ihr.

Nikola steht gegen ein Regal voller Flaschen gelehnt und hat das grüne Brokatkleid bis über die Taille hochgeschoben. Ihr Slip liegt auf dem Boden, ihr Becken hat sie nach vorn gereckt, und ihre Knie sind leicht eingeknickt. Ihre rasierte Möse schimmert im gelblichen Licht des alten Gewölbes. Jari hat eine Hand zwischen Nikolas Beine gesteckt, er schaut nicht rechts und links, sondern beobachtet gebannt, wie sein Finger in ihrer Möse verschwindet, wie er ihn wieder herauszieht und erneut hineinschiebt. Sie hat den Kopf in den Nacken gelegt, ihr Mund steht leicht offen.

»Fester drücken und kreisen«, kommandiert sie, und Jaris Hand hört sofort auf, sich hoch und runter zu bewegen. Ich stelle mir vor, wie sich seine Hand gegen ihren Möseneingang presst und sein Finger in ihr rotiert. Und das erregt mich.

»Jetzt der Kitzler.«

Nikola benennt genau, was sie will. Und wie. Und wann. Ihr Ton lässt keinen Zweifel daran, wer hier das Sagen hat.

Jari gehorcht und legt den Daumen auf ihren Kitzler. Sie atmet heftiger und kommt ihm mit dem Bauch entgegen.

»Mehr!«

Er verstärkt seinen Druck und bewegt seine Hand heftiger zwischen ihren Beinen. Nikola greift sich an die Brüste und reibt ihre Nippel durch das Kleid hindurch. Sie stöhnt lang gezogen, stellt den Fuß, der in diesen halsbrecherisch hohen Hacken steckt, auf seine Schulter und kreist mit dem Becken, ihr Pfennigabsatz sticht leicht in seinem Hals, aber Jari wehrt sich nicht und weicht keinen Zentimeter zurück.

Nikola kommt mit einem heiseren Geräusch. Sie öffnet nicht die Augen. Und keiner von beiden ändert die Position.

»Du darfst.«

Er starrt ihr weiterhin gebannt in die Möse, öffnet mit der anderen Hand seine Hose, was eine Weile dauert, weil er den Gürtel und die Knöpfe einhändig lösen muss. Dann greift er hinein und hält seinen harten Schwanz in der Hand. Er reibt ihn, nicht langsam und vorsichtig, sondern hastig, als wäre jetzt keine Zeit mehr übrig, und kurz bevor er kommt, zieht er seine glänzende Hand von Nikolas Möse und streicht ihr noch einmal mit zwei Fingern durch die Spalte, ich höre es schmatzen. Sie dreht sich um und hält ihm ihre Muschi hin. Ich bin schockiert, dass sie kein Kondom verwenden, wenn sie schon den Ehemann und Bruder betrügen, wer macht so was? Er richtet sich auf und schiebt ihr seinen Schwanz tief hinein. Jari kommt augenblicklich. Sofort tritt sie einen Schritt zur Seite, so als wollte sie ihn keinen Moment länger in sich haben. Sie steigt in ihren Slip und hat ihn schon hochgezogen, bevor der schnaufende Jari sich auch nur bewegt hat. Mit heruntergelassener Hose steht er vor ihr.

»Verkaufst du meine neue Serie an die Botschaft?«

Nikola zupft ihr Kleid zurecht und ordnet ihre Frisur.

»Du hast es versprochen. Du hast gesagt, du kannst sie alle verkaufen.«

»Und das halte ich auch. Ich mache die Kontakte, und ich überzeuge Sergej, dass er die Preise noch mal verhandelt. Solche wie La Nebbia wirst du nicht kriegen, aber, ja, wir verkaufen deine ganze Serie. Du besorgst es meiner Pussy, und ich besorge dir Käufer, das ist der Deal.«

Jari zieht seine Hose hoch, schließt den Gürtel und wischt sich seine Hand an einem Taschentuch ab.

Was soll ich tun? Die beiden zu überraschen, ist keine Option, aus der Nummer käme ich nie wieder raus, sie wüssten sofort, dass ich etwas gesehen habe. Aber falls ihnen jetzt zwei Käufer abspringen, wäre ich mitschuldig, das kann ich auch nicht riskieren. Ich schleiche also zurück in die Küche, nehme mir ein kleines Tablett, auf dem leere Gläschen stehen, entschuldige mich schon mal in Gedanken bei dem, der die Scherben nachher zusammenkehren muss, gehe bis kurz vor den Weinkeller und lasse das Tablett fallen. Das Geschepper der zerspringenden Gläser ist leiser, als ich gehofft hatte, aber es reicht. Während ich auf dem Boden knie und so tue, als würde ich mich um die Bescherung kümmern, kommen Nikola und Jari aus dem Weinkeller.

Ich entschuldige mich für das Chaos, und dass mein Gesicht rot glüht, werden die beiden hoffentlich auf meine Ungeschicklichkeit schieben.

»Titus und Sergej suchen dich ganz dringend«, sage ich zu Nikola. »Es gibt zwei Käufer für La Nebbia.«

»Jetzt schon?« Jari sieht mich fassungslos an, und seine Augenbrauen ziehen sich wieder zusammen. Er tut mir leid, aber ich lasse mir nichts anmerken, sondern zucke nur mit den Schultern.

»Hat Titus gesagt.«

Jari reicht mir die Hand, um mir aufzuhelfen, ein Moment lang wird mir bewusst, dass die Finger eben noch in Nikolas Möse steckten, doch für Zimperlichkeiten ist jetzt nicht die Zeit.

»Komm mit«, sagt sie zu mir und zieht mich in den dunklen unterirdischen Gang zur Galerie.

»Wir gehen beide zu Sergej, und du hast mich in der Küche gefunden.«

Ich nicke und versuche, dumm und unschuldig auszusehen.

»Hab ich ja auch.«

Sergej ist verärgert, das erkennt man an der Art, wie er ununterbrochen lächelt und dabei ständig kleine hastige Schlucke Champagner trinkt, aber er lässt sich vor den Käufern nichts anmerken. Ich stehe dabei und sorge dafür, dass sie nicht von anderen Gästen gestört werden und der Champagner die ganze Zeit weiterfließt, während Nikola charmant die Verträge stempelt.

Die Summe ist schwindelerregend hoch.

Ein japanisches Paar kauft die Hand mit der Klinke und den Augapfel. Und ein blasser Mann steht schon an, um für einen anonymen Kunden das dritte Bild zu kaufen. Ich bin fassungslos, wie schnell das geht. Denke an den schmucklosen Kunstlederkoffer voller Scheine und frage mich, ob das Geld aus solchen Verkäufen stammt. Aber sosehr ich auch zu überschlagen versuche, um welche Barsumme es sich dabei handelte, ich komme nicht weiter, ich habe noch nie solche Mengen Geld gesehen und kann es einfach nicht schätzen.

Eines aber ist klar: Wenn nicht nur in dem einen Koffer Scheine waren, sondern in den anderen auch, dann stammt es ganz sicher nicht aus Kunstverkäufen. Hype hin oder her, mit der Schubkarre transportieren muss man die Gewinne nicht, und so sorgfältig, wie Nikola die Verträge ausfertigt, die Quittungen stempelt und die Verkäufe in ihr Rechnungsbuch einträgt, kann ich mir Steuerhinterziehung schwer vorstellen.

Woher stammt das Bare, und was ist das Rare?

Bleiben die Bilder von Jari. Werden die schwarz verkauft, weil der Betrug dann in der Familie bleiben würde? Titus könnte mich sicherlich aufklären, aber das wird er nicht tun.

Und wenn es hier um etwas ganz anderes geht als Kunst? Aber um was? Die Fragen machen mich ganz schwindlig, außerdem habe ich seit Stunden nichts gegessen. Deshalb bin ich froh, als sich die Galerie endlich leert und wir uns hungrig auf den Weg in die Küche machen, wo Tonio uns die Reste des Caterings und einen Eintopf servieren wird. Kurz gehe ich noch mal zu der Nische mit Jaris Gemälden. Sie sind wirklich gut. Aber an keinem seiner Rahmen klebt ein roter Punkt.

Ich bin noch viel zu wach, um schlafen zu gehen. Die Bilder, die Besucher, die Szene im Weinkeller, das alles kreist mir pausenlos durch den Kopf. Vielleicht kann ich ein bisschen schwimmen gehen, meistens sortieren sich die Gedanken, wenn der Körper sich bewegt.

Ich laufe im Bikini zum Pool, der lagunenblau im Dunkeln leuchtet. Irgendjemand hat vergessen, ein Radio auszustellen, es läuft melancholische Musik, die einen Nerv bei mir trifft. Ich schließe die Augen, hebe die Hände über den Kopf, drehe mich und beginne zu tanzen. Meine offenen Haare rauschen um mich herum, und die Spitzen kitzeln mich an der Hüfte. Die einschmeichelnde Musik trägt mich, meine Füße finden die Schritte von allein. Ich mache kleine Hüpfer und gehe auf die Zehenspitzen und fühle diese fremden traurigen Laute im ganzen Körper.

Ein Scharren auf dem Boden weckt mich aus meiner Trance. Ich zucke zusammen, öffne die Augen und sehe, dass ich gar nicht allein bin. Jari tanzt, ähnlich wie ich, auf der anderen Seite des Pools, blau beleuchtet, mit geschlossenen Augen und einer Flasche Wodka im Arm. Sein schwerer Körper wiegt, krümmt und streckt sich, sein Gesicht wirkt versunken. Tanzen, als würde niemand zuschauen, das ist das Allerbeste. Wenn man sich keine Gedanken mehr darüber macht, wie man aussieht oder ob die Bewegungen zur Musik passen, wenn man einfach loslässt und sich hingibt.

Und das machen wir. Auch ich schließe wieder die Augen, finde meinen Rhythmus. Nur kurz stelle ich mir vor, wie wir beide, dieser betrunkene, bärenartige Mann und ich, ein abgerocktes Schneewittchen im Bikini, uns neben dem Pool verrenken, trippeln und schlängelnde Bewegungen vollführen. Ich weiß nicht, ob wir jemals miteinander sprechen werden, aber dass wir diesen innigen Moment miteinander haben, indem jeder den anderen einfach sein lässt, wie er sich gerade fühlt, finde ich rührend.

Als ich irgendwann atemlos wieder zu Jari hinübersehe, ist er nicht mehr da. Und ich bin endlich müde, in meinem Kopf herrscht Ruhe, und die erste Schwere des bald einsetzenden Schlafs, die sich wohlig und zufrieden anfühlt, breitet sich in mir aus. Leise husche ich durch das dunkle Haus hinauf zu meinem Zimmer.

KAPITEL 7

Mit den lateinamerikanischen Moves habe ich sie kleingekriegt, endlich habe ich für Nikola eine sportliche Herausforderung gefunden: Choreos. Sie ist zwar topfit und bewegt sich beim Tanzen auch im Takt, aber sich Schrittfolgen zu merken, liegt ihr gar nicht. Ich habe mein Handy mit der Merengue- und Samba-Playlist an das Lautsprechersystem rund um den Pool angeschlossen, Tisch und Stühle beiseitegerückt und Nikola nach einem kurzen Aufwärmen durch sämtliche Zumbahits gescheucht. Atemlos und verschwitzt stehen wir nach dem letzten Stück da, sie lacht anerkennend.

»Bist du ein Flummi? Wie kann man denn so hochspringen beim Tanzen?«

Ich stretche die Beine und nicke Tonio dankbar zu, der uns Getränke bringt und dann wie in »Walk Like an Egyptian« mit zuckendem Kopf und verrenkten Armen davonschreitet.

»Alles Übungssache.«

Nikola zieht sich nackt aus bis auf die Sonnenbrille und lässt sich rücklings in den Pool fallen, mit einem großen Platsch taucht sie unter. Als sie wieder hochkommt, winkt sie mich ins Wasser. Lässig wie eine Nixe liegt sie halb auf der Seite, und ich denke mir: warum nicht. Offenbar führen Sergej und sie ja eine offene Ehe, außerdem wird es nicht gleich zum Äußersten kommen, gucken ist doch wohl erlaubt. Ich pelle mich also aus meinem Sportdress und stehe nackt noch kurz an der Leiter. Vielleicht denkt sie, ich sei schüchtern, aber sie soll einfach sehen, was sie kriegt, wenn sie denn will.

Und Nikola will es offenbar nicht nur sehen, sie will es auch hören. Sie fragt mich, ob ich gern nackt bin.

Statt einer Antwort seufze ich tief.

Sie treibt mir entgegen, halb auf einem bekifft grinsenden Schwimmeinhorn liegend, streckt die Hand aus, ergreift meine und zieht mich in den Pool. Das Wasser fühlt sich herrlich auf meinem erhitzten Körper an, ich schnappe mir auch ein Schwimmtier, eine Raupe, und lege das Kinn auf die verschränkten Arme. Kleine Wellen plätschern über meine Pobacken, ich öffne die Beine ein wenig.

Nikola rudert mit einem Arm, sodass sie schließlich neben mir treibt.

»Hast du einen Boyfriend?«

»Glücklicherweise nicht.«

Sie zieht eine Augenbraue hoch und mustert mich über den Rand ihrer Sonnenbrille.

»Was? So eine Hübsche wie du? Da hat man doch Bedürfnisse als Frau.«

Ich grinse.

»Hab ja auch nicht gesagt, dass ich nicht auf meine Kosten komme. Es gibt nur nichts Exklusives.«

»Verstehe. Sehr gut.«

Sie dreht sich auf den Rücken und schöpft mit einer Hand Wasser über ihre Brüste, die wie zwei perfekt geformte Inseln herausschauen. Die Nippel sind hart, und kleine Tropfen glitzern im Sonnenlicht.

»Findest du auch Mädchen gut? Ja, oder?«

»Ich denke schon.«

Sie lacht.

»Denken hilft bei so was nicht weiter. Probier's aus, dann spürst du, was dein Muschi-Mojo will.«

Unvermittelt stellt sie sich auf die Füße, sodass ihr Oberkörper aus dem Wasser ragt.

»Findest du meine Brüste gut?«

Ich schlucke. Ich will nichts Falsches, Gieriges oder Peinliches sagen. Am liebsten möchte ich mich gar nicht blamieren, sondern souverän und sexy rüberkommen. Dann sage ich doch etwas sehr Schlichtes.

»Die sind perfekt.«

Nikola lacht.

»Perfekt ist langweilig. Die Renaissance wusste das. Und weißt du, wieso das Barock Barock heißt? Es bedeutet unregelmäßige Perle. Es sind die kleinen Abweichungen, die etwas wirklich reizvoll machen. Guck mal hier.«

Sie schubst mich von meiner Schwimmraupe, und ich strample mit den Füßen, um nicht unterzugehen. Sie steht vor mir und hält ihre Brüste in den Händen.

»Siehst du hier? Ich hab einen Leberfleck direkt neben dem Nippel. Und hier ...«, sie hebt eine Brust an, »... hier ist eine kleine Narbe, da hat mich als Kind ein Pferd gebissen. Und der linke Nippel sitzt etwas höher als der rechte. Stört das?«

Ich schüttle den Kopf und erinnere mich an Gespräche mit Marei, bevor mein Busen zu wachsen begann und ich Angst hatte, ich könnte flach bleiben. Sie hat mir ordentlich den Kopf gewaschen und mir ein paar Eiswürfel aus dem Gefrierfach in die Hand gedrückt.

»Halt sie mal an die Nippel. Das ist ein Gefühl zwischen Lust und Schmerz. Darum geht es. Ums Fühlen. Dein Körper soll dir so viel Freude wie möglich bringen und nicht einfach nur geil aussehen.«

Es hat eine Weile gedauert, aber inzwischen denke ich, dass sie recht hatte.

Nikolas Fragestunde ist noch nicht beendet.

»Du hast deine Muschi komplett rasiert – hat das einen Grund?«

Jetzt will ich endlich mal cool und als erfahrene Frau rüberkommen.

»Das glitscht besser beim Gelecktwerden.«

»Genau. Ich liebe das auch, wenn die ganze Muschi schwimmt. Hey, das Mädel weiß, wie's geht!«

Sie klatscht mich ab und schnappt sich wieder das aufblasbare Einhorn. Ich ziehe ein paar Bahnen und steige dann möglichst majestätisch und betont unverklemmt aus dem Pool.

Oben im Zimmer frottiere ich mir die Haare und überlege, was ich anziehe, denn Sergej hat mich gebeten, ihn ins Tal zu begleiten und mit einigen Galeristen aus der Umgebung essen zu gehen, da klopft es an der Tür. Schnell wickle ich ein Handtuch um mich und öffne.

Draußen steht Titus und ist offensichtlich irritiert, dass ich halb nackt bin. Sein Blick wandert einen Moment zu lang an mir rauf und runter. Dann teilt er mir in seinem üblichen geschäftsmäßigen Ton mit, er selbst werde Sergej begleiten und ich solle mich zusammen mit Constanze um Jari kümmern.

Ich halte die Luft an. Das klingt nach wesentlich weniger Spaß, ich hatte mich darauf gefreut, etwas von der Gegend zu sehen, und Sergej ist ein unterhaltsamer Gesprächspartner, der mich oft zum Lachen bringt, jedenfalls klingt ein halber Tag mit ihm viel reizvoller, als in Jaris Atelier Pinsel auszuwaschen oder Bilder zu katalogisieren und ihm dabei zuzusehen, wie seine Laune zwischen grimmig, beleidigt und finster wechselt. Aber Titus lässt mich gar nicht erst zu Wort kommen.

»Ich muss beim Essen übersetzen«, sagt er knapp, »und Jari braucht dich heute.«

Keine Diskussion, er hat sehr deutlich gemacht, wer hier die Ansagen macht. Ich nicke also und mache ihm die Tür vor der Nase zu. Mich fügen muss ich wohl, charmant sein sicher nicht.

Jari scheint ähnlich viel von mir zu halten wie ich von ihm. Er begrüßt mich nur brummend, als ich mit noch nassen Haaren in sein Atelier komme. Unser nächtliches Tanzen erwähnt er mit keinem Wort. Constanze liegt bereits auf einer breiten Ottomane, die roten Haare unordentlich auf dem Kopf zusammengebunden, viel Rouge auf den Wangen. Ihre Beine stecken in langen schwarzen Strickstrümpfen, die ihr bis zu den Oberschenkeln reichen, und statt moderner Unterwäsche trägt sie einen altmodischen Satin-BH und eine weite Panty. Offenbar lebt Jari gerade eine Egon-Schiele-Fantasie aus. Er zeichnet mit einem Stück Kreide die Umrisse von Constanze und der Ottomane und nickt in eine Ecke des Ateliers.

»Hinterm Paravent.«

»Ich soll Modell stehen?«

Nicht dass ich es noch nicht begriffen hätte, ich schätze es aber, wenn man in ganzen Sätzen mit mir redet. Und nett zu fragen, wär auch schön. Wer malen will, muss freundlich sein.

Muss er nicht.

»Dafür bist du hier, oder?«

Mir passt sein Ton nicht, aber recht hat er leider.

Ich ziehe mich also um und flechte mir die Haare zu strubbeligen Zöpfen. Wenn der Herr heute Gossenmädchen malen möchte, kriegt er sie.

Jari sieht mich überrascht an, als ich hinter dem Paravent hervorkomme und zur Ottomane gehe. Ich habe den einen langen Strumpf vorn an einem Strumpfhalter befestigt, den anderen aber nicht, der ist mir übers Knie gerutscht und sorgt nun offenbar genau für den Grad an Schlampigkeit, den Jari sich vorgestellt hat.

Irgendwie reizt es mich, ihn herauszufordern. Nach dem, was ich im Weinkeller gesehen habe, steht er ja eher aufs Devote, das wäre mal etwas ganz Neues für mich. Ich kommandiere zwar eigentlich gern Leute herum, aber Sex mit Sven war eher wie die Kreditverhandlung bei der Sparkasse. Wir haben immer diskutiert und ständig gegenseitig nachgefragt, ob auch ja alles okay ist, und wenn es nur darum ging, das Licht anzulassen oder mit meinen Fingern zwischen seine Hinterbacken zu fassen. Und er hatte strikte Vorstellungen davon, was sich für Männer oder Frauen im Bett gehört.

»Du bist nicht der Mann hier«, sagte er dann manchmal, wenn ich ihm zu dominant wurde, oder auch: »Sei doch mal ein bisschen fraulicher und weicher.«

Und mir Schaf gefiel es sogar, wie viel Zeit wir im Bett verquatschten, nur hab ich dabei nicht mitbekommen, dass wir es am Ende doch immer so machten, wie Sven es gut fand.

Diese Zeiten sind jedenfalls vorbei. Wenn ich bei Jari ausprobieren kann, eine strenge Herrin zu sein, würde mich das interessieren. Ich sehe mich schon auf seinem massigen Yetikörper reiten wie bei einem Sex-Rodeo. Yippieh-ya-yay, wilder, mein Großer. Ich merke, wie mich die Idee fast wieder wuschig macht. Außerdem bin ich immer noch unruhig wegen der Sache mit Nikola im Pool.

Constanze lächelt mir zu, ändert aber ihre Haltung nicht.

»Über sie«, kommandiert Jari und kümmert sich weiter um seine Vorzeichnung. Ich sehe ratlos auf die schmale Ottomane und überlege, wo ich da hinpassen soll. Constanze öffnet ein wenig ihre Knie, ich schiebe mein linkes Bein zwischen ihre und stelle den rechten Fuß auf die tiefe Lehne. Im selben Moment bereue ich es, denn die Lehne ist kaum gepolstert, und ich muss das ganze Bein anspannen, um das Gleichgewicht zu halten. Meine Knie zittern noch etwas vom Training mit Nikola, und lange in dieser Position zu verharren, wird ungemütlich werden. Aber Jari hat schon zustimmend gegrunzt, und ich höre, wie er mit schnellen Strichen zu zeichnen anfängt, also kann ich es jetzt nicht mehr ändern. Wenigstens stütze ich mich mit beiden Händen am Kopfteil ab, sodass mein Gesicht dicht neben Constanzes schwebt. Jari dreht sich zum

Fenster, zieht die Vorhänge zu und richtet sich zwei Scheinwerfer ein.

Constanze nutzt den Moment, in dem er uns nicht beobachtet, und flüstert mir zu: »Ich sorg mal für ein bisschen Spaß, ne?«

Ich hoffe, dass sie nicht vorhat, mich zu kitzeln, denn sobald ich mich mehr bewege, als zu atmen, werde ich von dieser Ottomane kippen wie ein angeschossenes Reh.

Sie verlagert ihr Körpergewicht ein wenig und legt mir eine Hand ins Kreuz, ich beuge mich tiefer über sie und spüre plötzlich ihr Knie, hart und knochig, zwischen meinen Beinen. Die locker sitzende Panty bietet keinerlei Widerstand, der Stoff rutscht mir sofort zwischen die Schamlippen, Constanzes Druck wird fester, und ich lasse das Becken etwas absinken. Auch unsere Brustspitzen berühren sich jetzt.

»Man muss es sich beim Posing angenehm machen«, flüstert sie verschwörerisch, und ich zwinkere ihr zu, recht hat sie. Constanze sieht so unschuldig aus mit ihren Sommersprossen, aber bestimmt weiß sie, wie sie auf ihre Kosten kommt.

Wir versuchen, es möglichst unauffällig aussehen zu lassen, liegen nur hier in dieser unbequemen Haltung und lassen die Schwerkraft für uns arbeiten. Ich genieße den Druck ihres Knies auf meiner Möse. Augenblicklich, als wäre ich gerade erst aus dem Wasser gestiegen, brennt mein Unterleib wieder, diesmal werde ich nicht abbrechen, sonst erleide ich noch einen Klitoriskollaps – oder was sonst das Gegenstück zum Samenstau sein mag.

Jari mustert uns aufmerksam. Eindeutig bekommt er genau mit, was wir hier vor seinen Augen treiben, spätestens die Beule in seiner Hose verrät ihn, aber er sagt nichts, schnauft nur und zeichnet wieder. Wir lassen ihn gucken. Ab und zu greift er zur Palette und setzt einige Striche. Es ist still im Atelier. Constanze und Jari unterhalten sich bei ihren Sitzungen offenbar nie, ein Radio gibt es nicht, man hört nur Jaris Brummen, wenn er sich offenbar verzeichnet hat – oder vielleicht ist er von etwas besonders begeistert, ich kann das bei ihm und seinen Grunzlauten schlecht unterscheiden. Durch das geöffnete Fenster dringt Vogelgezwitscher herein, und dann hören wir auch Tonios Stimme, der den Lunch am Pool vorbereitet und laut und mit einem schlecht imitierten skandinavischen Akzent »Smörrebröd, Smörrebröd, römm-pömm-pömm-pömm« singt. Constanze lacht unter mir leise, und ich habe Mühe, nicht loszukichern. Von der Staffelei kommt ein strenges »Haltung!« Aber es klingt nicht so mürrisch wie sonst, sondern eher sanft tadelnd und, ich bilde es mir vielleicht nur ein, etwas belustigt. Vielleicht ist Jari, wenn er malt, ein anderer als der brummige Bruder des Hausherrn. Ob Sergej nicht längst weiß, was Jari mit Nikola treibt oder, besser, hastig treiben darf?

Meine Arme werden schwerer, und ich verlagere das Gewicht um eine Winzigkeit. Ich habe immer gedacht, Bewegung sei anstrengend, aber das absolute Stillhalten ist viel schlimmer. Constanze merkt es, pustet mir eine Strähne aus der Stirn und zieht ihr Knie noch ein Stückchen höher. Ich reite jetzt darauf und spüre bei jedem Einatmen den Druck auf meinem Kitzler. Wenn ich die Hinterbacken anspanne, verändert sich das Gefühl wieder. Ich schiebe das Becken eine Winzigkeit nach vorn. Und wieder zurück. Constanze atmet schneller, Jari auch. Vielleicht steht er gleich auf, kommt zu uns, reißt mir die Panty vom Hintern und fickt mich von hinten in die tropfnasse Möse, während ich mich weiter an Constanzes Knie reibe. Ich kann seinen Schwanz schon fast in mir fühlen, ich wünschte, ich würde gestoßen. Aber nichts passiert. Jari sitzt weiter auf seinem Schemel und zeichnet.

Der Reiz in meiner Möse wird stärker und meine Panty aus diesem dünnen Seiden- oder Satinstoff zunehmend feuchter. Lust schießt mir vom Kitzler herauf. Genau in dem Moment sieht Jari mir in die Augen. Er lässt sich nichts anmerken, aber sein Blick bleibt länger als sonst auf uns haften. Er beobachtet unsere Körper und vergisst zu zeichnen, er spannt einfach, und es gefällt mir, ein Hauch von Triumph ist dabei. Constanze pustet mir wieder über das Gesicht, und ich kann in ihren Augen erkennen, dass sie es auch weiß: Jari verfolgt genau, was wir hier treiben, obwohl wir uns praktisch nicht bewegen. Und dass sie dasselbe denkt, erregt mich noch mehr. Ich verstärke die Reibung, mein Kitzler fühlt sich größer an, und ich stelle mir vor, wie mein Mösensaft durch die Panty tropft und Constanzes Knie glitschig wird. Ich schiebe das Becken einen Zentimeter nach hinten und wieder vor, zögere die Pausen hinaus und traue mich kaum zu atmen, aber dann wird das Ziehen und Brennen in meiner Möse übermächtig. Ich atme lang aus, als ich komme, meine Augenlider flattern, und Constanze hebt ihren Brustkorb gerade so viel an, dass sich unsere Nippel berühren, es trifft mich wie ein elektrischer Schlag, ich zucke zusammen und zittere. Jari tastet unverändert mit seinen Blicken unsere Körper ab. Ich atme tief und versuche, meine schmerzenden Handgelenke zu entlasten.

»Nicht bewegen«, brummt er, »bin gleich fertig.«

Constanze grinst, und ich ahne, dass sie noch irgendwas vorhat. Dann fängt sie an, mich mit der freien Hand, die Jari nicht sehen kann, weil sie, von ihm abgewandt, hinter meinem Körper liegt, zu kitzeln. Ich muss kichern, kann einfach nicht anders. Ich bin kitzlig, wenn ich gerade gekommen bin, man braucht mich nur anzupiken, und ich lache los. Zielsicher finden Constanzes spitze Finger immer mehr Stellen, die ein unkontrolliertes Giggeln in mir auslösen. Schließlich breche ich lachend über ihr zusammen, und wir rollen beide von der Ottomane. Meine Arme sind so taub, dass ich mich kaum abstützen kann, wir purzeln ungebremst zu Boden und lachen. Ich kriege Constanzes Oberschenkel zu fassen und kitzle sie dort, sie kreischt und wälzt sich auf dem Parkett. Jetzt kenne ich kein Erbarmen mehr, ich mache mich unter ihren Achseln zu schaffen, Constanzes Kreischen wird ein Brüllen, sie lacht so sehr, dass sie sich krümmt und ich mich umdrehe und ihre Fußsohlen kitzeln kann. Als ich nur noch japse und kaum mehr Luft bekomme, fällt mir ein: Jari steht dort, und wir sollen doch posieren. Ich reiße mich zusammen und luge vorsichtig zu ihm rüber, um herauszufinden, wie sauer er ist, dass wir seine Arbeit unterbrechen. Aber er lächelt unter seinem zotteligen Bart – sieh an, des Hausherrn bärbeißiger Bruder kann lächeln, praise the lord. Er sortiert seine Kreiden, rührt auf seiner Palette und beachtet uns nicht weiter.

Tonio ruft draußen wieder »Römm-pömm-pömm-pömm«, und Constanze zieht sich eilig um, bringt ihre Frisur in Ordnung, wirft mir einen Luftkuss zu und läuft mit einem »Zusammen Modell stehen macht viel mehr Spaß!« raus, noch bevor ich sie fragen kann, ob ich mich nicht revanchieren sollte. Hoffentlich bekommt sie gleich von Tonio, was sie braucht.

Auch Jari geht, nachdem er sein Bild mit einem großen Tuch abgedeckt hat. Ich linse vorsichtig darunter, um die Kreide nicht zu verwischen, und sehe mich das erste Mal gezeichnet, sehr vage, kann mich gerade eben so erkennen. Ich hätte das nicht erwartet, aber mein Herz hüpft, und ich spinne ein bisschen herum, wo das Bild wohl schließlich hängen wird. Bei einer reichen Familie in Namibia?

Eine Weile bleibe ich noch auf der Ottomane sitzen, und als ich das Handy aus meiner Tasche nehme, stelle ich überrascht fest, dass im Mailfach eine Nachricht von Biggi ist, der Frau, die ich auf der Vernissage kennengelernt habe.

> Liebe Louisa, hab dich gegoogelt und deine E-Mail gefunden, don't panic, bin keine Stalkerin. Ich fand das nett neulich. Hast du mal Lust auf einen Kaffee im Tal? Oder musst du Tag und Nacht »Kunst« aufhängen und abstauben? Salutis, Biggi

Dazu hat sie ein PDF ihrer neuesten Ausgabe der »Pusteblume« angehängt. Ich überfliege die Sprechblasen, in denen *Meinungen zu der neuen »Kunst« im Chalet* gesammelt sind, und runzle die Stirn, denn das wird Nikola und Sergej nicht gefallen:

> Wenigstens die Rahmen sind schön. Da könnte man Spiegel reinsetzen.

Oder:

> Es gibt mehr zu lesen, als zu sehen, die Erläuterungen sind allerdings noch unverständlicher als die Bilder.

> Da steht zum Beispiel »Zyklus«, aber es geht gar nicht um Menstruation. Ist der Maler frauenfeindlich?

Oder:

> Ich mag Bilder mit Blumen, aber hier gibt es keine. Stattdessen sieht man einen großen Fuß. Der ist nicht mal ordentlich pedikürt. Ich finde Füße sonst eklig. Ich finde, alle, die ihre Füße im Sommer in Sandalen zeigen, müssen sie ordentlich pediküren.

Außerdem sind ein halbes Dutzend Nachrichten von Sven in meinem Postfach, die ich nur überfliege und sofort lösche, antworten werde ich sicher nicht, es ist das Übliche: Ich wisse nicht, was ich tue, und er wisse viel besser, was gut für mich sei. Jaja, du mich auch.

Ich seufze genervt. Wir kriegen Astronauten auf den Mond, aber kein Hirn in Sven, Kreizkruzefix. Ups, das war bayrisch, aber wie man südtirolerisch flucht, weiß ich noch nicht.

KAPITEL 8

In der Küche herrscht wieder Hochbetrieb, und Tonio jongliert mit Töpfen und Pfannen. Die Küchenhilfe, die nur dann kommt, wenn Gäste erwartet werden, steht neben ihm und putzt Gemüse. Titus lehnt an einer Wand und hält einen Teller mit einem riesigen Stück Torte und einer Espressotasse in der Hand. Offenbar gab es beim Galeristentreffen im Tal für ihn nicht genug zu essen. Sitzt er jemals, wenn er irgendwas kaut? Kennt sein Körper eigentlich Genuss? Er kommt mir immer vor wie ein Raubtier, das sprungbereit seine Beute verschlingt, jederzeit darauf eingestellt, einen Angreifer wegzubeißen.

Wenn Marei mir einen ihrer gefürchteten Kurse in Etikette und Tischkultur gab, sagte sie: »Loulou, es gibt Reißer und Graser. Reißer sind die Sehnigen, die sich selbst beim Essen noch bewegen, Graser sind die gemütlichen Genießer, die selbst auf der Flucht noch kauen. Beide sollten allerdings den korrekten Gebrauch eines Gourmetlöffels kennen.«

Und dann folgte meist ein langer Vortrag über Hummergabeln, Richtgläser, Jus-Löffel und Messerbänkchen. Sollte mich jemals die Queen im Buckingham Palace zum Dinner einladen, wäre ich vorbereitet.

Nach Mareis Kategorien bin ich wohl eher eine Graserin, und bei all den Köstlichkeiten, die Tonio jeden Tag kocht, muss ich einfach immer mal wieder in der Küche vorbeigehen und sehen, ob ich nicht irgendwas probieren kann. Diesmal ist es eine Fruchtmousse bzw. ein »Espuma«, erklärt Tonio, als er mir die schaumige Masse mit dem Siphon in ein Glas spritzt. Genussvoll beginne ich zu löffeln.

Ich fange einen Blick von Titus auf, der mir schon wieder irgendwie missbilligend erscheint, aber er beobachtet nicht mich, sondern Tonio, denn er wartet, bis der Koch den Siphon zurück in die Kühlkammer bringt und wir unter uns sind.

Dann tritt er neben mich: »Wir haben heute Abend eine Menge Gäste, zu einer speziellen Soiree, geschlossene Gesellschaft. Die ganze Galerie ist reserviert. Nikola wird dich fragen, ob du dabei sein willst. Du musst das nicht machen, das gehört nicht zu deinem Job.«

Ich sehe ihn erstaunt an.

Ist er jetzt etwa der Kontrolletti vom Haus, will er mir Vorschriften machen? Gibt es eine Bettzeit nach dem Sandmännchen? Haben wir eine Gewerkschaft ausgerufen, und ich weiß nichts davon? Er hat sich doch überhaupt nicht einzumischen.

»Klar mach ich das, wenn sie mich fragt!«

Ich kratze das Glas Espuma aus und sehe mit Vorfreude, wie die Küchenhilfe kleine Spießchen vorbereitet. Es wird sicher eine glamouröse Sache, Nikola und Sergej laden eben nicht zu Mettigel und Kümmerling ein.

Titus lässt nicht locker.

»Ehrlich. Das wird … schräg. Du kannst es ablehnen und sagen, du musst die Work-out-Pläne für nächste Woche vorbereiten. Oder sag, du möchtest in der Küche helfen, wenn du unbedingt was tun willst.«

Ich schüttle den Kopf, ich bin doch nicht bescheuert. In der Galerie gibt es ein Blattgold-Event, und ich soll währenddessen an der Spüle stehen und Mousse-, Verzeihung, Espuma-Gläschen schrubben? Mir scheint, Titus ist eine richtige Spaßbremse, der einfach keine Partys mag. Pech für ihn, ich bin nämlich hier, um die schönen Seiten des Lebens zu genießen. Es kommt mir sehr gelegen, dass in dem Moment ein Ping eine neue SMS ankündigt.

»Spül du doch, wenn du keine Lust auf den Abend hast«, sage ich schnippisch, stelle das leere Gläschen auf seinem Tortenteller ab und rausche aus der Küche.

Auf der Treppe sehe ich, dass Marei geschrieben hat.

Coole alte Tante – bezaubernde Nichte

MAREI:

Schatzi, ich muss gerade an dich denken, weil ich hier vor einem uralten Luis-Trenker-Filmplakat stehe. Wahrscheinlich erinnerst du dich gar nicht mehr, dass du schon mal in den Bergen warst, mit drei oder vier. Deine Eltern wollten unbedingt wandern. Ich habe euch ein paar Tage in eurer Pension besucht. Die Tochter des Hauses hatte ein sehr blühendes Liebesleben. Wenn sie auf dem Fensterbrett ihres Zimmers saß, wussten die Burschen des Dorfes, dass ihre Eltern abgelenkt waren und sie fensterln konnten. Das ging völlig öffentlich, und das Gejodel und Gejuchze im Zimmer nahm kein Ende. Sie war die Königin des Ortes und winkte sich die Jungs rein, wie es ihr passte. Sie hielt Hof und ließ alle nach ihrer Pfeife tanzen. Gemma hätte dieses Mädchen gefallen. Deine Eltern waren aber sehr empört, als sie das mitbekamen, und reisten früher ab. Ich hoffe, du amüsierst dich und lernst viel. Kuss, Marei

LOUISA:

Bei uns steigt heute eine exklusive Party. Ich find's überhaupt sehr königlich hier und kröne mich irgendwann zur Queen of Murmeltier, Herrin der Bergadler oder Mistress Edelweiß. Bei den Männern ist noch Luft nach oben, aber ich erzieh mir meine

Untertanen schon. Muss weiter – as'Odei! (Das war ladinisch.)

Wie zufällig schlendere ich durchs Haus, um Nikola oder Sergej die Gelegenheit zu geben, mir von der Party zu erzählen. Und das klappt auch, ich bin ein Glückspilz. Gerade helfe ich Constanze, hundert Handtücher zu falten, als Nikola mich zu sich winkt.

Sie nimmt mich mit in ihre privaten Räume, die ich noch nicht betreten habe und die mich echt umhauen. Alles ist strahlend weiß, und an den Wänden hängen riesige Gemälde mit monochromen dicken Farbschichten. Sie schiebt eine japanische Papierwand zur Seite, und wir stehen in ihrem üppig ausgestatteten Ankleidezimmer. Die Businessgarderobe ordnet sich nach Designern, die Abendgarderobe nach Farben. Sie schaltet ein Tablet an, das an der Wand befestigt ist, und scrollt eine Liste durch, wahrscheinlich hat sie vermerkt, was sie wann getragen hat. Sie nimmt ein schwarzes Minikleid aus dem Schrank und legt es beiseite.

»Das zieh ich nachher an«, murmelt sie. »Und du …«

Sie schiebt die bunten Stoffe auf den Stangen hin und her und hält mir schließlich ein extrem knappes weißes Kleid aus sehr dünnem Stoff entgegen.

»Das sähe wundervoll an dir aus.«

Ich schüttle den Kopf und lache.

»Das ist ein bisschen arg kurz für mich, da hab ich Popo-Alarm.«

Sie zuckt mit den Schultern.

»Dann such dir selbst was aus. Wir haben tolle Gäste heute Nacht.«

»Was ist mit der Galerieuniform?«

Sie schüttelt heftig den Kopf.

»Du sollst nicht kellnern oder kunsthistorisches Basiswissen vermitteln, sondern hübsch sein und für gute Stimmung sorgen. Manche der Gäste sind ein bisschen schwerfällig. Unterhalte sie einfach und versprühe Louisa-Magie.«

Louisa-Magie! Ich wusste bis gerade nicht, dass ich so was habe, und fühle mich geschmeichelt. Dann entscheide ich mich für einen knallroten Zweiteiler, und Nikola nickt und drückt mir noch einen dazu passenden BH in die Hand. Bevor ich mich für diese großzügige Leihgabe bedanken kann, telefoniert sie schon wieder und scheucht mich mit der Hand aus dem Ankleideraum.

Anders als ich tragen Constanze und Titus am Abend die Galerieuniform, was bei ihm kaum auffällt, weil er in seinem schwarzen Maßanzug ohnehin sofort in die Oper gehen könnte, aber bei Constanze wundert es mich, dass sie nicht die Gelegenheit ergriffen hat, sich aufzubrezeln. Sie schüttelt den Kopf.

»Ich kellner lieber, ich hab's nicht so mit Gästeunterhaltung. Aber ich bin die ganze Zeit da.«

Obwohl ich nicht recht weiß, was sie mir mit diesem Satz sagen will, lache ich und drehe mich vor ihr, damit sie den schicken Fummel sieht, in dem ich mich fühle wie ein Talkshowstar. Der rote Minirock schmiegt sich hauteng an meine Oberschenkel, und das rote Top, eigentlich nur ein Stück Stoff, wird über dem nackten Rücken mit zwei Kettchen gehalten. Titus schaut schon wieder missbilligend, er kann sich wohl einfach nicht locker machen. Aber das soll mir egal sein, ich bin heute Nacht ein Feierbiest.

Die Galerie hat sich erstaunlich verwandelt. Die aktuelle Ausstellung von La Nebbia ist weggeräumt, stattdessen steht in der Mitte des Raumes eine riesige Sofalandschaft aus weißem Leder. Einzelne breite Sessel, Mehrsitzer, Ottomanen, Hocker und runde Flächen, dazwischen kleine Tische mit Tonios Kreationen und Champagnerflaschen in Eiskübeln. Die Wände liegen im Dunkeln, das verkleinert die Halle auf eine intimere Größe. Rote Lichtspots sorgen für Clubatmosphäre. Es läuft Smooth Jazz, und ich bin ganz hibbelig und hoffe, dass ich mich zwischen all den reichen Besuchern nicht blamieren werde. Die ersten Gäste treffen ein. Schnell füllen sich die weißen Sofas und Sessel mit plaudernden und lachenden Menschen. Und kaum merklich ist die Musik etwas lauter geworden.

Nikola und Sergej sehen wieder einmal aus wie Models und schreiten durch die Sofalandschaft, als wäre sie ihr Königreich, und so ist es ja auch. Constanze balanciert Tabletts und eilt zwischen Küche und Galerie hin und her. Titus steht wie ein Security-Mann am

Rand und guckt strebermäßig. Ich schlendere umher und freue mich, dass ich immer wieder angesprochen werde und die Gäste alle so nett sind. Natürlich wenden sich meistens die Männer an mich und wollen ein bisschen flirten, aber das finde ich in Ordnung.

Allerdings ist es eine Frau, die mich besonders beeindruckt. Sie kam in Begleitung zweier junger Männer hier an, die beiden sind höchstens Mitte zwanzig, aber sie selbst muss zwischen Ende vierzig und Ende fünfzig sein, ich kann das schlecht schätzen, weil ihr Gesicht seltsam alterslos wirkt. Ihr großer, extrem schlanker Körper steckt in einem dunkelvioletten Jumpsuit, und an ihren Ohren hängen Ringe mit blitzenden Steinen, die wahrscheinlich mehr kosten, als ich je in meinem Leben verdienen werde. Ihre wachen Augen sind katzenhaft geschminkt. Und sie ist völlig kahl.

Über ihren Schädel zieht sich ein florales Tattoo.

Ich habe noch nie jemanden getroffen, der so aussieht.

Mit fast militärischem Schritt kommt sie auf mich zu und spricht mich mit einer dunklen, warmen Stimme an. Ich weiß sofort, dass sie es gewohnt ist, Befehle zu erteilen.

»Louisa!«, sagt sie wie zu einer alten Freundin. »Ich hab schon gehört, dass du neu im Haus bist. Und du bist noch hübscher, als es mir berichtet wurde.«

Ich lache verlegen und biete ihr ein Glas Champagner an, aber sie geht gar nicht darauf ein und lässt mich nicht aus den Augen. Hat sie mir überhaupt ihren Namen genannt? Mir fällt die Schlange aus dem *Dschungelbuch* ein. Wenn sie mich lange genug so hypnotisierend ansieht, werde ich alles tun, was sie will.

Sie unterhält sich eine Weile mit mir. Es ist zwar eher unverbindliche Partykonversation, die keinem anderen Gast auffallen würde oder soll, aber genau dabei scheint sie mich auf eine Weise abzuchecken, die alles, was ich so daherplaudere, nach einem geheimen Algorithmus analysiert. Als stecke etwas Größeres dahinter, das ich selbst gar nicht erkenne. Sie beeindruckt mich immer mehr. Schon werde ich persönlicher, verlasse den Small Talk. Sie ist so wach, kultiviert und schlagfertig. Mehrmals muss ich laut lachen. Ich finde sie wunderbar und wüsste zu gern alles über sie. Bisher allerdings erzähle nur ich ihr etwas von mir, sie scheint eine Meisterin darin, Menschen zum Reden zu bringen. Bald erwähne ich Sven und meine neue Freiheit, meine beruflichen Ziele und meine Familie.

Irgendwann lehnt sie sich vertraulich zu mir: »Wenn du das hier für Luxus hältst und glaubst, einen Traumjob zu haben, dann lass dir sagen, da kannst du mehr kriegen. Ich habe einen Freund bei Sotheby's in London, der sucht eine Praktikantin, und du wärst perfekt für die Stelle. Aber du müsstest direkt anfangen, noch diese Woche. Wenn du willst, leite ich alles in die Wege.«

Ich starre sie ungläubig an. Versucht sie ernsthaft, mich von hier abzuwerben? Ist das ein Witz?

Sie ahnt wohl, was in mir vorgeht, oder kann Gedanken lesen, jedenfalls schaltet sie ihr Handy an, tippt eine Weile darauf herum und zeigt mir eine Stellenanzeige von Sotheby's mit dem Foto des Chefkurators. Anschließend wählt sie aus ihren privaten Bildern eines, auf dem sie Arm in Arm mit genau diesem Mann bei einer Ausstellung zu sehen ist. Die beiden wirken ganz vertraut. Sie kennt ihn wirklich näher.

Ich weiß gar nicht, wie ich reagieren soll. Es ist einfach zu viel, ich habe mich hier gerade erst halbwegs eingewöhnt und arbeite so gerne für Nikola und Sergej. Die Stelle bei Sotheby's wäre eindeutig eine Nummer zu groß für mich. Hätte ich schon mehr Semester studiert, müsste ich sofort begeistert zuschlagen, aber jetzt gerade fühle ich mich hier genau richtig. Ich erkläre der Frau meine Gründe und hoffe sehr, dass sie nicht verärgert ist.

»Das bedaure ich sehr«, sagt sie, sieht enttäuscht, ja fast beleidigt aus und streicht mir über die Wange.

»Louisa, meine Liebe, solltest du umdisponieren, ruf mich an, und wir sitzen noch am selben Tag im Flieger nach London.«

Sie schiebt mir eine Visitenkarte zu, unauffällig und geübt wie eine Agentin, und erhebt sich mit schlangenartiger Geschmeidigkeit. Auf der Karte steht bloß eine Handynummer, kein Name, kein Logo. Dann stolziert sie weg und hakt sich lachend bei einem Gast unter.

Ich fühle mich stehen gelassen und schaue mich unbeholfen um. Hoffentlich haben meine Chefs diesen Abgang nicht mitbekommen und denken jetzt, ich würde mich bei ihren Gästen danebenbenehmen. Titus scheint das jedenfalls zu meinen, denn er schaut noch strenger, als hätte ich gerade einen großen Fehler gemacht. Als Sergej ihn dann anspricht und zu mir herübernickt, schüttelt er den Kopf, aber Sergej besteht auf dem, was immer er auch will. Irgendwas soll Titus in Bezug auf mich tun, was ihm nicht passt. Bevor ich weiter überlegen kann, legt Nikola von hinten den Arm um meine Taille.

»Zeit für Louisa-Magie«, raunt sie, »wir müssen Schwung in diese Versammlung bekommen.«

Die Musik wechselt zu einem langsamen Popsong.

Nikola zieht mich hinter sich her: »Es ist bald Mitternacht. Wenn bis dahin niemand tanzt, verwandeln wir uns alle in Kürbisse.«

Sie schiebt mich zu Titus und macht eine auffordernde Geste. Wir sehen uns an und fühlen uns beide unbehaglich. Sollen wir jetzt vor all diesen Leuten herumstolpern und uns lächerlich machen? Ich tanze Standard und Latein, Zumba und Hip-Hop, seit ich ein Kind bin, und weiß deshalb sehr genau, dass ein Tanzpaar, das sich nicht kennt, beim ersten Mal selten eine gute Figur macht. Wir werden uns auf die Füße treten, diskutieren, wer welchen Schritt machen muss, und peinlich aussehen.

Aber Nikola und Sergej sind unerbittlich. Er zieht seine Frau in seine Arme und beginnt, sich mit ihr auf dem glatten Marmorboden zu drehen, die Gäste klatschen. Offenbar sind sie auch beim Tanzen ein Traumpaar. Titus und ich fügen uns widerwillig. Ich glaube, für ihn ist die Situation noch unangenehmer als für mich, denn ich kann wenigstens tanzen und richte mich darauf ein, ihn diskret zu führen, damit wir uns beide nicht blamieren. Bestimmt wird er stocksteif und unkoordiniert herumhüpfen und in Gedanken die Takte mitzählen.

Umso erstaunter bin ich, als Titus mich schwungvoll an sich zieht, seine Hand selbstbewusst und sicher auf meinen Rücken legt und mich in eine erste Drehung schwenkt. Ich bin so überrascht, dass ich es bin, die stolpert, aber er federt meinen falschen Schritt ab und führt mich nicht nur mit der Hand, sondern mit seinem ganzen Körper. Wie ein Yin-und-Yang-Zeichen fügen wir uns zusammen, ich spüre seinen Atem an meiner Schläfe und überlasse mich seinen Schritten. Es ist berauschend, wie gut wir miteinander harmonieren. Ich bin durch die Absätze so groß wie er und fühle sein Becken an meinem. Meine Brüste pressen sich gegen seinen Körper, seine Hand liegt warm auf meinem Rücken. Ich genieße die Bewegung, das Schaukeln und Drehen. Und auch seinen Duft mag ich, ein dezentes Parfüm ohne aufdringliche Sandelholz- oder Seifennote, ich atme es tief ein. Am liebsten würde ich die Augen schließen und mich seiner Berührung ganz überlassen, aber jetzt beginnen weitere Paare zu tanzen, und ich möchte niemanden anrempeln. Aus den Augenwinkeln sehe ich auch die große Frau mit dem Kopftattoo und nehme mir vor, ihr später noch einmal zu danken für ihr unglaubliches Angebot.

Die Musik wird leiser, und ich hoffe so sehr, dass sie nicht abbricht, damit Titus keine billige Gelegenheit findet, sich von mir zu lösen. Aber das scheint er gar nicht vorzuhaben, denn er bewegt sich weiter in kleinen Kreisen und hält mich fest – vielleicht gefällt es ihm ja auch, mir nahe zu sein.

Dann geht ein Ruck durch seinen Körper, und erschrocken sehe ich hoch. Sergej steht neben mir, strahlend, und hält mir die Hand hin, offenbar will er abklatschen. Doch bevor es dazu kommt, macht die kahlköpfige Frau einen ungewöhnlichen Schritt, schubst mich, und dabei stoße ich einem der Aushilfskellner ein Tablett voller Champagnergläser weg. Ich sehe die Gläser wie in Zeitlupe auf dem harten Galerieboden zerschellen und Splitter und Champagner über einige Schuhe spritzen – während die Kopftätowierte ungerührt zuschaut. Ich will ihr direkt sagen, dass sie sich keine Sorgen zu machen brauche und dass nichts Schlimmes passiert sei, aber sie sieht gar nicht mehr freundlich aus, sondern funkelt mich wütend an.

»Diese ungeschickte Person!«, zischt sie und zeigt auf mich. »Was für ein Trampel. Sergej, wo hast du die denn her?«

Fassungslos blicke ich von ihr zu Sergej und dann zu Titus. Auch er kommt mir nicht zu Hilfe. Gerade noch haben wir getanzt wie ein Liebespaar, und jetzt steht er da und entschuldigt sich bei der Frau, die ja mich geschubst hat.

Sergej schaut mich genervt an, nimmt die Frau beim Arm und führt sie, beruhigend auf sie einredend, zur Bar. Die anderen tanzen weiter, während zwei Aushilfskellnerinnen die Scherben zusammenfegen und zu feudeln beginnen. Ich stehe da wie ein begossener Pudel und warte darauf, dass Titus sich erklärt, aber er dreht sich einfach weg, fordert Nikola auf und tanzt mit ihr weiter.

Ich schleiche von der Tanzfläche, fühle mich gedemütigt und bloßgestellt und würde mich am liebsten verkriechen. Leider ist man in einem knallroten Designer-Zweiteiler alles andere als unsichtbar. Ich will wenigstens eine Weile allein sein und gehe kurz vor die Tür.

Draußen sehe ich nichts, es ist stockdunkel, nicht mal die Linie der nächsten Gipfel hebt sich gegen den Himmel ab. Irgendwo weit entfernt läutet eine Kuhglocke. Und wenn ich genau hinhöre, vernehme ich das Quietschen der Seilbahn, die natürlich noch in Betrieb ist, solange Gäste hier oben sind. Ansonsten stehe ich im Nichts – bis ich kurz darauf Stimmen höre.

Es sind drei. Die von der tätowierten Frau, von Titus, der offenbar mit Nikola nur ein paar Drehungen getanzt hat, und von Constanze.

Titus fragt gerade: »Wird sie jetzt kündigen?«

Die Frau antwortet: »Leider nicht, es gefällt ihr zu gut.«

Constanze seufzt laut: »Vielleicht machen Sie ihr ein noch besseres Angebot?«

Die Frau lacht leise. »Unmöglich. Sotheby's ist schon der Heilige Gral für Kunsthistorikerinnen.«

Wieder Titus: »Sie muss aus dem Haus. Sie macht sonst alles kaputt. Sie gefährdet unsere Arbeit von über einem Jahr.« Und nach einer Pause: »Ich kümmere mich drum, ich behalte sie im Auge.«

Ich habe genug gehört. Und bin so wütend, dass mein Gesicht wahrscheinlich so rot ist wie mein Zweiteiler. Was bilden die sich ein? Warum wollen sie mich nicht hier haben?

Ich fühle eine Loyalität Nikola und Sergej gegenüber, die mir hier den Sommer meines Lebens und uns allen eine gute Zeit bieten. Was immer die drei auch aushecken, sie hintergehen meine Chefs. Und sie hintergehen mich. Titus ist also nicht nur der Privatsekretär, sondern verfolgt eigene Pläne. Ich lasse mich keinesfalls vertreiben, egal, welche krummen Dinger er dreht, ich lasse mich da nicht mit reinziehen und beschließe, ihn von jetzt an zu ignorieren. Genauso enttäuscht bin ich von Constanze, aber ihre Stimme klang eher besorgt als arglistig. Sie war bisher so nett zu mir, und irgendwie kann ich nicht glauben, dass sie mir etwas Böses will, aber mit diesem Titus bin ich durch.

Gäste schieben sich an mir vorbei, und ich nutze das Gedränge, um zurück in die Halle zu gehen. Offenbar hat niemand bemerkt, dass ich eine Weile weg war, die verbliebenen Gäste amüsieren sich sichtlich, sie sitzen jetzt enger zusammen, und die Aushilfskellner kommen mit dem Champagner kaum hinterher. Constanze und Titus sehe ich nicht, vielleicht hecken sie jetzt anderswo ihre Intrigen aus. Ich bin jedenfalls hier, um die Gäste zu unterhalten und um mich zu amüsieren, also trinke ich schnell zwei Gläser Champagner und setze mich zu einem Paar, das mich anstrahlt und in ihr Gespräch miteinbezieht.

Na bitte, manche legen Wert auf meine Gesellschaft.

Wir trinken und lachen. Die Musik wird lauter, die Stimmung ausgelassener. Die Beleuchtung wechselt zu einem roten Dämmerlicht. Ich fühle mich wie in einem Club und nicht mehr wie in einer Galerie. Der rote Lichtschein zeichnet die Konturen weich, die Gesichter sehen noch ebenmäßiger und attraktiver aus, die Haut schimmert, die Haare glänzen. Eine Mischung aus Bordell und Hölle, denke ich und finde es himmlisch. Das Licht macht mich fast betrunkener als der Champagner.

Ich möchte Teil dieser fließenden, warmen, weichen und gleichzeitig zunehmend brodelnden Atmosphäre sein, stehe auf und bewege mich vor dem Paar, mit dem ich gerade noch gesprochen habe. Der Mann deutet einen Applaus an und zieht seine Partnerin näher zu sich, während ich die Augen schließe, mich der Musik hingebe, die Bässe bis in den Bauch fühle und die Streicher über meinen Körper gleiten. Als ich die Augen öffne, steht das Pärchen vom Sofa auf und nimmt mich in seine Mitte. Die beiden tanzen mich so eng an, bis wir ein einziger schlängelnder und wippender Leib sind, ich fühle den harten Oberkörper des Mannes an meinem Rücken und auch seinen steifen Schwanz an meinem Hintern und schlinge die Arme um seine Freundin, die etwas größer ist als ich und üppig, ich schmiege mich an ihre weichen Kurven, ziehe sie so nah zu mir heran, dass wir beide kaum Luft bekommen, atme ihren Duft nach Zimt und Freesien ein und beginne, ihren Hals zu küssen. Der Mann bedeckt meinen Nacken mit Küssen und saugt sich hinter dem Ohrläppchen fest, das jagt Gänsehautwellen über meinen ganzen Körper.

Ob Sergej und Nikola das so geplant haben? Passiert es regelmäßig, dass ihre Feste ab Mitternacht außer Kontrolle geraten? Ich suche sie in der Menge und finde Nikola in tiefe Zungenküsse mit einer schwarzen Frau versunken, deren Haarkrone Nikolas Gesicht fast verdeckt. Sergej amüsiert sich mit zwei asiatischen

Mädchen, die Dirndl tragen. Ihre Mieder sind schon zur Hälfte aufgeknöpft, und sie kichern die ganze Zeit. Als Sergej bemerkt, dass ich ihn ansehe, lächelt er mir zu und legt dann genießerisch den Kopf zurück, während das eine Mädchen sich auf seinen Schoß setzt und sich dort wie bei einem Lapdance bewegt.

Ich beschließe, mir über nichts mehr Gedanken zu machen und das hier einfach zu genießen. Was am Berg passiert, bleibt am Berg. Das ist es ja, was ich wollte, ich war noch nie Teil einer Orgie, kenne Gruppensex nur aus Pornofilmen und fand das oft unfreiwillig komisch, auch chaotisch, mühsam, künstlich. Hier ist es anders. Organisch, natürlich, ausgelassen. Ich komme mir begehrt vor, und genau das brauche ich jetzt.

Soll Titus doch die Spaßbremse spielen, sich mit Stacheldraht geißeln oder in ein Eisbad steigen oder was er sonst für eine gelungene Freizeitgestaltung hält. Aber das ist nichts für mich, ich bin die Königin der Nacht. Ich werde mir jetzt das Hirn raus- und mir ihn aus dem Kopf vögeln. Er ist weiß Göttin nicht der einzige schöne Mann, hier gibt es einige, die ich nicht von der Sofakante schubsen werde – von den tollen Frauen ganz abgesehen. Der große Blonde mit den langen Haaren dahinten, der mich anstarrt, zum Beispiel, ein Hüne wie ein skandinavischer Wikinger. Hat Nikola mich nicht eine »Schildmaid« genannt? Das passt doch. Mit dem werde ich heute noch der Freya opfern oder welcher nordischen Göttin der Lust auch immer.

Oder die beiden jungen Männer, die die tätowierte Frau begleitet haben, mit denen würde es bestimmt witzig, vielleicht borge ich sie mir einfach aus – als Retourkutsche dafür, dass ihre Herrin Intrigen gegen mich spinnt.

Und auf jeden Fall werde ich mir den schmalen Mann mit dem Goatie-Bart, den Piercings und dem Tattoo-Sleeve genauer ansehen, er macht zwar einen schüchternen Eindruck, aber sein Blick ist so hungrig, dass er wahrscheinlich vor Lust austickt, wenn er sich mal hingibt. Das würde ich gern erleben, denn darum geht es doch: aufzugehen im anderen, sich in eine andere Bewusstseinssphäre zu vögeln. Wer zum Himmel braucht hier jemanden wie Titus, verschlossen wie eine Auster, spröde wie ein trockener Spülschwamm, anstrengend wie ein bockiger Hund. Ich sicher nicht. Ich bin Magic Louisa, die Sexgöttin des Abends.

Die ersten Frauen ziehen ihre Oberteile aus, auch die BHs, ich mache es ihnen nach und hebe die Arme, als hätte ich ein Rennen gewonnen, und genauso fühle ich mich auch. Der Mann hinter mir umfasst sofort meine nackten Brüste, die Spitzen sind hart und empfindlich unter seiner leicht rauen Haut. Die Frau, die ich im Arm halte, küsst mich auf den Mund. Meine Zunge taucht ein, ich versinke ganz in ihr und vergesse alles um mich herum. Die Hände des Mannes wandern an meinem Körper auf und ab, ich fühle, wie er den Reißverschluss meines Rocks nach unten zieht.

Der Stoff gleitet hinab. Ich hebe einen Fuß, um ihn wegzutreten, und noch während ich auf einem Bein stehe, schieben sich seine Finger unter meinen Slip und ziehen auch ihn über meinen Hintern. Jetzt ist es egal, ich bin froh, dass ich nun ganz nackt bin, fühle mich frei und schön. Ohne die Augen zu öffnen, nestele ich am BH-Verschluss der Frau und gebe ihr etwas Raum, damit sie aus ihren Lederleggings steigen kann. Wir umarmen uns wieder, küssen uns so heftig, dass wir ein paar Schritte taumeln und schließlich aufs Sofa fallen. Sie liegt unter mir. Ich lecke über ihre Brustspitzen und genieße das Gefühl, wie ihre Hände meine Taille und den Rücken betasten. So viele Hände streicheln mich. Ich halte einen Moment inne, um alles zu spüren, ich will nichts verpassen. Ihre weichen, kleinen Finger fahren über meine Schultern, drücken meine Brüste und kratzen leicht an meinem Hals entlang. Die großen, leicht rauen Hände machen sich an meinem Hintern und den Oberschenkeln zu schaffen, fahren zwischen meine Beine, die ich bereitwillig spreize. Glücklicherweise sind die Ledersofas breit genug und nicht so unbequem wie die Ottomane in Jaris Atelier. Constanze fällt mir ein, ich sehe mich um, suche ihre roten Locken unter all den nackten und halb nackten Körpern, entdecke sie aber nirgends. Dann habe ich sie auch schon wieder vergessen, denn die Hand zwischen meinen Beinen ist hoch zu meiner Möse geglitten und massiert den Venushügel. Ein Finger rutscht dabei zwischen die Schamlippen, ich stöhne auf, strecke den Hintern etwas höher und gehe mit dem Kreuz tiefer, damit er noch besser an meine Möse herankommt. Jetzt schiebt sich ein Finger in mich, nicht weit, er spielt vorn am Möseneingang, kreist, zieht sich zurück und dringt wieder ein. Ich möchte aufjaulen vor Lust, aber er lässt mich zappeln, knetet meinen Hintern und fährt die Poritze hoch und runter. Einen Moment stelle ich mir vor, wie ich ganz offen vor ihm liege und seine Finger auch dort eindringen, mich einfach in den Arsch ficken. Aber als er seinen Daumen leicht auf mein Poloch drückt und ich zucke, lässt er es sofort und streicht nur drum herum und gleitet dann zu meiner Möse zurück. Ich seufze wohlig. Wer ficken will, muss freundlich sein, und dieser Liebhaber hinter mir ist so höflich, wie eine gefickte Dame es sich nur wünschen kann. Er lehnt sich mit seinem Gewicht etwas stärker gegen mich, sodass ich auf seine Partnerin gepresst werde und gerade noch meine Hand zwischen ihre Beine schieben kann, bevor wir eingekeilt sind. Sie legt ein Bein über die Sofalehne und stellt das andere auf den Boden. Mein Handballen reibt ihre Klit. Jedes Mal, wenn ich mich bewege, rutsche ich über ihre Möse, und sie fiept leise und streckt den Oberkörper. Wir drei finden einen Rhythmus. Der Mann bewegt seine Finger in meiner nassen Möse, und schließlich, als er sich ein Kondom aus einer der bereitstehenden Schalen genommen und übergezogen hat, führt er mir seinen Schwanz ein. Ich bleibe ein paar Sekunden bewegungslos, weil ich das genau nachspüren will. Er dringt erst bis zur Eichel ein und schiebt sich dann langsam vorwärts. Ich fühle, wie seine Freundin eine Hand bis zu meiner Möse schiebt, und als ihre Finger meinen Kitzler finden, setzt mein Herz einen Moment aus. Er zieht sich zurück und schiebt ihn mir erneut in die Möse, wird dann schneller, bis er mich schließlich hart fickt, seine Eier klatschen bei jedem Stoß gegen meinen Möseneingang. Seine Freundin und ich rubbeln uns die Mösen, so gut das in der eingeklemmten Haltung geht. Als ich komme, schreie ich kurz auf, und mein schriller, überrascht klingender Ton vermischt sich mit dem Gestöhne und dem Geräusch der aufeinanderklatschenden Körper um mich herum. Er stößt mich noch einige Male, bis auch er kommt, dann gleitet er neben seine Partnerin, und sie dreht sich so, dass sie mit weit gespreizten Beinen zwischen uns auf dem Sofa sitzt. Ihre Beine legt sie über unsere Knie, und wir beugen uns von beiden Seiten zu ihr, um sie zu verwöhnen. Ich sauge an ihren Nippeln, er massiert die Innenseite ihrer Oberschenkel, dann treffen sich unsere Finger in ihrer Möse. Wir betasten ihr haarloses Geschlecht, ziehen Kreise um ihren Kitzler oder lassen eine Fingerkuppe in ihren Möseneingang tauchen. Sie wimmert und windet sich vor Lust. Er dringt mit zwei Fingern in sie ein und beginnt, sie zu ficken, während ich auf ihre Klit tippe. Ihre

Hand wühlt in meinem Haar und zieht mich näher zu sich, also beuge ich mich über ihre Möse und berühre ihren Kitzler mit meiner Zungenspitze. Es braucht gar nicht viel, ich mache die Zunge weich und presse sie gegen die Knospe, während die Hand sich in ihr bewegt, rein- und rausfährt und sie immer lauter schreit, bis sie schließlich explodiert und die Beine hoch in die Luft streckt, wo sie noch einige Sekunden zappeln, dabei lasse ich meine Zunge auf ihrer Klitoris, solange sie zuckt. Dann tauchen wir alle drei aus der Lust auf, lachen uns an, und ihr Mann küsst mich lange.

Matt und überreizt lehne ich mich zurück, sehe den anderen eine Weile zu.

Aber ich bleibe nicht lange allein.

Der Schüchterne mit dem Goatie ist hinter mich gerutscht und fängt an, meinen Hintern zu streicheln. Ich ziehe die Beine etwas an, bis ich fast liege, stütze den Oberkörper auf einem weichen Kissen ab und lasse ihn einfach mal machen. Er spreizt meine Pobacken, beugt sich vor und beginnt, mir die Ritze zu lecken. Schließlich kommt er am Poloch an und leckt mich auch dort. Das ist ungewohnt und etwas kitzlig, aber ich will alles ausprobieren, und er widmet sich in größter Ruhe meiner Hintertür. Er züngelt über die Rosette, spitzt den Mund, saugt und reizt die empfindliche Haut drum herum. Irgendwann spreizt er meine Beine, ich höre eine Kondomverpackung knistern, er fasst zu meiner Möse, die er nass und prall findet, schiebt mir seinen Schwanz in die Möse und fickt mich, während seine Finger weiter an meinem Poloch spielen. Ich könnte vergehen, so sehr zieht und brennt es zwischen meinen Beinen. Mein Orgasmus rollt diesmal nicht ozeanisch heran, sondern breitet sich dumpf und schlagartig aus wie eine Druckwelle, als wäre etwas in meinem Unterleib detoniert, mir wird eine Sekunde schwarz vor Augen. Ihm geht es wohl ähnlich, denn er krallt sich in meine Hüften und verharrt lange mit versteiftem Körper.

Als wir zu uns kommen, zieht er mich an sich, und wir sitzen eine Weile aneinandergeschmiegt da, fühlen den anderen atmen und schließen kurz für Momente die Augen, ein Wimpernschlag Ohnmacht, dann bin ich wieder hellwach, weil ich nichts verpassen will von alldem hier, keinen Anblick, keine Gelegenheit. Rund um uns geht das Treiben weiter, immer ergibt sich ein anderes Tableau.

Ein Quartett ist ganz bei uns in der Nähe unermüdlich, drei Männer und eine Frau: Das Paar kniet vor zwei Männern, die auf der Sofalandschaft mehr liegen als sitzen, und lutscht ihnen die Schwänze. Der Mann knetet die Eier des anderen Mannes, die Frau fährt, während sie saugt, mit langen grün lackierten Fingernägeln über Brust und Bauch ihres Spielpartners, bis sie dort dunkelrote Striemen hinterlässt.

Direkt daneben sitzen zwei ältere Frauen, die sich gegenseitig die Brüste liebkosen und es dabei summend genießen, dass ihnen ein junger Mann die Füße leckt.

Die beiden Asiatinnen amüsieren sich immer noch mit Sergej. Er hat einer den Dirndlrock bis weit über den Rücken hochgeschoben und fickt sie fast zeitlupenartig langsam von hinten. Mit einer Hand spielt er an der Möse der zweiten Frau herum. Manchmal versenkt er Schwanz und Finger im gleichen Rhythmus in den beiden Mösen.

Nikola geht herum, reicht Champagnergläser und Kondome und packt auch mal zu. Ein junges Pärchen, das auf der breiten Sofalehne in der Lotussitz-Stellung vögelt, rutscht fast herunter, aber Nikola ist zur Stelle, lehnt sich lachend gegen die Frau, bis die beiden ihr Gleichgewicht wiedergefunden haben und schlängelnd ineinander versinken.

Der Wikinger, den ich mir anfangs ausgeguckt hatte, steht am Rand der Sofalandschaft und reibt seinen Schwanz, während er der kahlköpfigen Frau dabei zusieht, wie sie sich von ihren beiden jungen Begleitern beglücken lässt. Die drei sind so verknäult, dass ich erst die Beine sortieren muss. Sie sitzt aufrecht wie eine Priesterin bei einem Vereinigungsritual auf dem Schoß des ersten Mannes und hat ihm den Rücken zugedreht, damit er ihren Nacken und Hals küsst. Der zweite sitzt ihr zugewandt und hat seine Beine über die seines Partners gelegt. Ich kann nicht erkennen, wer von beiden sie gerade fickt oder wessen Schwanz sie in der Möse hat, vielleicht reiben sie sich auch nur aneinander.

Ich denke noch darüber nach, welche anatomischen Möglichkeiten es in dieser Position gibt, als ich zu dem Wikinger hinüberschlendere. Er streckt mir sofort die Hand hin. Obwohl ich nicht genau weiß, was er will, reiche ich sie ihm. Er dreht mich einmal um mich selbst und umfasst mich dann. Wir machen ein paar Tanzschritte zusammen.

»Ein Orgientanz? Das ist neu.«

»Gefickt wurdest du ja schon, ich hab zugeschaut, und ich dachte mir, wir versuchen mal was anderes. Nicht dass dir langweilig wird.«

Dabei presst er seinen harten Schwanz gegen meinen Bauch. Ich überlege, ob er kräftig genug ist, um mich hochzuheben, sodass er mir seinen Schwanz in die Möse schieben könnte, während wir weiter tanzen, aber ich möchte keine Slapstickeinlage bieten, falls wir umfallen sollten und er sich einen Penisbruch holt.

»Also, ich hätte ja nichts gegen ficken«, sage ich und sehe ihm tief in die Augen, »andererseits ... wenn ich mir was wünschen darf ...«

»Alles, Schneewittchen. Wer so hinreißend ist, darf sich alles wünschen.«

Ich neige huldvoll den Kopf zum Dank für das Kompliment.

»Dann würde ich gern ausgiebig geleckt werden.«

Er löst sich von mir und macht eine kleine Verbeugung.

»Zu Diensten, Prinzessin, ich schlürf dir die Muschi aus, wie es sieben Zwerge nicht besser hinkriegen.«

Er zieht mich zu einem dicken Polster, das ein Rückenteil hat, sodass ich mich dagegenlehnen und das Geficke um mich herum weiter beobachten kann. Er kniet sich hin, spreizt meine Beine, stellt meinen rechten Fuß auf die Lehne und den linken auf seine Schulter und beugt sich zwischen meine Schenkel.

Als seine Zunge meine Schamlippen berühren, löst das sofort einen ersten kleinen Stromschlag aus. Mit den Fingerkuppen zieht er meine Mösenlippen etwas auseinander und züngelt in meiner Spalte auf und ab. Er reizt den Kitzler, bis ich heftiger atme und meine Bauchdecke sich auf- und absenkt. Während er sich den Schwanz reibt, kreist seine Zunge an meinem Möseneingang, er dringt so weit vor, wie es geht, dann zieht er sie heraus, leckt lang über den Damm und kehrt zurück zum Kitzler. In meinem Kopf breitet sich ein dumpfes Brummen aus, etwas vibriert, und ich fühle mich mit allem, mit all den nackten fickenden Menschen ringsherum, ja mit dem ganzen Universum verbunden. Ich bin selten so ausgiebig und so begeistert geleckt worden. Er hat eine absolute Muskelkontrolle und kann seine Zunge abwechselnd weich und breit werden lassen oder sie hart auf meinen Kitzler peitschen. Ab und zu brummt er genüsslich und zieht meinen Duft durch die Nase ein. Schließlich nimmt er seine Finger dazu, führt mir zwei ein und lässt sie in meiner Möse pulsieren. Ich kralle mich in das Polster, spreize die Beine, so weit es nur geht. Alles, was ich fühle, konzentriert sich auf die Ritze zwischen meinen Beinen, leise stammle ich, dass er meine gesamte Spalte auslecken soll. Ich werfe den Kopf zurück, meine Hände greifen in sein weiches langes Wikingerhaar, ich schreie auf, und er lässt nicht von mir ab, sondern presst sein Gesicht in meine Spalte, bis ich nur noch wimmere. Heftig atmend, fast hyperventilierend, liege ich da, die Knie bis zum Kinn hochgezogen, und fühle, wie die Zuckungen des Orgasmus durch mich hindurchlaufen. Eine Träne rollt mir über die Wange, so heftig ist er. Plötzlich wird mein ganzer Körper schwer, ich habe keine Spannung mehr übrig und rutsche noch ein Stück tiefer. Meine Füße fallen zu Boden, von weit her höre ich den Wikinger kurz aufröhren, offenbar hat er sich zu Ende gewichst, einen Moment lang bedaure ich, dass ich mich so habe bedienen lassen, aber er nimmt es mir offenbar nicht krumm, denn er schmiegt sich kniend an meinen Oberschenkel und legt seinen Kopf darauf ab. Ich kraule ihm das Haar und genieße die letzten Wellen, die durch mich strömen wie heißes Blei.

Als ich fast schon weggedämmert bin, öffne ich noch einmal die Augen. Um mich herum stoßen Körper ineinander, werden Schwänze, Zungen, Finger in jede Öffnung eingeführt, neben dem Stöhnen, Keuchen und Heulen erfüllen Kichern, Lachen und Glucksen die große Kunstgalerie, es klatscht und fiept und kreischt.

Und in all diesen Geräuschen, dem nackten Fleisch und den tropfenden Säften fällt mir weiter hinten etwas auf, das bewegungslos ist, stumm, unbeteiligt.

Ich hebe den Kopf, obwohl es mir schwerfällt, ich bin so leer gefickt, dass ich mich betrunken fühle. Dann wird das Bild aber doch schärfer: Die Palette der Rosa- und Beige- und Brauntöne der Körper wird unterbrochen durch einen schwarzen Strich, etwas Fremdes, das mittendrin steht im babylonischen Gewimmel. Etwas, das nicht lacht, sondern ernst und verschlossen eine Art Posten hält. Eine Statue zwischen lauter sich paarenden, doppelrückigen Tieren: Titus, wie immer komplett und korrekt bekleidet zwischen all den Nackten. Aber er hat nichts Geschäftliches zu erledigen, er telefoniert nicht, verschiebt keine Möbel, kommandiert keine Angestellten herum.

Er mustert mich.

Und wendet sich nicht ab.

Er starrt mich an, wie ich breitbeinig auf dem Sofa liege, auf meinem Oberschenkel der Kopf des Wikingers, der noch eben mit seiner Zunge meinen Kitzler betrillert hat, bis ich vor Lust und selbstvergessenem Entzücken geschrien habe.

Titus fixiert mich.

Da ist kein Blinzeln, ich habe keine Möglichkeit, den Kontakt zu unterbrechen. Ich bin ganz gefangen.

Er seziert mich mit seinem Blick. Und seine Augen haben das eisigste Gletschergrau, das ich je gesehen habe.

KAPITEL 9

Gibt es einen Knigge zum Thema, was man am Tag nach einer Orgie zu den Chefs sagt? Ich stehe schon seit Minuten in der Halle und frage mich, wie ich den anderen beim Frühstück gegenübertrete. Guten Morgen, Sergej, sehr beeindruckend, als du nachts die beiden Dirndl-Asiatinnen gevögelt hast? Oder: Sorry, Nikola, auf deinem Designerkleid ist ein großer Spermafleck, aber wir machen einfach den Lewinksky-Move und verstecken es hinten im Schrank? Unschlüssig druckse ich herum, dann wird es mir zu blöd, und ich gehe raus zum Pool. Wenn jetzt zweideutige Kommentare kommen oder ich gerügt werde, weil ich bei der Sause mitgespielt habe, statt Champagner zu servieren und Küchenrollen anzureichen, muss ich da eben durch.

Aber es ist alles wie immer, niemand macht einen dummen Spruch.

Constanze scherzt mit Tonio herum, sie füttern sich gegenseitig mit Früchten, und beide winken mir freundlich zu. Titus sitzt abseits im Schatten, über sein Laptop gebeugt. Er nickt nur kurz, als ich Guten Morgen sage, und guckt so ernst wie üblich, offenbar ist das sein gewachsenes Gesicht. Eine Sekunde lang meine ich etwas Verletzliches, Enttäuschtes in seinem Blick zu lesen, aber dann ist der Moment schon vorbei.

Nikola und Sergej sind gut gelaunt, schenken mir Kaffee ein und reichen eine Auflaufform mit einer Art Hefegebäck herum, das sich als köstlich herausstellt. Aus dem weichen, warmen Teig quillt Marillenmarmelade, die mir beim Reinbeißen übers Kinn tropft.

»Das war ein wunderbares Fest«, strahlt mich Nikola an und streichelt meine Hand. Sergej isst noch eins von den Hefeteilchen und streckt sich genießerisch.

»Es war vor allem eine lange Nacht. Mach doch heute frei, Louisa, entspann dich am Pool oder in den Bergen. Wir packen heute die neue Serie von La Nebbia aus. Da hast du sowieso keinen Nerv für Sport, stimmt's, Liebste?«

Er küsst Nikola die Hand. Die schiebt ihre Sonnenbrille zurück.

»Wir sehen mal, wie wir Zeit haben. Auf jeden Fall muss Titus runter ins Tal, die Poststelle hat angerufen. Titus, kannst du das einrichten?«

Titus klappt sein Laptop zu. Jetzt wird er gleich betonen, dass er natürlich alles schafft, weil er der großartigste und fähigste Privatsekretär aller Zeiten ist. Sankt Titus, der Retter der Akten und Ordner, unverwundbar in seinem Cape aus Humorlosigkeit.

Aber zu meiner Überraschung sagt er: »Ich nehme Louisa mit. Falls die bestellten Gläser dabei sind, kann sie mir tragen helfen.«

Ach, als Muli bin ich gut genug. O Gebieter, mach mich zu deinem willigen Sherpa.

»Das hätte ich fast vergessen.«

Sergej bückt sich unter den Tisch und kramt in einer Tüte. Dann reicht er mir ein nagelneues Laptop. Eins von der wirklich teuren Sorte.

»Ich hab bei deiner Ankunft bemerkt, dass du keins dabeihast. Ein kleines Präsent.«

Ich starre ungläubig zwischen ihm und Nikola hin und her. Dann springe ich auf und umarme Nikola und Sergej stürmisch. Wenn ich wieder zur Uni gehe, wird es Gold wert sein. Mein Gesicht glüht vor Freude. Ich überlege, ob Titus dasselbe Modell benutzt, dann könnte er mir vielleicht eine Einweisung geben, aber als ich mich wieder hinsetze, ist er verschwunden.

Da erst mal kein Work-out ansteht, helfe ich Tonio beim Abräumen und nutze einen Augenblick, den er und ich allein in der Küche haben.

»Wie lange arbeitest du eigentlich schon hier?«

Tonio blättert abwesend in einem Kochbuch und rechnet mit einem Taschenrechner Maßeinheiten um.

»Etwas über zwei Jahre. Ich bin von unten, meine Eltern haben im Tal ein Hotel.«

»Und Titus?«

»Vielleicht ein halbes Jahr.«

»Woher kennen sich Titus und Constanze?«

Ich hoffe, dass meine Stimme ganz beiläufig und nur mäßig interessiert klingt.

»Gar nicht. Die haben sich hier getroffen, als Constanze vor ein paar Monaten angefangen hat.«

»Machst du Pulled Pork heute Abend?«

Ich tippe auf das Foto im Kochbuch. Er soll nicht merken, dass mich seine Antwort überrascht hat. Ich weiß von meinem belauschten Gespräch zwischen den beiden und der kahlen tätowierten Frau draußen vor dem Chalet, dass sich Constanze und Titus schon länger kennen.

Tonio ahnt aber offenbar nichts, er wuchtet einen massiven Bräter von einem Regal.

»Später kommen Dinnergäste, die dürfen die neuen Bilder vor der offiziellen Vernissage sehen.«

Ich wünsche ihm noch frohes Schaffen und schlendere davon. Tonio kann mir wohl nicht helfen herauszufinden, was hier vorgeht.

Und es wird noch rätselhafter: Als ich Nikola suche, um zu fragen, ob ich in der Galerie beim Auspacken helfen soll, höre ich ihre Stimme aus einem der sonst immer verschlossenen Zimmer – weinend. Ich bin schockiert und will zu ihr laufen, aber dann erinnere ich mich daran, wie heftig Titus mich letztes Mal zusammengestaucht hat, weil ich in einem verbotenen Raum auftauchte, und halte mich zurück. Ich hätte nie gedacht, dass Nikola, die immer strahlt und beherrscht ist, so schluchzen kann. Was ist bloß passiert zwischen dem bestens gelaunten Frühstück und jetzt? Ich spähe um die Ecke. Sie sitzt in einem Schaukelstuhl, die Arme um die angezogenen Knie geschlungen und das Gesicht verquollen, ihr Make-up verschmiert, ich erkenne sie kaum.

»Ich schaff das nicht«, wimmert sie, »das ist zu viel, ich schaff's einfach nicht.«

»Doch, tust du. Du machst das gut. Halt durch.«

Die zweite Stimme erschreckt mich so, dass ich zurückzucke. Ich hatte nicht gesehen, dass jemand bei ihr ist, und ganz sicher hatte ich nicht mit Titus gerechnet. Er legt die Hand auf ihren Kopf.

»Nur noch eine Weile, du bist großartig.«

Ich flüchte in mein Zimmer.

Was war das für eine Szene? Erst als ich auf meinem Bett sitze und über die völlig veränderte Nikola nachdenke, wird mir bewusst, was ich sonst noch in dem Zimmer gesehen habe. Ein Mobile, das sich leise dreht. Rüschenvorhänge. Hellblaue Elefanten auf der Wand. Eine breite Wickelkommode. Ein kleines Gitterbett, das an Seilen von der Decke hängt, damit es schaukeln kann. Es war ein Babyzimmer.

Weil ich nicht den ganzen Tag verstört in meinem Zimmer sitzen kann, gehe ich irgendwann zur Galerie, wo Titus und Constanze die drei neuen Bilder auspacken und aufhängen. Constanze verbindet mit einem Akkuschrauber die letzte Stellwand mit den anderen beiden, und Titus hat die große Klimakiste schon geöffnet. Mit weißen Handschuhen nimmt er das erste Bild heraus, löst vorsichtig die Polsterfolie ab und hängt es an das vorbereitete System aus Drähten und Haken. Stumm stehen wir drei vor einem wieder sehr düsteren Bild. An einer Seite ist eine hellere Fläche, die vom rechten Bildrand abgeschnitten wird, auf der anderen Seite hat sie eine Ausbuchtung. In Beige? In Rosé? Jetzt hab ich's: Hautfarben. Es ist der Teil eines Körpers. Ich sehe weiter hin, fahre mit dem Blick die Linien und Wölbungen ab. Violette und dunkelrote Flächen irritieren mich. Dann finde ich die Vertiefung der Wirbelsäule, und schlagartig setzt sich das Ganze in meinem Kopf zusammen. Ich bin fast erschrocken, wie beim ersten Mal, als ich Arbeiten von La Nebbia sah. Der Schock ist gar nicht das Bild an sich, es ist das, was es in meinem Kopf auslöst. Ich fühle eine Gänsehaut. Warum hatte ich es nicht sofort erkannt? Dargestellt ist ein nackter Rücken, und zwar dessen linke Seite. Die Arme sind offenbar vor der Brust verschränkt, deshalb sieht man sie nicht. Die Ausbuchtung, die ich mir erst nicht erklären konnte, ist die Schulter. Und die dunkleren Flecken sind keine Schatten, sondern Blutergüsse. Es ist ein geprügelter, vielleicht gefolterter Körper, anonym, seiner Geschichte und Individualität beraubt, aus dem Kontext gelöst und ganz auf sein Leiden reduziert. Mir steigen Tränen in die Augen. Das viele Schwarz ruft so eine Kälte und Einsamkeit in mir hervor, dass ich es kaum ertrage, weiter hinzusehen. Titus geht es offenbar ähnlich, auch er steht starr da, wie von Gefühlen überwältigt. Constanze kramt in der Kiste und holt das zweite Bild hervor.

»Nicht trödeln, Leute«, sagt sie eine Spur zu fröhlich und mit einem leisen Zittern in der Stimme, aber mehr lässt sie sich nicht anmerken.

Das zweite Bild ist nicht weniger intensiv, nur bin ich jetzt vorbereitet und kann mich schneller einsehen. Wieder gibt es viel Schwarz. Eine hellere Fläche mit einem dunklen gemaserten horizontalen Strich. Ein Hals, mit dem Abdruck eines Stricks. Ich helfe Titus beim Hängen und versuche, die Anmutung von Gewalt und Endgültigkeit, die von dem Gemälde ausgeht, abzuschütteln. Es ist bedrückender und eindringlicher als Gewaltszenen in Filmen, weil ich so viel selbst in meiner Fantasie zusammenfügen muss und ich mich deshalb weniger abgrenzen und nicht verhindern kann, dass diese Bilder mich fluten.

Das dritte ist anders. Ich erkenne die Wölbung eines Waschbeckens und neben dem Abfluss abgeschnittene Strähnen. Wasser fließt von oben ins Becken und spült Haare in den Ausguss. Die Bewegung des Wassers, wie es fließt, die Umgebung reflektiert und im Becken strudelt, erinnert wieder an alte Meister.

Wir stehen vor den drei Gemälden und schweigen. Constanze ist blass und hat feuchte Augen, die fast fiebrig aussehen.

»Woher wisst ihr, welches Bild neben welchem hängen muss?«, frage ich, um unsere Ergriffenheit mit etwas profaneren Galeriethemen zu überspielen.

Titus antwortet:

»Da liegt immer ein Zettel mit genauen Anweisungen, bei jeder Lieferung.«

»Die haben eine Reihenfolge. Wie ein Comic«, erklärt Constanze.

Titus wird plötzlich unruhig. »Nicht trödeln, die Damen.«

Er schiebt Constanze die leere Klimakiste entgegen. »In den Abstellraum und dann bitte hier saugen und durchwischen. Tonio braucht dich in der Küche. Und, Louisa«, er sieht mich streng an, als hätte ich irgendetwas Unangebrachtes gemacht, »in einer Viertelstunde in der Halle. Wir müssen im Tal sein, bevor die Poststelle zumacht.«

Ich hole schnell mein Handy und meine Tasche, warte dann unten auf ihn und frage mich, wie unangenehm dieser Ausflug werden wird. Über die Dinge, die mich wirklich interessieren, darf ich nicht sprechen, und ich will auch nicht wieder von ihm angeschnauzt werden. Für lockeren Small Talk ist er wohl nicht der Typ, also gehe ich davon aus, dass wir die Fahrt im Korb schweigend verbringen werden, während wir verbissen über die Tannenwipfel starren.

Aber Titus ist nicht allein, Nikola begleitet ihn. Sie trägt mal wieder nur Bikinihöschen und einen transparenten geblümten Poncho, unter dem man ihre blanken Brüste sieht, ihr Gesicht ist makellos geschminkt, und sie scherzt und strahlt, als hätte sie nicht kurz zuvor völlig aufgelöst in ihrem Babyzimmer gesessen und sich die Augen ausgeweint.

»Na, aufgeregt?«, lacht sie und steckt mir zwei Hunderter zu.

»Neben der Poststelle gibts eine tolle Boutique. Schau mal, ob du da schicke Schuhe findest. Was für abends.«

Ich nehme das Geld an, behalte es aber in der Hand, und sie versteht sofort, dass ich nicht weiß, wie ich mit noch einem großzügigen Geschenk umgehen soll.

»Das ist eine Arbeitsanweisung. Du musst ordentlich aussehen, und ich kann dir keine Schuhe leihen, meine Füße sind nämlich größer.«

Sie zieht mich ein Stück von Titus weg.

»Und sag der Boutiquebesitzerin, du sollst auch das Päckchen für mich abholen. Mach es bitte auf, ohne dass Titus es mitbekommt, und prüf nach, ob alles da ist.«

Sie zwinkert mir verschwörerisch zu.

»Ich habe Spielzeuge bestellt, du weißt schon, Mädchenutensilien, brandneue Vibratoren, einen Dildo, so was. Vor allem brauchen wir Batterien, falls keine Aufladeplugs dabei sind. Hier oben haben wir keine. Und eine Tube Gleitgel bringst du auch mit, ja? Eine große. Feuchtes Muschi-Mojo ist noch besser.«

Ich nicke, sie küsst mich auf die Wange und geht summend zurück zum Pool. Ich versuche, ihr nicht zu auffällig hinterherzustarren. Entweder hat diese Frau eine gespaltene Persönlichkeit, oder sie ist eine tolle Schauspielerin. Ich habe immer noch Mitleid mit ihr, weil ihre Verzweiflung vorhin so tief war – und gleichzeitig bohrt eine leise Stimme in meinem Kopf nach, will wissen, was in Bezug auf mich vielleicht geschauspielert war. Der Gedanke steckt in mir wie ein Splitter unter den Nägeln, schmerzhaft, aber ich kriege ihn nicht recht zu fassen.

KAPITEL 10

Auf der Fahrt nach unten steht Titus schweigend und mit dem Rücken zu mir im Korb und tippt auf seinem Handy herum. Er stöpselt sich sogar Ohrhörer ein, was ich albern finde. Ich überlege, ob ich ihm vorschlagen soll, sich ein Schild umzuhängen, auf dem wahlweise *»Nerv mich nicht, Louisa!«* oder *»Unkommunikativster Kollege aller Zeiten«* steht. Auch ein *»Schön, aber maulfaul«* könnte ich mir vorstellen.

Als wir uns einige Stunden später unten am Lift wieder treffen, frage ich mich, was Titus die ganze Zeit gemacht hat, während ich Schuhe gekauft und Nikolas Besorgungen erledigt habe. Shoppen war er jedenfalls nicht. Er hat nur einige Briefumschläge dabei, die abzuholen, kann höchstens ein paar Minuten gedauert haben. Aber natürlich frage ich ihn nicht. Wir steigen in den schwankenden Korb, er hält mir die Hand hin und lässt sie erst los, als ich sicher stehe und die klapprige Blechtür hinter mir geschlossen habe.

Schweigend schweben wir über die Wiesen und Hänge. Unter uns zirpen Grillen, ab und zu sehe ich einen Hasen oder ein Reh, es ist wie in einem Disneyfilm, nur dass der Prinz und ich uns weder ansingen noch uns, von niedlichen Vögeln umflattert, in die Arme sinken.

Die Gesteinsformationen werden schroffer, und wir sehen keine Wanderer mehr. Der Korb schaukelt und ruckelt, als er unter einem der Masten hindurchfährt. Titus legt mir kurz die Hand in den Rücken, nimmt sie aber sofort weg, als wir wieder ruhig entlanggleiten. Ein großer Vogel kreist krächzend über uns. Einige Bäume liegen entwurzelt auf den spärlicher bewachsenen Wiesen, das Wurzelwerk mit seinen bizarren Verästelungen erinnert mich an moderne Kunst. Dann gibt es plötzlich einen Ruck, und der Korb kommt zum Stehen. Pendelt aus. Und schwebt.

»Passiert schon mal«, murmelt Titus und greift zu seinem Handy. Er versucht, bei der Talstation nachzufragen, was los ist, aber offenbar nimmt niemand ab. Seufzend steckt er das Handy weg.

»Du brauchst dir keine Sorgen zu machen.«

Ich schnaube abfällig.

»Mach ich nicht, ich bin keine Jungfrau in Nöten.«

Jetzt schnaubt er.

»Jungfrau sicher nicht.«

Ich drehe mich zu ihm: Will er jetzt ernsthaft eine Moraldiskussion führen? Ich bin erwachsen und Single, ich kann vögeln, mit wem ich will. Und wenn ich an einer Orgie teilnehmen möchte, dann steht mir das zu. Meine Möse, meine Regeln.

Das alles möchte ich ihm sagen, und außerdem, dass ich die Geheimniskrämerei satthabe, dass ich längst weiß, dass da oben etwas vorgeht und dass er und Constanze und die tätowierte Frau darin verstrickt sind, dass ich die Geldkoffer gesehen habe und heute auch das Babyzimmer und dass er mich jetzt entweder einweiht oder ich petzen werde. Das würde ich zwar nie tun, aber als Druckmittel funktioniert es vielleicht. Doch bevor ich mit meiner Tirade loslegen und ihm alles vorwerfen kann, was mich an ihm stört, nervt und verunsichert, zieht er mich zu sich, greift mir ins Haar mit einem Verlangen, das eine Gänsehaut über meinen Körper jagt, und küsst mich.

Er. Küsst. Mich.

Er will, dass ich abreise, und jetzt küsst er mich? Ich denke im selben Moment nicht mehr nach, kein Stück, meine Gedanken sind wie abgeschnitten, stattdessen durchflutet mich eine Hitze, die mich aufglühen und schmelzen lässt. Ich schlinge die Arme um seinen Hals und erwidere seinen Kuss. Sein Mund ist nicht nur ausgesprochen schön, er kann auch küssen, meine Herrin, seine Lippen sind weich und doch bestimmt, seine Hand fährt durch mein Haar, die andere presst sich auf meinen Rücken. Wir stehen so eng zusammen, wie es nur geht, ich fühle ihn am ganzen Körper und möchte ihm noch näher sein, möchte verschmelzen, will erfahren, was in ihm vorgeht, was ihn antreibt, seine Geheimnisse kennen und wissen, was er über mich denkt. Eins weiß ich ganz bestimmt, während wir uns so atemlos und verschlingend küssen, unsere Zungen umeinander spielen und ich den Duft seiner Haut rieche, der mich an Bergwiesen und Wasserfälle, an rußiges Holz und Flambiercognac erinnert: Er will das hier auch. Was immer ihn dazu brachte, so ruppig zu mir zu sein – es war nicht, weil er mich nicht mochte. Mein Herz schlägt noch schneller, ich streichle seinen Nacken und wünsche mir, dass es niemals aufhört.

Aber das tut es. Der Korb macht einen abrupten Satz und setzt dann seine Fahrt auf den Berg fort. Wir lösen uns voneinander, widerwillig, langsam, er küsst mich noch einmal, diesmal sanft. Dann lachen wir verlegen und stehen schweigend da. Ich überlege, ob ich seine Hand halten kann – und bin sofort froh, dass ich es nicht versucht habe, denn er sieht mich wieder ernst und sachlich an, von der Gelöstheit und der Leidenschaft, die ich noch wenige Sekunden zuvor bei ihm gespürt habe, ist nichts mehr zu merken.

»Louisa«, sagt er leise, »das musst du sofort vergessen. Es tut mir leid. Ich habe nicht nachgedacht. Niemand darf das wissen, verstehst du? Lass dir im Haus nichts anmerken, es ist nichts gewesen.«

»Schon klar«, sage ich, und meine Stimme klingt so verletzt und beleidigt, wie ich es bin, »was im Korb passiert, bleibt im Korb.«

»Gut.«

Schweigend verbringen wir die letzten Minuten bis zur Bergstation. Er hilft mir aus dem Korb, geschäftsmäßig, kollegial. Dann geht er zu Sergej, der schon vor dem Chalet wartet, und reicht ihm die Post.

Ich trotte hinterher, die Tüte mit den Schuhen schlägt mir gegen die Wade, ich habe schon überhaupt keine Lust mehr, sie anzuziehen.

Schämt er sich für mich, oder warum darf niemand wissen, dass wir uns geküsst haben? Und da kommt mir ein Gedanke, der noch unangenehmer ist: Hat er mich nur deshalb geküsst, damit wir nicht miteinander sprechen können? Spielt er solche zugewandten Momente bloß? Ist hier eigentlich irgendjemand der, der er vorgibt zu sein?

Bevor ich mich in weitere Zweifel hineinsteigern kann, tippt mir jemand auf die Schulter. Biggi. Sie steht da mit ihrem wippenden Pferdeschwanz, den sie mit einer viel zu großen Lackschleife zusammengebunden hat, und auch ihr Lackrock steht comicartig ab, sodass sie aussieht wie eine Mischung aus Lady Gaga und einer Praline. Sie atmet schnell.

»Ich bin zu Fuß hochgestiegen«, lacht sie. »Wie eine Gämse. Nicht am Berg geboren, gell, aber am Berg zu Hause.«

Und es freut mich, dass sie da ist. Ich kenne sie zwar kaum, aber es tut gut, mal jemanden zu sehen, der nicht zum Haushalt gehört und der offenbar an mir interessiert ist und daraus kein Geheimnis macht. Eine, die vermutlich gar keine Geheimnisse hat.

»Ich dachte, ich besuch dich spontan.« Sie hakt sich bei mir unter. »Wollte mal horchen, wie's dir geht und wie's dir bei uns gefällt. Außerdem hab ich gehört, gell, ihr habt neue Bilder. Zeigst du sie mir?«

Titus würde es missbilligen, wenn ich sie mit in die Galerie nehme, und genau deshalb tue ich es.

»Aber nur ganz kurz und keine Fotos!«

Sie drückt mich.

»Du bist die Beste. Und jetzt zu dir: Wo kommst du eigentlich her, und was machst du hier? Wie findest du euren scharfen Koch, der ist nämlich von hier? Hast du einen Freund, was liest du gern?«

Sie plappert und plappert und hört erst damit auf, als wir vor den drei neuen Gemälden stehen. Ich schalte die Spots an und stehe andächtig wie in einer Kirche davor. Biggi geht von einem La Nebbia zum anderen und pfeift dann durch ihre Zahnlücke.

»Nicht mein Ding«, sagt sie. »Keine Ahnung, was das soll. Ich meine, mal ehrlich, wer hängt sich so was auf? Warum malt der überhaupt und fotografiert nicht einfach, das ginge viel schneller, gell, und man könnte die Abzüge im Galerieshop verkaufen. Allerdings wollte ich auch kein Foto davon haben, das ist doch alles voll depri.«

Ich zucke mit den Schultern, habe keine Lust auf eine kunsttheoretische Diskussion. Und Biggi wohl auch nicht. Sie tippt schon mal Stichworte in ihr Smartphone.

»Hast du frei? Wir können uns oben auf der Wiese in die Sonne legen und über Jungs reden.«

Ich lache.

»Und uns die Fingernägel mit Glitzerlack anmalen?«

Sie setzt sich eine Sonnenbrille auf und streckt mir ihre Hand entgegen.

»Nichts gegen Glitzernägel.«

Ich bin kaum zurück von unserem Ausflug auf die höher gelegene Wiese, von wo aus ich das Chalet von oben gesehen habe und das grasbewachsene Dach der Galerie, das mich an ein halb verschüttetes Hügelgrab erinnerte, als Sergej mich in der Küche sichtlich verärgert zur Rede stellt.

»Du warst mit jemandem in der Galerie?«

Ich sehe ihn schuldbewusst an.

»Eine Frau aus dem Ort hat mich besucht, und ja, ich habe ihr ganz kurz die neuen Gemälde gezeigt. Ohne Deckenbeleuchtung. Nur eine Minute, und sie hat keine Fotos gemacht.«

»Aber sie hat ihren üblichen Blödsinn geschrieben.«

Er hält mir sein Tablet unter die Nase und liest mit gezierter Stimme vor:

»Wieder drei nichtssagende, langweilige Bilder, die keine Freude ins Leben bringen.« Brummend sucht Sergej ein weiteres Zitat.

»Die Leinwand scheint manchmal durch, die Bilder sind unordentlich gemalt. Hatte dieser Nebbia nicht genug Farbe oder nicht genug Zeit?«

»Oder hier ...« Seine Stimme wird lauter.

»Die Haare im Waschbecken haben mich verstört. Ich musste mir als Kind mal die Haare abschneiden und habe sehr geweint. Triggerwarnung!«

Er schaut mich mit hochgezogener Augenbraue an, als hätte ich das alles verzapft.

»Und auch sehr schön klingt dieses hier: ›Das soll Kunst sein? Monet oder Renoir waren richtige Künstler, was dieser Nebbia abliefert, ist ganz anders, man kann kaum was benennen. Das ist sicher keine Kunst. Die erkenne ich, wenn ich sie sehe.‹«

Ich stehe vor Sergej wie ein beschämtes Schulmädchen.

»Niemand, der Ahnung von Kunst hat, liest die Pusteblume oder Biggis Blog«, sage ich und höre sofort, dass es eine billige Ausrede ist. »Es tut mir leid. Ich werde nie wieder jemanden in die Galerie lassen.«

Sergej wippt auf den Sohlen, immer noch sauer.

»Das ist geschäftsschädigend, Louisa, schlimm genug, und es hat auch was mit Respekt zu tun, dass man nicht so einen Scheiß verzapft, wenn man keinerlei Ahnung hat, worum es geht. Oder teilst du etwa ihre Meinung? Denkst du, wir sollten Ausstellungen mit Epigonen machen, die Monet oder Renoir kopieren?«

Ich schüttle den Kopf, ich ärgere mich so sehr über Biggi, aber mehr noch über mich. Ich wusste ja, wie sie das sieht, aber ich war bedürftig und enttäuscht und wollte, dass sie mich mag, weil Titus es offenbar doch nicht so richtig tut. Das alles kann ich Sergej nicht sagen.

»Es tut mir wirklich sehr leid. Ich trage die Konsequenzen.«

»Oh, das wirst du!«

Ich sehe ihn erschrocken an. Wirft er mich raus?

»Du wirst den Hallenboden in der Galerie wischen, und zwar so gründlich, dass er glänzt.«

Ich nicke. Das ist eine milde Strafe, damit bin ich schnell durch.

»Und du wirst Überstunden machen und heute Abend kellnern, wenn wir Preview-Dinnergäste haben.«

Auch das ist nicht zu viel verlangt.

Ich lächle ihn zaghaft an.

»Dann ist es wieder gut?«

Er guckt immer noch verärgert, aber muss doch nach wenigen Sekunden leicht lächeln. Er schaltet das Tablet aus und klemmt es sich unter den Arm.

»Wenn Tonio für mich noch eine von den Frühstücksbuchteln findet und aufwärmt, wird mich das zusätzlich besänftigen.«

Offenbar kennt Tonio die Vorliebe seines Chefs für Gebäck, denn er hat schon einen Teller in der Hand und wirft ihn mit Schwung in die Mikrowelle.

»Geh wischen, und heute Abend um acht ist Kellnern angesagt. Aber nicht in Uniform, das Essen ist informell, Nikola legt dir was Passendes raus.«

Ich strahle und verschwinde im unbeleuchteten Verbindungstunnel. Dort stoße ich mit Titus zusammen. Warum steht der da im Dunkeln und, vor allem, wie lange schon?

Er fasst mich am Arm und flüstert mir ins Ohr: »Du musst nicht kellnern, das ist nicht dein Job.«

Ich reiße mich los.

»Was willst du von mir?! Misch dich nicht ein und lass mich in Ruhe.«

Die Zeit der Höflichkeiten haben wir hinter uns. Ich bin fast froh, dass jetzt der große Hallenboden vor mir liegt, den ich mit Scheuerlappen und Schrubber traktieren werde. Ich brauche irgendwas zum Abreagieren, und da kommt mir diese große Marmorfläche gerade recht.

Abgekämpft gehe ich nach einer Stunde intensiven Putzens und Vor-mich-hin-Schimpfens zurück durch den Gang in die Küche. Diesmal bin ich diejenige, die im halbdunklen Tunnel stehen bleibt und lauscht.

»Du riechst so gut«, sagt Tonio gerade, »wie ein köstlich komponiertes Gericht.«

Constanze lacht.

»Soll das heißen, ich erinnere dich an Schweinebraten?«

Ein heftiges Klatschen.

»Dein Schinken ist jedenfalls delikat.«

Noch einmal dieses Klatschen. Constanze quietscht kurz.

»Versuch's noch mal. Wonach riechen meine Brüste?«

Tonio nuschelt irgendetwas, das auf »Vanille« endet.

»Und mein Bauch?«

»Thymian, ein Hauch von Rosmarin und geschmolzener Butter.«

»Und mein Mumuherzl? Wonach riecht mein Mumuherzl?«

Schmatzen, Kichern, Constanzes Atem.

»Nach Meersalz und nach Heublumen. Du hast ein Heublumenmumuherzl.«

»Ich hätte sehr gern, dass du mir deinen Schwanz in mein Heublumenmumuherzl steckst. Zieh dir das Gummi über, ja«, sie stöhnt kurz auf, »ja, steck ihn mir rein.«

Ein Glas fällt um. Tonio räuspert sich mehrfach. Klatschen.

»Du fickst dich so schön, ich könnte dich den ganzen Tag vögeln.«

»Das würde dir gefallen, wenn ich den ganzen Tag nackt rumlaufe und dir überall im Haus meine Mumu hinhalte, damit du mich durchziehen kannst, fändest du das gut?«

»Das wäre wunderbar. Und ich möchte dich zwischen die Brüste ficken und in den Arsch, und ich will dir die Mumu auslecken, und ich liebe es zuzuschauen, wie du dein Perlchen verwöhnst, und am liebsten alles zusammen, echt.«

»Und du selbst, würdest du auch gern gefickt? Von mir? Vielleicht mit ...«, kurze Pause, »mit dieser Gurke?«

»Also, einen Finger darfst du mir schon in den Hintern schieben.«

»Ein Prostata-Connaisseur.«

»Das ist From-Nose-to-Tail-Sex. Alles wird genossen. In der Haubenküche kennt man das Konzept schon lange.«

Constanze lacht, ihr Kichern geht über in ein Fiepen.

»Komm du zuerst, reib deine Perle, ich will sehen, wie du kommst, während mein Schwanz in dir steckt.«

Constanzes Fiepen wird höher und bricht dann ab, sie hechelt einige Male und kichert wieder.

»Oh, das war heftig.«

Klatschen, sie schreit kurz, noch ein Glas zerspringt auf dem Boden.

»Du hast das königliche Kristall zerfickt.«

»Das ... war ... nur ... das ... prinzliche ... Senfglas.« Heftigeres Klatschen.

»Uuuh ...« Dann: »O mein Gott ... mein Gott, Constanze. Du mein Mädchen, mein Mädchen.«

Schmatzen. Tonios atemlose Stimme.

»Mein Mädchen, mein Mädchen.«

Stille. Ich frage mich, wann ich stören darf und wie lange die beiden wohl brauchen, bis sie sich wieder angezogen haben und wir so tun können, als sei nichts gewesen. Ich schleiche ein paar Schritte zurück, um fester aufzutreten, da hält mich Tonios Stimme auf.

»Ich liebe dich, Constanze.«

Ich lächle im Dunkeln. Schön, es gibt sie also noch, die unzweifelhaft romantischen Momente. Aber Constanzes Reaktion ist gar nicht romantisch.

»Was? Tonio, was soll das?«

Sie klingt überhaupt nicht erfreut, nicht mal geschmeichelt. Eher erschrocken.

»Das geht nicht. Ich hab nie, ich kann nicht, du darfst nicht ... das geht eben nicht!«

Es würde mich wundern, wenn Tonio aus ihrem Gestammel schlau wird, ich werde es nicht.

»Was das soll? Du magst mich doch? Und ich mag dich. Sehr sogar. Sehr, sehr sogar.«

»Es geht nicht.«

Ihre Worte werden gedämpft und verschwinden kurz, vermutlich zieht sie sich gerade ihre Kleidung über. Schritte durch Glasscherben.

»Ich kann mich jetzt auf nichts Ernstes einlassen. Tonio, vergiss es, ich hab keine Zeit für so was. Es geht nicht.«

»Ich bin also ›so was‹ für dich?«

Eine viel zu lange Pause. Ich stelle mir das Geräusch vor, wie Tonios Herz bricht, wie ein lange gekochter, berstender Suppenknochen.

»Du bist ein ganz toller Mann, aber ich kann das gerade nicht. Ich dachte, wir hätten einfach Spaß. Tut mir leid.«

Sie fängt an zu weinen. Auch das verstehe ich nicht. Wenn sie ihn nicht liebt, sollte er weinen, nicht sie.

Tonios schwere Schritte gehen weg, kurz darauf fällt die Tür zum Weinkeller krachend ins Schloss. Constanze weint. Nicht unbeherrscht und verzweifelt wie Nikola in ihrem Babyzimmer, sondern ruhig, fast routiniert, als würde sie einer Tätigkeit nachgehen, in der sie schon seit langer Zeit sehr geübt ist.

KAPITEL 11

Nachdem ich diskret um das Haus herum und nicht durch die Küche gegangen bin, begegne ich Constanze auch den Rest des Tages über nicht mehr. Aber dann wundere ich mich doch, dass sie abends beim Empfang fehlt.

Noch mehr wundert mich allerdings, dass Titus Champagnerflaschen öffnet und einschenkt. Er trägt statt seines üblichen Maßanzugs eine schwarze Hose, ein schwarzes Hemd und eine goldweiße Galeriekrawatte. Wieso er kellnert, obwohl das doch unter seiner Würde ist, weiß ich nicht, wahrscheinlich vertritt er Constanze.

Ich nehme mir vor, bei ihr zu klopfen, sobald die Gäste weg sind, vielleicht finde ich für sie in der Küche ein Stück Käsekuchen, das ich ihr mitbringen kann, denn Marei sagt immer, Käsekuchen hilft gegen fast alles. Sie isst ihn am liebsten halb gefroren und schwört, dass er sich sowohl gegen Liebeskummer als auch allgemeinen Weltschmerz einsetzen lässt.

»Es ist nicht der Käsekuchen an sich, Kuchen löst natürlich keine Probleme – es ist die Pause, die er dir verschafft. Genuss macht den Kopf frei, das gilt für Käsekuchen und Orgasmen gleichermaßen. Kaum ist man wieder bei Verstand, sieht man die Dinge klarer und trifft bessere Entscheidungen.«

Das hat sie von ihrer Freundin Gemma gelernt, die schon alles gesehen und erlebt hat, Käsekuchen ist also geballtes Frauen-Know-how. Aber erst mal habe ich hier einen Job zu erledigen.

Ich schwanke ein bisschen auf den hochhackigen goldfarbenen Sandaletten, die ich im Tal gekauft habe. Nikola hat mir dazu ihr kurzes – sehr kurzes – weißes Kleid gegeben und gemeint, ich solle unbedingt Galeriefarben tragen. Das tue ich nun, obwohl mir der Rock entschieden zu sexy vorkommt und der Ausschnitt zu tief.

Die Gäste, es sind vier Männer bisher, kenne ich nicht von der Galerieorgie. Sie sind nicht so jung und attraktiv und auch leider nicht so nett wie die Pärchen dort. Sie mustern mich ungeniert, als wäre ich Teil des Buffets, und scheuchen mich hin und her, Champagner servieren, Mäntel wegbringen, den Ausstellungskatalog holen, Zigaretten und Feuer und weitere Aschenbecher reichen, eine heruntergefallene Gabel aufheben. Vor allem einer, ein kleiner gedrungener Mann mit zum Tunnel geweiteten Ohrläppchen, sorgt bei mir für eine Gänsehaut, aber eine von der gruseligen Sorte.

Als ich ihm Besteck nachlegen will, schnappt er sich meine Hand und befühlt mit dem Daumen meine Fingernägel, wobei er seinen Daumennagel auf meine Halbmonde drückt, als würde er sich für deren Festigkeit interessieren.

Nikola lenkt ihn ab, als sie merkt, dass es mir unangenehm wird, und gibt sich Mühe, mir meinen Kellnerjob möglichst angenehm zu gestalten. Sie flüstert mir zu, dass ich das toll mache und sie froh ist, dass ich da bin, wo doch Constanze »mit Migräne flachliegt«. Titus hält sich größtenteils am Tisch auf, immer in meiner Nähe, und schenkt nach, ich frage mich gar nicht erst, woher er auch das kann, er beherrscht eben die Etikette formvollendet wie ein Maître.

Die letzten Gäste treffen ein, als der Fleischtunnel-Mann und seine drei Typen schon seit einer Stunde um den festlich gedeckten Tisch sitzen: Es sind die Frau mit dem Kopftattoo und ihre jungen Männer. Ihr langes schimmerndes Abendkleid mit Pfauenmuster lässt sie aussehen wie die Königin eines exotischen Reiches. Die vier stehen auf, als sie an den Tisch tritt, und sie lächelt huldvoll, scheint stehende Ovationen gewohnt zu sein. Ich nehme ihr Cape, reiche ihr ein Glas Champagner und sage leise: »Ich helfe heute aus, Constanze ist unpässlich.«

Ich will sehen, wie sie reagiert.

»Wer?«

Sie nippt an ihrem Champagner.

»Die andere Mitarbeiterin, mit der Sie sich so gut verstanden haben, neulich, draußen vor dem Haus.«

Sie schaut durch mich hindurch und lächelt Sergej zu.

»Daran kann ich mich nicht erinnern, aber ich habe auch kein gutes Auge für Personal.«

Sie gibt die Hochmütige. Ich beobachte sie, weil ich wissen will, ob sie weiß, dass ich weiß, dass sie lügt, aber sie lässt sich nichts anmerken, ihr Gesicht ist verschlossen und geheimnisvoll wie das der Nofretete.

Tonio, der im Gegensatz zu seiner sonst fröhlichen Art, mit der er hinter dem Herd herumwerkelt, einen etwas geschafften und abwesenden Eindruck macht, serviert den ersten Gang und flambiert am Tisch. Die Stichflamme steigt so hoch, dass die Gäste lachend zurückweichen, es ist eher eine Explosion. Das weckt ihn wohl auf, denn danach konzentriert er sich, und es gibt keine weitere Panne.

Gang um Gang wird serviert. Titus scheint gezielt dafür zu sorgen, dass ich möglichst wenig Zeit am Tisch verbringe, dabei würden mich die Gespräche über Kunsthandel so interessieren. Aber er schickt mich mit schmutzigen Tellern in die Küche oder neuen Champagner im Weinkeller holen und serviert selbst.

Nur am Rande bekomme ich mit, dass Sergej mit seinen Verkäufen prahlt. La Nebbias Arbeiten lobt er in den höchsten Tönen, und auch von Jaris Gemälden und dessen Käufern schwärmt er und gibt damit an, in welchen Palästen dessen neueste Werke hängen werden.

»Die Serie mit den nackten Frauen und den goldenen Turbanen ist komplett weggegangen an eine Stiftung in Windhuk! Die stehen auf Jari. Sieben goldene Glanzstücke für Namibia und ordentlich Gewinn für uns.«

Die Gäste klopfen mit den Fingerknöcheln auf die Tischplatte. Immer wieder heben sie ihre Gläser und trinken auf die Verkäufe und den wunderbaren Kunstmarkt mit seinen Möglichkeiten und »auf den interkulturellen Austausch«. Woher kommen diese vier? Ich kann ihren Akzent nicht einordnen.

»Und produziert der Bruder viel Neues?«

Es ist ein bis dahin stiller Mann, der das fragt, aber der mit den geweiteten Ohrläppchen guckt besonders interessiert und lässt mich nicht aus den Augen, als Sergej mich zu sich winkt.

Ich sehe unsicher zu Titus, aber der legt gerade das Besteck für den nächsten Gang vor und beobachtet uns nur mit gerunzelter Stirn.

»Unsere schöne Louisa hat ihm bereits Modell gestanden. Er plant eine ganz neue Reihe. Was sagst du, Louisa, du bist doch Kunsthistorikerin, glüht sein Genie, geht die Arbeit vorwärts?«

»Studentin«, wiegele ich ab, »und noch unteres Semester.«

»Hattest du Spaß beim Modellstehen?«, fragt der Ohrtunnel-Mann und mustert mich wieder unverhohlen. »Die Figur dafür hast du ja.«

»Es war eine neue Erfahrung«, sage ich.

Die Männer lachen.

»Neue Erfahrungen muss man machen«, ruft einer, und sie trinken wieder.

Die tätowierte Frau lacht nicht, sie ist sowieso viel ernster als beim letzten Mal.

»Liebes, bring mir doch mal Liebstöckel aus der Küche«, kommandiert sie, »das würde der Polenta guttun.«

Ich gehe sofort, aber ich hoffe, dass es Tonio nicht kränken wird. Die angebratene Polenta mit Wurzelgemüse ist sein Signature-Dish, er ist sicher nicht damit einverstanden, dass die Gäste sie willkürlich nachwürzen. Und ich muss eine ganze Weile suchen, bis ich das gewünschte Kraut in seinem Regal finde.

Das Dessert wird serviert, und Titus kommt mir zunehmend nervös vor, ich bemerke, wie er einige Male verstohlene Blicke mit der tätowierten Frau wechselt. Sergej bemüht sich sehr um sie und behandelt sie mit einer Höflichkeit, die schon unterwürfig wirkt. Einmal küsst er ihr sogar die Hand.

»Nikola und ich sind so froh, dass Sie uns auf La Nebbia hingewiesen haben, wir stehen tief, ewig in Ihrer Schuld«, schmeichelt er.

Die Frau winkt ab.

Ich bin überrascht, dass Sergej sie siezt, ich dachte, am Berg wird nicht gesiezt, aber auch ich habe mich ja instinktiv nicht getraut, sie zu duzen. Sie strahlt eine natürliche Autorität aus, die ich nur bewundern kann und irgendwie sogar fürchte.

Sie tätschelt seine Hand.

»Niemand muss sich bedanken. Es gewinnen alle. Wir haben einem talentierten Künstler dazu verholfen, gesehen zu werden, die Käufer freuen sich über eine äußerst rentable Anlage, und ich«, sie zieht kokett eine ihrer sorgfältig gemalten Brauen hoch, »freue mich über eine angemessene Provision. Das ist eine Win-win-win-Situation.«

»Win! Win! Win!«, wiederholen die anderen Gäste wie einen Schlachtruf.

Titus will Obstbrände ausschenken, aber Sergej ordert selbstverständlich: »Affenfötzchen!«

Tonio bereitet die Gläser mit den angewärmten Löffeln vor, und ich bin froh, dass ich diesmal nicht mittrinke, denn das Zeug kommt direkt aus der Hölle.

Ich spüre langsam meine Füße, so hohe Hacken bin ich nicht gewohnt, und ich hatte ja, als ich sie kaufte, keine Ahnung, dass ich darin kellnern würde.

»Schalt doch mal bitte die Poolbeleuchtung an, Louisa«, raunt Nikola mir zu.

Ich weiß, wo der Schalter ist, aber als ich mit dem Fuß darauf drücke, passiert nichts. Es ist mir peinlich, dass ich das nicht hinkriege.

»Ach ja, der muckt manchmal«, sagt Nikola fröhlich und steht auf. »Versuch's per Hand, und ich schaue im Kasten nach, ob etwas mit der Sicherung nicht stimmt.«

Die Elektrik ist direkt daneben in den Boden eingelassen. Ich will mich vorbeugen, aber dann fällt mir ein, wie irre kurz dieses Kleid ist, und ich hocke mich lieber hin. Es funktioniert, plötzlich geht das Licht im Pool an, und der blaue Schein liegt über dem Wasser wie eine Wolke. Da fühle ich Nikolas Hand im Rücken. Ich denke zuerst, sie will mir aufhelfen, aber wir stolpern beide, ich rudere mit den Armen, kann mich nicht mehr abfangen, und mit einem großen Platscher lande ich im Pool.

Als ich hochkomme und nach Luft japse, ist es mir so peinlich, dass ich am liebsten wieder untertauchen würde, aber Nikola steht am Beckenrand und lacht. Auch die Gäste amüsieren sich, nur die tätowierte Frau und ihre Begleiter bleiben ernst, offenbar missbilligen sie Personal, das Aufmerksamkeit auf sich zieht, und ich kann es ihnen nicht verdenken. Hauptsache, Nikola und Sergej sind nicht sauer. Sie hält mir ihre Hand hin und zieht mich an Land. Das hauchdünne Kleid klebt an meinem Körper. Meine Nippel sind durch die Kälte hart.

Nikola reibt meinen Arm und versichert mir, dass das passieren kann und dass es nichts macht. Sie führt mich am Tisch vorbei, alle starren mir entgegen, ich fühle mich unbehaglich. Das weiße Kleid ist sicher fast durchsichtig. Miss Wet-T-Shirt überlegt, ob sie sich entschuldigen soll.

Die vier Männer gucken nicht mehr nur, sondern ich habe den Eindruck, sie begutachten mich geradezu fachmännisch, als würden sie ein Steak im Restaurantreifeschrank auswählen. Der mit den Ohrtunneln hat lüsterne Glupschaugen: »Ich würd sie ja trocken reiben, wenn sie mich lässt – wobei: Ordentlich feucht gefallen mir Mädchen am besten.« Er sieht kalt und taxierend an mir rauf und runter. Ein anderer, die Hand locker in seinem Schritt liegend, sagt: »Appetitlich, wirklich, sehr appetitlich«, und lächelt schmierig.

Da schiebt sich die tätowierte Frau zwischen mich und Nikola.

»Ach Gott, die Kleine hat sich am Fuß verletzt«, sagt sie und fasst mich um die Taille. »Wir bringen sie schnell rein, damit sie Eis draufpacken kann.«

Ich finde sie ja höchst irritierend, aber gerade bin ich ihr dankbar dafür, dass sie keinen Widerspruch duldet und mich ins Haus führt.

In der Halle lässt sie mich los. Wir wissen beide, dass ich mir nichts verstaucht habe.

»Rauf in dein Zimmer, du bist für heute fertig!«, kommandiert sie.

Sergej ist uns gefolgt.

»Geht es Louisa gut?«

Die Frau lacht und hakt sich bei ihm ein, lenkt ihn ab.

»Das wird schon, aber hochlegen muss sie den Knöchel jetzt, sonst ist sie tagelang nicht einsatzbereit.«

Ich spiele mit und humple die Treppe hoch.

Oben im Korridor sehe ich mein Bild im Spiegel: Tropfnasse Haare, verschmiertes Make-up, und das Kleid klebt an meinem Körper, ich bin praktisch nackt, der dünne nasse Stoff ist noch durchsichtiger als befürchtet.

Ich laufe zu meinem Zimmer, schließe die Tür auf. Seit ich im ersten Semester mal eine Weile mit einem Mädchen in der WG gewohnt habe, die zu jeder Tages- und Nachtzeit reinkam und sich an meinen Sachen bediente, bin ich ein großer Fan von Privatsphäre. Ich trockne mich ab, beschließe, Constanze gleich morgen früh vor ihrer Schicht zu besuchen, nicht mehr heute, weil ich nicht riskieren will, Sergej oder Nikola zu begegnen, denen ich dann erklären müsste, wieso ich nicht hinke, sondern eine Pyjamaparty mit ihrer anderen Angestellten mache. Und ich bin tatsächlich hundemüde, der Tag war lang.

Ich ziehe mir die dicke Schlafbrille über die Augen, kuschle mich ins Bett, schlafe schnell ein und träume von Titus und mir im gerade wieder einmal stehen gebliebenen Korblift, in dem wir nackt stehen. Ich drehe ihm den Rücken zu, lehne mich über die Brüstung und fühle, wie er von hinten in meine Möse eindringt. Unten laufen Wanderer vorbei und winken uns Fickenden fröhlich zu. Titus legt die Hände um meine Brüste, massiert sie langsam. Ich spüre die Bewegungen seines Schwanzes so genau, als würde ich eine Erinnerung abrufen. »Jetzt der Kitzler«, befehle ich, wie Nikola im Weinkeller, und wie Jari gehorcht auch Titus, er lässt meine Brüste los, seine Hände gleiten hinab zu meinem Schamhügel, ein Finger rutscht in die Ritze, ich presse mich dagegen und genieße das Gefühl, das sich in mir ausbreitet. Dann bewegt sich der Korblift wieder, aber Titus fickt und wichst mich weiter. Unten an der Bergstation erwarten uns Sergej und die vier Männer vom Pooldinner, und Titus ruft: »Wir sind gleich da, ihr könnt sie alle haben!« Verärgert löse ich mich von ihm und schubse ihn aus dem Lift, denn die klapprige Tür steht offen, aber merkwürdigerweise spüre ich den Sturz selbst, ich falle und falle, und es wird dunkel.

Da wache ich auf, brauche aber eine Weile, bis ich wirklich weiß, dass ich wach bin. Die Reste des intensiven Traums kleben zwischen meinen Gedanken wie Zuckerwattefetzen. Erst nach und nach finde ich mich zurecht. Ich liege in meinem Bett, die seidene Bettwäsche habe ich wohl im Schlaf ans Bettende gestrampelt. Luft streicht über meine nackte Haut, ich fröstle, aber um mir meine Decke zu holen, bin ich noch nicht wach genug. Die gepolsterte Schlafbrille drückt leicht gegen meine Augenlider. Ich rolle mich wieder zusammen und atme tiefer – dann bin ich schlagartig wach: Es ist jemand in meinem Zimmer!

Ich versuche, mir nichts anmerken zu lassen, und zwinge mich, ganz still zu liegen. Ich lausche meinem Atem. Ein, aus, das bin ich. Da! Ein zusätzlicher Atem, kaum wahrnehmbar, aber da atmet jemand. Mein Herz hämmert, und mir ist so heiß, dass ich das Gefühl habe, ich schwitze das Laken nass. Mein Hals ist zugeschnürt, ich bekomme kaum Luft. Die Gedanken stürzen durch meinen Kopf, was soll ich jetzt machen? Schreien? Aufspringen und ins Bad rennen?

Wie kann es überhaupt sein? Ich habe meine Tür abgeschlossen, das weiß ich ganz genau. Vielleicht habe ich einen Albtraum und bilde mir das alles ein? Es gibt doch solche Träume, in denen man nicht unterscheiden kann, ob sie wahr sind. Ich lausche wieder in die Dunkelheit. Ein leises Knarren und ein Atem, der nicht meiner ist. Ich spanne meinen ganzen Körper an, die Muskeln verkrampfen sich so, dass sie schmerzen. Wenn ich nur etwas sehen könnte, aber die Schlafbrille liegt fest an meinem Kopf an, ich kann nicht drunter durchlinsen. Ich zwinge mich dazu, das, was ich jetzt tun werde, genau zu durchdenken, ich darf keinen Fehler machen.

Erstens: den Arm zur Nachttischlampe ausstrecken. Sie steht mittig auf dem kleinen Tischchen, sie hat einen Knopf in der Mitte des Fußes, da muss ich draufdrücken, und ich muss ihn beim ersten Mal erwischen. Zweitens: während ich das Licht einschalte, die Schlafbrille mit der anderen Hand vom Gesicht reißen. Ich werde blinzeln durch die plötzliche Helligkeit, also werde ich wahrscheinlich nur Schemen oder Umrisse sehen. Drittens: aufspringen, die Lampe greifen und mich damit verteidigen auf dem Weg zum Badezimmer.

Die Tür befindet sich zwar neben meinem Bett, aber das ist eine unüberwindbare Entfernung, falls mich wirklich jemand angreift, denn der Angreifer ist wach, während ich mich halb blind und verschlafen kaum orientieren kann. Ich bin auch nicht sicher, dass meine Beine mir gehorchen werden. Obwohl ich alle Muskeln angespannt habe, kommen sie mir puddingweich vor. Mein Herz hämmert so laut, und in meinen Ohren rauscht ein Wasserfall, ich habe keine Ahnung, was mich erwartet, wenn ich jetzt einen Satz aus dem Bett mache. Ich muss das tun.

Also bündle ich alle Panik, die ich fühle, und schnelle wie von der Tarantel gestochen hoch, schreie, taste nach der Lampe, reiße mir die Schlafbrille runter, schreie immer noch, springe auf die Füße, schwinge die Lampe und starre in mein Zimmer.

Es ist leer.

Mein Schrei bricht ab, mein Herz schlägt so schnell, dass mir schwindlig wird und ich mich zurück aufs Bett fallen lasse. Wie konnte ich mich so täuschen? Leide ich unter Halluzinationen? Ich habe ja nicht nur deutlich dieses Atmen gehört, sondern auch gespürt, dass jemand in meinem Zimmer ist und beobachtet, wie ich nackt und schlafend daliege. Ich fange unkontrolliert an zu schluchzen. Werde ich irre? Vielleicht ist es das: Ich werde einfach irre.

Dann sehe ich den gefalteten Zettel.

Einer von den schlichten, weißen Bögen, die im Haus überall in silbernen Schalen dargeboten werden für den Fall, dass jemand etwas notieren muss. Das Blatt liegt auf meinem Fußboden und war garantiert noch nicht da, als ich ins Bett ging.

Also ist wirklich jemand bei mir eingebrochen, hat mich beobachtet und diesen Zettel hinterlassen. Ich stürze hin, zittere so sehr, dass er mir erst wieder aus der Hand gleitet und ich ihn nur mit Mühe aufheben kann, dann taumle ich mit wackligen Knien zur Zimmertür. Sie ist unverschlossen.

Das kann nicht sein. Ich weiß, dass ich den Schlüssel umgedreht habe, ganz sicher.

Jetzt schließe ich gleich zweimal ab und gehe zurück zum Bett. Ich raffe die Decke um mich und wickle mich darin ein. Mir ist so kalt, dass ich zittere, meine Zähne klappern. Das eisige Gefühl ist bis tief in meine Knochen vorgedrungen. Ich schnattere und kann kaum aufrecht sitzen. Zähle meine Atemzüge, um wieder zu Verstand zu kommen. Zuerst schaffe ich nur drei Herzschläge ein und aus, dann atme ich vier-, dann fünfmal lange durch, und endlich lässt das Rauschen in meinen Ohren nach. Mein Mund ist trocken, der Hals fühlt sich vom Schreien wund an, aber habe ich wirklich geschrien oder mir das nur eingebildet? Es kommt niemand, um zu fragen, ob mir etwas passiert ist, also habe ich vielleicht nur den Mund aufgerissen, lautlos?

Sehr langsam, wie in Zeitlupe, falte ich das Blatt auseinander. Es stehen nur zwei hingekritzelte Wörter darauf. Ich lese sie immer und immer wieder, ohne wirklich zu verstehen, was sie mir sagen wollen. Schließlich räuspere ich mich und flüstere sie vor mich hin, vielleicht erreichen sie mein Gehirn eher, wenn ich sie höre. Meine Stimme ist mir ganz fremd, sie klingt viel zu hoch, atemlos und gepresst. Ich höre mich vorlesen: »Abreisen! Gefahr!«

KAPITEL 12

Die Vögel singen vor dem Fenster, als wäre nichts passiert und alles noch so wie gestern. Aber nichts ist mehr wie gestern. Als ich am frühen Morgen aufwache, kann ich gar nicht glauben, dass ich nach der gruseligen Nacht wirklich noch mal eingeschlafen bin. Und auch, dass jemand hier in meinem Zimmer gestanden und mir beim Schlafen zugesehen hat, würde ich gern als Albtraum verbuchen, aber die Kommode, die ich später vor die Tür gerückt habe, steht immer noch dort, ich habe mir das alles also nicht nur eingebildet.

Ich dusche lange und versuche zu sortieren, was ich weiß und was das für mich bedeutet. Ich weiß, dass Titus eine Pistole besitzt und dass er einen Plan mit Constanze und der tätowierten Frau verfolgt. Die ist zwar undurchschaubar und einschüchternd, andererseits hat sie mich beim Pooldinner aus der Lage mit den vier geifernden Gästen herausgebracht. Nikola hat auf jeden Fall mehrere Geheimnisse, wenn ich an die

Koffer, das Babyzimmer und ihr Fremdgehen mit dem Bruder ihres Mannes denke. Was ich von Sergej halten soll, weiß ich noch nicht. Er hat sich mir gegenüber immer nur freundlich und großzügig verhalten. Jari finde ich genauso rätselhaft. Er hatte bisher kein einziges nettes Wort für mich übrig, aber als ich mit Constanze Modell gestanden habe, fand ich seine Gegenwart nicht beunruhigend, und er hat auch nicht versucht, die Situation auszunutzen, obwohl er gemerkt hat, was zwischen Constanze und mir vorging. Tonio weiß von nichts. Das nehme ich zumindest an. Vielleicht ist er der eigentliche Drahtzieher hinter allem und tarnt sich nur als der Koch aus dem Dorf, der jetzt für die reichen Leute arbeitet?

Ich würde gerne auf mein Bauchgefühl hören, auch wenn Marei so was nicht gelten lässt: »Bauchgefühl ist toll bei Dingen, die mit Gefühlen zu tun haben, bei allem anderen ist es nie verkehrt, sein Gehirn dazuzuschalten.« Das versuche ich, aber ich komme zu dem Schluss, dass mir zu viele Informationen fehlen. Der Zettel auf dem Fußboden ist nicht wirklich verlässlich, er sagt wenig aus. Und würde jemand, der es gut mit mir meint und der sich um mich sorgt, mir nicht einfach persönlich die Lage erklären? Wer bitte bricht nachts ein und hinterlässt kryptische Botschaften? Da könnte es doch gut sein, dass man mich nur in Panik versetzen will – was ja geklappt hat. Vielleicht störe ich irgendwen bei seinen Machenschaften, ohne es zu wissen, vielleicht mobbt mich einfach jemand.

Ich beschließe, zuerst herauszufinden, wer den Zettel geschrieben hat. Und dann muss ich dringend mehr über die Menschen erfahren, mit denen ich hier zusammenlebe. Ich hatte mich darauf verlassen, dass Marei, die mir diese Stelle ja organisiert hat, schon wissen wird, für wen ich arbeite. Vielleicht wurde sie getäuscht oder wusste auch nicht alles? Ab jetzt bin ich misstrauischer und sehr vorsichtig, aber um gleich aufzugeben, ist die Stelle einfach zu gut. Wenn mich bloß jemand wegekeln will, weil er eigene Interessen verfolgt, wäre ich schön blöd einzuknicken.

Nicht nur ich, auch die anderen sind heute angespannter als sonst. Nikola und Sergej, die gerade irgendwohin wollen und ausgehfein angezogen sind, erkundigen sich freundlich, wie es meinem Knöchel geht. Nikola sagt noch, praktischerweise sei dies ja mein freier Nachmittag, dann könne ich mich ein bisschen schonen, und falls es schlimmer würde, solle ich ins Tal zum Arzt fahren.

Das nutze ich direkt aus und halte ihr einen der Blöcke hin, die überall im Chalet verteilt sind, damit sie mir die Adresse des Arztes aufschreiben kann.

»Willst du dir auch unsere Handynummer notieren?«, fragt Nikola und sieht mich besorgt an. Ich nicke und halte den Block diesmal Sergej hin, der schwungvoll *Sergej und Nikola* und eine Telefonnummer hinkritzelt.

Sie gehen schon zur Tür, da dreht sich Nikola noch einmal um und hält Sergej am Ärmel fest.

»Louisa, das wollten wir dir unbedingt noch sagen: Dass einige unserer Gäste gestern nicht sehr respektvoll mit dir umgegangen sind und dein kleines Malheur ausgenutzt haben, tut uns sehr leid.«

Ich beschließe, mich dumm zu stellen.

»Ach, kein Problem, ich selber hätte auch hingeguckt, wenn einer von denen in den Pool gefallen wäre.«

»Der Anblick wäre nicht halb so erfreulich gewesen«, scherzt Sergej und wird dann schnell wieder ernst.

»Wirklich, Louisa, unsere Mitarbeiter sollen sich nicht unwohl fühlen. Wir haben das auch gestern Abend noch kommuniziert.«

Ich zeige auf Tonio, der gerade aus der Küche kommt.

»Danke. Dann kommuniziere ich jetzt mal ein Frühstück.«

Nikola rollt genießerisch mit den Augen.

»Tonio hat frisches Brot gebacken und Apfelgelee gemacht.«

Sergej fällt etwas ein: »Sag mal, willst du uns nicht begleiten? Wir sind mit einem Galeristen zwei Täler weiter verabredet und nehmen den Heli. Die Aussicht ist atemberaubend.«

Ich juble innerlich auf. Ein Helikopterrundflug über die Alpen ist wirklich was Besonderes, aber ich reiße mich zusammen und schüttle bedauernd den Kopf.

»Ich muss dringend was Privates erledigen«, sage ich und hoffe, dass sich mein Opfer lohnt und ich keinem Hirngespinst hinterherjage und auf diese einmalige Gelegenheit verzichte, nur weil ich unbedingt Miss Marple of the Mountains spielen muss.

Die beiden verabschieden sich, und ich stecke den Zettel mit der Adresse des Arztes und den beiden Namen samt Handynummer in die Hosentasche. Zwei Handschriften hätte ich schon mal.

Tonios Probe zu organisieren, ist einfach. Ich lenke ihn ab mit der Bitte, mir ein Birchermüsli und eine Latte zu geben, und mopse mir ein Post-it vom Kühlschrank, auf dem er den Namen eines Hofes notiert hat, ein Zulieferer wahrscheinlich.

»Frühstückt Titus heute nicht?«

Tonio schäumt meine Milch auf.

»Ist in der Galerie und erwartet die neue Lieferung, es kommen wieder drei Gemälde heute. Aber er hat dir was hinterlassen.«

Er reicht mir einen Zettel, auf dem eckig notiert steht: *Stempelfarbe blau, Größe L, K!*

»Das sollst du mitbringen, falls du nachher ins Tal fährst.«

Das war einfach, schon habe ich Titus' Handschrift.

»Was heißt denn K?«

Constanze, die gerade hereingekommen ist und mir über die Schulter sieht, antwortet statt Tonio: »Kissen. Also keine Stempelfarbe in einem Fläschchen, sondern ein getränktes Kissen, ein großes.«

Mit ihrem Erscheinen sinkt die Raumtemperatur merklich. Die beiden sprechen ausgesucht höflich miteinander, aber keiner macht einen Scherz oder beginnt ein albernes Spiel. Ich erzähle Constanze, dass ich mir an meinem freien Nachmittag den Ort im Tal ansehen möchte, und erkundige mich, was es da gibt. Sie empfiehlt mir eine Boutique und den Laden einer Bauernkooperative, und ich lasse mir beides von ihr aufschreiben. Bleibt noch Jari.

»Stehen wir heute Modell?«, frage ich Constanze beiläufig. »Ich hätte Zeit, Nikola ist außer Haus.«

Constanze sieht zu Tonio rüber, offenbar hatten sie ursprünglich geplant, Zeit miteinander zu verbringen, aber als Tonio nicht reagiert und weiter Gemüse putzt, zuckt Constanze mit den Schultern.

»Von mir aus. Wir fragen mal Jari, ob er die Imprimatur schon fertig hat.«

Wir gehen zu ihm, und ich sehe, dass die Leinwand, auf der bisher nur die dünnen Striche der Vorzeichnung und die Flecken der Schattenformen zu sehen waren, nun von einer rötlichen Lasur überzogen ist.

Ich stehe neben der Staffelei, während er Pinsel auswäscht, die Vorhänge zuzieht und die Lampen einschaltet. Auf der Fensterbank liegt ein dickes Buch über

Tizian, das schon ziemlich zerfleddert ist und in dem viele kleine bunte Zettel stecken. Ich blättere darin und finde auf fast jeder Seite handschriftliche Notizen. Welchen Fachbegriff hat Constanze erwähnt?

»Mit Imprimatur kenne ich mich nicht aus«, fange ich an und halte Jari das Buch entgegen, »im Studium hatte ich bisher eher moderne Kunst. Kann ich mir das mal leihen?«

Er überlegt. Ihm ist anzusehen, dass er es nicht gern aus der Hand gibt.

»Ich wüsste einfach gern genau, was du hier machst, dann kann ich auch was Schlaues sagen, wenn mich in der Galerie ein Käufer nach deinen Arbeiten fragt.«

Das Argument zieht. Er brummt, das werte ich als Einverständnis.

Constanze hat sich schon umgezogen und liegt auf dem Sofa, ich beeile mich und knie mich über sie. Jari kommt zu uns, drückt meinen Rücken mehr ins Hohlkreuz, korrigiert die Haltung meiner Hände und dreht meinen Kopf ein bisschen. Als er wieder hinter seiner Staffelei steht, flüstere ich: »Geht es dir gut? Du wirkst bedrückt.«

In ihren Augen schimmern Tränen. Sie wispert so leise, dass ich sie kaum verstehe.

»Ich hab mich gestritten und musste jemandem, den ich sehr mag, sehr wehtun.«

»Du musstest?«

Sie schnieft und zieht die Nase hoch.

»Ja. Ging nicht anders.«

»Kannst du ihm das nicht erklären?«

»Später vielleicht, jetzt grad nicht.«

Eine Träne rollt ihr über die Wange.

»Wenn du reden willst: Ich bin diskret wie eine Hochalm.«

Sie pustet mir eine Strähne aus dem Gesicht.

»Ist lieb, aber damit muss ich allein klarkommen.«

Wir schweigen, denn Jari hat seinen Platz verlassen und seinen Hocker herangeschoben. Er sitzt mit einem großen Block direkt vor uns und zeichnet unsere Gesichter und unsere Hände. Mehrmals lässt er uns die Positionen wechseln, offenbar trocknet die Imprimatur noch, und er nutzt uns für Studien. Ich kann es kaum erwarten, dass er genug hat, und als er endlich den Hocker zurückschiebt und »Das wars erst mal« brummt, springen wir auf und ziehen uns so schnell um, als müssten wir den nächsten Korblift erwischen. Constanze verschwindet hinterm Haus.

Ich laufe mit Jaris Buch unterm Arm auf mein Zimmer, schließe sorgfältig ab, setze mich aufs Bett und breite alle Zettel um mich herum aus, die ich im Laufe des Vormittags gesammelt habe. Daneben die nächtliche Warnung. Titus nehme ich mir zuerst vor und sehe sofort, dass er es nicht war. Insgeheim hatte ich ihn verdächtigt, aber seine Buchstaben sehen ganz anders aus und neigen sich auch eher nach links. Das *Abreisen! Gefahr!* ist so schnell hingekritzelt, dass diese

Schrift wohl kaum verstellt wurde. Constanze kommt ebenfalls nicht infrage. Ihre Schwünge sind viel runder, und sie schreibt jedes n verkehrt herum wie ein u. Tonio drückt so fest auf, als würde er die Worte ins Papier kratzen wollen, das passt ebenfalls nicht. Jaris Schrift überrascht mich, hat fast gotische Linien, steil und hoch mit vielen Ober- und Unterlängen, das sind für einen so grob wirkenden Mann sehr feine Lassos. Bleiben Nikola und Sergej. Aber auch ihre Notizen haben keinerlei Ähnlichkeit mit der nächtlichen Botschaft, die Häkchen und die offenen Schlaufen fehlen. Niemand aus dem Haus hat mir diesen Zettel zukommen lassen.

Halb bin ich erleichtert und halb enttäuscht. Aber mein Jagdinstinkt ist geweckt, ich will wissen, was hier vorgeht und ob es überhaupt mit mir zu tun hat. Wenn Sergej und Nikola zum Beispiel Steuern in großem Stil hinterziehen würden, könnte ihnen meine Anwesenheit egal sein, solange ich davon nichts mitkriege. Und außerdem sind sie meine Arbeitgeber, wenn sie mich loswerden wollten, könnten sie mir einfach kündigen. Egal wie ich es hin und her wälze, es ergibt keinen Sinn.

Ich mache mich auf zum Korblift und bin froh, dass ich Titus nicht über den Weg laufe. Ohne ihn und all die verwirrenden Gefühle, die er in mir auslöst, kann ich die atemberaubende Landschaft viel besser wahrnehmen und genießen. Es ist Wahnsinn, wie viele verschiedene Grüntöne es hier gibt, ich bin mitten im Film *Fifty Shades of Green*, und die Schattierungen ändern sich mit jeder Schlaufe des Wanderwegs unter mir. Aus einem satten, fast nass wirkenden Dunkelgrün wird zunehmend silbriges Hellgrün, dazwischen dunkle Flecken aus Moos und fast weiße aus Flechten. Die Wiesen sehen wie aquarelliert aus, es ist nicht einfach nur Grasgrün, sondern ein Wogen aus Froschgrün, Halmgrün, Seetanggrün, Giftgrün, Mattgrün, Teegrün, Olivgrün und Türkisgrün. Ich kann mich gar nicht sattsehen. Aus dem Korb schicke ich eine Nachricht an Marei und versuche, sie harmlos klingen zu lassen, ich will sie nicht beunruhigen.

Coole alte Tante – bezaubernde Nichte

LOUISA:
Coolste Tante, Nikola und Sergej lassen dich grüßen. Wie hast du die beiden eigentlich genau kennengelernt? Heute wurden meine Ketten gelockert: freier Nachmittag, Sightseeing im Tal, ich almdudel bald.

Ich warte eine Weile, aber Marei antwortet nicht, sie ist wohl unterwegs.

Unten im Ort setze ich mich in ein Café, das mit freiem WLAN wirbt, und klappe das Laptop auf, das Sergej mir geschenkt hat. Als Erstes suche ich Nikolas und Sergejs Namen und finde viele Beiträge über die

Galerie. Ausstellungskritiken, eine Reportage über den Bau des Chalets, Interviews mit ihrem Architekten, Artikel über eine Bürgerinitiative, die vom Bau eines so modernen Hauses nicht begeistert war und ihn verhindern wollte, Artikel über La Nebbia, aber absolut nichts Privates. Auf allen Fotos lächeln die beiden ihr Traumpaarlächeln, während sie Wein verkosten, einen Marmorsteinbruch besichtigen, sich Käsereien auf Almen ansehen, in einem Fünfsternehotel Nudeln im Rahmen einer Charity-Aktion herstellen, an einem Golfturnier teilnehmen oder mit nach oben gereckten Daumen vor einem Hubschrauber stehen. Ich folge einem Link zu Jari, er führt mich auf eine Unterseite der offiziellen Galerie-Homepage. Eine kurze Biografie, die sehr wenig sagt, und Fotos von seinen Arbeiten. Einige erkenne ich wieder. Ich suche weitere Informationen über ihn. Wenn er so ein Kassenschlager ist, muss es doch mehr über ihn geben, aber ich finde nichts. Keine Kataloge, keine Einträge in Datenbanken, keine Auktionshäuser, keine offiziellen Ankäufe, auch nichts in Verbindung mit Namibia: Fehlanzeige. Kein Museum hat jemals Bilder von ihm gezeigt, keine andere Galerie. Biggi hat in ihrem Blog über ihn nur den Kommentar »Sehr nackte Frauen, Bilder durcheinander« notiert. Weitere Kritiken gibt es nicht. Ich frage mich, wie das sein kann, aber vielleicht ist der Kunstmarkt viel verschwiegener, als ich bisher gedacht habe. Wenn eine Privatperson ein Bild kauft, wird das ja nicht unbedingt öffentlich gemacht. Trotzdem finde ich es merkwürdig. Es geht unergiebig weiter: Auch zu Constanze schweigt das Internet nahezu. Nur eine banale, kleine, sehr junge Facebook-Seite zeigt sie feiernd, wandernd oder Kuchen backend. Und Titus? Existiert gar nicht. Sein Nachname ist so ungewöhnlich, ich weiß noch nicht mal, wo oder aus welcher Sprache er herkommt, aber ich finde keinen Eintrag in beruflichen Datenbanken, kein Netzwerkprofil, gar nichts. Ich lebe in einem Haus voller Geister!

Nur bei Tonio, dem Letzten auf meiner Verdächtigenliste, erziele ich eine normale Treffermenge: Schulfotos, Artikel über das Hotel seiner Eltern, Patisserie-Wettbewerbe, Belobigungen der Handelskammer Bozen, Urlaubsfotos, Familienbilder, sogar ein verschnörkelter Stammbaum findet sich – offenbar geht Tonios Familie bis auf einen Raubritter zurück.

Alle anderen bleiben mir ein Rätsel, kommen scheinbar aus dem Nichts. Zur Sicherheit google ich mich auch selbst, aber bei mir ist es ähnlich wie bei Tonio: Wer mich stalken will, findet eine Menge. Als Teenie war ich ziemlich sorglos mit Postings, und einige Bikinifotos oder Duckface-Porträts hätte ich mir sparen sollen. Peinliche Tattoos kann man weglasern lassen, peinliche Postings bleiben ewig im Netz.

»Hey, du kannst ja richtig feiern, gell!«, jubelt es hinter mir. Ich drehe mich um, und Biggi steht da. Sofort gibt sie mir ein Küsschen. Über ein traditionelles

Dirndl hat sie eine Schürze aus pinkem Gummi mit bunten Prilblumen darauf gebunden. Wo kauft man so was? Gibt es einen Fetischgirl-Store in einem stillgelegten Dolomitenstollen? Oder dealt irgendwo in der Gegend eine Apfelbäuerin im Homeoffice mit Lack- und Gummi-Klamotten? Sie tippt auf meinen Bildschirm, der ein Foto von mir und einigen Freundinnen in einem Berliner Club zeigt, das Foto ist eines der Sorte Spätscham: Ich nahm an einem Twerking-Wettbewerb teil, schüttelte meinen Hintern, während mich ein großer blonder Mann mit Bier begoss.

Ich erinnere mich gut an den Abend. Sven war so sauer, dass er mir noch an der Tür des Clubs – er musste mich abholen, denn ich kroch fast auf allen vieren – eine Szene machte und mir zu Hause einen Vortrag über Würde, Respekt und Verantwortung füreinander hielt. Zwischendurch erbrach ich mich ins Küchenspülbecken, weil ich viel zu viel getrunken hatte, aber er redete einfach weiter, und irgendwann schlief ich mit dem Gesicht auf dem *Keine Prinzessin*-Frühstücksbrettchen ein. Nicht gerade eine meiner Glanzleistungen, aber das muss ich Biggi ja nicht erzählen.

»Komm, wir machen ein Selfie!«

Noch ehe ich protestieren kann, hat Biggi das Handy hochgereckt, sich in Positur geworfen und uns beide geknipst. Sofort danach fliegen ihre Daumen über das Display.

»Done! Zwei Kunst-Fans chillen! Summertime! Schon auf Insta. Check.«

Es ärgert mich, dass sie so tut, als wären wir beste Freundinnen.

»Biggi, ich hab richtig Ärger bekommen, weil ich dich in die Galerie gelassen habe und du dieses dumme Zeug geschrieben hast. Das geht nicht!«

Draußen hupt es, Biggi springt auf und küsst mich wieder: »Ich besuch dich mal oben, wenn deine Chefs nicht da sind, gell, dann sprechen wir. Dieses Feuilletongeblubber über Kunst, das ist doch gleichgeschaltet, weißt du. Jemand kontrolliert, dass alle dasselbe sagen. Normale Leute haben auch das Recht auf eine Meinung, die wird unterdrückt. Aber ich hab dich lieb und will nicht, dass du Stress hast. Bussi!«

Schon wuselt sie davon in ihrem quietschigen Kindergartendirndl. Seufzend packe ich meine Sachen zusammen. Das bringt hier nichts, also werde ich noch dieses Stempelkissen kaufen, und dann fahre ich wieder hoch.

Bestimmt wurden inzwischen die neuen Bilder von La Nebbia ausgepackt, und anders als Biggi, die dabei nichts fühlt, lösen diese Gemälde wirklich etwas bei mir aus, und ich will unbedingt sehen, was als Nächstes kommt. Auch deshalb finde ich die Arbeit im Chalet so toll – weil ich etwas kunsthistorisch Wichtiges erlebe. Vielleicht wird La Nebbia enttarnt, noch während ich hier bin. Die ganze Sache hier ist einfach zu toll, um sie leichtfertig aufzugeben.

KAPITEL 13

Titus fotografiert gerade die drei neuen Gemälde, die anschließend wieder zurück in ihre Klimakiste kommen, bis die aktuelle Ausstellung endet. Ich bin froh, dass er beschäftigt ist und wir uns nicht unterhalten müssen.

Ich lasse die Arbeiten auf mich wirken, die wieder Details in dunklen Räumen zeigen. Der Pinselstrich wird schneller, mit jedem Bild kommen mehr Bewegung und Druck hinein. Auf dem ersten ist ein Seil dargestellt, das sich wie eine Schlange um einen Balken windet. Auf dem zweiten erkenne ich genau so einen Koffer, wie ich einen in dem verbotenen Zimmer gesehen habe: braunes Kunstleder mit dicken Riemen und altmodischen Schnallen. Das kann unmöglich ein Zufall sein, es gibt so viele Koffermodelle auf der Welt, hängen La Nebbias Bilder und das Chalet etwa zusammen? Ich versuche, durch einen Seitenblick festzustellen, ob Titus sich auffällig verhält, denn er muss es auch bemerkt haben, doch er konzentriert sich auf seine Fotos, dreht am Objektiv, schaltet den

Blitz an und wieder ab und fährt den Zoom aus. Auf dem dritten Bild gleitet ein Zug durch ein Schneetreiben wie eine Miniaturbahn in einer Schneekugel. Die Motive zu einer Geschichte zu fügen, gelingt mir nicht, vielleicht weil mir die ersten Serien fehlen, ich bin ja erst ins Chalet gekommen, als die Ausstellungen schon seit Monaten liefen.

Titus' Handy klingelt, er legt die Kamera weg und geht zum Telefonieren nach draußen. Ich warte, bis sich die Tür hinter ihm geschlossen hat, dann nutze ich den Moment, schnappe mir die Kamera und sehe mir die Aufnahmen an. Der Schneekugelzug, der Koffer, das Seil, dann die Serie davor: der gefolterte Körper, der Hals mit dem Strick, die Haare im Abfluss. Und jetzt müsste die erste Serie kommen, bei der ich schon hier war, aber stattdessen zeigt mir das Display mein eigenes Gesicht. Und wieder ich. Ich in der Halle, ich am Pool, ich in der Galerieuniform. Wieso habe ich nicht gemerkt, dass ich fotografiert wurde? Und wer hat die Bilder geschossen? Ist das Titus' private Kamera, oder gehört sie zur Galerie?

Mein Bauchgefühl ist wieder mal nicht hilfreich bei der Frage, ob ich geschmeichelt oder beunruhigt sein soll. Es sind ja keine intimen Fotos, doch die Heimlichkeit, mit der sie aufgenommen wurden, ist trotzdem unangenehm.

Titus' Stimme wird lauter. Ich schalte die Kamera aus und stelle sie auf ihren Platz zurück. Dann blättere ich im aktuellen Katalog, damit ich beschäftigt aussehe. Aber Titus hat gar nicht vor, sich mit mir zu befassen. Er macht noch einige Fotos von der gesamten Serie und sperrt dann eine Schranktür in Nikolas Büro auf, um die Kamera wegzuschließen. Das Klirren seines dicken Schlüsselbundes hallt durch die Galerie. Dann ist er weg, und ich sehe ihm nach.

Erstens ist es also die allgemeine Galeriekamera, und zweitens besitzt Titus offenbar tatsächlich Schlüssel für alles und jedes, sicher auch einen für meine Zimmertür. Den Zettel hat er zwar nicht geschrieben, aber vielleicht hat er demjenigen geholfen, in mein Zimmer zu kommen?

Ich suche in der Abstellkammer der Galerie und finde einige Holzkeile. Mit denen werde ich heute Nacht meine Tür sichern. Außerdem entdecke ich in einem unscheinbaren, kleinen Kasten einen Schlüssel, der aussieht wie meiner. Auch den stecke ich ein.

Dann laufe ich durchs Haus und stelle fest, dass Sergej noch unterwegs ist. Nikolas Handtasche hängt in der Halle, und ich sehe sie zu Jaris Atelier gehen. Titus sitzt am Pool, Tonio und Constanze sind mit Küchenarbeiten beschäftigt. Also ist gerade niemand in der oberen Etage.

Ich verstecke die Holzkeile unter meinem Bett und probiere den Schlüssel an der nächsten Tür aus. Er passt. Und noch eine Tür. Und eine dritte. Auch hier lässt er sich problemlos drehen, es ist also der Generalschlüssel fürs Haus. Ich horche in die Stille, ob ich wirklich allein bin, und mache mich auf den Weg zum Kofferzimmer.

Geschafft. Ich stehe zwischen den Regalen. In einem Fach, bei dem ich sicher bin, dass sich dort letztes Mal noch ein brauner Koffer befand, liegt jetzt ein neuer, rötlicher, aber mit den gleichen altmodischen Schnallen. Ich klappe den Deckel hoch. Ein paar Kleidungsstücke – und Geld. Sehr viel Geld. Bündelweise Scheine. Ich öffne einen weiteren Koffer und finde dasselbe. Im Chalet scheint mehr Kohle gebunkert als in der Bank von England.

Im Babyzimmer und in Nikolas privaten Räumen fällt mir nichts Verdächtiges auf.

Auch in Sergejs Schlafzimmer sehe ich mich um, aber bis auf großformatige pornografische Schwarz-Weiß-Fotografien von Frauen und Männern, die es wild durcheinander treiben, ist auch hier nichts Besonderes zu sehen.

Ich entdecke eine verschlossene Kammer in der oberen Etage, wo ich eigentlich nicht hindarf. Und darin finde ich Gemälde. Weibliche Akte, teils altmeisterlich gemalt, teils abstrakt, jede der Frauen trägt einen goldenen Turban. Die stammen von Jari! Sofort fällt mir ein, dass Sergej beim Pooldinner behauptet hatte, genau diese Serie sei nach Namibia verkauft worden – komplett. Wieso steht sie hier, in einer Abstellkammer, noch dazu unsachgemäß gelagert? Die Leinwände lehnen blank gegeneinander, keines der Bilder ist abgedeckt, in Blubberfolie eingeschlagen geschweige denn in einer Klimakiste verstaut.

Weiß Jari das? Er selbst behandelt seine Arbeiten im Atelier penibel, packt sie so umsichtig ein, als wären sie Sprengstoff. Angeblich verkauft Nikola seine Gemälde doch, deshalb schläft er mit ihr, oder? Linkt sie ihn?

Ich beschließe, ihn aufzusuchen. Vielleicht kann ich herausfinden, wer mit der Galeriekamera hauptsächlich fotografiert und was es mit seinen Verkäufen auf sich hat. Ich hole das Buch über Tizian, um es ihm zurückzugeben, dann habe ich einen Vorwand.

Ich klopfe kurz an, die Tür gibt nach, offenbar war sie nicht richtig geschlossen. Beim Eintreten will ich gerade »Jari?« oder »Entschuldigung?« oder Hallo?« sagen, als ich bemerke, dass er Besuch hat. Die Ottomane ist zur Seite gerückt, auf dem Boden liegen einige zerknüllte Decken und Laken, darauf Jaris zuckende nackte Beine, Jaris behaarter runder Bauch und Jaris fleischige Brust mit großen dunklen Brustwarzen. Seine Arme und seinen Kopf sehe ich nicht, denn ab den Schultern aufwärts ist er von einem schweren roten Brokatplaid bedeckt. Ein leises Röhren oder Grunzen dringt darunter hervor. Jetzt entdecke ich seine Hände, am Ende der über den Kopf ausgestreckten Arme tauchen sie unter dem roten Brokat auf und verdrehen sich. Sie sind mit einem von Jaris Pinsellappen zusammengebunden. Sein nackter Körper liegt mit verdecktem Kopf da und erinnert mich an die Körperformen auf La Nebbias Bildern: nur Fleisch, keine erkennbare Person.

Über Jari kniet Nikola mit geschlossenen Augen und nacktem Unterleib, das weite, bunt bedruckte Seidenkleid hat sie bis zur Taille hochgeschoben, sie hält den Stoff zusammengerafft vor der Brust. Neben den beiden liegen hochhackige Korksandalen. Wieso ist sie nicht mit Sergej unterwegs? Sollte sie nicht noch mit dem Helikopter unterwegs sein? Sie fasst zwischen ihren Beinen hindurch, greift seinen steifen Schwanz und führt ihn sich ein.

»Wieder ohne Kondom«, denke ich noch und wundere mich. Bei der Orgie in der Galerie war sie so gewissenhaft, hat ständig Paare daran erinnert oder ihnen die kleinen knisternden Packungen angereicht, und ich erinnere mich, dass sie einmal einen älteren Mann mit schmalen Augen und weißem schulterlangem Haar, auf dessen Penis sie sich gerade setzen wollte, warten ließ, um schnell ein Kondom aus einer der großen Schalen zu holen. Aber hier mit Jari, der ja immerhin der Bruder ihres Mannes ist, spielt das offenbar keine Rolle. Wie schon im Weinkeller schiebt sie sich einfach seinen Schwanz hinein und beginnt, ihn mit regelmäßigen, schnörkellosen Bewegungen zu ficken. Kein Kreisen des Beckens, kein Innehalten, keine Variation, sie fickt ihn maschinell und atmet jedes Mal tief und heiser, wenn sie sich erhebt und wieder sinken lässt. Jari macht unter der roten Brokatdecke erstickte, jaulende Laute, auf die sie nicht weiter achtet. Sie streicht nicht über seinen Bauch oder stimuliert seine Brustwarzen, sie reibt sich nicht die Klitoris oder massiert sich die Brüste. Es sieht kein bisschen nach Spaß aus, sondern nach etwas, das getan werden muss, und zwar schnell und fast medizinisch.

Ein Begattungsakt.

Obwohl die Laute unter dem dicken Stoff dringlicher werden und Jaris Beine sich leicht aufstellen und anspannen, kann ich mir nicht vorstellen, dass das lustvoll für ihn ist. In einem Film habe ich mal gesehen, wie ein Mann seiner Sexpartnerin eine Papiertüte reichte, die sie beim Vögeln über dem Kopf tragen sollte, um sie zu demütigen. Jari tut mir leid. Er ist zwar bärbeißig und fast immer schlecht gelaunt, aber niemand hat es verdient, mit einem teppichschweren Stoff über dem Gesicht gefickt zu werden. Oder genießt er es etwa? Ist das sein Ding? Lässt er sich gern erniedrigen? Und Nikola? Was hat sie von dieser mechanischen Paarung? Sie fickt ihn jetzt schneller, ihre Augen sind immer noch geschlossen, die Luft riecht nach Schweiß und feuchter Kreide.

Ich beobachte sie erst seit wenigen Momenten, eher aus Schock als aus Neugier, als mir klar wird, dass ich hier verschwinden muss. Ich verlagere mein Gewicht, um den einen Schritt, den ich schon über die Türschwelle gemacht habe, rückwärtszugehen – da knarrt unter mir eine Diele. Mir wird sofort heiß, und ich wünschte, ich könnte mich einfach in Luft auflösen, gleichzeitig bin ich wie angewurzelt. Endlich trete ich doch einen Schritt zurück, aber es ist zu spät: Nikola hat hochgesehen und mich bemerkt.

Als würde es jetzt noch etwas nützen, flüchte ich, haste in mein Zimmer, greife mir das Erste, das mir einfällt, die Basttasche mit den Badesachen, und eile aus dem Haus.

KAPITEL 14

Obwohl ich doch weiß, dass das nicht funktioniert, hofft ein kleiner Teil von mir, ich könnte die peinliche Situation ungeschehen machen, indem ich mich eine Weile so unsichtbar mache, wie ich an der Tür zu Jaris Atelier hätte sein sollen.

Ich gehe bergabwärts und nehme einen gewundenen Trampelpfad, der zu dem kleinen Bergsee führt, den ich vom Korblift aus gesehen habe. Bald fange ich an zu schwitzen, denn der sandige, nur zwei Fuß breite Weg ist uneben mit vielen Stufen und großen Wurzeln, über die ich steigen muss, und es ist auch sehr heiß heute.

Endlich schimmert das smaragdgrüne Wasser durch die Bäume. Ich lege meine Sachen unter einen Baum, ziehe mich aus und stelle fest, dass ich keinen Badeanzug dabeihabe, nur die Handtücher. Egal, hier sieht mich ohnehin niemand. Nackt laufe ich die letzten Meter über flache Felsen und Sand und steige in den eiskalten See.

Nichts geht über Nacktschwimmen. Das Wasser ist herrlich, genau das, was ich jetzt gebraucht habe. Es beruhigt meinen Herzschlag und macht meinen Kopf klar. Ich kann nichts mehr ändern. Entweder feuert Nikola mich, weil ich sie ertappt habe, oder wir schweigen beide, und es ist nie etwas gewesen. Darauf ansprechen wird sie mich wohl kaum, es war für sie peinlicher als für mich.

Ich treibe eine Weile auf dem Rücken, bewege mich möglichst wenig und genieße die brennende Sonne auf meinem Bauch und den Brüsten, während kleine kalte Wellen über mich schwappen. Ich spreize leicht die Beine, das Wasser spielt an meiner Muschi, ich genieße das Gefühl und entspanne mich endlich, spüre, wie verkrampft ich war und wie sich nun alles löst und vom Wasser weggetragen wird.

Es ist still, nur die Grillen zirpen, und wenn ich den Kopf etwas hebe, kann ich die Bäume rauschen hören und ganz hinten das Quietschen des Korblifts. Ich drehe mich um und schwimme zur Mitte des Sees, hier ist es noch kälter, ich halte es eine Weile aus, dann paddele ich wieder näher zum Rand, wo es mir jetzt angenehm lau vorkommt. Bis zum Ufer sind es nur wenige Meter, wenn ich stehen würde, reichte mir das Wasser höchstens bis zur Hüfte.

»Louisa.«

Mein Herz holpert und macht einen Extraschlag, halb weil ich mich erschreckt habe, halb, weil es Titus'

Stimme ist. Er hat nicht gerufen, sondern ganz normal gesprochen. Ich gehe in die Hocke, damit das Wasser mich bedeckt, und schirme die Augen gegen die Sonne ab. Er steht am Rand des Sees und hat ein zusammengerolltes, extragroßes Badetuch unterm Arm.

»Was?«

Ich klinge gereizt.

»Lass dich nicht stören. Ich wollte schwimmen, aber wenn du allein sein möchtest, nehme ich den Pool.«

»Der See ist öffentlich.«

Er bewegt sich keinen Zentimeter. Ich komme mir lächerlich vor, wie ich da im Wasser hocke, er hat mich ja längst nackt gesehen bei der Orgie in der Galerie, mehr als nackt, aber das hier ist etwas anderes.

»Ich weiß, aber wenn du Zeit für dich haben willst, ist das kein Problem. Sag's, und ich geh zum Haus zurück.«

Es ist ungewohnt, ihn so höflich zu erleben, normalerweise ist er kurz angebunden und erwartet, dass sich alle herumkommandieren lassen.

»Quatsch, der See ist groß genug für zwei.«

Er fängt an, sich auszuziehen. Ich überlege, ob ich wegschwimmen oder wenigstens wegsehen soll, aber dann will ich wissen, wie es weitergeht. Wenn er verschämt ist, soll er sich halt das Badetuch umbinden.

Er ist nicht verschämt. Gar nicht. Ich hatte ihn für prüde gehalten oder wenigstens für verklemmt, aber er zieht sich mit einer Selbstverständlichkeit splitternackt vor mir aus, als wären wir seit Jahren ein Paar. Und er kann sich sehen lassen. Sein Körper ist so definiert und drahtig, wie ich das vermutet hatte, sein Schwanz hat genau die richtige Größe, und auch er ist komplett rasiert. Auf einem Arm hat er ein Sleeve-Tattoo mit verschlungenen Formen und fremden Schriftzeichen. Er kommt ins Wasser, und ich drehe mich um und schwimme ein Stück, bis es wieder eine Spur zu kalt wird.

Er krault neben mich, und eine Weile treiben wir stumm Seite an Seite, aber es ist kein unangenehmes Schweigen diesmal, sondern es fühlt sich vertraut an, und ich bin es irgendwie leid, pampig zu sein. Dann dreht er mir den Kopf zu und fährt mit seinen Blicken über meinen Körper.

»Du bist sogar beim Herumdümpeln anmutig, das macht deine Körperspannung, man merkt einfach, dass du tanzen kannst.«

»Ach, ist dir das aufgefallen?«

So unfreundlich wollte ich eigentlich gar nicht klingen.

»Ich versuche, im Haus möglichst professionell zu sein, damit die Abläufe nicht durcheinandergeraten, aber das heißt nicht, dass ich dich nicht sehe.«

»Und was genau siehst du?«

»Eine junge Frau, zu der mir ständig kitschige Vergleiche einfallen. Alabaster, Pfirsich, Samt.«

Ich schnaube abfällig.

»Du bist ja ein Romantiker.«

Fast bedauernd zieht er die Stirn zusammen.

»Ich bin alles andere als romantisch. Ich will, dass die Dinge laufen. Reibungslos. Wie geplant. Das lässt mich manchmal ruppig erscheinen.«

»Manchmal? Eigentlich immer.« Ich halte eine Hand, die schon ganz schrumplig ist, aus dem Wasser und zähle an den Fingern vor:

»Ruppig, herrisch, spaßbremsig, kalt …«

Da unterbricht er mich.

»Kalt? Wenn du wüsstest …«

»Wenn ich was wüsste?«

»Wie du mich ablenkst. Deine Haut, dein Haar, dein Lachen, dein Gang. Ich mache Fehler, weil ich zu viel an dich denke und zu wenig an meine Arbeit.«

»Du denkst an mich?«

»Oft, ja.«

»Denkst du auch an unseren Kuss im Korblift?«

Das ist gewagt. Denn falls er jetzt abwiegelt, werde ich enttäuscht sein. Sehr enttäuscht.

»Ständig.«

Er schwimmt direkt an mich heran, fasst mich unter Wasser um die Taille und zieht mich zu sich. Sein Mund ist direkt vor meinem.

»Das war sehr schön im Korblift. Deine Lippen schmecken süß wie Marillenkompott.«

Wieder küsst er mich. Ich vergesse einen Moment, die Arme und Beine zu bewegen, und gleite tiefer, aber er hält mich, und wir finden einen gemeinsamen

Rhythmus, wie wir Wasser treten können, ohne uns ständig mit den Knien ins Gehege zu kommen.

Seine Zunge tastet sich vor, ich öffne die Lippen und schmecke ihn. Dann lege ich die Arme um seinen Hals, seine Hände greifen tiefer, fassen unter meinen Po, und ich schlinge die Beine um seine Taille. Mir ist nicht mehr kalt, im Gegenteil, ich glühe von innen. Unser Atem wird heftiger, wir sind so ineinander vertieft, dass wir nicht merken, wie die Zeit vergeht. Erst als wir einen Moment Luft holen, klappere ich mit den Zähnen, und Titus lacht.

»Deine Lippen sind ja schon ganz blau.«

Wir schwimmen zum Ufer und wickeln uns in sein riesiges Badetuch. Der flauschige Stoff würde ein ganzes Bett bedecken, das wir leider hier nicht haben. Er hat den Arm um mich gelegt, und ich schmiege mich an ihn. Mit der freien Hand streichelt er mein Gesicht, dann meinen Hals und meinen Arm und schließlich meine Brust. Die Spitzen sind von der Kälte und von seiner Berührung so hart, dass es fast schmerzt. Ich ziehe die Luft ein und halte das Gesicht in die Sonne. Meine Augen sind geschlossen, ich sehe bunte flirrende Punkte hinter den geschlossenen Lidern. Titus küsst meinen Hals und meine Brüste, ich möchte mich zurücklegen, ihn an mich ziehen, die Beine für ihn spreizen, ihn dazwischen spüren, will, dass sein Schwanz in mich eindringt, dass es keinen Abstand zwischen uns gibt. Ich lege meine Hand auf seine Hüfte und verlagere das Gewicht leicht nach hinten. Seine Haut ist so weich und seine Hand so bestimmt und zärtlich zugleich. Ich kann es kaum noch erwarten und fühle, wie sich die Lust in meiner Möse ausbreitet. Da hebt er den Kopf und küsst mich lange auf die Schläfe. Sein Atem kitzelt mein Ohr, als er meinen Namen sagt.

»Louisa ...«

Ich lächle mit geschlossenen Augen und seufze.

»Louisa, du wirst abreisen. Gleich morgen. Wenn du es nicht tust, sage ich Nikola, dass ich dich in Sergejs Schlafzimmer erwischt habe.«

Ich rücke so schnell von ihm ab, als hätte ich einen elektrischen Schlag bekommen.

»Ich wünschte, ich müsste das nicht tun. Es liegt nicht an dir, aber es geht nicht anders. Ich kann es dir nicht erklären, also mach es mir nicht noch schwerer.«

Fassungslos starre ich ihn an. Sein Blick ist ernst, und mir wird klar, dass er nicht mit sich reden lassen wird.

»Ich mag dich, Louisa, wirklich. Sehr. Genau deshalb will ich dich nicht im Haus haben. Pack deine Koffer und lass dir was einfallen, von mir aus einen Krankheitsfall in der Familie, aber fahr.«

Ich bin wie erstarrt.

»Und was war das eben im See?«

»Ein ... Fehler. Es tut mir leid. Ich hätte einfach mit dir sprechen sollen, aber du bist schon ... du siehst so ... ich finde dich ...«

Weiter kommt er nicht und zuckt nur hilflos mit den Schultern. Dass ausgerechnet Titus nicht weiß, was er sagen soll, macht die Situation für mich kein bisschen besser. Dümmer und gedemütigter habe ich mich schon lange nicht mehr gefühlt. Am meisten ärgere ich mich über mich selbst. Ich weiß doch mittlerweile, wie er ist und dass man an ihn nicht rankommt, und dann braucht er mich nur mit diesen Huskyaugen anzugucken, und ich schmelze dahin wie eine verknallte Fünfzehnjährige. Ich bin so blöd. So, so blöd.

Aber mir reicht's, ich lasse mich so nicht behandeln. Ich schäle mich aus dem riesigen Handtuch, ziehe mich eilig an, ohne ihn eines weiteren Blickes zu würdigen, und stürme davon.

KAPITEL 15

Erst in meinem Zimmer komme ich wieder zur Besinnung. Ich würde jetzt gern irgendeine Musik mit harten lauten Beats anschalten und all die Gefühle aus mir heraustanzen, aber das hat noch nie wirklich funktioniert. Das Maß ist voll. Wütend werfe ich meine Kleidungsstücke in den Koffer. Ich weiß gerade nicht, was mich mehr enttäuscht: dass Titus mich erneut weggestoßen hat, dass ich nicht verstehe, was in diesem Haus wirklich vor sich geht, oder dass ich den besten aller Jobs verliere. Egal, ich werde mich nicht weiter demütigen und verunsichern lassen.

Das sollte ein Sommer voller Spaß werden, und jetzt hab ich mich in Intrigen und Geheimnisse verwickelt. Und in Gefühle. Das ärgert mich am meisten. Männer denken mit ihrem Schwanz? Dann fühle ich mit meiner Möse. Statt einfach feucht zu werden und Männer zu verschlingen, steckt sie direkt mein Herz in Brand, wenn ihr einer gefällt. Marei hatte wieder mal recht: Nur Spaß zu haben, liegt mir nicht, ich verliebe mich, so idiotisch es ist, und ich weiß es auch noch, stehe dämlich daneben und kann nichts dagegen tun.

Erschöpft lasse ich mich aufs Bett fallen. Ich habe das noch nie so explizit gedacht: Verliebt? Bin ich in Titus wirklich verliebt? Trotz seiner Kälte und seiner Unberechenbarkeit? Was stimmt nicht mit mir?

Ein Klopfen unterbricht meine Gedanken, und ich seufze genervt. Nicht mal in Ruhe in Selbstmitleid versinken kann man hier. Ich rechne mit Constanze, vielleicht hat Titus ihr aufgetragen, nach mir zu sehen, vielleicht soll sie beim Packen helfen, immerhin wollten ja beide, dass ich abreise, den Gefallen tu ich ihnen jetzt.

Aber es ist Nikola.

Sie sieht aus, als hätte sie eine Rede vorbereitet, und schon will sie ansetzen mit ihrer Ansprache, als sie meinen Koffer auf dem Bett bemerkt.

»Du willst weg?«

»Ich denke, das ist besser.«

»Wegen dem, was du im Atelier gesehen hast?«

Ich nicke, habe keine Lust, ihr von meiner unerwiderten Leidenschaft für ihren desinteressierten Sekretär zu erzählen. Es kommt mir peinlich und klischeehaft vor: Liebeständeleien des Personals.

Sie nimmt mich an der Hand und zieht mich hinaus in den Flur.

»Dann zeig ich dir jetzt mal was.«

Ich trotte widerwillig hinter ihr her und rechne so halb damit, dass sie mir etwas schenken will, um mich zum Schweigen zu bringen, einen ihrer Designerfummel vielleicht oder ein Bündel Geld, das hat sie ja kofferweise, aber ich werde mich auf nichts mehr einlassen, ich habe keine Lust mehr.

Sie führt mich zum Babyzimmer. Schließt die Tür auf und schiebt mich hinein. Ich gebe mir Mühe, überrascht auszusehen, sie soll nicht wissen, dass ich diesen Raum bereits kenne und noch vor wenigen Stunden durchsucht habe.

»Darum geht es.«

Sie lässt sich auf den Schaukelstuhl sinken, streicht über einen Strampler, der auf der Kommode neben ihr liegt, und wirkt plötzlich viel älter und gar nicht mehr glamourös.

»Ich will dich mit den Details nicht belasten, aber vielleicht verstehst du alles besser, wenn du weißt, was uns passiert ist. Sergej und ich, wir hatten ein Kind.«

Sie stockt, schluckt und hat Tränen in den Augen. Als sie weiterspricht, klingt ihre Stimme rau.

»Es war ein halbes Jahr alt, als wir hier eingezogen sind. Ich war an dem Abend in der Galerie, meine erste Vernissage nach der Geburt, ich musste mal raus und mit Erwachsenen reden. Sergej hat auf Pucki aufgepasst.«

Sie lächelt kurz und schmerzvoll.

»Nepomuk. Wegen Johann Nepomuk della Croce. Ein österreichischer Maler. Sergejs Eltern hatten Bilder von ihm, und er sagt immer, dass er wegen ihm angefangen hat, sich für Kunst zu interessieren. Also jedenfalls war Sergej bei ihm an dem Abend.«

Eine Träne läuft ihr über die Wange, sie wischt sie nicht weg.

»Als ich nachts zurückkam, saß Sergej im Sessel und war eingeschlafen, und Pucki lag in seinem Bettchen. Aber er atmete nicht mehr.«

Sie schluchzt, ihr Gesicht verzerrt sich.

»Plötzlicher Kindstod.«

Schweigen macht sich zwischen uns breit. Ich weiß nicht, was ich sagen soll. Es wäre alles banal. Jemanden, dem so etwas passiert ist, kann man nicht trösten. Warum erzählt sie mir das und warum jetzt?

»Danach hat sich Sergej verändert. Er konzentriert sich aufs Geschäft. Und ein Baby war nie wieder ein Thema für ihn. Wir haben ab und zu Sex, aber er spricht nie von einem Kind, und er will, dass ich die Pille nehme – was ich nicht tue. Und deshalb hast du mich heute mit Jari gesehen.«

»Du schläfst mit Jari, um ein Kind zu bekommen.«

Jetzt ist mir klar, wieso sie ihren Mann ohne Kondom betrügt.

Sie nickt und sieht mich trotzig an.

»Entweder von Jari oder Sergej, es verdoppelt einfach die Chancen. Jari kann nicht beweisen, dass es seins ist, und Sergej wird nicht wissen, dass es nicht seins ist. Und wenn es dann so ist, freundet er sich bestimmt mit der Vaterschaft an.«

»Und wenn er einen Gentest macht?«

Nikola blickt irritiert. War sie etwa nie selbst auf diese Idee gekommen? Hat sie nie gemerkt, wie fadenscheinig ihr Plan ist?

Dann sagt sie: »Du musst doch gesehen haben, dass sie Zwillinge sind.«

Jari und Sergej? Der pummelige bärtige Waldmensch und der smarte Dressman? Sicher sind sie ungefähr gleich alt, aber sonst?

»Die sehen sich überhaupt nicht ähnlich«, protestiere ich.

Nikola wischt sich die Tränen vom Gesicht und putzt sich geräuschvoll die Nase.

»Zieh bei Jari dreißig Kilo ab und denk dir einen halben Liter Wodka am Tag über die letzten zehn Jahre weg. Rechne ein diszipliniertes Work-out dazu, rasier ihn ordentlich und schick ihn zum Friseur, dann hast du Sergej zwei Punkt null.«

Ich sehe sie immer noch an, als sei sie übergeschnappt.

»Als ich Sergej kennenlernte, waren sie sich so ähnlich, dass ich sie kaum auseinanderhalten konnte.«

Ich atme tief ein und aus.

»Und was hat das alles mit mir zu tun?«

»Als du angekommen bist, hab ich zu dir gesagt, dass wir Muschi-Mojo im Haus brauchen, und das hab ich so gemeint. Constanze ist wunderbar, nur ein bisschen unbedarft. Ich brauche jemanden, der mich unterstützt, weibliche Solidarität, verstehst du.«

»Aber hier geht doch nicht alles mit rechten Dingen zu!«

Es platzt einfach so aus mir heraus, ich wollte das gar nicht sagen. Keinesfalls werde ich zugeben, dass ich herumgeschnüffelt habe. Nikola ist ehrlich überrascht, ich kann an ihrem Gesicht ablesen, wie es in ihr arbeitet. Dann seufzt sie.

»Sergej hat seine eigene Art, mit unserem Verlust umzugehen. Er halst sich viel zu viel Arbeit auf, und dabei hat er sich in gewisse Geschäfte verwickelt und in Kreise, die nicht gut für uns sind.«

Ich warte. Leider wird sie nicht konkreter.

»Ich kriege ihn schon wieder in die Spur. Die Liebe einer Frau und ein Kind verwandeln einen Mann, weißt du. Lass mich ihn wieder auf den richtigen Weg bringen, ich schaff das. Ich brauche nur ein bisschen Zeit, du musst mich unterstützen, Louisa! Du hast es doch gut hier, wir sind für dich da, wir freuen uns alle, dass du bei uns bist. Also warte mit deiner Abreise noch, und wenn du es dann gar nicht mehr aushältst, fahre ich dich persönlich zum Flughafen nach Innsbruck. Aber gib mir etwas Zeit. Ich hab bald meinen Eisprung, und ich weiß, dass es diesmal klappt, ich fühle das. Dann kann ich Sergej vor sich selbst retten und die Galerie. Muschi-Mojo, Louisa! Es soll dein Schaden nicht sein, ich bin sehr großzügig.«

Ich senke beschämt den Kopf.

»Das weiß ich.«

»Dann haben wir beide jetzt einen Pakt?«

Sie tritt zu mir und legt meine Hand auf ihren flachen Bauch.

Ich kann nicht anders und nicke.

»Aber du musst Titus sagen, dass du unbedingt willst, dass ich bleibe. Er mag mich nicht, ihm wäre es am liebsten, ich wäre längst weg.«

Sie wischt sich noch einmal übers Gesicht.

»Danke. Und Titus mache ich unmissverständlich klar, dass du auf meinen Wunsch hier bist. Zusammenhalt unter Schwestern!«

Wir verlassen das Babyzimmer, und sie eilt davon. Ich stehe ratlos im Korridor. Statt Geheimnisse zu lüften und mich daraus zu befreien, habe ich mich in noch ein weiteres verstrickt.

KAPITEL 16

Wenigstens eine von uns muss ein bisschen Spaß haben, beschließe ich, als ich nach dem Morgentraining in der Küche stehe, Constanze mit steinerner Miene das Geschirr an Tonio vorbeiträgt und keiner ein Wort zum anderen sagt. Seit ihrem Streit, über den sie mit mir nicht sprechen wollte, gehen die beiden höflich und professionell miteinander um, aber mit ihrem Schäkern und Herumalbern, mit den kleinen Klapsen an der Spüle oder Küssen im Weinkeller ist es vorbei. Beide leiden unter der Situation, und auch ich würde mich gern von meiner Misere ablenken und den Sekretär mal eine Weile aus dem Kopf bekommen. Also schwenke ich fröhlich meine Basttasche und verkünde:

»Stubenmädchen und Küchenvolk, die niedrige Dienerschaft macht heute einen Ausflug!«

Tonio bearbeitet unbeeindruckt das große Fleischstück auf der Marmorplatte vor ihm.

»Streng genommen gehöre ich als Koch nicht zum niedrigen Personal, sondern unterstehe direkt dem

Butler«, sagt er mit so viel Würde, wie man haben kann, wenn man gerade einen Schinken mit Marinade massiert.

»Und ich bin eher die Hausdame, kein Stubenmädchen«, sagt Constanze.

Ich wedele mit der Hand durch die Luft.

»Alles klar, ihr seid die Krönung des Personalstabs, und es ist mir eine Ehre, mit euch dienen zu dürfen. Aber es ändert nichts an der Sache. Heute Abend ist Prä-Vernissage, das heißt, wir haben nachmittags ein paar Stunden frei, und die werden wir drei zusammen auf einer schönen Almwiese verbringen. Es kann nicht sein, dass unsere einzige Entspannung Affenfötzchen sind.«

Weil keiner von beiden Begeisterung zeigt, verlege ich mich aufs Betteln.

»Kommt, na los, ich bin schon so lange hier und war noch nie auf einer richtigen Almwiese, wo die Kuhglocken läuten und das Edelweiß blüht.«

»Edelweiß blüht nicht auf der Almwiese«, belehrt Constanze mich, aber ich unterbreche sie mit einem lauten Stöhnen.

»Gerade deshalb müsst ihr mich ja aufklären und mir alles zeigen. Ich dulde keinen Widerspruch. Tonio, bereite uns doch bitte einen schönen Picknickkorb. Und du, Constanze, wirfst dich bitte in eine bequeme Freizeitklamotte. Ich selbst werde dies hier beisteuern. Gras auf dem Gras.«

Ich halte triumphierend einen Joint hoch. Es ist der einzige, den ich mitgebracht habe, und mein letztes Argument. Tonio verzieht das Gesicht. Dann zuckt er mit den Schultern.

»Von mir aus. Machen wir eine Geierwally aus dir.«

Eine gute Stunde später erreichen wir eine Wiese, die butterblumiger und schaumkrautiger kaum sein könnte. Um Glockenblumen und Enziane summen dicke Hummeln. Einzelne Bäume spenden Schatten, sogar einen kleinen Bach gibt es, und der ist so bitterkalt, dass mir fast die Füße erfrieren, wie ich feststelle, als ich meine Schuhe ausziehe und hindurchwate. Constanze breitet eine große Picknickdecke in einer Mulde aus und setzt sich zusammen mit Tonio darauf. Die beiden schweigen sich an. So kann das nicht weitergehen. Ich zünde den Joint an und lasse die beiden daran ziehen. Die Spannung, die zwischen uns geherrscht hat wie ein drohendes Gewitter, löst sich langsam auf. Ab und zu kichert einer von uns, wir futtern das Gebäck, das Tonio eingepackt hat, und pusten uns gegenseitig Puderzucker von der Nase. Constanze liegt im Bikini neben mir auf der Decke und döst, Tonio sitzt etwas entfernt.

Ich rutsche näher an Constanze heran und kitzle sie mit einem langen Halm. Ohne Tonio aus den Augen zu lassen, beuge ich mich vor und lecke ihr mit der Zungenspitze einen Rest Puderzucker von der Oberlippe. Sie öffnet die Augen. Meine Haare fallen über ihre Stirn wie ein Vorhang.

»Das war unerwartet«, sagt sie.

»Ich wollte mich noch revanchieren für die Sitzung bei Jari. Weil du sie so ... abwechslungsreich gestaltet hast.«

Meine Fingerspitzen wandern über ihren nackten Bauch. Tonio schluckt, als er das sieht, und zieht gedankenverloren an dem Joint. Während ich ihr Bikinioberteil hochschiebe, sinkt mein Gesicht immer tiefer über ihres, und dann küsse ich sie zwischen die Augen, auf die Nase und schließlich auf den Mund. Ich muss an Erdbeeren denken, süße, saftige Erdbeeren.

Fast schläfrig hebe ich den Kopf, lasse meine Hand über ihrer Brust schweben und sehe von Constanze zu Tonio.

»Will irgendwer nach Hause?«

Tonio schüttelt den Kopf, und Constanze zieht auf meiner Hand kleine Kreise mit ihren Fingern, bis ich ihre Brust umschließe und sanft drücke. Eine Hummel sucht etwas in ihrem Haar und brummt torkelnd weiter. Ich setze mich noch einmal auf und ziehe die Shorts und die Folklorebluse aus. Dann, nach einem kurzen Zögern, auch die Unterwäsche. Wozu warten, wenn es doch dazu kommen wird. Auch Tonio streift sich die kurzen Jeans und das T-Shirt ab, behält aber seine Boxershorts an, offenbar ist er schüchtern.

Ich schmiege mich an Constanze, küsse sie wieder und puste ihr leicht ins Ohr, sie kichert und zieht noch einmal an dem Joint, bevor sie den Stummel Tonio weiterreicht. Ich fühle ihre Hand auf meinem Rücken und streichle ihr knochiges Knie, das kenne ich ja schon vom Posieren vor Jaris strengem Blick. Mit spitzen Fingern ziehe ich den Bikini jetzt ganz weg, sodass Tonio und ich ihre Brüste sehen können. Ich lecke über die Nippel, Constanze stöhnt, ich umschließe sie fester mit den Lippen und sauge daran. Tonio ist neben uns gerutscht und berührt zaghaft ihren Bauch. In seinen Shorts zeichnet sich deutlich sein Ständer ab. Constanze dreht sich zu ihm, und sie küssen sich, er umfasst sie erst ganz vorsichtig und dann fester und wälzt sie schließlich mit sich, sodass sie auf ihm liegt. Ich rolle zur Seite und stütze mich mit einer Hand ab. Eine Weile fahre ich noch über Constanzes Rücken und ihren Po, dann vertraue ich sie Tonio an. Sollen die beiden ihren Spaß haben. Constanze kniet sich über ihn und streift ihm die Boxershorts ein Stück herunter, ihren Slip schiebt sie zur Seite. Sie tastet in Richtung ihrer Tasche, ich suche für sie ein Kondom heraus und öffne ihr auch die Verpackung, Service muss sein. Sie rollt ihm das Gummi über den harten Schwanz, umfasst den Schaft, führt sich die Eichel ein und lässt sich dann auf seinen Schwanz sinken. Sie stöhnt lang und heiser, Tonio murmelt eher. Er greift nach ihren Pobacken und knetet sie, dann stellt er die Beine auf, damit er ihr besser entgegenkommen kann, und massiert ihre Brüste. Herrlich, die beiden beim Vögeln zu beobachten. So friedlich und frei. Ich streichle meine Brüste und schiebe mir eine Hand zwischen die Beine. Obwohl ich ganz feucht bin, spiele ich nur ein bisschen am Möseneingang herum, manchmal berühre ich wie zufällig meine Klit, es ist nichts Absichtsvolles dabei. Einmal sieht Constanze zu mir herüber, während ich mit den Fingern in meiner Mösenspalte auf und ab fahre, und lächelt mir zu. Meine Nippel fühlen sich an wie dicke, reife Kirschen, ich würde sie zu gern selbst lutschen, wenn ich drankäme, diese leckeren, süßen Dinger ... meine Herrin, ich bin zu bekifft zum Masturbieren. Das Läuten der Kuhglocken trägt mich immer wieder weg, meine Gedanken treiben durchs Gras, hüpfen über Felsbrocken und schweben über dem Hang. Ich weiß plötzlich, wie sich eine Hummel fühlt, und bin ganz sicher, dass diese Brummer alle total gut gelaunt sind. Bestimmt haben sie auch einen speziellen Hummelhumor. Ich gluckse und will einen Hummel-Witz erzählen, aber dann erinnere ich mich nicht mehr daran, und mein Geist verliert sich wieder im Wiesenschaumkraut, das geheimnisvoll raschelt und so intensiv violett strahlt, als würde es von innen beleuchtet.

Glücklicherweise irritiert der Joint Constanze und Tonio gar nicht. Sie reitet ihn, ihre Brüste wippen, ihre Hinterbacken und ihre Hüfte zittern jedes Mal, wenn sie sich mit einem Klatschen auf ihn fallen lässt. Wenn er sie gerade nicht küsst, murmelt Tonio »Mein Pfläumchen, meine Vanillespalte, du Honigstück«, und ich gebe ihm recht, Constanze macht beim Vögeln wirklich einen besonders leckeren Eindruck. Mit nasser Spalte und weit geöffneten Beinen sitze ich da und schaue einfach zu, wie er in sie stößt und sie dabei ihre Möse reibt. Ich genieße die Sonne und den kühlen Wind auf meiner nackten Haut und denke einfach an gar nichts, in meinem Kopf gibt es nur Hummelsummen, Constanzes Keuchen und das Geräusch von Tonios Schwanz in ihrer Möse.

Erst als beide schneller werden, sehe ich wieder aufmerksamer hin. Constanzes Gesicht ist entrückt, ihr Mund steht leicht offen, ihre Möse schmatzt, so saftig ist sie. Beide kommen kurz nacheinander, sie bäumt sich auf, er greift noch einmal feste nach ihrem Hintern. Dann fallen beide zur Seite von der Picknickdecke runter ins Gras und umschlingen sich. Mit geschlossenen Augen liegen sie da und japsen. Langsam wird ihr Atem ruhiger und tiefer.

Aufwachen sollen sie zu zweit. Ich sammle also meine Kleidung ein, ziehe mich schnell an, schlüpfe in meine Schuhe und mache mich auf den Heimweg. Meine Gedanken werden klarer, aber meine Sinne sind noch überscharf. Ich kann das Harz der Zirbelkiefern riechen, das Gras, den modrigen Boden, höre die Tannennadeln unter meinen Schuhsohlen knirschen und fühle den Wind im offenen Haar. Zwischen meinen Beinen ist es nass und warm, ich schreite weiter aus und fühle mich beim Abstieg einfach nur lebendig.

KAPITEL 17

Selbst noch kurz vor dem Chalet höre ich superdeutlich das Vogelgezwitscher und das Rauschen der Bäume, als hätte jemand den Ton lauter gestellt. Außerdem habe ich einen Riesenhunger und werde gleich mal sehen, welche Köstlichkeiten die Küche bietet. Das kleine Abenteuer mit Tonio und Constanze hat mir gutgetan, und ich wünsche es den beiden so sehr, dass sie die Kurve kriegen, denn sie stehen ganz eindeutig aufeinander. Auch für Constanze ist es nicht nur eine Affäre, was immer sie davon abhält, mit Tonio in den Sonnenuntergang zu reiten, ich hoffe, sie regeln das.

Als ich hinter mir auf dem Kiesweg schnelle Schritte höre und mich umdrehe, bin ich schlagartig nüchterner: Biggi läuft auf mich zu, fast hüpfend in ihren goldenen Plastikstiefeletten und dem kurzen bunten Dirndl. Quer über ihrem Oberkörper baumelt eine rote Lackhandtasche. Innerlich seufze ich. Bitte nicht noch ein Gespräch darüber, dass alle das Recht haben, strunzdumme Sachen über Kunst zu verbreiten, von der sie keine Ahnung haben und die sie auch nicht verstehen wollen. Ich war mir eigentlich sicher, Biggi hätte verstanden, dass ich wegen ihr keinen Ärger mehr mit meinen Chefs haben will. Doch sie lacht mich fröhlich an, ihr blonder Pferdeschwanz wippt, ihr kurzes Kleid aus Gummi- oder Lackstoff knirscht leise, und sie zeigt mit ihrem glitzernd manikürten Finger auf mich.

»Genau die Frau, die ich gesucht habe. Louisa, Süße, Bock auf Frauenpower?«

Ich warte schmallippig ab. Frauenpower bedeutet bei Biggi, dass ich etwas für sie tue, das sie will, aber ich nicht.

»Worum gehts?«

Sie umarmt mich, packt mich dann an den Schultern und sieht mir tief in die Augen. Falls sie hier eine Hypnosenummer probiert – das zieht nicht.

»Ich habe darüber nachgedacht, was du gesagt hast.«

Das überrascht mich.

»Vielleicht hast du recht. Vielleicht war ich zu voreilig mit meinem Urteil über La Nebbia.«

Das überrascht mich noch mehr.

»Ich will mich gern bessern, gell, und ganz viel dazu lesen und nachdenken, bevor ich über die neuen Bilder schreibe. Die kommen doch heute rein?«

Das überrascht mich nun wieder gar nicht. Ein zweites Mal soll ich sie vor der Vernissage in die Galerie lassen. Eher steche ich mir einen von Jaris Pinseln ins

Auge oder ersticke mich mit Nikolas getragenen Sportsocken.

»Ich darf dir nicht die neuen Arbeiten zeigen.«

Sie zieht einen Schmollmund.

»Menno. Du wolltest doch, dass ich mehr darüber nachdenke und offener bin.«

»Das kannst du auch morgen machen.«

»Aber meine Leserinnen erwarten ein Preview-Posting.«

»Ist mir wurscht. Ich will keinen Ärger mit Nikola und Sergej.«

Sie reibt meine Oberarme, als wollte sie mir die Haut runterschrubben. Noch bevor ich sie abschütteln kann, wird mein Blick abgelenkt, denn hinter ihr kommt noch jemand den Kiesweg hoch, nicht gämsenflink wie Biggi, eher langsam mit großen Schritten und leicht schwankend wegen der ungewohnten Steigung.

Sven!

Was macht Sven hier – und in meiner Auszeit? Klar, ich hab ihm diese Adresse dagelassen für Notfälle, nicht für Überfälle, aber Sven ignoriert solche Feinheiten ja gerne. Ich will nicht, dass er irgendjemanden kennenlernt, mit dem ich hier lebe. Ich will ihn nicht in der Galerie, nicht im Haus, nicht in meinem Leben. Vor allem – das fällt mir plötzlich auf – will ich nicht, dass er Titus begegnet.

Biggi hält mich immer noch fest und trippelt jetzt, als müsste sie dringend aufs Töpfchen. In meinem

Gehirn überschlagen sich die Optionen. Mir bleibt die Wahl zwischen Pest und Cholera.

»Biggi!«

Ich zwinge sie, mir zuzuhören. Wenn das jetzt nicht klappt, bin ich geliefert, und mein Traum von der lustvollen Abenteuer-Auszeit ist zu Ende.

»Biggi, okay, ich zeige dir Fotos, heute Abend, zwei Stunden vor der Vernissage …«

Sie jauchzt und hüpft wie ein Flummi.

»Aber nur, wenn du deinen Blogtext erst nach der Vernissage online stellst. Und wenn du jetzt was für mich tust. Hinter dir – dreh dich nicht um! – kommt mein Ex-Freund. Den will ich auf gar keinen Fall hierhaben. Ich zeige dir die neuen Bilder, wenn du ihn mir vom Hals schaffst, runter vom Berg. Tust du das?«

Sie fällt mir um den Hals.

»Frauenpower! Deal! Klar, ich lass dich nicht hängen! Volle Mädchensolidarität!«

Sven ist nur noch wenige Schritte entfernt. Ich schiebe Biggi von mir, sie dreht sich um und mustert ihn. Offenbar sieht sie nicht den kontrollfreakigen Langweiler, sondern den sportlichen großen Jungen, den auch ich während unserer Schulzeit gesehen habe.

»Echt dein Ex?«, raunt sie. »So richtig Ex? Keine Ansprüche mehr?«

»Weniger als null«, flüstere ich zurück. »Tu mit ihm, was immer du willst, aber bring tausend Höhenmeter und dreißigtausend Äpfel zwischen ihn und mich.«

Sven steht vor uns. Sein Blick verrät mir sofort, dass er mein knappes Outfit nicht billigt. Ich will schon sagen, ich sei gerade vom Sport gekommen, aber dann beiße ich mir auf die Zunge. Spinne ich? Er muss für immer aus meinem Kopf. Wir sind getrennt, ich habe mich neu erfunden, ich kann so halb nackt rumlaufen, wie es mir gefällt.

»Hallo, Louisa«, sagt er und streckt mir tatsächlich die Hand hin. »Ich bin's.«

»Das sehe ich, wir telefonieren nicht, du stehst vor mir.«

»Ich bin hier.«

Auch keine neue Erkenntnis. Ich frage mich, wer von uns beiden stoned ist.

»Und warum?«, frage ich schließlich.

Er schnaubt.

»Na, das ist ja eine nette Begrüßung. Haben sie dir das hier so beigebracht?«

Dreißig Sekunden mit Sven, und schon habe ich wieder das Gefühl, dass sich mir die Haut abschält vor innerem Druck.

»Mir bringt keiner was bei, ich bin kein Dressurhund. Aber du bist ein *Ex*-Freund, der ungebeten an meinem Arbeitsort auftaucht. Was soll das werden? Eine Form von Stalking?«

Er hebt beschwichtigend die Hände.

»Ich wollte nur mal nach dem Rechten sehen. Auf meine Mails und SMS antwortest du ja nicht.«

»Wir sind getrennt, Sven. Und wir sind auch keine Brieffreunde.«

Er stöhnt laut, als hätte er ein sehr ungezogenes Kind vor sich.

»Ich bin immer noch dein Freund, Louisa, wenn auch nicht dein Liebespartner, was ich sehr bedaure.«

Liebespartner? Aufseher trifft es wohl eher.

»Und als Freund interessiert es mich, ob es dir gut geht.«

Ich schnaube entnervt. Er kapiert es einfach nicht.

Da schaltet sich Biggi ein.

»Hallo am Berg, ich bin die Biggi, gell?«

Sie beugt sich vor und küsst ihn mit einem lauten Schmatzer auf die Wange. Sven begrüßt sie irritiert, wendet sich dann aber sofort wieder mir zu.

»Ist es nicht langsam gut? Du hast doch jetzt bewiesen, dass du ausbrechen kannst. Was brauchst du denn noch, um diesen Unsinn hier zu beenden und in dein Leben zurückzukehren?«

In *sein* Leben, meint er. Ich bin dieses überflüssige Gespräch jetzt leid. Alle Beschwingtheit und Leichtigkeit nach dem Treffen mit Constanze und Tonio, das Prickeln in meinem Bauch: weg. Ich muss mich zusammenreißen, Sven nicht anzuschreien, ihn nicht zu schubsen, ihn nicht an seinem Poloshirtkragen zu packen und ihn bis zum Korblift zu zerren, damit er wieder von hier verschwindet. Hilfe suchend sehe ich Biggi an. Sie springt ein.

»Ach geh, Sven, man überfällt eine Dame doch nicht so. Lass die Louisa das in Ruhe verdauen, sie hat ja auch jetzt zu arbeiten, gell, wir lassen sie nachdenken, und wir zwei Hübschen suchen dir im Tal ein schönes Quartier, und ich zeig dir die Apfelplantagen, und danach gehen wir was Feines jausen. Gell, Sven, du lässt ein hungriges Mädchen nicht alleine in einem Lokal sitzen? Na komm!«

Sie hakt ihn unter und schmiegt sich sogar an ihn. Und Sven, der immer steif wie ein Brett wurde, wenn ich ihn in der Öffentlichkeit länger als eine halbe Sekunde küssen wollte, lässt es sich gefallen und legt sogar den Arm um ihre Taille. Seine Hand streift ihre Lackhandtasche.

Ja, ich weiß, worauf er steht.

Biggi gelingt es tatsächlich, zwitschernd und plaudernd und seinen Arm tätschelnd, ihn wegzulotsen.

»Wir reden noch!«, ruft er mir über die Schulter zu.

Dann gehen die beiden endlich. Ich bin so genervt, dass ich mir fast wünsche, Sergej würde mich wieder zum Bodenwischen in der Galerie verdonnern. Und das wird er sicher auch, falls Biggi noch mal Unsinn postet, aber darum kümmere ich mich, wenn es so weit ist.

Ich weiß nicht, wohin mit meiner Wut, und fange einfach an, auf der Stelle zu hüpfen, bis ich außer Atem bin und der Druck nachlässt. Keuchend stehe ich auf dem Kiesweg und denke mir eine To-do-Liste, um Ordnung in meinen Kopf zu bekommen: duschen, es mir dabei mit dem Brausekopf besorgen, den ich auf meine Möse halten werde, bis ich endlich explodiere und ich auf den Orgasmuswellen entlangsurfe, die ich mir auf der Almwiese nicht gegönnt habe. Dann umziehen, in die Galerie gehen, beim Auspacken zusehen und Fotos für Biggi machen, die ich ihr dann später schicken werde. Und »später« heißt wohl, so gut kenne ich mich: Vorher besorge ich es mir garantiert noch mal mit der Dusche. Nach einem Joint würde ich am liebsten immer abwechselnd Kuchen futtern und masturbieren. Vielleicht gibt es Käsekuchen in Tonios Küche, denn Gemmas Philosophie über Käsekuchen, die sie an Marei weitergab, war nur die halbe Wahrheit. Richtig geil sind nicht Käsekuchen oder Orgasmen, sondern beides zusammen. Das Gras macht mich wirklich weise. Irgendwie, denke ich kurz, fehlen die gut gelaunten Hummeln, aber dann denke ich wieder an Käsekuchen, und der Gedanke ist weg. Käsekuchen und Orgasmen. Ganz genau, Sven, du Spaßbremse, so wirds gemacht im Louisa-Land.

KAPITEL 18

Als ich abends korrekt gekleidet in die Galerie komme und schnell noch mein Halstuch knote, sind die Gäste schon um eine große Kiste versammelt. Ich entdecke sofort die kahlköpfige Frau, die diesmal ein langes weites Seidenkleid, eher einen Kaftan, trägt und wieder von denselben zwei jungen Männern begleitet wird. Auch einige der anderen Gäste erkenne ich wieder. Nikola, die schwanger werden will, trinkt ein Glas Champagner in großen Zügen aus und nimmt sich sofort ein neues von Constanzes Tablett.

Constanze zwinkert mir zu und lächelt. Sie wirkt gelöst und glücklich. Auch Tonio, der Häppchen serviert, tanzt geradezu um die Gesellschaft herum. Ich freue mich für die beiden und bin ein bisschen stolz auf mich.

Titus öffnet die große Klimakiste. Es fasziniert mich, dass er gleichzeitig Kraft und Eleganz ausstrahlt und dabei auch noch intellektuell gucken kann. Als ein James Bond der Kunstwelt würde er sich gut machen, Titus 008, geschüttelt-nicht-gerührt und pikant wie eine Olive. Ich wäre gern sein Action-Girl, aber wie es aussieht, wird es dazu wohl nicht kommen. Er zieht sich Handschuhe über, hebt ein Bild nach dem anderen heraus und hängt es auf die vorbereitete Stellwand.

Schweigend stehen alle um die neue Serie herum. Dann fängt irgendjemand an zu klatschen, und die anderen fallen ein. Auch ich applaudiere und kann es kaum erwarten, näher heranzutreten. Eine weiße Wand mit einem angeschnittenen Bilderrahmen an der Seite und Blutspritzern auf dem rauen Putz. Auf dem zweiten Bild, fotorealistisch gemalt, ein riesiger herausgebrochener Zahn, auf dem dritten eine ausgestreckte Hand vor schwarzem Hintergrund, deren Finger sich in einen Pistolenlauf verwandeln.

Eine Sekunde denke ich an Biggi, die wahrscheinlich über das zweite Gemälde schreiben wird, dass man unbedingt einmal jährlich zur Prophylaxe gehen sollte. Ich mache schnell und möglichst unauffällig einige Fotos mit meinem Handy.

»Plakativer als die letzten, oder? Ein bisschen ... Gerhard Richter goes Marvel.«

Die tätowierte Frau hat sich hinter mich geschoben. Ihre Stimme ist dunkel und seidig.

»Nimm doch die offizielle Galeriekamera für deine Aufnahmen. Sergej wollte fotografieren, aber er hat ja nun viel zu tun.«

Sie nickt in seine Richtung, er steht ganz nah bei Nikola und spricht in ihr Ohr. Ich kann sein Gesicht nicht erkennen, aber an Nikolas Ausdruck sehe ich, dass es wohl nichts Erfreuliches ist, denn sie lächelt verbissen und stürzt wieder ein Glas Champagner hinunter.

»Sieh dir seine bisherigen Fotos an, dann weißt du, wie er es haben möchte.«

Ich weiß nicht genau, was ich mit diesem Hinweis anfangen soll, aber sie lässt nicht locker.

»Na los. Du willst doch wissen, was ihn interessiert.«

Sie zieht eine der violett nachgezeichneten Augenbrauen hoch und schlendert davon.

Die Kamera liegt in ihrem üblichen Schrankfach, es ist nicht abgeschlossen. Ich schalte sie ein und klicke die Bilder zurück. Die Galerie mit der Kiste, das Infoblatt dieser Serie, die ersten Gäste. Und dann ich. Und wieder ich. Am Pool. Vor dem Haus. Und noch mal ich beim Training mit Nikola. Mein Busen in dem knappen Sportdress. Mein Hintern, während ich mich vorbeuge. Ich klicke schneller durch. Es sind so viele. Jetzt weiß ich also, dass Sergej diese Fotos von mir macht. Aber warum? Ich stelle mir vor, wie er diese Aufnahmen heimlich ansieht, im Badezimmer oder im Abstellraum der Galerie, und dabei seinen großen Satyrschwanz reibt. Steht er auf mich? Den Eindruck hatte ich bisher nicht. Er flirtet, ja, aber auf eine fast onkelhafte Weise, jedenfalls nicht ernsthaft. Und warum will diese merkwürdige, schlangenartige Frau, dass ich das weiß?

Ich bin froh, als Titus Constanze und mich in die Küche schickt, um das Dessert-Fingerfood anzurichten. Die Kamera lasse ich da. In der Küche summt Constanze und schwebt um die Arbeitsplatte herum, während sie beschwipste Pflaumen in Gläschen verteilt und Vanille-Espuma darauf sprüht.

»Schaffst du das allein?« Ich hebe mein Handy hoch.

Sie strahlt mich an.

»Schatzi, ich schaff heute alles. Mach du ruhig dein Onlinezeug, ich bin gerade sehr glücklich im Real Life.«

Eigentlich will ich Biggi nur schnell die Fotos schicken, aber dann sehe ich, dass Marei mir eine E-Mail geschickt hat. Das ist ungewöhnlich, denn sie hat uns ja extra den Chat *Coole Tante – bezaubernde Nichte* eingerichtet.

Liebste Loulou, bist du noch immer verzaubert vom Berg? Ich hoffe, das Abendrot strahlt mit deinen Bäckchen um die Wette und du hast eine gute Zeit. Dein Ex-Freund Sven hat mich angerufen und gesagt, es gebe einen Notfall und er müsse dich dringend erreichen. Keine Ahnung, worum es geht, aber ich fürchte, er will sich auf den Weg zu dir machen. Na ja, du wirst ihn schon abwimmeln.

Du hattest mich gefragt, wie gut ich Nikola und Sergej kenne, und die Antwort ist: gar nicht. Das habe ich vielleicht missverständlich ausgedrückt.

Sie sind keine Freunde von mir, und ich weiß nicht,

woher Gemma sie kennt. Ich war doch Anfang des Jahres in Rom mit diesem entzückenden Fotografen, der nebenbei bemerkt auch noch einen ebenso entzückenden Cousin hat, jedenfalls habe ich in einem Museum Nikola und Sergej zusammen mit Gemma gesehen. Sie unterhielten sich sehr vertraut und angeregt. Ich wollte Gemma begrüßen, aber da kam mir eben dieser entzückende Cousin dazwischen, und dann waren die drei schon weg. Gemma hat mich gar nicht bemerkt. Abends habe ich festgestellt, dass Nikola und Sergej im selben Hotel abgestiegen sind wie ich. Ich fand sie unterhaltsam und charmant, und wir haben uns zusammen mit dem Fotografen die ganze Nacht sehr gut unterhalten. Später hab ich sie gegoogelt, aber das wars auch schon. Dass ich Gemma kenne, habe ich ihnen verschwiegen. Du kennst die Geschichte zwischen Gemma und mir nicht. Es ist so: Ich spreche nur mit Vertrauten über sie, und selbst dann erzähle ich nichts wirklich Persönliches. Sie hat immer irgendwelche Projekte laufen, und ich will ihr nicht dazwischenfunken. Und sie selbst ist die Diskretion in Person. Ihr Grab muss eine riesige Grube werden bei all den Geheimnissen, die sie mit hineinnehmen wird.

Jedenfalls habe ich deshalb, als ich Nikola nach einem Job für dich gefragt habe, Gemma ganz außen vor gelassen. Ich wollte, dass sie dich einstellen, weil du hinreißend und kompetent und für jeden ein

Gewinn bist, und nicht, weil du Gemma kennst. Ihr hätte ich natürlich erzählt, dass du jetzt dort arbeitest, aber sie ist momentan völlig abgetaucht. Ich kenne das schon von ihr. Man erreicht sie manchmal weder telefonisch noch über Mail, sie geistert dann eine Zeit lang irgendwo durch die Weltgeschichte.

Es ist faszinierend, wie unsichtbar eine so außergewöhnliche Frau sein kann. Ich meine, wer hat denn schon ein Kopftattoo? Sie trägt zwar meistens Perücken oder Tücher, aber wenn nicht, sieht man sofort die große Blumenranke quer über ihren Schädel. Sie fällt auf. Aber dann schnippt sie quasi mit den Fingern wie bei einem Zaubertrick, und zurück bleiben nur Bodennebel und der Duft von Issey Miyake, und weg ist sie. Nun ja, das hilft dir jetzt wahrscheinlich nicht wirklich weiter.

Nikola und Sergej erschienen mir in Rom sehr offen. Vielleicht fragst du sie direkt, wenn dich etwas an ihrem Werdegang interessiert, ich glaube nicht, dass sie da pikiert wären.

Grüße und ganz viele Küsse von deiner Tante Marei.

»Schlechte Nachrichten?«

Constanze steht vor mir und balanciert ein großes Tablett mit den Dessertgläschen auf dem Unterarm. Ich schüttle den Kopf, stecke das Handy weg und nehme das andere Tablett.

»Nur überraschende.«

Während wir durch den Tunnel zurück zur Galerie gehen, kommt es mir vor, als wäre alles anders und doch dasselbe. So als wäre ich vorher kurzsichtig gewesen und hätte jetzt eine Brille auf. Die große tätowierte Frau ist also Mareis berüchtigte Freundin. Warum hat sie mir das nicht verraten? Was macht sie hier? Warum hat sie mir nicht gesagt, dass sie mich kennt? Sie muss ja wissen, dass ich Mareis Nichte bin, meine Tante zeigt jedem, der sich nicht wehrt, Fotos von mir. Marei war immer recht kryptisch, wenn es um Gemma ging. Ich weiß, dass sie ausgesprochen vermögend ist und vor allem über ein Netzwerk verfügt, das sich von höchsten Kreisen bis in die Unterwelt erstreckt. Sie ist die Grinsekatze im Kaninchenbau, die Herrin hinter den Spiegeln, sie zieht die Fäden. Obwohl sie ihre Finger in allen möglichen Projekten hat, tritt sie selbst nie auf, bleibt online unsichtbar.

Marei hat einmal angedeutet, dass sie auch erotische Dienstleistungen der besonderen Art angeboten hat, ich weiß nicht genau, was ich darunter verstehen soll, aber es ist doch genau das, was ich gesucht habe: neue Erfahrungen, Grenzgänge, Verwandlungen. Marei hat mal gesagt, Gemma sei die geheimnisvollste Frau, die sie kennt, und meine Tante kennt eine Menge merkwürdige Leute.

Jetzt sieht Gemma mich an. Verfolgt mich mit ihren immer wachen Schlangenaugen quer durch den Raum. Ich halte ihrem Blick stand, selbstbewusster als bisher, lächle ganz leicht und nicke ihr unmerklich zu. Soll sie ruhig überlegen, was plötzlich mit mir los ist. Ein Kribbeln läuft meine Wirbelsäule rauf und runter. Ich kann es selbst kaum glauben: Die Situation macht mir Spaß. *Ich weiß etwas, das du nicht weißt.* Wenn auch nur die Hälfte von dem stimmt, was Marei über Gemma angedeutet hat, dann befinde ich mich mitten in einer größeren Sache. Gemma ist nicht bloß hier, um den Aufstieg eines neuen Künstlers zu erleben oder um Freunde zu besuchen, sie verfolgt einen umfassenderen Plan.

Die Geheimnisse im Chalet haben mich bisher irritiert, aber dass Gemma etwas damit zu tun hat, macht alles irgendwie bedeutsamer. Und ich will dabei sein. Hier spielen sich nicht nur irgendwelche Querelen ab.

Wenn Marei mir aus ihrem Leben erzählt hat, von ihrem vögelfreien Jahr ohne Tabus und Regeln, mit dem alles anfing, von ihren anschließenden Reisen durch Südamerika und Asien, von ihren Liebschaften und eben auch von Gemma, habe ich mich oft gefragt, wie meine exzentrische Tante zu so einer normalen Nichte wie mir kommt. Und ob irgendwann etwas passieren wird, das ich später meinen Töchtern oder Nichten erzählen kann.

Solange ich mit Sven zusammen war, sah es nicht danach aus. Mit Sven war mein Leben überschaubar und eintönig, da habe ich manchmal Streit provoziert, nur um etwas Bewegung in die Sache zu bringen. Oder ich habe mir Dinge ausgedacht, Affären, Komplotte, ganze Actionfilme, während Sven neben mir auf dem Sofa seine abendliche Flasche Bier trank (immer nur eine) und mir vorschlug, was ich zum Treffen mit seinen Eltern am Wochenende anziehen sollte.

Aber hier in den Bergen komme ich endlich auf meine Kosten. Ich muss nichts erfinden, um mir mein Leben spannend zu träumen, ich bin mittendrin im Geschehen, kann zusehen, was passiert, und vielleicht eingreifen. Mir ist noch nicht klar, welche Rolle ich in alldem spiele, aber ich bin bereit. Mehr noch, ich bin voller Lebenshunger.

Gemmas Blick durchbohrt mich immer noch.

Ja, sieh mich ruhig an, wie ich mit Sergej flirte, wie ich Nikola ein Glas Champagner reiche, wie ich mit Constanze herumalbere. Ich weiß, dass du etwas vorhast, und ich werde rauskriegen, was.

KAPITEL 19

Nachdem die Gäste gegangen sind und ich Gemmas Hand etwas zu lange geschüttelt habe, was sie mit einer hochgezogenen Augenbraue quittierte, gehe ich an den Pool, schalte das kleine Radio an, suche eine ruhige, eher meditative Musik und fange an zu tanzen. Manchmal hilft Nachdenken nicht weiter, da muss die Anspannung erst mal aus den Knochen, bevor ich wieder klar denken kann. Ich habe mir so lange vorgestellt, Mareis Gemma kennenzulernen, und jetzt ist sie so unnahbar, und ich weiß gar nicht, was ich von ihr halten soll. Ein schnelleres Lied folgt, und ich beginne, mich wilder zu bewegen, ich hüpfe auf der Stelle, werfe die Arme hoch, lasse es durch mich hindurchgehen und alle Blockaden und negativen Energien mit sich nehmen. Schnaufend bleibe ich irgendwann stehen und gestehe mir ein, dass ich enttäuscht bin. Weil Gemma für mich offenbar nicht dasselbe ist oder sein will, was sie für Marei ist. Marei hat mal gesagt, Gemma sei ihre Rettung gewesen, aber ich habe den Eindruck, sie arbeitet gegen mich. Doch dann fällt mir noch etwas ein, das Marei gesagt hat: dass Gemma nichts ohne Grund tut. Obwohl ich es nicht erklären kann, versöhnt mich das erst mal. Vielleicht hat sie ihre Gründe, warum sie sich so distanziert verhält. Ich werde abwarten und sehen, wie sich das entwickelt.

Ich bin auf dem Weg in mein Zimmer, als ich durch eines der kleineren Bodenfenster des Erdgeschosses einen Lichtschein sehe. Offenbar fährt ein Wagen vor, das ist hier oben so selten, dass es mich immer hellhörig macht. Ich schlüpfe in die Bibliothek, stelle mich hinter einen der schweren Vorhänge und luge durch ein Fenster.

Der weiße SUV, den ich bereits kenne, parkt draußen, und das Pärchen, das sich mit Sergej und Nikola im Pool vergnügt hat, steigt aus. Sergej kommt dazu, er scheint wütend zu sein. Ich kann nur Wortfetzen verstehen, aber es geht um Nikola.

Die beiden öffnen die Heckklappe, und Sergej, der, wie ich jetzt sehe, ein Gemälde in einer Hand hält wie irgendeinen großen Pizzakarton, wirft dieses Bild achtlos in den Kofferraum. Und dann, ich fasse es nicht, zieht der fremde Mann ein Springmesser aus der Tasche, lässt die Klinge hervorschießen und kratzt auf der Leinwand herum. Was treiben die da?

»Louisa!«

Ich fahre zusammen vor Schreck und drehe mich schnell um. Titus steht in der Tür.

»Genau solche Dinge sollten dich besser nicht interessieren.«

Wie oft erwischt er mich denn noch, wie ich am Fenster spioniere? Der muss ja denken, ich hätte keine anderen Hobbys. Vor Scham und auch vor Verärgerung darüber, dass er mich wieder ertappt hat, wird mir ganz heiß. Aber Titus scheint mir gar keine Strafpredigt halten zu wollen, er wirkt abgehetzt und nervös, so kenne ich ihn gar nicht.

»Du musst mir helfen!«

Ganz neue Töne. Ich beschließe, ihn ein bisschen zappeln zu lassen, und verschränke die Arme vor der Brust.

»Weißt du, ich bin gar nicht im Dienst.«

Er stürmt auf mich zu.

»Lass das jetzt. Es ist wichtig.«

Aus dem oberen Stockwerk dringt ein Jaulen zu uns, eine Art Wolfsgeheul, dann Gepolter.

»Nikola dreht durch, ich muss sie wieder in die Spur kriegen. Und deshalb musst du es übernehmen, Jari abzulenken.«

»Ablenken von was?«

Jari war bei der neuesten La-Nebbia-Präsentation nicht dabei, es quält ihn wohl, wie viel Aufmerksamkeit dieser Unbekannte bekommt. Wahrscheinlich sitzt er mit einer Flasche Wodka in seinem Atelier und spült die Demütigung hinunter.

Noch bevor Titus mir die Situation erklären kann, hören wir Schritte auf der Treppe, Titus zuckt zusammen und drängt mich in eine Kammer der Bibliothek, in der Landkarten, Kunstdrucke und übergroße Buchformate gelagert werden. Leise schließt er die Tür. Wir stehen im Dunkeln.

Draußen wird das Licht angeschaltet, ein schmaler gelber Schein dringt unter der Türritze zu uns herein, und langsam kann ich die Umrisse von Titus' Gesicht erkennen. Er drückt mich gegen die Regale und hält mir den Mund zu. Das wäre unnötig, wieso sollte ich jetzt quasseln.

»Hier ist es auch nicht, heilige Scheiße. Und Madame tobt ihren Rausch aus.«

Sergejs Stimme klingt aufgebracht und hart.

Die junge Frau aus dem SUV kommt dazu und sagt in hohem Stakkato etwas auf Russisch, offenbar ist sie ungeduldig. Die beiden machen sich im Nebenraum zu schaffen, wo Bilder lagern, die an andere Galerien verliehen werden sollen oder die schon verkauft sind, aber für die neuen Besitzer neu gerahmt werden müssen.

Titus presst sich an mich, ich kann fühlen, wie angespannt er ist, seine Bauchmuskeln sind bretthart, und sein Atem neben meinem Ohr geht stoßweise. Er versucht, sich zu kontrollieren. Mich dagegen macht die Situation an, vielleicht weil ich heute Nachmittag mit Constanze und Tonio nicht auf meine Kosten gekommen bin, vielleicht weil mich Gemmas Enttarnung berauscht, vielleicht weil es mir gefällt, dass Titus meine Hilfe braucht.

Ich weiß zwar nicht, was hier vorgeht, aber was soll schlimmstenfalls passieren? Der Sekretär und die Personal Trainerin knutschen in der Foliantenkammer? Das reicht nicht für einen Skandal. Einziger Haken dabei: Wir knutschen gar nicht. Aber das werde ich ändern. Ich öffne meine Lippen ein bisschen und lecke mit der Zungenspitze über Titus' Handinnenfläche. Er starrt mich mit großen Augen an, sie glänzen im Halbdunkel. Er verstärkt seinen Druck und presst mich enger an das Regal in meinem Rücken, als würde mich das von irgendetwas abhalten. Ich höre nicht auf. Endlich bin ich ihm so nah, wie ich immer sein wollte, und er kann mich gerade schlecht abwimmeln. Jetzt bestimme ich.

Ich lege ihm die Hände auf die Seiten, ein Zittern geht durch ihn, er versucht, sich wegzudrehen, mir zu entkommen und mich gleichzeitig weiter festzuhalten. Beides wird nicht gehen, er muss sich entscheiden, ob er sich weiter gegen mich wehrt oder ob er endlich das zulässt, was ich bei ihm auslöse. Denn dass sein Körper auf mich reagiert, spüre ich deutlich.

Ich fahre mit der Hand langsam unter sein Hemd. Er windet sich, und ich sehe im Halbdunkel, wie sich seine Augen ein Stück weiten. Ich mache gar nicht viel. Ich streiche nur mit den Handflächen über seine Rippen, er krümmt sich jedes Mal leicht zusammen, wenn ich eine bestimmte Stelle unterhalb seines Brustkorbs berühre. Ich umfasse seinen Körper enger und fahre mit den Fingerkuppen seine Wirbelsäule entlang. In der Mulde seines Kreuzes bleiben meine Hände auf Taillenhöhe einen Moment liegen, dann gleiten sie tiefer zu seinen Hinterbacken und packen dort zu. Titus zieht scharf die Luft durch die Nase, und sein Lidschlag verlangsamt sich. Mit einer Mischung aus Genugtuung, Erregung und Faszination beobachte ich die Macht, die ich über ihn habe. Er ist nicht mehr unnahbar und abweisend, er ist weich unter meinen Händen und hart zwischen seinen Beinen. Ich knete seinen Hintern, hebe dabei ein Knie an, umschlinge ihn mit dem Bein und presse ihn an mich. Halb ringen wir, halb reiben sich unsere Körper aneinander, und diese Bewegung geht genauso von ihm aus wie von mir. Schon bei unserem Tango in der Galerie wussten unsere Körper instinktiv, was zu tun ist, und auch jetzt kennen sie den besten Rhythmus. Sein mühsam zurückgehaltener Atem wird schneller, ich nehme eine Hand von seinen Hinterbacken und schiebe sie ihm quälend langsam über den Bauch in den Schritt. Sein Schwanz drängt gegen den Stoff seiner Hose.

Es braucht nicht viel.

Ich reibe die harte Wölbung und lege die andere Hand unter seinem Hemd auf seine Brust. Sein Herz rast. Es pocht so heftig, dass ich fast befürchte, man könnte es außerhalb der kleinen Kammer hören. Das

Blut rauscht in meinen Ohren, mir wird ein bisschen schwindlig, Titus' Erregung springt auf mich über. Meine Brustwarzen drücken gegen den Stoff und fühlen sich fast wund an, so empfindlich sind sie. Zu gern würde ich ihm und mir die Kleidung vom Leib reißen, mich nackt an ihn schmiegen und spüren, wie er mit seinem Schwanz in meine Möse eindringt. Ich bin so feucht, dass mir der Saft bis auf die Oberschenkel läuft. Als hätte Titus meine Gedanken erraten, schlägt sein Herz noch schneller, aus seiner Kehle kommt ein erstickter Laut, sein Rücken spannt sich an, ich fühle die Bewegung seiner Bauchmuskeln durch meine Kleidung. Dann sinkt er in sich zusammen und lehnt sich einfach gegen mich. Seine Hand auf meinem Mund liegt jetzt ganz locker, selbstvergessen.

Ich schlinge meine Arme um ihn und halte ihn. Der Moment ist viel intimer, als es war, seine Lust mitzuerleben. Und er dauert viel zu kurz.

Denn draußen vor unserer Kammer in der Bibliothek werden die Schritte lauter. Sergej und die Frau streiten auf Russisch, öffnen Schränke und Schubladen und werfen sie wieder zu. Wir erstarren. Der Druck auf meinem Mund wird wieder so fest, dass meine Zähne von innen schmerzhaft gegen die Lippen drücken. Titus atmet stoßweise. Sein Körper, der gerade noch so anschmiegsam war – als hätte er zwei Körper, einen beruflichen und einen privaten, schießt es mir durch den Kopf –, spannt sich wieder an, wie ein sprungbereites Tier. Meine Güte, was glaubt er denn, was passiert, wenn die beiden die Tür zur Foliantenkammer öffnen? Wir sind hier angestellt, wir dürfen uns in der Bibliothek aufhalten. Sicher, es wird peinlich werden, weil wir uns versteckt haben und das erklären müssen, aber ich habe Sergej auf der Orgie mit einem Dildo im Hintern gesehen, da wird er doch wohl den Anblick eines Pärchens beim Trockenvögeln ertragen?

Zu Sergejs Stimme und der der jungen Frau kommt eine weitere männliche, auch sie ungehalten und drängend. Ein paar Sätze fliegen hin und her, dann werden die Geräusche draußen leiser. Wir warten. Endlich ist es still auf der anderen Seite der Tür. Die drei haben die Bibliothek verlassen.

Titus taumelt einen Schritt von mir weg, fast springt er, als hätte er sich an meinem Körper einen elektrischen Schlag geholt. Ich atme gierig die Luft ein, trotzdem tut es mir leid, dass er seine Hand von meinem Mund genommen hat. Er steht jetzt so weit von mir entfernt, wie es in der Kammer möglich ist, stützt sich mit den Händen auf die Oberschenkel und keucht. Ich kichere, sehr unfair, denn in seinem Blick liegt etwas Verzweifeltes. Er sieht wirklich geschafft aus. Er rafft sich mühsam auf, als müsste er seine Muskeln und Knochen erst sortieren, und bringt seine Kleidung in Ordnung. Ich stehe da und warte darauf, dass er etwas zu mir sagt, immerhin hatte er gerade einen Orgasmus unter meiner Hand.

Er mustert mich, sucht in meinem Gesicht irgendeine Erklärung auf eine Frage, die ich nicht kenne, und dann sagt er etwas, allerdings nicht das, was ich mir gewünscht hätte:

»Du hast keine Ahnung, in welche Gefahr du uns gerade gebracht hast.«

Höre ich da wirklich Verzweiflung? Dass sich so eine Dramaqueen hinter der Fassade des James-Bond-artigen Sekretärs verbirgt, wer hätte das gedacht.

»Hab dich nicht so«, sage ich, »Besenkammern haben doch fast was Romantisches.«

Er packt mich an den Schultern.

»Schluss mit deinen Spielchen, Louisa! Ich brauche jetzt wirklich deine Hilfe. Nikola rastet aus, ich muss mich darum kümmern, und du musst Jari aus dem Atelier rauskriegen. Er darf das weiße Auto nicht hier oben sehen, geschweige denn in den Kofferraum schauen.«

Ich nicke langsam, als würde ich endlich verstehen, was ich aber nicht tue.

»Okay, ich schaffe Jari aus dem Atelier.«

Titus seufzt so erleichtert, dass er mir fast leidtut, und greift nach der Türklinke. Ich halte seinen Arm fest.

»Moment. Ich helfe dir erst, wenn du mir endlich ein paar Fragen beantwortest.«

»Später.«

»Nein, jetzt. Mindestens eine sofort, sonst gehe ich schlafen, und du kannst deinen Schlamassel allein klären.«

Er zögert eine ewig lange Sekunde, dann nickt er endlich.

»Gut, *eine*.«

»Und weitere später.«

»Mach schnell, Louisa, das ist hier keine Talkshow.«

Ich frage das Erste, das mir einfällt.

»Was war da los mit Constanze in der Nacht, als ich angekommen bin? Ich hab euch durch die offene Tür gesehen, du hast ihr die Jeans runtergezerrt.«

Titus seufzt erleichtert.

»Ich hab ihr Insulin gespritzt. Sie ist Diabetikerin, ihr gings nicht gut.«

»Du hast sie nicht belästigt?«

Er sieht mich fassungslos an.

»Gott, nein. Ich bin nicht der Stubenmädchenschänder.«

Ich will noch etwas fragen, aber Titus reißt die Tür auf und zieht mich in die dunkle Bibliothek.

»Jari! Atelier! Aber zackig! Weg vom Auto mit ihm!«

Dann stürmt er davon, und ich überlege, was ich tun soll. Der weiße SUV parkt auf der Rückseite neben dem Galeriehügel, und Jaris Atelier liegt auf derselben Seite des Hauses. Wenn er nicht aus dem Fenster sehen darf, bleibt nur der Pool auf der anderen Seite.

Ich entschließe mich für eine Aufführung des altbekannten Dramas *Jungfrau in Nöten*, laufe zur Tür des Ateliers und hämmere dagegen. Jari öffnet nach einer Weile, steht schwankend auf der Schwelle in T-Shirt und Boxershorts und glotzt mich mit rot unterlaufenen Augen an. In einer Hand hält er eine Literflasche Wodka, fast leer. Es ist bemerkenswert, dass er überhaupt noch stehen kann, wenn er das alles intus hat.

Ich versuche, so verzweifelt wie möglich auszusehen, eine Sekunde überlege ich, ob ich auf Kommando weinen kann, und stelle fest: Nein, kann ich leider nicht. Also greine ich kindlich, rudere mit den Armen, hyperventiliere und zeige immer wieder Richtung Pool.

Jari schwankt und lallt in meine Pantomime: »Häää?«

Ich habe seine Aufmerksamkeit, gut, jetzt muss mir nur noch eine Geschichte einfallen.

»Ein Murmeltier«, jammere ich, »vielleicht auch eine Katze, du musst mir helfen, Jari, o Gott, das arme Tier!«

Keine Ahnung, ob Jari Tiere mag. Er stiert mich verständnislos an. Ich jammere weiter, wische mir nicht vorhandene Tränen aus dem Gesicht und hoffe, dass er zu betrunken ist, um meine Schmierenkomödie zu durchschauen.

»Was'n Tier?«

Ja, was für eines denn nun genau? Ich überlege fieberhaft.

»Da ist ein Tier in den Pool gefallen! Es wurde von der Pumpe angesaugt, die arme Katze, Jari, sie stirbt, es kann auch ein Waschbär sein!«

Geht das technisch überhaupt? Sitzt vor der Pumpe nicht extra ein Gitter? Bitte lass genug Wodka in Jaris

Gehirn schwappen, dass ihm der Gedanke nicht kommt und er sich auch nicht fragt, wieso ich ausgerechnet ihn damit belästige.

Ich greife nach seiner Hand und zerre ihn durch die Diele, die hintere Treppe hinunter, auf der uns hoffentlich nicht Sergej begegnet, ins Freie. Er folgt mir, die Flasche Wodka fest in der Hand, stolpernd zum Pool, der blau schimmernd und unschuldig wie eine Lagune daliegt.

»Da is kein Tier«, lallt Jari.

Ich schlage die Hände vor den Mund und reiße die Augen auf. Vielleicht zahlt sich meine alte Begeisterung für Stummfilme jetzt aus.

»O mein Gott, dann steckt es schon im Pumpschlauch! Jari, es ertrinkt!«

Ich schluchze, so gut das ohne Tränen eben geht. Und weil er keine Anstalten macht, sich zu bewegen, sondern nur leicht schwankend vor mir steht, reiße ich mir die Klamotten vom Leib und steige kurzerhand ins Wasser. Ich habe ihm schon halb nackt Modell gestanden, also brauche ich mich nicht zu zieren. Mit beiden Armen rudernd, wate ich zur Pumpe. Ich stecke meine Hand ins Rohr, hoffentlich ist da nicht irgendwo ein Laubhäcksler eingebaut, denke ich, aber es gibt glücklicherweise kein Massaker, und ich komme tropfnass wieder zum Beckenrand.

»Wennsn Waschbär war, kanner vleisch schwimmn.«

Jari lässt sich auf eine der Liegen fallen. Sehr gut. Jetzt müsste er sich daran erinnern, dass er noch ein bisschen was zu trinken dabeihat.

Ich klettere aus dem Pool und greife nach seinem Wodka.

»Auf den Schreck einen Schluck?«

Widerwillig überlässt er mir die Flasche. Ich tue aber nur so, als würde ich trinken, und gebe sie ihm zurück. Er schüttet den Rest in sich hinein. Schnorchelt, grunzt, rollt sich auf der Liege zusammen – und schnarcht.

Ich atme erleichtert tief ein. Mit ein paar der großen Handtücher aus dem Regal am Beckenrand decke ich ihn zu, sammle meine Klamotten auf und schleiche tropfnass zurück ins Haus.

Titus ist mir was schuldig.

Durch das Fenster meines Zimmers sehe ich, dass Sergej und das Pärchen immer noch Bilder verladen. Gerade als ich mich wegdrehen will, schmeißen sie das von Constanze und mir in den SUV.

Ich spüre einen Knacks in meiner Brust, wie wenn ein Zweig bricht. Mich hat zuvor noch nie jemand gemalt, und das Bild ist richtig schön geworden, und jetzt verfrachten die drei es wie Sperrmüll. Dabei hatte ich es gedanklich schon in einer afrikanischen Sammlung hängen sehen. Mich macht das wütend und traurig, aber für Gefühle bleibt jetzt keine Zeit. Nachdem ich mir ein Kleid übergeworfen habe, renne ich in die obere Etage, wo Nikola noch immer laut wimmert und flucht.

Ich linse um die Ecke: Das Babyzimmer ist demoliert.

Selbst das Mobile hat sie aus der Decke gerissen. Sie kauert über den Trümmern der Wiege und schluchzt. Titus kniet neben ihr, streicht ihr über den Rücken und hält mit der anderen Hand ihren rechten Arm fest.

»Bitte, reiß dich zusammen, nur noch ein Weilchen«, redet er mit beschwörender Stimme auf sie ein, als wollte er ein durchgehendes Pferd beruhigen, »nur noch ein bisschen, du machst das toll, bald ist der Zyklus von La Nebbia vollendet, dann ist es vorbei. Ganz ruhig, Nikola, ganz ruhig, alles gut, alles wird gut.«

Als er mich sieht, wie ich auf der Schwelle stehe, winkt er mich zu sich und der sturzbetrunkenen Nikola. Sie nimmt gar nicht richtig wahr, dass ich da bin, und das ist wohl auch besser so. Wir nehmen sie zwischen uns und schleppen sie gemeinsam in ihr Schlafzimmer. Ich räume das Bettzeug weg, Titus manövriert sie in die stabile Seitenlage. Dann decken wir sie zu.

»Ich muss das Zimmer aufräumen«, murmelt er. Aber ich scheuche ihn mit der Hand weg.

»Geh ruhig, ich bleibe hier, bis sie eingeschlafen ist.«

Während sie immer noch wimmert, streiche ich ihr über die Stirn und rede beruhigend auf sie ein, dass sie jetzt schlafen muss und dass morgen alles ganz anders aussieht. Irgendwann werden ihre Atemzüge tief und lang. Schließlich schnarcht sie wie Jari am Pool. Ich decke sie zu und schalte das große Licht aus, das kleine am Nachttisch lasse ich brennen, und das im angrenzenden Bad, falls sie sich übergeben muss. Ein letztes Mal streiche ich ihr übers Haar. Sie tut mir leid, der Schmerz über ihr verlorenes Kind scheint sie vollkommen aus der Fassung zu bringen.

Mich dagegen treiben die Geheimnisse in diesem Haus um. Aber damit ist jetzt Schluss. Ich warte, bis aus dem Nebenzimmer keine Geräusche mehr zu hören sind, dann schließe ich leise die Tür hinter mir und tappe über den Flur zu Titus. Jetzt muss er mir die restlichen Fragen beantworten.

KAPITEL 20

Titus sitzt auf seinem Bett, als ich nach einem kurzen Klopfen in sein Zimmer schlüpfe. Er trägt nur einen Slip und ein T-Shirt, und das fände ich ziemlich sexy, wenn er nicht den Kopf in die Hände gestützt hätte und so geschafft aussähe. Bevor er etwas sagen kann, schneide ich ihm das Wort ab.

»Wimmel mich nicht ab. Wir haben einen Deal, und den wirst du einhalten. Jari schläft hackedicht am Pool, und er hat nicht mitgekriegt, dass Sergej seine Bilder aus dem Atelier gestohlen hat.«

Bei dem Wort »gestohlen« hebt Titus kurz die Augenbrauen. Vielleicht bin ich da auf dem Holzweg.

»Du bist mir Antworten schuldig, so war das abgemacht.«

Draußen vom Flur sind Schritte zu hören, es klopft zweimal an Titus' Tür. Er springt auf, packt mich, reißt eine Schranktür auf und schubst mich hinein. Offenbar ist das heute die Nacht, die ich in Schränken verbringe. Ich muss fast lachen: Wie viele Sketche und

Bilderwitze gibt es mit Liebhabern, die nackt zwischen Mänteln stehen, und jetzt bin ich einer von ihnen, welch eine Karriere.

Sergej kommt rein, ich beobachte ihn und Titus durch die Lamellen, und instinktiv halte ich still, gebe keinen Mucks von mir, bin so unsichtbar wie möglich.

»Die Bilder sind raus«, sagt Sergej, und Titus nickt.

»Was ist mit Nikola?«

»Hat nur zu viel getrunken. Der Jahrestag ist schwierig für sie.«

Sergej guckt finster.

»Pucki war auch mein Kind.«

»Morgen ist sie wieder auf dem Damm.«

»Haben die Kontakte das Go wegen der Lieferung?«

»Alles erledigt. Die Papiere sind sauber. An der Grenze wissen unsere Leute Bescheid.«

Sergej nickt kurz und geht.

Obwohl die Luft rein ist, warte ich, bis Titus den Schrank öffnet. Erst geht er zu seiner Zimmertür, kontrolliert noch einmal den Flur und schließt zweimal ab. Dann kommt er zu mir und lässt mich raus.

Mit einem tiefen Seufzer lässt er sich rücklings aufs Bett fallen. Ich lege mich daneben, stütze den Kopf auf eine Hand und warte darauf, dass er mir Antworten liefert, aber es kommt nichts. Freiwillig, das wird mir klar, würde er selbst jetzt noch schweigen. Egal, ich lasse mich nicht weiter vertrösten.

»Wieso wolltest du von Anfang an, dass ich das Haus verlasse?«

Er sieht mir lange in die Augen und streicht mir irgendwann eine Haarsträhne hinters Ohr.

»Weil es gefährlich ist. Lebensgefährlich.«

Unter seinen Fingern richtet sich jede einzelne Haarwurzel auf meinem Kopf auf: ein Kribbeln wie elektrifiziert.

»Eine Galerie, hoch in den Alpen? Meine Güte, das ist doch nicht Gotham City. Außerdem …« Ich zögere, denn eigentlich sollte er ja mir etwas erzählen und nicht ich ihm. Ich mache es trotzdem, denn ich will nicht, dass er sich wegdreht und seine Hand von meinem Kopf nimmt.

»Ich will aber hier sein. Es ist ein toller Job, ich habe Spaß, außerdem hat Nikola mich gebeten zu bleiben. Sie braucht mich.«

Er wirkt überrascht, und ich erzähle ihm von dem Gespräch und dass Nikola Sergej zurückerobern will.

Titus schnaubt.

»Sie lügt. Sie hat dir erzählt, was du hören wolltest. Eigentlich hasst sie Sergej, weil sie ihn für den Tod ihres Kindes verantwortlich macht. Vielleicht will sie wieder ein Kind, das weiß ich nicht, aber dass sie dich hierbehalten will, hat ganz sicher einen anderen Grund als die Rettung ihrer Ehe.«

Ich sehe ihn misstrauisch an.

Er zeichnet meine Augenbraue und meine Nase mit einem Finger nach, dann auch meine Lippen. Ich möchte an seinem Finger lutschen oder hineinbeißen, aber beherrsche mich, schließlich will ich noch mehr erfahren.

»Sergej und Nikola sind in allerlei krumme Geschäfte verwickelt«, fährt Titus zögernd fort.

»Hat das was mit Jaris Bildern zu tun?«

Er nickt.

»Die kommen also nicht in namibische High-Society-Kreise?«

Er sieht mich an, als sei ich völlig durchgeknallt.

»Sicher nicht.«

»Aber worum geht es dann?«

»Das versuche ich herauszufinden. Und wie tief Nikola da mit drinhängt, weiß ich noch nicht.«

Eine kleine misstrauische Stimme in mir flüstert, dass er sehr wohl weiß, was es mit diesen Bildern auf sich hat, er es mir aber nicht sagen will. Kurz entschlossen ziehe ich mir das Kleid über den Kopf und liege jetzt nackt neben ihm, die Zeit der Zurückhaltung zwischen uns ist vorbei.

»Weiß Jari Bescheid?«

»Keinesfalls.«

»Und was hat das alles mit mir zu tun?«

Er schweigt.

»Teile dieser Antworten würden mich verunsichern?«

Er schweigt weiter. Ich probiere etwas anderes.

»Wieso kommen wir immer wieder an diesen Punkt? Du küsst mich, oder wir gehen weiter, und dann stößt du mich wieder von dir. Heute Nacht sogar zweimal, erst in der Foliantenkammer und dann in deinem Schrank!«

Ich lache bitter.

Er dreht mich auf den Rücken und betrachtet meine Brüste. Dann beugt er sich vor, umschließt einen Nippel mit seinen Lippen und saugt leicht daran. Ich stöhne. Er spielt nur mit seiner Zunge an meiner Brustwarze, und schon könnte ich verrückt werden. Eigentlich möchte ich ihm gar nicht so direkt zeigen, wie sehr mich das erregt, aber strategisch zu denken, wird immer schwieriger, je länger er fast unbekleidet neben mir liegt und solche Dinge tut. Er zieht sich das Shirt aus und wirft es zu Boden. Ganz von selbst gleitet mein Arm unter seinen Oberkörper, und wir liegen jetzt so nah zusammen, dass ich es kaum aushalte.

»Ich küsse dich immer wieder, weil du diesen Mund hast und dieses bezaubernde Muttermal daneben und weil du nach Maiglöckchen riechst und weil du klingst wie ein Star in einem alten Hollywoodfilm, wenn du lachst, und weil ich dich einfach hinreißend finde.«

Mir wird heiß im Bauch, ich fühle das Fieber durch meinen Körper schießen, selbst meine Zehen kribbeln. Er lehnt sich noch weiter vor, bis er fast auf mir liegt, und wir küssen uns. Wir küssen uns so, als würden wir vergehen vor Hunger. Er drückt mich an sich, ich hebe ein Bein und ziehe ihn so nah zu mir, wie ich kann. Sein Körper passt perfekt auf meinen, jede Vertiefung findet eine Wölbung, jeder Knochen eine weiche Stelle.

Sein steifer Schwanz drückt gegen meinen Bauch. Er langt hinter sich, öffnet eine Kondomverpackung mit den Zähnen und rollt sich schnell ein Gummi über. Ich nutze den Moment, um mir ein Kissen unter den Hintern zu schieben, weil ich weiß, dass es so besonders schön wird, wenn er in meine Möse eindringt, der Winkel ist dann einfach noch besser. Titus streicht über meinen Bauch und meine Oberschenkel, während er meine Brustwarzen leckt. Er tastet zwischen meine Beine, nicht zögerlich und vorsichtig, sondern als wüsste er ganz genau, wo er hinwill. Und er weiß es, zielsicher rutscht sein Daumen über meinen Kitzler durch die Spalte. Ich stöhne auf und will, dass er weitermacht, all die Hoffnungen und Sehnsüchte der letzten Woche kochen in mir hoch, ich will jetzt nur noch, dass er meine Möse reibt, mir seinen Schwanz hineinschiebt, mich stößt und mich so glitschig und geil macht, wie ich schon lange nicht mehr gewesen bin. Sein Atem an meinem Ohr ist heiß.

»Endlich deine Fotze, Louisa, ich hab Nächte von deiner Fotze geträumt.«

Erst zucke ich innerlich leicht zusammen, dieses Wort habe ich beim Vögeln noch nie gehört und überlege, ob es mir gefällt. Gleichzeitig merke ich, wie geil es mich macht, ich will es unbedingt noch mal hören.

»Weiter!«

»Endlich kann ich deine Fotze fingern, ich werd dir alle Finger nacheinander reinstecken, ich werde dir die Fotze lecken, und dann werde ich deine Fotze ficken.«

Ich atme jetzt so laut, dass ich sein Geraune kaum verstehe. Es ist vielleicht nicht der romantischste Sextalk, aber ich fühle, dass er damit richtigliegt, Fötzchen wäre für mich zu niedlich. Meine Möse ist nicht niedlich, ist kein süßes kleines Kuscheltier, kein Muschelchen oder Döschen, keine Muschi und kein Pfläumchen, sondern eine Fotze, eine geile, hungrige, fickbereite Fotze, die ernst genommen und befriedigt, die schnörkellos gefickt werden will. Also sage ich Titus genau das.

»Dann fick mich, fick mir jetzt die Fotze.«

Wir lachen beide, und mein Kopf fühlt sich wie Watte an, vor meinen Augen tanzen bunte Punkte, und auf meiner Haut prickelt es überall wie Brausepulver. Titus spreizt meine Beine und schiebt sie mir hoch bis zur Brust, er hält mich fest, rutscht zwischen meine Knie und berührt mit der Schwanzspitze meine Möse.

»Mach schon!«

Ich packe seinen Hintern, um ihn näher zu mir und hineinzuziehen, er gibt nach und gleitet mit einer einzigen Bewegung in mich.

Wir können es beide kaum glauben, dass wir endlich verbunden sind, sehen uns fast erschrocken an und lachen dann. Ich schließe halb die Augen, um mich ganz auf das Gefühl in meiner Möse zu konzentrieren, die sich nicht passiv beglücken lässt, sondern Titus' Schwanz zuckend umschließt und ansaugt. Es ist ein hungriges Fotzentier, das ihn sich einverleibt. Wir wiegen uns vor und zurück, stoßen uns, reiben uns, atmen, hecheln, sagen uns sinnlose Worte, kleine obszöne Satzfetzen, und meine Spalte quillt über vor Feuchtigkeit. Plötzlich verharrt er, und ich denke schon, er sei gerade gekommen, aber er wartet nur einen Moment ab, bis er sich wieder gefasst hat. Danach stößt er nicht weiter. Er zieht seinen Schwanz fast aus mir, bis bloß noch seine Eichel in mir steckt, bewegt sich nur vorn am Eingang und legt seine Hand über meine Möse. Mit quälend langsamen und federleichten Strichen beginnt er, meinen Kitzler mit dem Daumen zu bearbeiten. In mir ist alles zum Zerreißen gespannt. Er reibt den glühenden Knubbel, und jedes Mal breitet sich eine Druckwelle in meiner Möse aus, bis sie schließlich explodiert und ich überfließe, wegtreibe, irgendwohin, mich auflöse und neu zusammensetze und mich entfernt stammeln höre. Erst dann fängt Titus wieder an, mich zu stoßen, heftig und unbeherrscht jetzt, roh, triebhaft, und das verstärkt meine Lust noch einmal, und schließlich fällt er schweißnass auf mich, wir beide holen japsend Luft, liegen wie erschlagen da und müssen erst wieder zu uns kommen.

Danach ist alles anders. Ich bin anders, er ist anders. Als hätten wir eine Gelatineschicht zerrissen, die bisher zwischen uns waberte, bis wir uns jetzt endlich klar sehen und erkennen können.

Er rutscht neben mich, wir atmen den Atem des anderen, lächeln uns an, sehen uns so tief in die Augen, dass die Pupillen verschwimmen und große Inseln werden, braunes tiefes Land meine, schwimmende Gletscher seine. Ich bin gefangen in ihm und doch ganz frei. Ich schwebe, so frei fühle ich mich. Wir liegen eine Weile so da, hören gegenseitig unseren Herzschlag und dösen. Irgendwann räuspert Titus sich.

»Wow.«

Ich lächle. Ja, wow.

»Ich weiß, wie unangebracht das jetzt ist ...« Er räuspert sich wieder. Ich nicke.

»Schon okay, ich verschwinde gleich. Keine unsittlichen Romanzen im Personaltrakt, das geht klar.«

Aber Titus schüttelt den Kopf, nimmt meine Hand und küsst sie.

»Die Sache ist leider ernster. Wir dürfen rein gar nichts miteinander anfangen können, und vor allem, Louisa: Es darf niemand im Haus wissen. Es darf niemandem auffallen, dass du mehr für mich bist als eine Angestellte, mit der ich zwangsweise klarkommen muss. Nicht mal, dass wir miteinander reden. Niemand darf auch nur vermuten, dass ich dir Dinge erzählen könnte, Nikola nicht und vor allem Sergej nicht!«

Meine Güte, was soll die Dramatik? Klar, Sergej ist hier der Silberrücken, und so wie er aussieht und auftritt, glaubt er, dass sich ihm einfach jede Frau direkt zu Füßen wirft, aber er wird doch wohl damit klarkommen, wenn ich Titus einfach heißer finde.

»Ich weiß, dass er auf mich steht, er hat mich Dutzende Male fotografiert, ich kenne die Bilder auf seiner Kamera. Er wird sich schon damit abfinden, dass er mal eine nicht kriegt.«

»Sergej sieht gar nichts ein, hörst du, niemals.«

Ich weiche seinem Blick nicht aus.

»Warum zur Göttin darf Sergej nicht wissen, dass ich auf seinen Sekretär stehe?«

Titus scheint mein Geständnis nicht richtig mitbekommen zu haben, denn er bleibt todernst.

»Er darf es nicht wissen, weil ...« Er stockt, rollt sich zur Seite und zieht sich hastig ein Shirt über, als müsse er sofort anfangen, die Spuren unseres Vögelns zu verwischen.

»Weil er mich sonst töten würde. Mich ganz sicher.«

Er küsst meine Schläfe.

»Und dich vielleicht auch.«

KAPITEL 21

Die Dattel fliegt hoch durch die Luft. Wir alle verfolgen den Flug, und als sie nach steiler Abwärtskurve in Sergejs Mund landet, applaudieren wir, und Sergej lacht. Er kaut genüsslich und verbeugt sich mit einem gezierten Knicks, die Hände abgewinkelt wie Flügelchen. Constanze jubelt und klatscht Tonio ab, der vor Sergej versucht hatte, die Dattel zu fangen, aber gescheitert ist. Nikola bestreicht barbusig im Bikinihöschen einen Toast mit Tonios selbst gemachter Marillenmarmelade und leckt sich tropfende Butter von den Fingern. Titus steht abseits, kippt Espresso in sich hinein, als hätte auch er eine Wette laufen, und ich sitze da, reiche Sergej den Quark, nehme die Kaffeekanne von einem mit Ölfarbe besprenkelten Jari entgegen und stimme ein, als Constanze »Er fängt die Dattel schön« auf die Melodie von »Du hast die Haare schön« anstimmt.

Ein ganz normales Frühstück im Chalet.

Aber über mir, ohne dass die anderen es wissen, schwebt mein zweites Ich und beobachtet, wie ich lache und esse, Kunstkataloge durchblättere und Constanze die Hand auf den Arm lege. Dieses zweite Ich fasst, unhörbar für die anderen, die Ereignisse zusammen. Erstens: Titus und ich haben miteinander geschlafen. Unfassbar. Zweitens: Titus hat gesagt, Sergej bringt ihn oder mich oder uns beide um, falls er das je erfahren sollte. Noch unfassbarer.

Ich überlege, seit Titus mich gestern mit einem letzten Kuss aus dem Bett komplimentiert und in mein Zimmer geschickt hat, ob er es im übertragenen Sinn gemeint hat, so wie man sagt »Der bringt mich um« oder »Für Schokolade würde ich töten«. Dazu hat er zwar zu ernst ausgesehen, aber andererseits sieht Titus immer ernst aus. Sogar beim Sex hat er diesen konzentrierten Gesichtsausdruck.

Den Gedanken schiebe ich schnell weg.

Wenn ich jetzt rot werde oder entrückt in mich hineinlächle, könnte noch jemand bemerken, dass sich heute Morgen alles anders anfühlt, so als wäre ein Schwarz-Weiß-Film farbig explodiert. Für mich ist es das. Die Marmelade duftet von Nikola bis zu mir, ich höre die Grillen auf der Wiese zirpen und den Wind in den Bäumen rauschen, ich spüre jedes Härchen im Nacken, wenn sich Titus hinter mir bewegt oder sich räuspert. Plötzlich ist alles Ultra HD und 5.1, intensiver und echter.

Gleichzeitig war mir noch nie so bewusst, dass so vieles um mich herum einfach täuscht. Wir schauspielern hier fast alle. Als würden wir vor dieser herrlichen Kulisse Drehbuchtexte aufsagen, während in Wirklichkeit etwas ganz anderes passiert.

Von Nikolas Zusammenbruch ist nichts mehr zu merken. Ihre Augen sind hinter einer Sonnenbrille verborgen, sie könnten verweint oder verquollen sein, aber das sehen wir nicht, und ihre Stimme klingt fröhlich wie immer, als sie Jari in begeistertem Ton erzählt, dass sie wieder mal die meisten seiner Bilder verkauft habe, an Diplomatenfamilien und einige an den Leiter einer Privatklinik in Windhuk.

Wahrscheinlich wurden seine Gemälde – und damit auch das Bild von mir – längst geschreddert und liegen auf irgendeiner Müllhalde. Ein Gedanke, der mir wirklich wehtut, nicht nur aus Eitelkeit. Ich habe beim Posieren gesehen, wie ernst Jari seine Kunst nimmt, wie hart er an einem Bild arbeitet, wie er nie zufrieden mit sich ist und um jede Linie und Form kämpft. Alles vergebens? Ich würde wenigstens gern verstehen, warum Sergej ihn so schuften lässt und Nikola ihm erzählt, wie toll seine Bilder in Namibia laufen, wenn sie doch genau wissen, dass keine seiner Arbeiten jemals an einer Wand außerhalb des Chalets hängen wird.

Wenigstens Jari ist eindeutig verkatert und gibt sich auch keine Mühe, das zu verbergen. Warum er am Pool aufgewacht ist, hat er mit keinem Wort begründet, vielleicht passiert ihm das sogar öfter. Dass ich nachts bei ihm aufgekreuzt bin und ihm die Geschichte von der Katze im Absaugrohr erzählt habe, hat er offenbar vergessen. Sergej und Nikola scherzen herum, als wären sie ein glückliches Ehepaar. Soll ich wirklich glauben, dass sie ihn »hasst«, wie Titus gesagt hat? Hat er da etwas missverstanden? Kann man so schauspielern? Constanze und Tonio werfen sich verliebte Blicke zu, die beiden sind echt, es tut gut, sie zusammen zu sehen.

Mittendrin bekomme ich eine SMS. Biggi schickt mir ein Foto von sich und Sven in einem Sessellift. Svens Hand liegt auf ihrer knallroten Lackhandtasche. Ich muss grinsen, weil Biggi keine Ahnung hat, wie viel Freude sie ihm damit macht, wenn sie sich solche Sachen aus Fetischmaterial umhängt oder dieses quietschende Dirndl trägt. Kurz danach beschwert sie sich aber, ich hätte ihr die Fotos von La Nebbia gestern doch sehr spät geschickt. Sorry, gestern war viel los. Ich musste Jari zum Pool locken, mich mit Titus in der Kammer verstecken, mit Titus im Bett liegen, Titus' salzige Haut schmecken, Titus' Hüfte mit meinen Beinen umschlingen. Stop!

Ich brauche dringend einen normalen Arbeitstag, muss runterkommen und mich sortieren. Ich werde Nikola beim Training durch die schnellsten Zumbahits scheuchen, mit Gewichtsmanschetten an den Knöcheln, damit es noch anstrengender ist und ich mich so richtig auspowern kann, damit niemand merkt, dass mein ganzer Körper innerlich glüht.

Einer nach dem anderen beendet sein Frühstück, Constanze und Tonio beginnen abzuräumen, Sergej ist schon vor Minuten im Haus verschwunden, um Kataloge zu holen, die er heute einem ausländischen Journalisten zeigen will, da hören wir einen Schrei aus dem Haus.

Alle stehen erstarrt da, während Sergejs Stimme herüberschallt, gepresst, panisch, außer sich. Nur Titus bewegt sich. Er sprintet los, rennt zum Eingang und ist längst im Chalet verschwunden, als Nikola ihm hinterherläuft, das Handy am Ohr. Wir anderen sehen uns ratlos an. Auch Jaris blutunterlaufene Augen irren von einem zum anderen, offenbar kennt auch er seinen Bruder nicht derartig außer sich. Zögerlich, weil wir nicht wissen, was passiert ist, nähern wir uns der Tür, als Titus schon mit Sergej herauskommt.

Sergej zittert. Immer wieder schnauft und grunzt er, als würde er mit aller Macht versuchen, sich zusammenzureißen. Sein leichenblasses Gesicht ist schweißnass, an seinen geballten Fäusten treten die Knöchel weiß hervor, und er keucht. Titus redet leise und beruhigend auf ihn ein, führt ihn hinaus und setzt ihn auf einen Stuhl. Im Haus höre ich Nikola mit schriller Stimme telefonieren. Gerade schreit sie »Was soll das heißen, Sie sind dafür nicht zuständig?« in den Hörer.

Sergej dreht sich immer wieder zum Chalet um, sein Körper bleibt auch im Sitzen angespannt, als müsse er jeden Moment aufspringen und flüchten. Titus beugt sich mit gerunzelter Stirn über ihn und reicht ihm ein Glas Wasser. Dann sieht er uns vier, wie wir verwirrt einfach dastehen, und bittet Jari schließlich, den Wagen zu holen. Wir, das Personal, darunter seine heimliche Geliebte (selbst in dieser Situation kann ich nicht aufhören, daran zu denken), sollen zum Lift gehen. Nicht einmal unsere Taschen dürfen wir noch aus dem Haus holen, und Tonio muss Lebensmittel und Geschirr auf dem Tisch stehen lassen.

Wortlos befolgen wir seine Anweisungen und haben keine Ahnung, was da gerade geschieht. Kurz bevor wir den Lift erreichen, holt Titus uns ein.

»Folgendes …«

Er holt tief Luft und bewegt die Hände in der Luft, als müsste er eine Wolke kneten.

»Wir haben einen Schlangenalarm.«

Einen Moment weiß ich nicht, ob ich lachen soll. Wir sind in Südtirol, gibt es hier mehr als harmlose Blindschleichen? Oder ist »Schlangenalarm« ein mir unbekanntes Codewort?

»Jari fährt mit Sergej und Nikola ins Dorf. Ich warte am Haus, bis der Zoologe aus Meran eintrifft. Ihr fahrt mit der Seilbahn runter, und ich komme dazu, wenn hier alles klar ist.«

»Ist Sergej in Ordnung?«

Constanze hält Tonios Hand, sieht aber nicht besorgt aus.

»Er hat eine schwere Schlangenphobie.«

»Also wurde er nicht gebissen?«

»Nein. Er hat auch keine Schlange gefunden, sondern eine Haut. Offenbar hat sich im Haus eine ziemlich große Schlange gehäutet, mindestens zwei Meter, er hat die Überbleibsel im Arbeitszimmer gefunden.«

»Da sauge ich doch fast täglich«, protestiert Constanze, und Titus nickt.

»Deshalb glauben wir ja, dass das Tier noch im Haus ist. Also hat Nikola ein Kammerjägerteam gerufen und diesen Spezialisten aus Meran. Die Polizei war offenbar nicht zuständig.«

»Was passiert jetzt?«, frage ich, obwohl Titus das ja eigentlich schon erklärt hat: Wir werden evakuiert. Aber ich sehe ihm an, dass er versteht, was ich meine.

»Ich gehe nicht mehr ins Haus, sondern warte draußen. Alle Türen sind geschlossen. Für gekippte Fenster wäre so ein Vieh zu dick. Das Durchsuchen wird eine Weile dauern. Sobald es wieder sicher ist, kommen wir zurück, und dann gilt: Business as usual.«

»Die nächste Ausstellung kann also stattfinden?«

Constanzes Interesse an Kunst finde ich in dieser Situation befremdlich. Titus allerdings scheint diese Frage rein gar nicht zu überraschen. Auch befremdlich.

»Auf jeden Fall, so lange wird das nicht dauern. Die neuen Bilder kommen nachmittags, die Vernissage läuft wie geplant. Fahrt erst mal runter und nehmt euch einen freien Tag. Ich rufe euch an, sobald ich mehr weiß.«

Tonio küsst Constanze auf die Schläfe.

»Wir können im Hotel von meinen Eltern warten und schwimmen gehen.«

Die beiden nicken und trotten los. Titus berührt mich kurz am Arm, ein Stromstoß fährt mir ins Herz, das sofort zu klopfen beginnt. Er steckt mir unauffällig eine Zimmerkarte zu. »Die Mastersuite«, flüstert er. »Sag's ihnen nicht. Geh mit, die beiden werden unten im Hotel eh allein sein wollen, und dann bist du eben plötzlich nicht mehr da. Oberstes Stockwerk.«

Ich nicke und komme mir konspirativ vor, eine Art Südtiroler Bond-Girl, die Mata Hari vom Berg. Fast bin ich der Riesenschlange dankbar, dass sie mir ein paar Stunden abseits des Chalets verschafft, die ich hoffentlich allein mit Titus verbringen werde. Natürlich hoffe ich auch, dass sie das Tier finden. Ich habe zwar keine Phobie wie Sergej, dem die Panik offensichtlich die Synapsen durchgebrannt hat, aber ein Fan dieser schuppigen Viecher bin ich auch nicht.

Das Hotel im Tal ist ein Luxustempel mit riesigem Wellnessbereich. Tonios Eltern freuen sich, uns kennenzulernen, führen uns herum und laden uns ein, im Restaurant zu essen, wenn wir Hunger bekommen. Wie Titus vorausgesagt hat, sind Constanze und Tonio schnell verschwunden und haben auch nicht nachgefragt, als ich sagte, ich würde erst mal einen Kaffee auf der Terrasse trinken und Mails checken. Stattdessen nehme ich den Lift bis in die oberste Etage und gehe auf dem gemusterten dicken Teppich bis zur Mastersuite.

Die Karte halte ich an den Sensor über der Klinke, es klickt, dann ertönt ein leises Piepen. Die Tür öffnet sich, ich trete ein und sehe mich erstaunt um, denn die Mastersuite hat mehr von Master, als ich gedacht hatte. Schon angesichts des Schildchens neben der Tür mit dem geschwungenen Schriftzug *Kinky Tantra* hätte ich draufkommen können. Das hier ist nicht nur eine ausgesprochen luxuriöse Bleibe, sondern auch eine sehr erotische. Honeymoon mal anders. Mir war vor meiner Reise nicht klar, wie modern und gewagt die Hotellerie in Südtirol sein kann. Hat Titus diese Suite ausgesucht, weil er all das mit mir durchturnen will? Mir wird ganz heiß bei dem Gedanken, und ich weiß sofort, dass mit ihm alles möglich ist, dass ich mir mit ihm Spielarten vorstellen kann, über die ich bisher noch nicht mal nachgedacht hatte. Zum Denken bin ich, wenn wir zusammen sind, viel zu vögelwild. Mal sehen, womit wir uns später amüsieren werden: Ein großes, rundes, mit rotem Satin bezogenes Bett steht in der Mitte des loftartigen Zimmers, daneben hängt ein schwarzer Ledersling von der Decke. Auch ein Andreaskreuz gibt es, mit extra starken Schrauben an der Wand befestigt und umgeben von Paddeln, Peitschen und Gerten. Ein Schrank mit Glasfront gibt den Blick auf Sexspielzeug frei, Dildos, Vibratoren,

Fesseln, für jeden Geschmack scheint etwas da zu sein. Alle möglichen mit verschiedenen Materialien bezogenen Objekte und Polster warten nur darauf, dass man die Verrenkungen des Kamasutras darauf ausprobiert. Einen Hocker halte ich zuerst für ein Fußbänkchen, aber dann stelle ich fest, dass aus einer Seite ein Stab mit einem aufgesteckten Gummischwanz herauskommt und der Hocker außerdem durch Kabel mit der nächsten Steckdose und einer Fernbedienung verbunden ist. Eine Fickmaschine. Hoffentlich finde ich mal die Gelegenheit, sie anzuwerfen, denn so ein Teil habe ich bei meinen seltenen Sexshop-Besuchen noch nie gesehen.

All das wird noch getoppt von dem Panorama, das die riesigen Fenster freigeben. Praktisch die ganze Mastersuite ist verglast, und die Landschaft ringsherum mit den schneebedeckten Alpengipfeln und den grünen Hängen sieht aus wie eine gigantische Fototapete. Auf der sonnigen Terrasse entdecke ich voller Vorfreude einen Whirlpool.

»Eine grandiose Aussicht, oder? Draußen wie drinnen.«

Ich fahre herum. Ich war dermaßen sicher, hier allein zu sein, dass mich die Stimme zu Tode erschreckt hat. Lächelnd registriert Gemma mein fassungsloses Gesicht und schließt die Tür. Wieso hat Titus mir nicht gesagt, dass es Gemmas Suite ist? Und während sie einen Kühlschrank öffnet, Eiswürfel in zwei Gläser gibt, aus einer beschlagenen Kanne kalten Kaffee darübergießt und eine Maschine anschaltet, die zu surren beginnt, kommt mir noch eine Idee.

Eine tropische Schlange in Südtirol ist zu abwegig – passt das nicht zu dem, was Marei mir über Gemma erzählt hat? Wer sonst käme an ein so riesiges Vieh? Wer wäre dazu fähig, sie unbemerkt ins Haus zu schmuggeln? Jemand mit Gemmas Möglichkeiten und Kontakten bestimmt. Wusste sie von Sergejs Phobie? Mindestens Titus wusste davon. Wahrscheinlich hat er seine Überraschung bloß gespielt und wollte uns alle aus dem Haus haben, um etwas vorzubereiten. Aber was?

Die Maschine stoppt, Gemma löffelt cremigen Milchschaum in die Gläser und reicht mir eins.

»Zwei Süßstoff, richtig?«

Na klar kennt sie meine Kaffeegewohnheiten, sie hat Augen und Ohren überall. Ich möchte, dass auch sie wenigstens ein bisschen irritiert ist, und bedanke mich für das Glas mit einem: »Stimmt genau, *Gemma.*«

Sie zieht die Augenbraue hoch, kommentiert aber nicht, dass sie enttarnt wurde, und fragt mich gar nicht, woher ich weiß, wer sie ist.

Weil ich immer noch zu verwirrt bin, um etwas zu sagen, nehme ich einen Schluck. Köstlich. Wäre die Situation nicht so befremdlich, hätte ich damit das richtige Getränk für einen erotischen Vormittag im Whirlpool. Ohne dass ich es selbst bemerkt habe, ist mein

Blick wieder über die Terrasse gewandert. Aber Gemma fällt es sofort auf.

»Keine Sorge, ich lass dich gleich allein, dann kannst du planschen, ich muss sowieso los. Wenn Titus kommt, bin ich schon weg. Ich will dir nur ein paar Dinge sagen.«

Sie macht eine einladende Geste zum Sofa, und wir setzen uns. Ich versuche, möglichst cool und wissend auszusehen.

»Ich möchte dich nochmals bitten, das Haus zu verlassen. Es wird jetzt wirklich Zeit.«

Ich stöhne auf: wieder diese Leier. Dann schüttle ich entschieden den Kopf.

Sie seufzt, und ich kann ihr ansehen, dass sie sich beherrschen muss, um nicht ungeduldig zu werden.

»Ich habe dir ja schon gesagt, dass es im Chalet für dich gefährlich ist. Für Titus ist es das aber auch, wenn du bleibst.«

»Das kann er wohl selbst entscheiden.«

Jetzt klopft sie sichtlich genervt auf die Sofalehne.

»In Bezug auf dich trifft Titus nicht die besten Entscheidungen.«

Ich überlege, woher sie weiß, dass sich zwischen uns etwas entwickelt hat. Hat er sie angerufen und ihr von letzter Nacht erzählt? Oder pokert sie nur?

Sie sieht auf ihre Uhr.

»Ich muss los, und offenbar kommen wir hier nicht weiter. Ich brauche dir wohl nicht zu sagen, dass du unser kleines Kaffeekränzchen hier vertraulich behandelst. Und eins noch: Ich wusste nicht, dass Marei dir den Job bei Sergej und Nikola besorgt hat. Ich habe Marei nur ganz kurz in Rom gesehen und hatte dann zu tun. Dass Marei sich mit den beiden länger unterhalten hatte, war mir nicht bekannt. Ich habe erst herausgefunden, dass du hier arbeitest, als du schon angefangen hattest, sonst hätte ich das verhindert. Ich bleibe in der Nähe, und, für den Fall der Fälle, präg dir das hier ein.«

Sie hält mir eine Visitenkarte entgegen, auf der eine sehr einfache Zahlenfolge steht, eine Telefonnummer, die sogar ich mir merken kann.

»Hast du sie?«

Ich nicke, und Gemma steckt die Karte wieder ein. Für einen Moment bin ich fast enttäuscht, dass sich das Papier nicht von selbst zerstört. Sie steht auf und wirft einen letzten Blick auf die atemberaubende Aussicht.

»Haben Sie die Schlange ins Haus geschmuggelt? Gehört das zu Ihrem Plan?«

»Du kannst mich duzen, Liebes. Du bist Mareis Nichte, das ist wie Familie, auch wenn sich das für dich noch nicht so anfühlt. Wenn wir diese Sache hier alle überstehen, werden wir uns besser kennenlernen. Allerdings sind wir im Chalet weiterhin per Sie! Immer dran denken: Du bist da Personal und ich Gast, und wir haben keinerlei Kontakt.«

Sie trinkt den letzten Schluck Kaffee und dreht sich zur Tür um.

»Diese Schlangensache ist doch lächerlich«, murmelt sie, und mit diesen Worten verlässt sie die Suite. Sie geht wie eine Schauspielerin, die die Bühne verlässt. Ich sitze da und starre ihr hinterher.

Sie findet die Aktion also lächerlich, hat sie gesagt, aber nicht, dass sie es nicht getan hat. Und ich kenne den Unterschied genau, weil auch ich schon einmal »Das ist doch lächerlich« gesagt habe, als ich etwas nicht zugeben wollte, und das ist noch gar nicht so lange her.

KAPITEL 22

Es war Anfang des Jahres. Nein, eigentlich stimmt das nicht, es begann zu Weihnachten, am Heiligabend. Svens Mutter hatte mich bereits öfters mit »meine schöne Schwiegertochter« angesprochen, und mir kroch dabei immer ein kalter Schauer über den Rücken. Ich kam mir vor wie eine Hochstaplerin.

Nicht sie war das Problem, ich mochte sie und kannte sie schon seit der Schule. Die Familie war mir so vertraut, als wäre ich ein weiteres Kind, und genau das machte es so schwierig, denn Sven fühlte sich für mich schon seit einer Weile mehr wie ein Bruder an, nicht wie mein Freund. Und das Merkwürdige war: Ihm ging es nicht viel anders, da bin ich ganz sicher, heute noch. Auch für Sven konnte das nicht die leidenschaftliche, große Liebe sein, aber er war offenbar fest entschlossen, sich mit dem abzufinden, was wir hatten, und er betonte oft die Wichtigkeit beständiger Freundschaft, während ich neben ihm stumm lächelte und dachte, das kann doch nicht alles gewesen sein.

Wir saßen um den Weihnachtsbaum verteilt auf Sofas und dicken Kissen, und alle öffneten nacheinander eines der bunt eingepackten Geschenke. Und mit dem lila Päckchen nahm das Unheil seinen Lauf. Es war von Svens Eltern und für uns beide gedacht. Sie schenkten uns einen Schnuppertauchkurs, denn Freunde hatten ihnen erzählt, dass es in Prenzlauer Berg ein besonders tiefes Becken gebe. Sven war wenig begeistert, er probierte ungern Neues aus, aber er konnte seine Eltern nicht enttäuschen, also gingen wir gleich im Januar hin.

Tauchen, das merkten wir schnell, war für uns beide nichts. Sven hasste es, unter Wasser nicht reden zu können, und mir wurde dabei schnell kalt, außerdem hatte ich einen unangenehmen Druck auf den Ohren. Aber eines gefiel Sven an der Sache: der Anzug aus Neopren. Ständig fuhren seine Hände wie onanierend über das glatte schwarze Material.

Außer uns beiden war noch eine Gruppe von drei Paaren da, die zum Ärger des Tauchlehrers viel herumalberte. Eine der Frauen erkannte ich im ersten Moment nicht, wegen des Taucheranzugs und der dicken Froschbrille, aber dann fiel sie mir um den Hals: Wanda, meine alte Freundin aus dem Freibad-Kiosk. Nach dem Abitur war unsere Freundschaft irgendwie im Sande verlaufen, aber jetzt freute ich mich unglaublich, sie zufällig hier zu treffen.

Als ich sie Sven vorgestellt hatte, hatte ich an seinem zuckenden Mundwinkel gleich gemerkt, dass er unser Wiedersehen nicht goutierte. Er gab ihr die Schuld, dass die Polizei mich damals nach Hause gebracht hatte, aber vielleicht war das auch nur ein Vorwand, und er wollte einfach nicht, dass ich eine enge Freundin hatte, mit der ich womöglich über ihn reden könnte.

Das musste Sven beim Tauchen aber hintanstellen, um nicht als Spaßbremse dazustehen, also verabredeten wir uns mit Wandas Clique nach dem Kurs zum Glühweintrinken, um uns aufzuwärmen. Während sie noch mal ins Becken sprangen, weil sie gewettet hatten, wer es schneller schaffen würde, den Boden zu berühren, Frauen oder Männer, gingen Sven und ich schon mal in die Duschen, wo wir uns zuerst gar nicht auszogen, sondern sofort unter heißes Wasser stellten, um uns aufzuwärmen.

Das Wasser aus Svens Dusche rauschte und dampfte, bei mir tröpfelte es nur, also trat ich neben ihn, und er umfasste mich und zog mich an sich. Ich war gut gelaunt und freute mich auf den Glühwein und Wanda. Wir knutschten eine Weile, und die Neoprenanzüge quietschten leise, wenn wir uns aneinander rieben. Mir schwirrte das Wort »Ballontier-Petting« durch den Kopf, aber ich grinste nur und schwieg, um die Stimmung nicht zu zerstören. Schnell merkte ich, dass Sven eine Erektion hatte, was mich überraschte, denn Zärtlichkeiten an öffentlichen Orten waren sonst gar nicht sein Ding, er blockte sogar auf Partys meine Fummelversuche ab. Aber hier presste er mich an die Wand und fuhr mit seiner Hand über meine Brüste. Dabei rieb er sich an mir, und an seinem schneller werdenden Atem merkte ich, dass er ziemlich geil wurde.

Auch das war ungewöhnlich, normalerweise hatten wir routinierten, unaufgeregten Sex im Bett, erst Löffelchen, dann Missionarsstellung, und wenn er beim Orgasmus doch mal lauter stöhnte, war das schon außergewöhnlich, meist hörte ich fast nichts von ihm. Aber jetzt keuchte er, drängte mich noch enger gegen die weißen Kacheln der Dusche. Es waren die Anzüge, die ihn wuschig werden ließen. Ich schubberte mich an ihm, und sein Atem wurde schneller. Die Dusche hatte aufgehört zu prasseln, wir schalteten sie nicht mehr an. Ich zog seinen Kopf enger an mich und flüsterte ihm ins Ohr: »Das Zeug macht dich scharf, dieses Gummi auf der Haut. Stell dir vor, wie geil das wäre, wenn ich jetzt dünnes schwarzes Latex tragen würde mit Löchern für Brüste und Möse, dann könntest du meine Nippel lecken und mir den Finger reinschieben.«

Aus Svens Mund kam ein Gurgeln, ich war auf der richtigen Fährte, und ganz ehrlich: Mich erregte seine Erregung. Es war lange her, dass wir übereinander hergefallen waren. Ich griff ihm zwischen die Beine.

»Kaltes Gummi und dann meine heiße seimige Spalte und die Härchen darauf ganz glitschig.«

Sven kam mit einem gedehnten Stöhnen und sah mich leicht verwirrt an.

Ich küsste ihn und lachte, flüsterte ihm »Fortsetzung folgt« ins Ohr, und er flüchtete aus der Dusche, als die anderen reinkamen.

Ich blieb noch, pellte mich aus dem Neopren und sah mir die drei Paare an, die sich ungeniert voreinander auszogen. Wandas Körper, den ich ja aus dem Freibad gut kannte, hatte sich seit unserer Teeniezeit verändert. Sie war fraulicher geworden, ihre Schultern waren mit Ornamenten und Blumentattoos bedeckt, und auch den Oberschenkel zierte ein Tattoo aus geschwungenen schwarzen Linien. Ihre Nippel schauten fast nach oben, obwohl ihre Brüste so schwer waren. Die waren eindeutig mit Silikon gepimpt.

»Willste mal anfassen?«, fragte sie grinsend, als sie meinen Blick bemerkte, und ich lachte und schüttelte den Kopf, obwohl es mich interessiert hätte, wie sich getunte Brüste anfühlten. Sven war bei so was empfindlich. Ich hatte nie auch nur jemanden zur Begrüßung geküsst, ohne mich vorher mit einem schnellen Blick bei ihm rückzuversichern, ob das für ihn okay war. Weil mich das irgendwann nervte, ließ ich es mit der Zeit ganz.

Nach dem ersten Glühwein fing die Gruppe wieder an herumzualbern. Wir schlossen Wetten ab. Zum Beispiel, ob der Nächste, der in die Kneipe kam, Rastas hatte oder kahlköpfig war oder wer das höchste Haus aus Bierdeckeln baute, wer einen Kartoffelchip am längsten auf der Nase balancieren konnte, ob Wanda den

Barkeeper dazu bringen würde, dass er ihr die Hand küsste (das schaffte sie, und ich habe keine Ahnung, wie sie es angestellt hat).

Irgendwann ging es ums *Treibhaus*, einen berühmten Club, in dem eine Fetischparty stattfinden sollte. Außer Sven und mir waren alle schon dort gewesen, und ich weiß nicht, welcher Teufel mich geritten hat, aber als Sven abgelenkt war, raunte ich dem jungen Mann neben mir zu, Sven würde sich bestimmt weigern, auf so eine Party zu gehen. Wandas Freund griff das sofort auf und startete eine neue Wette: Wer sich nicht traue zuzusagen, müsse alle folgenden Runden bezahlen, und wer als Letzter zusage, müsse in der Kneipe wahlweise Brüste oder Hintern entblößen.

Einer nach dem anderen schlug mit der Handfläche auf die Tischplatte und rief: »Ich gehe!« Sven sah kurz zu mir rüber, aber ich lachte nur, und da donnerte auch er seine Hand auf den Bierdeckelstapel und stieß dabei ein noch halb volles Glas um. Blitzschnell folgte ich. Der junge Mann neben mir, den ich angestachelt hatte, war der Letzte. Er stieg auf seinen Stuhl, zog seine Jeans unter unserem Gejohle über den nackten Hintern, orderte mit einem Handzeichen die nächste Runde und raunte mir, als die Kellnerin kam, ein »Gern geschehen« zu.

Wanda sagte, sie könne uns passende Klamotten besorgen, Gummianzüge und Masken. Die werde sie morgen vorbeibringen, und abends träfen wir uns dann vor dem *Treibhaus*. Übrigens kämen wir garantiert rein, denn sie kenne den Türsteher des Clubs persönlich.

»Stellt euch vor, der hat drei Eulentattoos in seiner Achselhöhle, und die Haare sind das Eulennest, das hat mir sein Tätowierer erzählt!«

Wir klatschten alle lachend und trennten uns dann bald.

Auf dem Heimweg war Sven schweigsam.

»Ich glaube nicht, dass das was für uns ist, Louisa«, sagte er.

Ich zuckte mit den Schultern und wickelte den Schal noch ein weiteres Mal um mich.

»Ach, das wird lustig. Und Wettschulden sind Ehrenschulden.«

Ich wusste, dass Sven nicht kneifen würde. Wenn er etwas zugesagt hatte, zog er das durch. Und zu dem Zeitpunkt ging es mir auch noch gar nicht darum, ihn zu linken, die Idee hatte ich erst später.

Die Episode beim Tauchkurs und in der Dusche hatte mir gezeigt, dass er Obsessionen hatte, die ihm selbst vielleicht bis dahin gar nicht klar gewesen waren, und vielleicht wussten wir beide nicht, was wir wollten, weil wir nie etwas ausprobiert hatten. Wir hatten uns während der Schulzeit gegenseitig entjungfert und seitdem nie nach links oder rechts geguckt. Und das war ja auch bequem und heimelig. Ich mochte Sven. Aber in mir gab es etwas, das ins Freie drängte, wie eine Katze, die nach draußen will und an der Tür scharrt und immer ungeduldiger wird. Ich hätte es nie fertiggebracht, mit ihm Schluss zu machen, denn natürlich machte es mir Angst, den Menschen zu verlieren, der mir so lange so nah gewesen war. Ich hoffte, wenn wir beide dieses Abenteuer erlebten, würde uns das entweder als Paar weiterbringen, oder wir würden beide erkennen, dass es wirklich nicht mehr passte.

Ich wollte einfach nicht die Böse sein. Er sollte selbst begreifen, dass er Sehnsüchte außerhalb unserer kleinen Beziehungsblase hatte, und dann hätte ich großzügig und verständnisvoll einwilligen können, dass jeder sich mal ausprobieren musste. Wer weiß, vielleicht hätten wir nach einiger Zeit, in der wir ohne den anderen erwachsen geworden wären, wieder zusammengefunden.

»Wir brauchen Regeln dafür«, sagte Sven neben mir.

Es hatte angefangen zu schneien, auf seinem Gesicht schmolzen Schneeflocken, und vor seinem Mund stand eine Atemfahne.

Ja, natürlich. Sven würde noch mitten in der Apokalypse Regeln aufstellen, wenn wir als Zombies auf der Jagd nach Gehirnen wären. Wir fressen nur Gehirne von militanten Veganern und Fahrraddieben, würde er sagen, und nur bei Vollmond.

Ich fasste seine Hand und drückte sie leicht.

»Okay. Was im Treibhaus passiert, bleibt im Treibhaus«, sagte ich – und sah ihm gleich an, dass er das nicht gemeint hatte.

»Keine Drogen«, sagte er, »auch keinen Vollrausch.«

Ich nickte. Ich trank gern mal zu viel, aber es war ja nicht so, als hinge ich regelmäßig überm Tisch.

»Wir gucken rum, aber wir haben nur miteinander Sex.«

Ich stockte innerlich. Das klang nicht gerade nach Spaß und Abenteuer. Orgie ja, aber monogam. Trotzdem: Es wäre viel gewagter als alles, was wir jemals zusammen gemacht hatten. Also stimmte ich zu.

Und jetzt kommt der Teil der Geschichte, auf den ich wirklich nicht stolz bin.

Am Abend, als wir ins *Treibhaus* gehen wollten, stand ich im Badezimmer und hatte die Tür einen Spaltbreit offen gelassen. Sven mochte es nämlich nicht, wenn ich in unserer Wohnung einen Raum abschloss. Außerdem wusste ich, dass er mir gern mal zusah, während ich im Bad irgendwas Profanes machte, die Haare auf Lockenwickler drehte oder eine Gesichtsmaske auftrug. Einmal hatte er sich gewünscht, wir würden voreinander pieseln, aber da weigerte ich mich. Ausgerechnet das fand er verklemmt und spießig.

Ich stand also nackt neben der Badewanne, an einem Haken hingen meine Zorromaske und der Latex-Catsuit, die Wanda vorbeigebracht hatte. Glänzend schwarz wie Häute. Anders als die Neoprenanzüge vom Tauchkurs war dieses Material hauchdünn. Die Beine endeten knapp unterm Po und waren fast so kurz wie die Hotpants, die Wanda und ich als Teenager getragen hatten, die Ärmel waren lang und boten die Möglichkeit, Latexhandschuhe dranzuknöpfen. Zwischen den Beinen war der Anzug offen, sodass Muschi und Poritze frei blieben, wie ich es Sven unter der Dusche erzählt hatte. Wanda wusste schon genau, worauf es ankam. Der kleine Stehkragen ging am Hinterkopf in eine Kapuze über, in der die Haare verschwinden sollten. Nur das Gesicht würde herausschauen, aber von dem konnte man in vollem Ornat kaum etwas sehen, weil wir ja alle außerdem noch die Zorromasken tragen würden, wie Fickninjas.

Ich zog meine Unterwäsche aus und pellte mich in den Anzug. Im Flur hörte ich Sven leise atmen, er hatte seinen Anzug bereits angezogen und sah mir zu. Anfangs hatte ich es süß gefunden, wenn er das tat, weil ich gedacht hatte, er sei schüchtern und so von mir begeistert, dass er mich einfach immer bestaunen wollte. Inzwischen glaubte ich eher, dass er das Gefühl der Kontrolle brauchte. Ich befand mich in einer intimen Situation, und er entschied, ich müsse sie mit ihm teilen. Mich ärgerte das zunehmend, aber ich ließ mir nichts anmerken, weil ich keine endlose Diskussion riskieren wollte, die den Abend gefährdet hätte. Vielleicht kam mir in dem Moment die Idee.

Ganz unten im Schrank bewahrte ich wasserfeste Schminke vom letzten Theaterprojekt auf. Ich weiß heute nicht mehr, ob ich wirklich einen Plan hatte oder ob ich es einfach drauf ankommen lassen wollte, vielleicht wollte ich größtmögliche Verwirrung stiften und wie ein Brandbeschleuniger die Dinge in Gang setzen. Vielleicht wollte ich auch einfach mal fies sein, weil ich mich in der Beziehung mit Sven so eingesperrt fühlte, dass ich das Gefühl hatte, ich müsse um mich schlagen.

Jedenfalls stellte ich einen Fuß auf den Badewannenrand und malte ein schwarzes Ornament aus Schwüngen und Bögen auf meinen Oberschenkel, wie ich es bei Wanda in der Dusche beim Tauchkurs gesehen hatte.

Ich hörte ihn nicht wirklich, aber ich fühlte, dass Sven hinter der Tür stand und mich beobachtete.

Nachdem ich fertig war, zog ich meine normalen Klamotten über den Latexanzug. Dann räumte ich geräuschvoll die Kosmetik weg, denn erstens duldete es Sven nicht, wenn Sachen herumlagen, alle Räume mussten immer picobello aufgeräumt sein, und zweitens sollte er merken, dass ich gleich das Bad verlassen würde.

Als ich die Tür öffnete und in den Flur trat, saß er längst wieder auf dem Sofa und sah sich eine Quizshow an, während seine Latexhaut ab und zu quietschte.

In diesem Moment beschloss ich, es durchzuziehen.

KAPITEL 23

Immer wenn die beiden bulligen Türsteher die Panzertür öffneten, quoll eine Wolke aus wummernden Bässen, Kunstnebel und einem Gemisch aus Parfüm und Schweiß heraus. Wir rückten nur langsam vor und hatten viel Zeit, uns die anderen Gäste in der endlosen Schlange anzusehen, was sicher Spaß gemacht hätte, wenn es nicht so kalt gewesen wäre. Es gab außerirdische Gestalten wie auf einer Comic-Con: Ein Mädchen hatte sich die Haut blau bemalt und trug große Dildos aus waberndem Jelly als Hörner auf dem Kopf, eine Gruppe schwuler Jungs hatte sich spitze Ohren angeklebt, zwei Dragqueens trugen stolz sechs nackte Brüste vor sich her, ein Pärchen war von Kopf bis Fuß in durchsichtiges Latex eingeschweißt, auch die Gesichter, die platt gedrückt und verzerrt aussahen wie Gemälde von Francis Bacon. Ein großer, dünner Mann erschien ohne Begleitung einfach nackt unter einem bodenlangen Pelzmantel, und als er ihn lüftete, um sich der Menge zu präsentieren, sah man, dass er über dem Steiß ein Schweineringelschwänzchen hatte – anoperiert. Beim näheren Hinsehen bemerkte ich seine Füße, die in hochhackigen Stiefeletten steckten und wie Hufe aussahen. Freunde des Alienficks kamen auf ihre Kosten.

Die Türsteher, beide in Chaps und Lederwesten gekleidet, als wäre Sommer, ließen sich von jedem den Ausweis zeigen und verglichen die Namen mit einer Liste, auf der offenbar Leute standen, die Hausverbot hatten. Als wir endlich an der Reihe waren und ich ihnen meinen Perso zeigte, stutzten sie, dann ließ der eine seine Pranke auf meine Schulter krachen und sah mir so tief in die Augen, dass ich an die Geschichte von seinen drei Eulen in der Achselhöhle gar nicht erst dachte.

»Kleene: keene Drogen, wa? Vasprich ma dit! Kiek ma in die Oogen: keen Zeuch! Und wennde wat nich wills, kommse zu Onkel Hotte, der tut dir retten. Ick sitz imma hier. Kleene, wa, vasprichste mir?«

Ich nickte verwirrt, ich war ja nun wirklich keine stadtbekannte Junkiebraut und hatte an so was auch kein Interesse. Ich fand es merkwürdig, dass er sich ausgerechnet mich für so eine Predigt aussuchte, aber dann mischte sich sein Kollege ein, und ich vergaß die seltsame Szene wieder.

Sie fragten uns in breitestem Berlinerisch, ob wir Kondome dabeihätten, und ermahnten uns, sie auch auf jeden Fall zu benutzen.

»Ooch beim Blasen, nich vajessn.«

Lecktücher und Gleitgel könnten wir an der Garderobe kaufen.

»Im Treibhaus valustiern wa uns alle konsensual, is dit klar? Will se nich, oder will er nich, denn kriegste nüscht, wa. Et jibbt ooch Notfallbuttons.«

Er sagte Buh-tonns, mit langem u und vorne betont, und ich musste einen Moment überlegen, bevor mir klar war, was er meinte.

»Da drückste, wenn de Hilfe brauchs. Aba sonne Flitzpiepen, die nur zum Amüsemang druffhaun, zahln meinen Ferrari ab, wa, also Pfoten wech.«

Dann zeigten sie uns auf einem Tablet die Notausgänge für den Fall eines Brandes und sagten, wir sollten auch auf die beleuchteten Schilder achten. »Und dit hier …«, er wischte herum und vergrößerte ein Icon, das wie eine Gartenspritze gegen Ungeziefer aussah, »dit sind de Feuerlöscher. Siehste so 'n Zeichen anne Wand, denn hängt da ooch eener, valass dir druff. Allet cool?«

Wir nickten brav. Daraufhin scheuchte er unseren Latex-Achter rein in die Parfümnebelwolke, und die Panzertür fiel mit einem fetten Rumsen hinter uns ins Schloss. Im Vorraum war es so duster, dass wir uns erst einen Moment orientieren mussten. Hier wummerte es leise, der rohe Beton schien zu pulsieren. Das erste Licht, das ich wahrnahm, kam von einem beleuchteten Plan an der Wand, auf dem erneut die Fluchtwege fluoreszierend eingezeichnet waren.

»Scheint hier heiß herzugehen«, kicherte Wanda, und Sven erwiderte anerkennend: »Der Brandschutz ist wirklich vorbildlich.«

Hinter einer Ecke schimmerte das Licht einer Garderobe. Die beiden Männer hinter der Theke trugen feucht glitzernde Skins mit Pythonmuster, darüber gelbe Warnwesten. Man verständigte sich durch Zeichensprache. Nachdem wir unsere Mäntel abgegeben hatten, betraten wir die ersten Räume des Bunkers. Das Gewühl, die Bässe, die bis in den Unterleib vordrangen und alles in mir durchrüttelten, die Dunkelheit und die unübersichtliche Anordnung der Räume, die immer noch in eine weitere Kammer, einen weiteren Korridor oder in eine neue Halle führten, sorgten dafür, dass ich sofort jede Orientierung verlor.

»Wir gehen uns mal pudern«, sagte ich zu Sven und machte mich mit Wanda auf die Suche nach den Toiletten.

Dort angekommen, zogen wir uns die Zorromasken über, steckten die Haare unter die Kapuzen und malten uns die Lippen schwarz an.

Ich hielt sie noch einmal an den Schultern fest.

»Willst du wirklich mitmachen? Du musst das nicht.«

Sie lachte und warf sich in Catwoman-Pose, machte Krallenhände und fauchte.

»Ich bin dir immer noch was schuldig, Babe! Eine für die andere, wir sind Musketierinnen.«

Dann scheuchte sie mich aus dem Waschraum, und ich ging zurück zu Sven.

Es war so laut, dass man sein eigenes Wort kaum hören konnte, aber Sven fasste mich am Arm, damit ich ihn ansah, und zeigte auf den Mauerdurchbruch, der zu einem Raum mit einer langen Bar führte. In etwa drei Meter Höhe stand in Leuchtschrift eine Zahl. Ich sah mich um und entdeckte solche Zahlen über allen Durchgängen. Vor uns lag die Fünf, hinter uns die Drei, ich begriff, dass ich zurück zur Null musste, um zum Ausgang zu kommen. Danach entspannte ich mich.

Sven ließ meine Hand nicht los, egal wie viele Menschen sich an uns vorbei und zwischen uns drängten. Vielleicht war er einfach anhänglich, vielleicht erregte ihn aber auch das Gefühl meiner Hand, die jetzt in einem Lackhandschuh steckte. Genau wie Wanda und ich trugen auch die beiden anderen Frauen aus der Gruppe einen der kurzen Lacksuits, die Wanda besorgt hatte. Darunter waren wir alle nackt, sodass ich im offenen Schritt der einen Frau eine blitzblanke Hollywood-Cut-Muschi sah und bei der anderen einen wuchernden rötlichen Busch. Ich dachte einen Moment, ich hätte mich auch noch frisch komplett rasieren sollen, aber mein Schamhaar war eh nur ein weicher Flaum, man sah ihn kaum. Die Männer hatten praktisch dieselben Klamotten an, sodass wir aussahen wie ein Schwarm schwarz glänzender Spermien.

Der Schwanz des Mannes, den ich für Wandas Freund gehalten hatte und der sich jetzt an der rothaarigen Frau rieb, stand schon steil aufgerichtet, die anderen hatten zusätzlich zum Lacksuit eine Art Geschirr um ihre Penisse geschnallt. Ich nahm an, dass man den silbernen Ring später als Cockring benutzen konnte. Sven hatte noch keine Erektion, er sah sich nervös um und versuchte, sich zu orientieren und die vielen Sinneseindrücke unter Kontrolle zu bringen.

Die Wände der ersten Halle waren roh, unverputzt. Das *Treibhaus* hatte im Krieg als Fernmeldebunker gedient und war später wegen seiner hohen Decken als Fabrikhalle oder als Lager benutzt worden. Immer mal wieder gab es hier auch Performances oder Shootings, sogar Opernaufführungen, aber der Industrial Chic blieb unübersehbar. Flackernde Lichter schwangen an lianenartigen Kabeln von der Decke, sie kreisten wie Scheinwerfer über die Menge der tanzenden und vögelnden Besucher, und die gab es überall.

Offenbar wurde hier nicht zwischen Dancefloor und Darkroom unterschieden, die Leute lutschten sich die Schwänze oder ließen sich ficken, wo sie gerade standen oder tanzten. Die Mitarbeiter, erkennbar an den gelben Warnwesten, gingen mit Eimern herum, sammelten benutzte Kondome ein, reichten neue Päckchen an, kümmerten sich um leere Gläser und sorgten dafür, dass die Gäste, die Streit suchten oder durch irgendwelche falschen Pillen austickten, möglichst unauffällig entfernt wurden. Ab und zu trugen besonders bullige Ordner bewusstlose Gäste an uns vorbei. Niemand achtete darauf, so was kam hier offenbar öfter vor.

Wir tanzten alle auf der Stelle, um lockerer zu werden. Die Technomusik war hart, aber eingängig, sie rammte sich durch meine Eingeweide in die Beine und ließ mich automatisch zappeln. Ich schwitzte unter dem Lackanzug, aber das war nicht unangenehm und fühlte sich sogar geil an, so als hätte sich die Feuchtigkeit zwischen den Beinen auf dem ganzen Körper ausgebreitet.

Die rotbuschige Frau und der Mann, der wohl nicht Wandas Freund war, trieben von uns ab, bis zur Bar. Er nahm sie an der Taille, setzte sie mit dem nackten Hintern zwischen leere Cocktailgläser, spreizte ihre Beine und fing an, sie mit einem kleinen Vibrator, der an einer Kette um den Hals hing, zu bearbeiten.

Wir anderen bewegten uns tanzend weiter, kamen durch einen sehr schmalen Gang, der erhellt wurde durch einen weiteren Fluchtwegplan und einen beleuchteten Feuerlöscher. Dann traten wir auf eine Galerie, von wo aus man die Tanzfläche überblicken konnte. Eine fremde Frau, die nur mit verschnürten Seilen bekleidet war, nahm meinen Kopf zwischen die Hände, drehte mein Gesicht zu sich und küsste mich. Sie küsste gut und schmeckte nach Wodka und O-Saft, ich genoss es, wie sich ihre kleine Zunge durch meinen Mund schlängelte. Während ich die Seile um ihre Brüste betastete, griff ich nach Svens Hand und zog sie, ohne mich von der Frau zu trennen, zwischen meine Beine. Sven drängte sich an mich und fingerte mich, während ich erstmals nach vielen Jahren wieder die Zunge einer Frau schmeckte – die mich immer noch wie damals im Freibad an Kirschlollis und Capri-Sonne erinnerte.

Wir schwankten auf die Kunstlederpolster zu, die hinter uns in einer Nische standen. Dort fickten bereits zwei Pärchen, die bereitwillig für uns Platz machten. Jetzt oder nie.

Ich setzte mich auf Svens Beine, zog ihm ein Gummi über und saugte an seinem Schwanz, bis er hart war, die Kirschlollifrau rieb sich neben ihm die Möse. Dann gab ich ihm ein Zeichen, dass das Kondom leider kaputtgegangen sei und ich ein neues holen würde und er warten solle. Ich ging zwei Schritte bis hinter den nächsten Betonpfeiler und sah mich um, und tatsächlich war Wanda sofort zur Stelle, sie musste direkt hinter uns gewesen sein.

Ich deutete auf die Nische, in der Sven lag.

Sie nickte, zog ein Kondom aus ihrer Tasche und ging zu Sven. Mit der Zorromaske und wenn der schwarze Lippenstift nicht verschmierte, würde Sven vermutlich gar nicht merken, dass er mich gerade betrog und gegen seine eigene Regel verstieß – im wahrsten Sinne des Wortes.

Ich hatte beschlossen, dass das hier unser Orakel sein würde.

Falls Sven nämlich merken sollte, dass es Wanda war und nicht ich, die sich zu ihm legte, dann wäre dies das Zeichen, dass wir füreinander bestimmt waren, und ich würde mich nie wieder beschweren oder über verpasste Chancen nachdenken. Dann würde ich die miauende, läufige Katze in mir einsperren und mich mit dem, was ich hatte, zufriedengeben.

Und eigentlich musste er es merken, weil Wanda durch ihre Implantate deutlich größere Brüste hatte als ich und insgesamt kurviger war, außerdem würde sie doch wohl anders riechen und schmecken – und hatte er nicht immer behauptet, die Textur meiner Haut sei einzigartig und unsere Körper passten perfekt zusammen?

Ich wartete. Wenn ich ehrlich bin, pochte mein Herz nicht nur deswegen so laut, weil die Musik durch mich hindurchhämmerte, sondern weil ich mich bei aller Aufregung schämte. Es war mir schon klar, dass solche Spielchen nicht die feine Art waren, aber ich wusste nicht, wie ich es anders lösen könnte. Nicht nur würde Sven nie freiwillig gehen, auch ich schaffte es nicht, meinen Bedürfnissen auf normalere Art Raum zu verschaffen. Wir brauchten das Drama. Und ich redete mir ein, dass ein Ende mit Schrecken immer noch besser war als eine Depression in einigen Jahren, wenn es vielleicht sogar schon Kinder gäbe, von denen Sven immer häufiger sprach, obwohl ich gerade erst zu studieren begonnen hatte.

Ich atmete noch einmal tief durch, zog die Maske wieder über mein Gesicht und ging zurück zu den beiden. Dann krabbelte ich auf allen vieren schräg hinter die zwei. Sven bemerkte mich nicht.

Wanda kniete über ihm, küsste ihn und rieb ihm mit der einen Hand den Schwanz, und mit der anderen hielt sie seine Hände über seinem Kopf fest. Spätestens jetzt hätte er sich sonst gewehrt, er mochte keine dominanten Frauen, nicht weil er sie wirklich nicht mochte, sondern weil es ihm unmännlich vorkam, sich zu unterwerfen. »Da kann ich mich ja gleich kastrieren lassen«, meckerte er, nur wenn ich mal auf ihm sitzen und den Ton angeben wollte.

Hier war das offenbar anders.

An seinen zitternden Knien und seinem überstreckten Hals erkannte ich, wie sehr ihn das alles erregte. Wanda nahm seine Hand und schob sie sich zwischen die Beine, wo ihre rasierte Möse in der Öffnung des Lacksuits glänzte. Jetzt aber! Er hatte doch vorhin im Badezimmer gesehen und eben noch gespürt, dass ich wie üblich nicht rasiert war. Außerdem fingerte, fickte und leckte er meine Möse jetzt seit mehreren Jahren, er müsste es sofort merken.

Pustekuchen, er merkte es nicht.

Oder es war ihm in der Geilheit egal, jedenfalls schob er einen Finger zwischen Wandas Schamlippen und rieb ihr den Kitzler. Wanda suchte meinen Blick, ich nickte auf ihre wortlose Frage, und sie schwang ein Bein über Sven, griff seinen Schwanz und senkte sich langsam auf ihn. Er stieß liegend gegen sie, wann immer sie ihren Unterleib anhob und sich wieder auf ihn fallen ließ. Seine Hände wanderten über das Latex und beschäftigten sich vor allem mit den Stellen, an denen der kalte Stoff direkt mit Wandas Haut in Kontakt war, er fingerte die Nähte ab und rieb das schwarze Gummi zwischen den Fingerkuppen, wo es kleine Falten warf. Sie nahm seine Hand und schob sie sich auf die Möse. Letzte Chance. Sven bekam, wie gesagt, nicht gern Anweisungen im Bett, beim Fummeln schon nicht, aber wenn die Fick-Phase begonnen hatte, wollte er bloß noch rammeln. Gleichzeitig in meine Möse zu stoßen und meinen Kitzler zu reiben, überforderte ihn, also besorgte ich es mir meist selbst. »Eine Feministin sorgt ja für ihre Lust«, sagte er zum Beispiel gern, oder: »Jeder kümmert sich um sein eigenes Geschlechtsteil.«

Bei Wanda dagegen hatte er keine Probleme mit Multitasking. Er ließ sich reiten, konterte mit dem Becken und massierte dabei ihren Kitzler.

Es wäre gelogen zu sagen, es machte mir nichts aus, dabei zuzusehen, wie er Wanda vögelte. Es tat weh, aber ich wollte ja, dass es wehtat, so wie man zerschundene Füße in ein Becken mit Salzwasser stellt, weil man weiß, nach dem ersten fast unerträglichen

Brennen werden die Blasen und wunden Stellen so besser abheilen.

Ich hatte das Gefühl, dass es sein musste. Ich hatte eine Situation geschaffen, die unsere Beziehung nachhaltig verändern würde, die Karten wurden auf dieser Kunstlederpritsche neu gemischt, und ich hätte nun die Möglichkeit, Konsequenzen zu ziehen. Oder besser noch: Sven würde Konsequenzen ziehen, denn verzeihen, da war ich mir sicher, könnte er mir und sich selbst diesen Abend nicht.

Gleichzeitig war ich erschrocken, zu was ich fähig war, zu was wir beide fähig waren, denn Sven hatte ja auch einen Anteil daran, dass wir uns jetzt gegenseitig so verletzten. Diese Verbindung zwischen ihm und mir brachte Seiten an uns hervor, die mir nicht gefielen. Ich wollte nicht diese Frau sein, die ihren Freund dazu bringt fremdzugehen, die das inszeniert, weil sie seine Schwachstellen kennt. Wir mussten beide raus aus dieser Beziehung, sonst würden wir noch Dinge tun, die krasser waren als die Nacht im *Treibhaus*.

Langsam rutschte ich neben die beiden. Da er mich nach ein paar Augenblicken immer noch nicht beachtete, berührte ich sein Haar, wie ich es morgens oft tat, wenn ich vor ihm aufwachte.

Er drehte endlich den Kopf, brauchte einen Moment, bis er wusste, was passierte, schaute verwirrt von mir zu Wanda über ihm und wieder zu mir. Ich nickte freundlich und tätschelte einem anderen Mann, der hinter mich gerutscht war und meine Brust betastete, die Hand. Wanda ritt Sven schneller. Obwohl er jetzt genau wusste, was vorging, unterbrach er den Kontakt mit ihr nicht, er sah mir in die Augen, soweit es unsere Zorromasken zuließen, und fickte Wanda weiter. Und als er kam und alle viere von sich streckte, robbte der Mann hinter mir zu Wanda, flüsterte ihr etwas ins Ohr, und sie legte sich auf den Rücken und ließ sich von ihm fertig lecken, nachdem er ihre Möse sehr routiniert mit einer hauchdünnen Folie abgedeckt hatte.

Ohne uns anzufassen, sahen Sven und ich wortlos zu, als sei das unglaublich interessant.

Schließlich rutschten wir von den Kissen. Die Luft war raus, und bald darauf verließen wir den Club. Ich zählte die Leuchtzahlen über den Durchgängen und war froh, als ich die Null neongrün schimmern sah. Wir holten unsere Mäntel und traten hinaus in die eiskalte Nachtluft. In meinen Ohren fiepte es, und ich fühlte die Bässe immer noch durch meinen Körper wummern.

Sven, der sonst immer meine Hand hielt, lief einen Schritt entfernt von mir. Wir gingen zu Fuß, obwohl der Weg nach Hause weit war, und schwiegen, bis das Klingeln und Fiepen in den Ohren langsam leiser wurde. Der Latex-Catsuit unter der Winterkleidung knirschte, aber es war eher ein Gefühl als ein Geräusch.

»Wenn du den Führerschein hättest, müssten wir jetzt nicht durch die Kälte wandern«, sagte er irgendwann mit vorwurfsvollem Unterton. Sven selbst hatte auch keinen Führerschein, aber aus ökologischen Gründen, also absichtlich, während ich mir die Chance auf den Lappen verdorben hatte wegen der Kioskgeschichte. Das warf er mir dann auch direkt vor.

»Nur weil du mit Wanda diesen Unsinn gemacht hast.«

Ich war müde und hatte überhaupt keine Lust, die alte Geschichte wieder aufzuwärmen, und ich fand es unmöglich, dass er jetzt, nachdem er sie gerade gefickt hatte, irgendetwas auch nur entfernt Unfreundliches über Wanda sagen konnte. Ich für meinen Teil war ihr dankbar, dass sie mitgespielt hatte, und ich weiß bis heute nicht genau, warum sie es getan hat. Es war Quatsch, dass sie mir wegen der Kiosksache etwas schuldig war.

»Marei findet nicht, dass wir ›Unsinn‹ gemacht haben«, sagte ich scharf.

Er seufzte.

»Ja, deine Tante, die hat so ihre Ansichten.«

Wir schwiegen, bis das Schweigen kälter wurde als die eisige Nachtluft.

»Sind wir uns böse?«, fragte er irgendwann, und ich sah ihn überrascht an. Selbst jetzt bestand er noch darauf, dass wir eine gemeinsame Befindlichkeit hatten.

»*Ich* nicht«, sagte ich und betonte die erste Silbe. »Aber ich denke, wir sind nicht mehr gut füreinander. Dieser Abend hat uns gezeigt, dass wir uns nicht wirklich glücklich machen.«

Jetzt griff er doch nach meiner Hand, er erwischte sie aber nicht richtig, weil wir so schnell gingen, und hielt mich deshalb am Handgelenk fest.

»Ein blöder Abend – wir kommen drüber hinweg.«

Und ich war so sicher gewesen, er würde Schluss machen. Panik stieg in mir hoch. Wenn ich jetzt nicht die Kurve kriegte, würde ich in diesem Leben wie in einer Zeitschleife hängen bleiben. Und täglich grüßt das Murmeltier.

»Das glaube ich nicht. Und ich will es auch nicht. Es ist nicht nur dieser Abend. Du hast doch gemerkt, dass du die Leidenschaft, mit der du eben zugange warst, für mich gar nicht mehr empfindest.«

»Wer braucht denn Leidenschaft? Man kann nicht immer mit hundert Sachen durchs Leben rasen. Wir haben etwas viel Wichtigeres, Louisa. Beständigkeit und Freundschaft sind so wichtig.«

»Ich«, sagte ich leise, »brauche Leidenschaft. Ich möchte mich lebendig fühlen. Ich bin so lange mit dir zusammen, dass ich gar nicht mehr richtig weiß, wer ich eigentlich bin. Ich will nicht nur deine Freundin sein.«

Er holte tief Luft. Ich wusste, dass gleich ein Monolog folgen würde, aber ich schnitt ihn ab, bevor er anfangen konnte.

»Ich will überhaupt nicht mehr deine Freundin sein.«

Genau das hatte ich vermeiden wollen, aber offenbar ging es nicht anders. Die Stille zwischen uns war so kalt und hart wie die Eisschicht auf den Autoscheiben.

»Unsinn, das meinst du jetzt nicht wirklich«, sagte Sven und putzte sich geräuschvoll die Nase.

Ich stapfte weiter neben ihm her und versuchte, auf dem glatten Asphalt nicht auszurutschen, denn wenn ich jetzt zu fallen drohte, würde ich instinktiv nach seinem Arm greifen, und dann wäre alles umsonst gewesen. Ich fiel nicht, ich griff nicht nach ihm, und er ahnte wohl endlich, dass es kein normaler Streit war. Nach einer langen Pause räusperte er sich.

»Hattest du das geplant? Sollte ich fremdgehen, damit du Schluss machen kannst? Oder wolltest du, dass ich das alles so geil finde, dass ich mit dir Schluss mache?«

Und da fiel der Satz, den Gemma in ihrer Tantra-Suite zu mir gesagt hat, als ich sie verdächtigte, die Schlange ins Chalet geschmuggelt zu haben.

Ich sagte: »Das ist doch lächerlich.«

KAPITEL 24

Die Tantra-Suite hat eine Fernbedienung, mit der man in allen Räumen warmes rötliches Licht und eine elegisch wabernde Musik einschalten kann. Sogar ein Duftprogramm gibt es, aber bei Düften bin ich empfindlich. Auch auf den Gaskamin verzichte ich, dafür ist es einfach zu heiß. Aber ich fahre die Markise heraus, bis die ganze Suite in rotes Dämmerlicht getaucht ist.

Ich warte bis zum Nachmittag auf Titus. Die Zeit vertreibe ich mir mit einem langen Bad im Whirlpool, wo ich mir auch die Erinnerung an Sven und die Nacht im *Treibhaus* herunterwasche. Ich esse Schokolade und Nüsse aus der vorratskammergroßen Bar, blättere sämtliche Zeitschriften und Bildbände durch und döse ein bisschen in der Sonne.

Dann endlich höre ich, wie die Tür klickt und Titus eintritt.

»Und?«

Ich stehe blinzelnd vor ihm, weil ich aus der prallen Sonne komme und drinnen wenig sehe außer tanzenden violetten Punkten. Außerdem bin ich nackt. Titus sieht einen Moment an mir rauf und runter. Dann zieht er sich ohne Kommentar die Kleidung aus, lässt sie einfach fallen und stellt sich vor mich. Es erscheint mir völlig natürlich, dass wir beide nackt miteinander sind, nichts soll uns trennen, und ich habe das Gefühl, dass er das genauso empfindet.

Er zieht mich in seine Arme. Meine Haut ist aufgeheizt von der Nachmittagssonne, dagegen wirkt er kühl wie ein Reptil, ich spüre jede einzelne Fingerkuppe, wenn seine kalten Hände über meinen Rücken wandern, und kann es kaum noch erwarten, seinen Finger in meiner heißen Möse zu fühlen.

Er küsst mich. Diesmal ernsthaft und konzentriert, als müsste er sich erst wieder sicher sein, dass ich echt bin, kein Hologramm, keine Täuschung, als müsste er mich neu kennenlernen. Er küsst mich lange, dann entspannt sich sein Körper endlich, wird weicher, schmiegt sich an mich, und er haucht mir ein fast schüchternes »Hallo« ins Ohr.

Ich lächle ihn an.

»Hallo. Was macht der Livedreh von ›Anaconda – Giftzahngefahr auf dem Berg‹?«

Er grinst etwas gequält.

»Alles in Ordnung. Das Haus wurde durchsucht, und sie sagen, eine Schlange dieser Größe würde man nicht übersehen, die kann sich nicht irgendwo verstecken. Sie schätzen sie auf fast drei Meter.«

Es läuft mir kalt den Rücken herunter. Auch draußen möchte ich diesem Vieh nicht begegnen.

»Haben sie auch die Galerie durchsucht?

Titus winkt ab.

»Es gibt gar keine Schlange. Der Spezialist meinte, die Haut sei nicht frisch, sondern jahrealt. Und sie wurde präpariert mit einer Art Kunststoff. Es war also nie eine Schlange im Haus, sondern irgendjemand hat die Haut nur dort platziert.«

»Um Sergej in Panik zu versetzen«, schlussfolgere ich.

Titus zuckt mit den Schultern.

»Möglich.«

»Warum tut sie das?«

Er sieht mich irritiert an.

»Gemma. Warum tut Gemma das? Ich habe sie das gefragt, aber sie hat mir nicht geantwortet.«

Er sieht mich an, als sei ich paranoid.

»Das würde sie nie tun«, sagt er voller Überzeugung. »Das ergibt überhaupt keinen Sinn. Keine Ahnung, wer sich da einen blöden Scherz erlaubt hat, aber Gemma war es sicher nicht.«

»Ihr arbeitet zusammen. Was habt ihr vor?«

Er seufzt und streicht mir durch die Haare, meine Kopfhaut kribbelt, und ich habe das Gefühl, als würde jedes einzelne Haar von der Wurzel bis in die Spitze mit diesem Kribbeln aufgeladen. Wir lassen uns auf die Sofalandschaft fallen und sitzen für meinen Geschmack viel zu weit voneinander weg.

»Schon wieder Fragen? Du weißt doch, dass ich dir nichts erzählen darf.«

Er saugt sich unter meinem Ohr fest. Ich kann nicht anders und stöhne leise, aber er wird mich nicht ablenken, diesmal nicht.

»Und Constanze hilft euch.«

Das ist eine Feststellung.

»Ja.«

»Ihr drei habt einen Plan.«

»Ja.«

Es ist mühsamer, als würde ich einen schweigsamen Verdächtigen verhören. Ich rate einfach mal, vielleicht bringt mich das weiter.

»Hat das alles mit den Bildern von La Nebbia zu tun?«

Titus versucht, sich nichts anmerken zu lassen, aber ich habe gesehen, dass sich seine Augen leicht geweitet haben. Nur einen Millimeter, nur eine halbe Sekunde. Also bin ich auf dem richtigen Weg. Aber mehr ist nicht aus ihm herauszubekommen.

Wir sitzen schweigend auf dem Sofa. Durch das warme rötliche Licht ist alles unwirklich, als wären wir in einem verlassenen Edelbordell. Der Whirlpool blubbert in der Sonne, die schmeichelnde Musik tropft aus den unsichtbaren Lautsprechern. Alles steht bereit, diese Suite ist für Leidenschaft und Lust konzipiert, nur wir passen nicht hierher mit diesem Ballast aus Schweigen und Geheimnissen. Was für ein Jammer, dass wir diesen freien Tag so vergeuden. Dass wir das alles kaum nutzen und genießen können. Titus sagt mit einem Seufzen genau das.

»Es tut mir leid, dass die ganze Sache so kompliziert ist.«

Er rückt näher zu mir und legt den Arm um meine Schultern.

»Wenn ich dir nicht alles erzähle, dann nur, weil es jetzt nicht geht – und das ist auch nicht immer meine Entscheidung. Aber ich will auf keinen Fall, dass du an meinen Gefühlen für dich zweifelst. Ich bin verrückt nach dir, und ich möchte alles mit dir teilen. Aber es gibt Dinge in meinem Leben, über die muss ich noch schweigen. Kannst du dich darauf einlassen?«

Ich nicke widerstrebend. Eigentlich wollte ich protestieren, aber irgendwann während dieser Ansprache haben sich seine Augen mit einem feuchten Film überzogen. Es sind nicht wirklich Tränen, es ist eher ein Flimmern, das seine eisgrauen Pupillen verletzlich aussehen lässt, und ich schmelze dahin, wenn er mich so ansieht. Ihm nachzugeben, mich nicht mehr zu wehren, es geschehen zu lassen, fühlt sich einfach besser an, als zu bohren und meinen Widerstand aufrechtzuerhalten.

»Reicht es dir, wenn ich dir sage, dass ich dich wundervoll finde? Dass ich im Chalet kaum meine Hände von dir lassen kann? Dass ich mich am liebsten in dein Haar einwickeln würde, weil es so weich ist? Dass ich deine Stimme liebe? Und du machst diese entzückenden kleinen Hüpfer, wenn du gehst, als würde die Schwerkraft für dich sekundenweise aussetzen …«

Ich will ihn küssen und endlich unsere Körper die Kontrolle übernehmen lassen, aber Titus ist noch nicht fertig.

»Das mit der Schwerkraft habe ich in der ersten Sekunde gemerkt, und am Anfang hat es mich fertiggemacht: Du bist einfach leichter als der Rest der Menschheit. Du tanzt die ganze Zeit, und zwar nicht nur mit deinen Füßen. Deine Assoziationssprünge – schwindelerregend. Deine Gedanken tanzen, selbst deine Stimme macht so kleine Hüpfer. Du freust dich ständig über irgendeine Kleinigkeit, an dir ist nichts Abgenutztes oder Schweres. Du bist wie eine Feder.«

Er zieht mich auf seinen Schoß. Ich fühle seinen harten Schwanz zwischen meinen Beinen und reibe meine Möse daran.

»Eine Feder. Und dabei gleichzeitig so voll und so viel. Man kann so viel an dir lieben.«

Seine Arme fassen mich fester, ziehen mich zu ihm heran, und seine Hände packen meine Hinterbacken. Ich lache.

»Ich bin also doch eher ein dickes Huhn als eine Feder?«

Er knetet, ohne mich weiter abrücken zu lassen, alles, was er von mir zu fassen bekommt, meinen Hintern, meine Hüfte, meine Oberschenkel. Ich stöhne wollüstig.

»Ein unfassbar dickes Huhn, wie eine große Wattewolke.«

»So dick, ja?«

Ich lache wieder und küsse ihn endlich, tief und verlangend. Titus hat eine Art, mich zu küssen, die mein Gehirn ausschaltet. Er setzt mich damit unter Drogen, sodass ich immer mehr will. Mehr Nähe, mehr Küsse, mehr Titus.

Seine Hände fahren über meinen Körper und verursachen einen Flächenbrand, bis mir so heiß ist, dass der Schweiß meinen Rücken hinabrinnt. Sein Stöhnen an meinem Ohr wird lauter, er hält sich nicht zurück, presst mich an sich, greift nach mir, versenkt seine Fingernägel in mein Fleisch. Dann steht er abrupt auf, ohne mich loszulassen, dreht mich und lässt mich aufs Sofa gleiten. Widerstrebend löse ich die Arme um seinen Hals. Er kniet sich vor mich, hebt meine Beine, ich fasse mir unter die Kniekehlen und rutsche mit dem Hintern etwas tiefer, bis meine Möse ganz offen und nass direkt vor ihm liegt.

So fest, wie er mich eben gepackt und durchgeknetet hat, so zart und vorsichtig sind seine Hände jetzt. Sachte zieht er meine Schamlippen mit den Fingerspitzen auseinander.

»Du hast so eine schöne Fotze«, murmelt er und leckt mir durch die Ritze. »Eine anbetungswürdige Fotze.«

Ich stöhne und spüre, wie es tief in meinem Unterleib zieht, fast schmerzhaft zieht, weil die Geilheit jetzt so groß ist, dass ich die Spannung kaum mehr aushalte.

Titus' Zungenspitze umkreist meinen Kitzler. Ich jaule auf.

»Dann fick sie endlich, meine Güte.«

Aber er lässt sich nicht hetzen. Wie in Zeitlupe spielt sein Daumen an meinem Möseneingang, dringt mal ein kleines Stück ein, zieht sich wieder zurück, während seine Zunge über meine Klit streicht, pinselweich. Und ich möchte, dass er sich mit den Lippen festsaugt, mich zum Explodieren bringt und dabei seinen Daumen in meine Möse rammt.

Endlich lässt er seinen Mittelfinger tief in mich gleiten und presst dann seine ganze Hand gegen meinen Möseneingang. Auch seine Zunge wird nun drängender und rutscht mit mehr Druck über meinen Kitzler.

Ich wimmere nur noch.

Er hat Erbarmen und beginnt, mich fest und regelmäßig mit dem Mittelfinger zu ficken. Ich atme so tief, dass ich ein buntes Flimmern vor den Augen habe, und ziehe die Knie noch näher in Richtung Kinn, damit sich meine Beine ein Stückchen weiter spreizen. Er vergräbt seinen Kopf in meiner Spalte, saugt an der Klit und fickt mich, fickt mich, fickt mich, irgendwann weiß ich nicht mehr genau, was er tut, sein Mund ist mal über meinen Kitzler gestülpt, mal flippert seine Zunge in der Ritze herum, mal schlürft er meinen Mösensaft, während sein Finger Punkte findet, die mich noch nasser und geiler machen, sodass ich anfange, in hohen Tönen zu schreien, lang gezogen und tierhaft. Ich bäume mich auf, drücke das Kreuz durch und dränge ihm meine heiße Fotze – jetzt denke ich es selbst, und gleich noch einmal: Fotze – entgegen. Als es mir kommt, teilt sich mein Körper mittendurch, und die Lust bricht aus mir heraus.

Titus aber hört nicht sofort auf, er macht noch ein bisschen weiter, fickt mich mit dem Finger und betrillert gleichzeitig sanft meinen Kitzler, der jetzt nach dem Höhepunkt noch viel empfindlicher ist, sodass mich jeder Zungenschlag wie ein Stromstoß trifft.

Dann lässt er von mir ab und dreht mich um, sodass ich bäuchlings auf dem breiten Sofakissen liege, die Beine gespreizt, kühles schwarzes Leder drückt sich gegen mein Gesicht. Ich höre eine Kondompackung knistern, dann schiebt er sich zwischen meine Beine, und als sein Schwanz in meine Möse gleitet, jaule ich wieder auf. Ich bin so überquellend nass, dass er ohne jeden Widerstand hineingleitet bis zur Schwanzwurzel. Er stöhnt, zieht sich etwas zurück und beginnt, mich zu stoßen. Sein Schwanz kommt mir größer und härter vor, als ich es bisher erlebt habe. Durch den Orgasmus, den ich gerade hatte, ziehen sich meine Mösenmuskeln immer wieder zusammen, und das macht seine Stöße noch intensiver. Jedes Mal wenn er in mich eindringt, rutsche ich über das längst nasse Leder unter mir und fiepe kurz. Seine Hände kneten meine Hinterbacken. Dann kommt ein neues Gefühl dazu: ein Finger in meiner Poritze, ein Druck gegen die Rosette. Ich fühle wieder dieses Ziehen, und es verstärkt sich, als er mir den Daumen in den Hintern schiebt. Er fickt mich jetzt abwechselnd mit Schwanz und Daumen in Möse und Hintern, und ich liege da, maunze und grunze und habe ein Schwindelgefühl im Kopf, das mich wegträgt, ich bin kaum noch bei mir. Als Titus' Schreie lauter werden, was ich nur durch einen dicken, wabernden Nebel mitkriege, schiebt sich seine Hand zwischen das Sofakissen und meine Möse, sodass ich bei jedem Stoß mit dem völlig überreizten, glühenden Kitzler über seine Finger rutsche. Ich öffne den Mund, aber es kommt nur ein heiseres Krächzen heraus, und mein zweiter Orgasmus fühlt sich mehr wie eine Ohnmacht an. Ein letzter Stoß, dann verharren wir beide, als wären wir ein Film, und es hätte jemand die Pausentaste gedrückt.

Wir bewegen uns nicht, wir atmen nicht, wir sind ganz weit weg, verschmolzen treiben wir allein durchs All. Ich war noch nie so weit draußen, so weit weg aus meinem Bewusstsein und gleichzeitig noch nie so sehr bei mir, als wäre das Universum mit allen Galaxien und all der Dunkelheit in diesem Punkt zwischen meinen Beinen zusammengeschnurrt.

Irgendwann löst sich Titus von mir, hebt meine Beine aufs Sofa und kriecht neben mich. Er hält mich so fest, dass ich kaum Luft bekomme. Schwitzend liegen wir da, mit schlaffen Gliedern und einem Zucken im Inneren, das ab und zu durch uns hindurchläuft. Ich werde nie wieder aufwachen und mich nie wieder bewegen können. Unser Schnaufen synchronisiert sich, als ginge der Atem erst durch meinen Brustkorb und dann durch seinen. Der kurze Schlaf ist tief, es ist, als sähe ich uns zusammengekrümmt und ineinander verwachsen auf dem Sofa liegen, als schwebte ich über unseren Körpern und verglühte. Dann ist es nur noch schwarz.

Titus' Handy piepst. Ich rolle mit den Augen und weiß im ersten Moment nicht, wo ich bin und was passiert ist. Aber er hat das Ding schon in der Hand. Er flüstert zu mir »Sergej«, legt den Zeigefinger über seine Lippen und geht ran.

Nach einer Weile nickt er, als könnte Sergej ihn sehen.

»Okay, ich sammle Tonio, Constanze und Louisa ein, die sind wahrscheinlich im Wellnessbereich, und dann kommen wir hoch.«

Mich wundert, wie normal seine Stimme klingt, ein bisschen heiser vielleicht, aber wach und gar nicht so, als hätte sich gerade die Milchstraße in seinem Kopf aufgelöst. Nachdem er aufgelegt hat, klopft er mir auf den nackten Hintern. Ich fühle mich wie ein Hund, der getätschelt wird.

»Schon halb vier. Und wir werden leider aus dem Paradies vertrieben.«

Ich würde protestieren, wenn ich eine winzige Chance sähe, diesen Nachmittag zu zweit noch auszudehnen, aber Titus hat bereits wieder Hose und Schuhe an und knöpft sich das Hemd zu. Wie macht er das? Übt er für einen Auftritt im Zirkus, für eine umgekehrte Entfesselungsnummer? *Meine Damen und Herren, der Große Titonius, der schneller in seine Klamotten springt, als Sie »postkoital« sagen können.*

Während er sich durch die Haare fährt und bereits wieder das Handy am Ohr hat, beschleicht mich das Gefühl, dass ihm dieses abrupte Ende gar nicht so ungelegen kommt, und ich fühle mich nackt und verletzlich und muss mir Mühe geben, nicht zu weinen. Er hat weiterhin zwei Gesichter, und wenn er mich durch die Gegend scheucht, kann ich wenigstens keine bohrenden Fragen stellen.

Ich werde nicht weinen! Ich blinzle so lange, bis ich das Brennen am unteren Lidrand unter Kontrolle habe. Dass er es genossen hat, mit mir zu vögeln, ist keine Frage, aber Intimität gehört definitiv nicht zu seiner Kernkompetenz. Ich frage mich, ob das an der besonderen Situation liegt, an den Geheimnissen, die er mir nicht verraten darf, oder ob er einfach so ist: nackt im Bett eine Offenbarung, angezogen ein distanzierter Klotz?

Verstimmt stehe ich auf und fühle ein Piksen im Brustkorb. Bis gerade war ich offen und leicht, und jetzt ist mein Herz eine schwergängige Maschine mit

Sand im Getriebe. Titus bemerkt meinen Stimmungsumschwung, wenigstens das. Er nimmt mein Gesicht zwischen seine Hände.

»Ich würde auch gern noch bleiben, bis der Berg bröckelt, aber es geht nicht. Durch diese Schlangensache haben wir fast den ganzen Tag verloren, gleich kommt die neue Serie, und abends gibt es Videocalls mit ausländischen Investoren, dafür müssen wir die Galerie ausleuchten und die Technik einrichten, das wird jetzt alles sehr eng.«

Ich mache mich los, er soll nicht glauben, dass er mich mit ein paar freundlichen Worten um den Finger wickeln kann. Wobei ich durchaus gehört habe, was er gesagt hat: »Bis der Berg bröckelt.« Bin ich also doch nicht bloß eine verbotene Vögelei für ihn, die gerade deshalb, aber leider auch nur deshalb, aufregend ist? Ich sage nichts mehr, bin zu aufgewühlt, um mit ihm zu diskutieren.

Wir fahren nach unten und treffen gerade Tonio und Constanze, als ich eine SMS bekomme. Von Sven. Der hat mir gerade noch gefehlt. Der eine Mann entzieht sich mir ständig, der andere ist 'ne Klette.

Ich zeige Titus die Nachricht und zucke mit den Schultern. »Mein Ex wird keine Ruhe geben, bis er mit mir gesprochen hat.«

Das ist nicht gelogen, aber ein Teil von mir möchte auch, dass Titus mitbekommt, wie sehr ein anderer an mir hängt. Titus überlegt. Bestimmt macht er sich nur wegen der Logistik Sorgen und nicht wegen möglicher Konkurrenten.

»Ich sage Sergej, dass wir beide die neuen Arbeiten von La Nebbia an der Poststation abholen, damit wir oben sofort loslegen können. Tonio und Constanze sollen zum Korblift laufen, und wir fahren auf dem Weg zur Post bei deinem Sven vorbei.«

Es ärgert mich, wie er »deinem Sven« sagt.

Als wir die beiden anderen treffen, warte ich darauf, dass Titus ihnen einschärft, wir vier seien offiziell die ganze Zeit zusammen gewesen, aber Constanze, die verwuschelt und irgendwie glühend aussieht und offenbar Spaß hatte, zwinkert Titus nur zu. Die beiden verstehen sich wohl ohne Worte, und ich frage mich, ob sie längst Bescheid weiß über uns.

KAPITEL 25

Die Adresse, zu der Sven mich bestellt hat, ist ein einfaches altes Haus im traditionellen Südtiroler Stil mit Geranien auf den Holzbalkonen und einer naiven Wandmalerei an einer Seite: Der heilige Georg kämpft in glänzender Rüstung mit dem Feuer speienden Drachen. Biggi öffnet und winkt uns herein. Sie trägt diesmal rote Lackstiefelchen und einen breiten Haarreifen, fast ein Käppchen, aus dem gleichen Material. Ein Korb mit Wein und Kuchen dazu, fertig wäre das sexy Rotkäppchen. Und der Wolf ist auch schon da, na ja, der Hütehund. Sven sitzt im Jogginganzug auf der Couch, sieht entspannt aus und fräst sich durch eine üppige Käseplatte. Ich kann mich gar nicht richtig darüber wundern, wie gemütlich er es sich schon bei Biggi gemacht hat, weil mich die vielen Bilder ablenken, die überall an den Wänden hängen. Meistens sind es Blumenmotive, auch Tiere und Obst sehe ich.

»Mein Museum. Die bunte Biggi-Vernissage«, lacht sie und zeigt stolz um sich. Ich weiß gar nicht, was ich sagen soll. Das alles hier ist gar nicht so schlecht gemalt, aber völlig belanglos. Stiefmütterchen, die ihr besonders gut zu liegen scheinen, kommen immer wieder vor. Manchmal hat sie kurze Worte wie *Joy* oder *Hope* zwischen die Blumen gemalt. Ich bin kurz davor, freundlich zu stammeln, wie schön bunt und fröhlich ihr Zuhause sei, da entdecke ich auf einem breitformatigen Stillleben oben rechts direkt unter der Decke einen Schlangenkopf, der sich züngelnd einer Obstschale nähert.

»Eine Schlange«, sage ich tonlos, »was für ein Zufall. Wir hatten heute eine große Evakuierung im Chalet, Schlangenalarm.«

Biggis triumphierendes Grinsen verrät sie sofort.

Sie ist es also gewesen.

Gleichzeitig wird mir klar, wie absurd es war, Gemma zu verdächtigen. Nach allem, was Marei mir über diese Frau erzählt hat, würde sie es geschickter anstellen, wenn sie jemanden in den Wahnsinn treiben will. Oder sie würde eine echte Schlange vom Amazonas einfliegen lassen.

»Jaaa«, sagt Biggi gedehnt und hörbar stolz, »mein Cousin in Brixen präpariert so was.«

Ich drehe mich zu Titus um und sage leise zu ihm: »Du wartest im Wagen.«

Er sieht mich ungläubig an, wohl weniger deshalb, weil er nicht zuhören soll, sondern, weil ich in diesem kühlen Befehlston mit ihm spreche. Aber er fügt sich und tippt nur kurz auf seine teure Armbanduhr.

Ich ziehe Biggi in die Küche. Auch hier hängen überall Blumenbilder.

»Was zum Henker hast du dir bei dieser Aktion gedacht?«, zische ich und schiebe sie auf einen Küchenstuhl. »Sergej ist fast ausgerastet. Das ist ganz schön fies, du wusstest doch offensichtlich, dass er eine Schlangenphobie hat.«

Biggi lächelt.

»Klar. Er hat sich mal fast nicht mehr eingekriegt, als er meine Serie mit Schlangenbildern gesehen hat. Sehr naturalistisch, fast wie Fotos. Ich kann das, gell. Total lebensecht zu malen, das ist Kunst. Und ich kann das.«

Jetzt klingt ihre Stimme trotzig. Ich schaue sie begriffsstutzig an, bis sie weiterredet.

»Es sind gute Bilder. Das ist Kunst für alle, gell. Das versteht man. Drüben die Primeln, die kann man fast pflücken. Das ist fröhlich und macht Laune, das gefällt den Leuten, da braucht man keine seitenlangen Erklärungen. Das ist einfach schön, so sollte Kunst sein, einfach schön.«

Bevor ich mich dazu äußere, lasse ich sie lieber erzählen, sonst werde ich noch unhöflich.

»Was ist mit Sergej? Woher kennt er deine Bilder?«

»Ich wollte eine Ausstellung bei ihm haben, in der Galerie. Und anfangs hat er mir Hoffnung gemacht.«

Skeptisch ziehe ich eine Augenbraue hoch. Ich glaube nie und nimmer, dass Biggis Gute-Laune-Blümchen ins Konzept des Chalets passen.

»Dann hat er mich sexuell ausgenutzt.«

Ich starre sie an.

»Er hat dich zu etwas gezwungen?«

Biggi schüttelt den Kopf.

»Nein, aber er hat mich dazu gekriegt. Er hat angedeutet, er würde meine Bilder zeigen, gell, und dann hatten wir Sex. Und danach war er nie wieder zu sprechen.«

»Weiß Nikola davon?«

Biggi lacht bitter.

»Was glaubst du denn! Sie war dabei.«

Jetzt fehlen mir die Worte. Ich ziehe mir den zweiten Stuhl heran und nicke Biggi zu, damit sie weiterspricht.

Kurz nach Eröffnung der Galerie, als Nikola und Sergej erst zwei oder drei Ausstellungen gezeigt hatten und damit bei einigen Leuten im Ort ziemlich angeeckt waren, brachte Biggi ihre Mappe rauf zum Chalet.

»Wir saßen in dem kleinen Büro, Nikola hinterm Schreibtisch, Sergej und ich auf dem Sofa. Die beiden blätterten meine Mappe durch. Bei den Blumenbildern lächelten sie irgendwie gemein und sagten ›drollig‹ oder ›Da schau her‹ und so was. Dann kamen die Schlangenbilder, gell, und Sergej hatte fast einen Herzinfarkt. Nikola klappte die Mappe zu und gab sie mir zurück. ›Nicht unser Stil, sorry‹, sagte sie. Und Sergej, der sich mühsam wieder einkriegte, sagte: ›Aber hübsche Blumen. Vielleicht machen wir mal ein Botanical-Special. Und fabriziert von so einem hübschen Mädchen.‹ Und sie hat genickt.«

Biggi erzählt weiter, dass er und Nikola sich einen langen Blick zuwarfen. Nikola legte die Füße auf den Schreibtisch, lehnte sich wippend im Chefsessel zurück und wartete ab. Biggi wartete auch, hatte keine Ahnung, ob sie jetzt gehen sollte. Dann sagte Sergej: »Wir haben hier einen sehr talentierten Künstler im Haus, Jari, meinen Bruder. Du bist so eine Süße, du könntest ihm Modell stehen und nebenher was von ihm lernen. Sexyness, zum Beispiel.«

»Muschi-Mojo«, sagte Nikola, und beide lachten.

»Ich weiß nicht, was in mir vorgegangen ist, gell, aber ich sagte, ich muss doch keine Sexyness lernen und dass ich mich über eine Botanik-Ausstellung freuen würde, und dann knöpfte ich mir die Bluse auf. Sergej pfiff durch die Schneidezähne. Nikola wippte immer noch auf dem Sessel und machte keinerlei Anstalten, mich zu unterbrechen oder rauszugehen. Und dann hab ich mich auf Sergejs Schoß gesetzt.«

»Ganz doofe Aktion«, unterbreche ich sie. »Was hast du denn geglaubt, was passiert? Dass das eine Besetzungscouch ist?«

Biggi zuckt mit den Schultern und macht ihren Schmollmund.

»Ich dachte halt, das hat bei anderen doch auch geklappt. Es steht so viel Schrott in Galerien und Museen rum, gell, da kannst du mir nicht erzählen, dass es bei der Auswahl immer mit rechten Dingen zugeht. Man muss Chancen ergreifen.«

Ich seufze.

»Eine Chance schon, einen Schwanz nicht, echt, Biggi, du hast ein verkorksteres Frauenbild als so manches Chauvischwein. Wenn die irren Incel-Psychos jemals eine Galionsfigur suchen: Bitte bewirb dich nicht.«

Biggi kaut auf ihrer Unterlippe herum und nestelt an ihrem Pferdeschwanz.

»Ich wollte halt unbedingt in der Galerie ausstellen.«

»Und hattest du dann richtig Sex mit Sergej?«

Biggi protestiert.

»So was würde ich nie tun! Er durfte meine Brüste anfassen, und ich hab ihm einen Handjob verpasst. Nikola saß die ganze Zeit daneben und hat ab und zu Kommentare gemacht. ›Nimm die Hand enger, Blümchen.‹ Oder: ›Wipp mal ein bisschen, damit sich deine Titten bewegen.‹ Aber das hab ich nicht befolgt. Ich hab ihm einen runtergeholt, das war's. Und kaum war er fertig, gell, hat er mich weggeschoben, ist aufgestanden und hat mich rausgeschickt: ›Wir melden uns, wenn wir eine passende Ausstellung planen.‹ Aber da kam nie was hinterher.«

Ich sehe sie an, ohne zu blinzeln, weiß gar nicht, was ich sagen soll.

»Okay, verstehe, du bist sauer, zu Recht, aber wieso machst du diese Schlangensache ausgerechnet jetzt?«

»Weil er und seine zauberhafte Gattin mir jetzt auch noch ein Praktikum beim *Bestiarium* verdorben haben. Sie wollen mich einfach nicht vorschlagen, und ich brauche doch einen fachlichen Bürgen dafür.«

Natürlich wäre Biggi mit ihrer Sicht auf Kunst völlig fehl am Platz beim *Bestiarium*, einer der großen Zeitschriften über Kunsttheorie und zeitgenössische Konzeptkunst, die Redaktionen in Innsbruck, Berlin und Zürich hat.

»Das sind böse Menschen, Louisa. Sie verbreiten nur Hass in dieser Welt.«

Ich überlege. Als ich nicht weiterkomme und die Zeit drängt, frage ich mich, was Titus jetzt tun würde. Er würde es pragmatisch angehen, er würde eine schnell umzusetzende Lösung suchen. Er würde das Problem wegorganisieren. Ich versuche es einfach mal.

»Biggi. Du magst doch Sven?«

Sie nickt verwirrt.

»Magst du ihn richtig?«

Sie zuckt mit den Schultern.

»Weiß ich nicht. Ist ja dein Ex, gell.«

»Eben, auf mich brauchst du keine Rücksicht zu nehmen, Sven ist für mich so was von Ex.«

Ich nehme sie an den Schultern.

»Ich werde niemandem verraten, dass du die Schlangenhaut reingeschmuggelt hast – übrigens war das nebenbei auch Hausfriedensbruch, denn geklingelt hast du ja wohl kaum.«

Ich lege meine Hand auf ihren Arm.

»Und ich rede mit Sergej und Nikola, ob sich bei dem Praktikum noch was machen lässt. Das kriege ich bestimmt hin. Aber dafür tust du mir einen Gefallen.«

Sie sieht mich erwartungsvoll an.

»Du zeigst Sven die Gegend und gibst euch beiden eine Chance. Im Grunde will er gar nichts mehr von mir, er ist nur in seiner Ehre gekränkt, weil ich gegangen bin. Tief in seinem Inneren weiß er, dass wir nicht zusammenpassen. Aber du, du könntest sein Typ sein. Ich sehe es, wenn ihm eine gefällt, und du gefällst ihm sehr.«

Sie wird ein bisschen rot.

»Ich finde ihn schon ziemlich gut«, sagt sie schließlich.

Ich nicke und stehe auf.

»Na prima, dann bekommen wir ja alle, was wir wollen. Ich kann in Ruhe weiterarbeiten, du kriegst das Praktikum und im besten Fall auch noch einen Mann. Meinen Segen habt ihr.«

Draußen hupt Titus. Ich weiß, es dauert alles viel zu lange. Wir reichen uns feierlich die Hand, dann will ich an dem Käse kauenden Sven vorbei nach draußen stürmen, aber drehe mich in der Tür doch noch mal um.

»Sven, es ist ab-so-lut aus. Wir haben beide Besseres verdient. Wir passen nicht zusammen, aber wir haben beide das Recht, wenigstens zu versuchen, glücklich zu sein und jemanden zu finden. Ich wünsche dir wirklich das Beste für dein Leben. Ich bin kein Teil mehr davon. Mach's gut.«

Ohne eine Antwort abzuwarten, lasse ich die Haustür hinter mir zufallen und steige zu Titus ins Auto.

Wir fahren zur Poststation, holen die Klimakiste mit den neuen Arbeiten von La Nebbia ab und schleppen sie ins Auto. Auf dem Weg den Berg hoch schweigen wir.

»Hast du alles geklärt?«, fragt Titus schließlich, als das Chalet in Sicht kommt. Mich wundert, wie unsicher er klingt, vielleicht hat es ihm doch etwas ausgemacht, dass mein Ex-Freund aufgekreuzt ist, aber ich habe keine Lust auf Spielchen.

»Alles okay«, sage ich. »Biggi wars, sie hat die Schlangenhaut reingeschmuggelt, aus Rache. Ich habe ihr versprochen, dass ich das niemandem verrate, und jetzt muss ich ihr einen Bürgen organisieren für ein Praktikum, ausgerechnet beim *Bestiarium*, in Innsbruck oder Berlin. Ich habe ihr versprochen, Sergej zu fragen, aber das geht nicht.«

Titus nickt und lenkt den Wagen hinter die Galerie.

»Gut, dann rufe ich Gemma an«, meint er.

»Sie kann auch angereichertes Uran besorgen, oder?«

Titus grinst.

»Nur mittwochs.«

Wir müssten eigentlich gleich die Kiste ausladen, aber wir bleiben noch im Auto sitzen. Wir wissen beide, dass unsere Zeit zu zweit jetzt erst einmal wieder vorbei ist, aber solange wir nicht aussteigen aus diesem dicken SUV mit seinen getönten Scheiben, sind wir noch ganz für uns.

»Das war ein wunderschöner Nachmittag«, sagt er und schaut mir dabei tief in die Augen. Diese Gletscherpupillen. Seine Huskyaugen. Ich könnte stundenlang hineinsehen.

»Ich wünschte, wir hätten uns unter anderen Umständen getroffen, aber hier ist es nun mal so«, er schluckt, »dass es nicht geht. Bring dich nicht in Gefahr. Lass dir nichts anmerken, bitte, es ist wirklich zu riskant, falls jemand etwas von uns mitkriegt. Nicht nur für uns, auch für Constanze.«

Wieso spricht er jetzt von Constanze? Gerade hatte ich das Gefühl, ich hab die Spielregeln verstanden, da kommt er mit etwas Neuem.

»Keine Sorge«, sage ich munterer, als mir zumute ist, »ich werde nicht durchs Haus rennen und ›Ficken‹ brüllen.«

»Das war nicht bloß ficken«, sagt er plötzlich mit Nachdruck.

Überrascht sehe ich ihn an.

»Du hast mich auf links gekrempelt, Louisa, merkst du das nicht? Ich kriege kaum Luft in deiner Nähe, und gleichzeitig kann ich nur atmen, wenn du da bist. Ich habe abwechselnd das Gefühl, mein Herz setzt aus, und dann rast es wieder. Ich möchte dich die ganze Zeit sehen und anfassen.«

Er streicht über meinen Hals und beugt sich zu mir. »Und riechen.«

Er haucht mir einen Kuss hinters Ohr.

»Und schmecken.«

Er leckt mir übers Ohrläppchen, fasst mir in den Nacken und zieht mich an sich. Wir küssen uns.

Wir küssen uns! Mit Titus ist das nicht einfach küssen, es ist ein Verschlingen, ein Eintauchen, ein gegenseitiges Ineinander-Auflösen. Ich fühle mich, als hätte ich Tentakel, meine Finger, meine Zunge, ich möchte ihn überall berühren, mit ihm spielen, in ihn eindringen und mit ihm verschmelzen.

Ich fahre mit den Händen über seine Brust – da ertaste ich etwas Hartes unter seinem Jackett. Er will sich wegdrehen und aussteigen, aber ich lasse ihn nicht und fühle den Griff einer Pistole. Obwohl ich wusste, dass er eine hat, bin ich schockiert, dass er sie mit sich herumträgt. Ich habe noch nie eine Waffe berührt und kenne niemanden, der eine besitzt.

»Warum hast du die?«, flüstere ich, während mir heiß und kalt wird, weil ich jetzt befürchte, er könnte in eine Sache verwickelt sein, mit der ich nicht fertigwerde. Was weiß ich schon von ihm. Wenn Sergej so gefährlich ist, vielleicht ist es Titus auch? Die Gedanken kreisen in meinem Kopf, mein Mund ist trocken, ich versuche, all die Bilder aus Krimis und Thrillern zu verscheuchen, die mir sofort in den Sinn kommen. Es ist plötzlich stickig im Auto, das Atmen fällt mir schwer, mein Brustkorb hebt und senkt sich schnell und flach. Titus hält meine Hände fest, ich sehe, wie es in ihm arbeitet und dass ihm meine aufsteigende Panik nicht entgangen ist. Das wiederum versetzt ihn in Alarmbereitschaft. Er kann nicht wissen, ob ich jetzt besonnen bleibe und mich an unsere Absprache halte. Er schweigt. Sein Schweigen dauert so lange, ich habe das Gefühl, die Berge falten sich einmal auf und bröckeln wieder zusammen. Dann gibt er sich offenbar einen Ruck.

»Ich habe eine Waffe, weil ich Polizist bin. Hier läuft eine verdeckte Ermittlung.«

Soll ich erleichtert sein oder entsetzt? Er ist keiner von den Bösen, kein Auftragskiller oder Mitarbeiter der russischen Mafia, das muss man doch als gute Nachricht werten. Auf der anderen Seite wird mir nun endgültig klar, dass das hier kein Spiel ist. Er trägt keine Schreckschusspistole, kein Toy für harte Rollenspiele, keine private Sportwaffe. Die Sache hier hat andere Dimensionen. Nur wegen Steuerhinterziehung oder Vergleichbarem wird kein bewaffneter Ermittler eingeschleust.

»Was denkt Sergej, wer du bist?«

»Jemand, der für ihn Probleme löst. Notfalls mit drastischen Mitteln.«

Ich will mir lieber nicht vorstellen, welche Mittel gemeint sind.

»Dann war es kein Gerede, dass er dich umbringen könnte?«

Titus lacht bitter auf.

»Ganz bestimmt nicht. Mich, dich, Constanze. Bei Gemma bin ich mir nicht sicher, sie hat wahrscheinlich noch mehr Kontakte als er, und vielleicht ist sie sowieso unsterblich, aber versuchen würde er es.«

Ich nicke langsam.

»Bringen wir die Bilder in die Galerie«, sage ich so gefasst wie möglich. »Nicht dass Sergej sich noch fragt, wo wir bleiben.«

KAPITEL 26

Ich merke sofort, dass etwas nicht stimmt, als wir die Galerie wieder betreten, nachdem wir uns bei Tonio in der Küche einen Snack abgeholt haben.

Eine halbe Stunde zuvor war noch alles in Ordnung gewesen. Wir brachten die Klimakiste mit den neuen Arbeiten von La Nebbia auf einem Rollwagen herein, ohne sie zu öffnen, Sergej befestigte die Stellwände mit einem Akkuschrauber und richtete eine Kamera auf einem Stativ für den Videocall ein, Nikola sah die Gästeliste durch, und wir folgten dem köstlichen Duft, der aus dem unterirdischen Gang zur Küche wehte: Tonios berühmte Wildpastete. Wir bekamen ein Probestück, während Tonio in einem großen Topf rührte, Kräuter hackte und dabei leise »Römm-pömm-pömm-pömm« vor sich hin sang.

Constanze trug ein kleines schwarzes Kleid und darüber eine weiße Schürze und sah aus wie eine Stubenmaid, halb *Downton Abbey*, halb japanischer Schulmädchenporno. Sie tänzelte um Tonio herum, der versuchte, sich auf seine Consommé zu konzentrieren, und als sie schließlich in einer der Schubladen eine Polaroidkamera entdeckte, ging es mit ihr durch. Erst machte sie nur einen Schnappschuss mit Entenschnute, dann nestelte sie an der Knopfleiste ihres Kleides, zog ihren BH hoch und fotografierte ihre Brüste. Und als Tonio lächelnd und abgelenkt immer noch Kräuter hackte, beugte sie sich kurzerhand vor und zog den Slip aus. Titus und ich saßen auf der Personalbank, aßen Tonios Pastetenhappen und wechselten einen langen Blick. Constanze beachtete uns gar nicht, stellte einen Fuß auf einen Küchenstuhl, hielt die Kamera zwischen ihre Beine und schoss ein Muschi-Selfie. Alle Bilder schob sie Tonio, der rot angelaufen war, in die Tasche seiner Kochjacke. Dann machte sie sich kichernd an seinem Hosenschlitz zu schaffen, um das passende Gegenfoto von seinem Schwanz zu schießen, aber da reichte es Tonio. Er griff sich die strampelnde und lachende Constanze und trug sie in den Weinkeller. Dort wollte er sie, wie er uns im Vorbeigehen noch erklärt hatte, »übers Knie legen und für Zucht und Ordnung unter den Bediensteten sorgen«. Ich zog die Augenbraue hoch und sah Titus lüstern an.

»Ich weiß gerade nicht, ob ich kollegial in dem Topf rühren soll, bis Tonio wieder am Herd steht, oder ob ich die Zeit besser nutze, um dich mal für all deine Unarten zu bestrafen«, flüsterte ich.

Titus gab sich Mühe, nicht zu grinsen, rückte aber sicherheitshalber ein Stück von mir ab.

»Auf jeden Fall die Suppe. Züchtigen kann mich die strenge Herrin zu einem passenderen Zeitpunkt«, raunte er so leise, dass ich es kaum verstand. Dabei verzog er keine Miene und tippte weiter auf seinem Handy herum. Niemand, der plötzlich hereingeplatzt wäre, hätte unser Zusammensitzen verfänglich gefunden.

Nachdem Constanze schließlich zurückgekommen war und Tonio mich am Herd abgelöst hatte, gingen Titus und ich wieder zurück in den Ausstellungsraum, wo inzwischen die drei neuen Gemälde hingen und Titus sich um die Ausrichtung der Spots kümmern soll.

Aber irgendetwas ist anders. Die konzentrierte, aber entspannte Stimmung, die zuvor geherrscht hat, ist während unserer Abwesenheit total umgeschlagen.

Sergej stampft nervös durch die Galerie, er hat Schweißperlen auf der Stirn und murmelt hektisch in sein Headset, ich kann die Worte nicht verstehen, aber er spuckt sie förmlich aus. Nikola schwirrt um ihn herum und unterbricht ihn ständig mit Zwischenfragen, was ihn nur noch gereizter werden lässt. Er kommt mir vor wie ein Dampfkessel kurz vor dem Explodieren. Sein Hals wirkt angeschwollen, und seine Bewegungen, mit denen er die Leiter zurück in die Abstellkammer bringt oder einen Hocker zur Seite schiebt, sind grob und aggressiv. Mir ist sofort klar, dass man jetzt besser nicht seine Aufmerksamkeit erregt.

Versteht Titus, was hier vorgeht? Ich fange einen Blick zwischen ihm und Constanze auf: Keiner von beiden runzelt die Stirn oder zwinkert, es ist nur ein flüchtiger Blick, der eine Sekunde zu lang dauert, ihre Gesichter bleiben unbewegt und konzentriert, also wissen sie wieder mal mehr als ich. Inzwischen kenne ich Titus gut genug, um zu erfassen, dass er beunruhigt ist, obwohl er keine Miene verzieht.

Nikola hört auf, kleine Kreise um Sergej zu ziehen, und tritt vor die neuen Gemälde, schüttelt den Kopf und verschwindet im Büro. Um die Bilder geht es also.

Ich gehe zu den Stellwänden und sehe mir an, was Titus und ich mitgebracht haben. Das erste Bild zeigt einen weißen Berg, auf den Schnee herabrieselt. Oben rechts in der Ecke befindet sich eine organische Form, geschwungen, beige außen, rot glänzend innen. Eine Nase. Blutig offenbar. Ich entdecke einen einzelnen roten Tropfen im Schnee und weiße Puderspuren an der zerstörten Nasenscheidewand. Eine Koksnase. Auf dem zweiten Bild erkenne ich wieder den Strick, der in früheren Arbeiten schon vorkam. Dazu fast fotorealistisch eine abgeschnürte Gurgel, der Kopf ist zurückgelegt, der Hals mit dunklen, violett schimmernden Flecken übersät. Auf dem dritten ist eine Stadtsilhouette mit russischen Zwiebeltürmen zu sehen und die Ecke eines Koffers, aus dem wiederum weißes Pulver rieselt.

Sergej und Nikola schließen die Tür des Büros hinter sich, ihre erregten Stimmen höre ich bis in die

Galerie. Titus bringt den Akkuschrauber in die Abstellkammer neben dem Büro. Ich folge ihm.

»Was ist hier los?«

Ich flüstere, obwohl wir allein sind und man uns im Büro keinesfalls hören kann. Titus schüttelt den Kopf und sieht zu einer schmalen Tür, die sich neben den Stellwänden mit Elektrozeug und Putzsachen befindet. Er drückt vorsichtig die Klinke herunter, aber die Tür ist verschlossen.

»Was liegt dahinter?«, frage ich.

Keine Antwort.

»Kann man von da hören, was im Büro passiert?«

Endlich nickt er.

Ich greife in meine Hosentasche und hole den Generalschlüssel heraus, den ich hier in dieser Abstellkammer geklaut habe.

»Wieso hast du den?«

Titus klingt irritiert.

»Weil neulich nachts jemand in meinem Zimmer war und mir die Botschaft hinterlassen hat, dass ich abreisen soll, und ich rumspionieren wollte.«

Titus stöhnt und flüstert: »Das mit dem Zettel war Gemma. Wir wollten dich unbedingt dazu bringen abzureisen. Sie hat meinen Generalschlüssel genommen, aber der passt nur im Haus. Dieser hier ist auch für die Galerieräume. Ich hab den schon gesucht.«

Er schließt vorsichtig auf und macht eine Geste, dass ich leise sein soll. Ich rolle mit den Augen. Was denkt er denn? Dass ich jetzt röhre wie ein brünftiger Hirsch?

Wir stehen in einem winzigen, stickigen Heizungsraum. Einen Moment lang habe ich ein Déjà-vu, immerhin hat in einer engen Kammer ja alles angefangen mit Titus und mir, ich werde ein bisschen nostalgisch, denke an unser Geschubber in der Foliantenkammer zurück: Titus wurde unter meinen Händen erst hart und dann wachsweich. Allerdings ist es hier unromantischer als zwischen den Karten und Bildbänden. Eine nach Eisen riechende Heizungsanlage füllt den Raum aus. Titus zeigt nach oben: Ein Lüftungsschacht mit Fliegengitter, so groß wie ein halbes Fenster, geht direkt ins Büro. Wir stellen uns darunter und versuchen zu hören, was Sergej und Nikola besprechen.

»Wir sollten diesen Verkauf noch mitnehmen«, sagt Nikola gerade. »Das sind Hunderttausende, die wird der Zar nicht einfach sausen lassen.«

Ein Rums. Offenbar hat Sergej auf die Tischplatte geschlagen.

»Hast du dir die Bilder überhaupt mal richtig angesehen? Da verarscht uns jemand. Der weiß genau, was hier abgeht.«

»Kann sein. Aber die Verkäufe sind echt, das Geld ist echt. Wie willst du dem Zaren erklären, dass wir abbrechen, bevor du alles abgeschlossen hast?«

Sergej stöhnt, es ist eher das Jaulen eines Hundes, dem man auf den Schwanz tritt.

»Wie viele Koffer stehen denn noch oben? Und was ist mit Jaris ›Kunst‹?«

Das Wort spuckt Sergej so spöttisch aus, dass sich mein Magen zusammenzieht. Eine kurze Pause. Papierrascheln. Und Klicken auf einer Computertastatur.

»Sechs Koffer. Die können wir drei Kurieren mitgeben. Und Jaris Bilder sind auf dem Weg, die gehen heute Nacht und morgen früh über die letzte Grenze. Im Atelier stehen noch ein halbes Dutzend Leinwände, die schafft er nicht mehr.«

Sergej knurrt wieder.

»Weil er seinen kitschigen Schrott nicht schneller runterschmiert. Das wird dem Zaren auch nicht gefallen, dass wir Material einfach verbrennen. Gar nicht gefallen.«

Eine Weile ist es still. Dann hören wir die Ledercouch knirschen und Nikolas Stimme, die tiefer und säuselnder klingt.

»Du bist ja völlig verspannt. Lass mich das mal machen. Schließ die Augen. Meine Hand ist ein bisschen kalt, aber das gibt sich gleich. Lehn dich zurück, so ist es gut.«

Sergej brummt noch einmal abwehrend, dann wird daraus ein zufriedenes Schnorcheln. Offenbar hat Nikola einen Weg gefunden, ihn zu beruhigen. Ich muss an Biggi denken und frage mich, von wie vielen Frauen Sergej sich auf diesem Sofa schon einen runterholen ließ und wie viele ihn anschließend oder schon vorher gehasst haben.

Nikola spricht jetzt kaum noch, sie gurrt mehr.

»Du hast so einen großen Schwanz, schau dir das an, und wie hart er ist. Soll ich ihn ein bisschen nass lecken, damit ich ihn besser wichsen kann?«

Schlürfende und schmatzende Geräusche.

»Willst du dabei meine Titten sehen? Ja, lutsch sie, stell dir vor, es wäre Milch drin, das fandst du doch immer so geil.«

Unverständliches Nuscheln.

»Gleich spritzt du, das macht mich an, wenn du kurz vor dem Kommen bist. Willst du ihn in meine heiße Spalte stecken? Einfach reinschieben und abspritzen, ich find das rattenscharf, ich bin schon so nass, ich liebe deinen Schwanz, komm in mir, na los.«

Ich nage auf meiner Unterlippe. Das dürfte jetzt selbst für jemanden in Sergejs Gemütszustand zu durchsichtig sein, er muss doch merken, dass sie auf eine Besamung aus ist. Aber er merkt es nicht. Nikola stöhnt auch einige Male übertrieben, stammelt: »Geil, geil, so geil.« Ein tiefes Atmen, eher ein Röcheln. Stille, bis das Ledersofa wieder knirscht. Dann klingt Sergejs Stimme beherrschter und etwas müde.

»Ich kümmere mich. Wir machen die Vernissage wie geplant diesen Freitag und eine Woche später eine Party, eine ganz besondere. Rasputin amüsiert sich, und wir beweisen ihm und dem Zaren, was wir auf die Beine stellen können. Dann übergeben wir ihm das Geschenk und verzichten auf die sonst übliche Provision. Das dürfte ihn besänftigen. Eine Woche sollte reichen für die Vorbereitungen. Überlass das mir und ruf die Gäste an.«

Schritte, die Tür des Büros wird geöffnet. Titus zerrt mich zurück in die Abstellkammer, schließt den Durchgang zum Heizungsraum und beginnt, mich auszuschimpfen, ich hätte zu viel Politur ins Putzwasser gekippt.

»Echt, Louisa, du wischst die Galerie doch nicht zum ersten Mal. Das ist keine Schlittschuhbahn. Willst du, dass die Besucher sich den Hals brechen?«

Er drückt mir den leeren Eimer in die Hand, und ich versuche, möglichst geknickt und schuldbewusst auszusehen. Nikola kommt herein. Ihr Gesicht ist leicht gerötet, sonst merkt man ihr den Sofaquickie nicht an.

»Jetzt mecker sie nicht an, meine Güte, sie ist nicht zum Putzen hier. Bitte hab etwas mehr Respekt vor meiner Trainerin, sie ist immerhin Kunsthistorikerin.«

»Studentin«, stammle ich und stelle den Eimer schnell in ein Regal, bevor sie bemerkt, dass er leer ist.

»Eine bescheidene Kunsthistorikerin sogar, auch das noch. Komm die Tage mal in mein Zimmer, Louisa, wir suchen dir was zum Anziehen raus, es gibt eine Party am nächsten Wochenende, eine ganz besondere. Nach der Aufregung mit der Schlangenhaut haben wir das alle verdient, nicht nur Sergej.«

Sie legt den Arm um mich und streichelt mir die Schulter.

»Beim letzten Fest hattest du so viel Spaß. Anders als gewisse andere Leute.« Sie wirft Titus einen strengen Blick zu. »Ich nehme an, du ziehst dich wieder raus, während wir feiern?«

Titus seufzt und zuckt mit den Schultern.

»Ach, was solls, ich bin dabei. Ihr amüsiert euch immer so, das muss ich ja auch mal probieren.«

Nikola klatscht ihn lachend ab.

»Wunderbar. Es wird ein großartiges Fest.«

Als ich neu im Haus war, hätte ich noch gedacht, es ginge um Drinks und Musik, inzwischen bin ich lang genug hier, um zu wissen: Nikola und Sergej veranstalten wieder eine ihrer Orgien. Und es soll offenbar die letzte sein. Mit besonderen Gästen. Und diesmal stecken Titus und ich gemeinsam mittendrin.

KAPITEL 27

Als es spätabends leise an meiner Tür klopft, bin ich sofort hellwach und hoffe, dass es Titus ist. Ich beschließe, das Risiko einzugehen, schlüpfe aus dem Nachthemd und öffne splitternackt die Tür. Titus lächelt zwar, als er mich mustert, wird dann aber schnell so ernst wie immer: »Zieh dir was an, gib mir ein bisschen Vorsprung und komm dann in die Küche, als hättest du plötzlich Durst oder Hunger, falls dich wer sieht. Wir haben einiges zu besprechen.«

Die Küche? Ein Jammer, denn in seinem Zimmer würden wir das Gespräch im Bett beenden. Ich werfe mir einen Morgenmantel über und tappe auf nackten Füßen durch die dunklen Flure in den Keller.

Dort wartet nicht nur Titus auf mich, sondern auch Constanze und Gemma. Es wundert mich schon gar nicht mehr, wenn sich Gemma irgendwo materialisiert, als beherrsche sie die Kunst des Beamens. Ohne Umschweife wendet sie sich mir zu.

»Du weißt, dass es eine Orgie gibt nächste Woche?«

Einleitungen sind wirklich nicht ihr Ding, sie kommt sofort zur Sache. Ich nicke.

»Und dass spezielle Gäste dabei sein werden?«

»Der Zar«, sage ich und hoffe, dass ich sie mit meinem Durchblick beeindrucke. Tue ich nicht.

»Der Zar kommt nie persönlich, Liebes, der hat seine Leute. Er wird Rasputin schicken, den hast du schon kennengelernt bei dem Dinner am Pool. Ein kleiner Mann mit Ohrtunneln.«

Ich nicke wieder. Besser, ich sage gar nichts als wieder etwas Dummes.

»Das ist deine allerletzte Möglichkeit, das Haus zu verlassen. Du könntest mit einem meiner Männer wegfahren und einfach einen Zettel hinterlassen, dass du dich unsterblich verliebt hast und mit einem Kerl aus dem Dorf durchgebrannt bist. Es wird jetzt wirklich heiß für dich.«

Ich schweige und schüttle den Kopf, allmählich fühle ich mich wie eine Wackelfigur auf dem Armaturenbrett.

»Wir haben Sergej mit den neuen Bildern ziemlich unter Druck gesetzt. Ihm ist jetzt klar, dass da jemand genau weiß, was für Geschäfte er macht. Ab sofort kann er seine Deals nicht mehr so abschließen, wie der Zar das gern hätte, und deshalb hat sich Sergej ein passendes Präsent überlegt, um seinen Chef milde zu stimmen.«

Ich warte ab, weil ich immer noch Mühe habe, all diese Informationen zu sortieren.

»Du bist das Präsent.«

Ich schüttle jetzt vehement den Kopf. Bei dem Gedanken an den schmierigen Mann mit den geweiteten Ohrläppchen beim Pooldinner wird mir übel.

»Niemals mach ich irgendwas mit diesem Kotzbrocken.«

»Tja, meine Schöne, leider fragen diese Leute nicht, was du willst. Du bist – weil du ja nicht gehen möchtest – das Präsent. Der Zar hat genügend Fotos von dir bekommen und ist interessiert. Sergej wird dich ihm zur freien Verfügung übergeben.«

»Was heißt denn das bitte?«

Es läuft mir kalt den Rücken runter.

»Bei der Orgie wirst du vorgeführt wie ein Pferd auf dem Viehmarkt, man wird dich ein letztes Mal begutachten, ob du ein ausreichender Ersatz für entgangene Geschäfte bist. Und wenn ja, wird dich Rasputin wegschaffen.«

»Und wenn ich jetzt doch fliehe?«

»Dann könnte ich dich beschützen. Marei würde es mir nie verzeihen, wenn ihrer Nichte etwas zustößt.«

»Ich brauche alle Informationen, bevor ich mich entscheide.«

Gemma seufzt, aber sie sieht es wohl ein, dass wir mit den ständigen Geheimnissen nicht weiterkommen.

»Constanze ist La Nebbia«, sagt sie. »Sie hat die Bilder gemalt.«

Constanze winkt mir aus dem Handgelenk zu und lächelt schief.

Mir klappt die Kinnlade herunter, ich weiß gar nicht, was ich sagen soll. Ich bin schwer beeindruckt, dass sie so was kann.

»Und die Kunden?«

Gemma zuckt mit den Schultern.

»Alte Kontakte von mir, verlässliche Leute. Profis, die kaufen und die darüber schreiben. Niemand im Kunstmarkt schießt so schnell so hoch mit den Preisen, das ist alles ein Fake. Wir haben die Zahlungen gesteuert und die begeisterte Presse auch. Da kam es uns sehr entgegen, dass Sergej so gierig ist und sich im Grunde kaum für Kunst interessiert. Er lässt sich blenden von dem Hype. La Nebbia ist unser Trojanisches Pferd.«

Constanze schnieft und wirkt plötzlich ganz bedrückt.

»Ich hatte einen älteren Bruder, Wolfram. Sergej hat ihn gezwungen, als Kurier zu arbeiten. Er hat Koffer voller Geld und Drogen nach Moskau oder Sankt Petersburg und zurück transportiert. Er hat das Zeug auch selbst genommen. Es ist eine völlig neue synthetische Droge, die noch viel mehr kostet als Koks. Und die sofort abhängig macht. B/6-13, ein reines Laborprodukt. Es wird in Form von dünnen durchsichtigen Platten geliefert, wie zugeschnittenes Acrylglas. Die Oligarchen-Kids sind völlig verrückt nach dem Stoff und zahlen jeden Preis. Wolfram war mein Held, aber durch die Drogen wurde er immer weniger, und am Ende war er nur noch ein Zombie. Irgendwann wollte er das nicht mehr mitmachen, und da hat ihn Sergej so schwer misshandelt und bedroht, dass er sich aus Verzweiflung aufgehängt hat – oder Sergej hat ihn höchstpersönlich aufgeknüpft. Ich hab meinen Bruder damals gefunden, an einem Balken.«

Ich zittere, vor Mitleid und weil es so grauenvoll ist.

»Wie alt warst du damals?«

»Sieben. Wolf rutschte noch als Teenager da rein. Er starb mit zwanzig. Meine Mutter hat später zum zweiten Mal geheiratet, deshalb habe ich einen anderen Nachnamen. Und Gemma hat mir auch geholfen, damit Sergej nicht rausfinden kann, wer ich wirklich bin.«

Gemma nickt.

»Das war das Mindeste, Schatz.«

Sie zieht Constanze an sich, lässt mich dabei aber nicht aus den Augen.

»Wir wollen, dass Sergej sich verrät. Und uns zu dem Drogenlabor führt. Wir können nicht beweisen, dass er Constanzes Bruder umgebracht hat, er muss es selbst zugeben. Also haben wir La Nebbia erfunden und Constanze im Chalet eingeschleust, damit sie mithelfen kann, Sergejs Machenschaften aufzudecken.«

»Und du?« Ich drehe mich zu Titus.

»Kollegen waren schon länger an Sergej dran und vor allem am Zaren. Sergej hat das Chalet gekauft – mit dem Geld des Zaren natürlich –, um in der Nähe des Labors zu sein. Wir suchen es wie verrückt. Für B/6-13 sind die stillgelegten Südtiroler Bergstollen klimatisch perfekt: Dolomit. Oder die Anlage steht in einem Bunker, aus dem Ersten Weltkrieg, oder in einem aus Mussolinis Zeiten. Leider gibt es ziemlich viele von diesen Höhlen und Gängen, und die Dolomiten sind groß. B/6-13 lässt sich kinderleicht transportieren und riecht nach nichts. Wir befinden uns hier mitten in einem idealen Vertriebsdreieck zwischen München, Zürich und Mailand. Und durch die unzähligen Apfelplantagen kann unauffällig Spezialdünger abgezweigt werden, chemische Rohstoffe. Dem Zaren ist es bisher gelungen, den Produktionsort geheim zu halten. In seinem Imperium geht es um Drogen, Geldwäsche, Falschgeld, Mädchen, von allem ein bisschen. Gemma und ich haben«, er stockt einen Moment, »unsere Kräfte gebündelt, weil wir die gleichen Interessen verfolgen.«

»Und was ist mit Jari und Nikola?«

Ich muss jetzt unbedingt wissen, wer auf welcher Seite steht.

»Nikolas Rolle ist undurchsichtig. Sie hasst Sergej, aber will unbedingt ein Kind, und wie weit sie in seinen Geschäften mit drinhängt, haben wir noch nicht klären können. Jari ist, denken wir, nicht dabei.«

Das erleichtert mich.

»Und seine Bilder?«

»Transportieren den Stoff. Einige, die er selbst grundiert hat, sind einfach nur Bilder. Die, die schon vorgrundiert sind, haben eine Rückenplatte aus B/6-13. Die Leinwand ist direkt darauf aufgezogen.«

»Also werden seine Bilder zerstört?«

Gemma nickt.

»Sonst kommt man an das Zeug nicht ran. Die Oligarchen-Kids stört auch der Klebstoff kein bisschen, die halten den sogar für einen Teil der Droge, riecht noch dazu cool, die zermörsern und schnupfen den gleich mit.«

Wieder muss ich an das Gemälde von mir und Constanze denken, und mein Magen zieht sich zusammen bei dem Gedanken, dass die Leinwand einfach zerfetzt und weggeschmissen wird. Mir schwirrt der Kopf. Wie bin ich da nur reingeraten? Mein Sommermärchen aus Freiheit, Kunst, Luxus und Sex hat sich in einen regelrechten Albtraum verwandelt.

»Was passiert, wenn ich so kurz vor der Orgie abreise?«

Titus sieht mich fest an.

»Dann würde Sergej wohl sehr misstrauisch werden. Wir müssten den Einsatz wahrscheinlich abbrechen und sehen, dass wir Constanze auch hier rauskriegen.«

»Dann wäre alles umsonst gewesen ...«

Die anderen schweigen. Schließlich ist es Gemma, die mir antwortet.

»Ja. Aber niemand von uns will dich gefährden. Wir konnten nicht wissen, dass du ins Haus kommen würdest.«

Ich schüttle den Kopf.

»Wir ziehen das durch.«

Titus will protestieren, ich schneide ihm das Wort ab.

»Das ist meine Entscheidung. Und ich sage, wir machen es. Gemma und du, ihr seid ja auch noch dabei.«

Gemma atmet tief ein und aus.

»Gut. Erst mal die Vernissage am Freitag und dann die Orgie danach. Meine Männer und ich werden ständig um dich herum sein. Titus und Constanze auch. Wir lassen dich keinen Moment aus den Augen, und ich kriege raus, wie deine Übergabe genau laufen soll, damit wir einen Vorsprung haben.«

Sie legt mir den Arm um die Schultern und zieht mich an sich.

»Nächste Woche ist Showtime. Und du, Loulou, hast die Hauptrolle.«

Ich blinzle eine Träne weg. Außer Marei nennt mich niemand so. Ich bin froh, dass Gemma da ist. Sie streichelt mir die Wange.

»Wie sich die Zeiten wiederholen«, murmelt sie und kramt in ihrer großen Handtasche. »Deine Tante Marei war mal in einer ganz ähnlichen Situation. Auch sie wurde versteigert.«

KAPITEL 28

Die Vernissage war wie immer ein Erfolg – oder sah zumindest so aus, denn inzwischen wusste ich ja, dass an dem Hype nichts echt war.

Kunstbegeisterte in schwarzen gewickelten Gewändern, die fast nach Techno aussahen, oder in Designer-Dirndln drängten sich vor La Nebbias Bildern, die Gebote gingen schnell und schwindelerregend hoch ein. Während der folgenden Tage waren Nikola und Sergej so beschäftigt, dass wir sie kaum zu Gesicht bekamen. Zumindest Nikola sah ich zu unseren Trainingseinheiten, wo sie begeistert meine neue Zumba-Cardio-Kombi mittanzte und mir immer wieder sagte, ich sei ein Segen für sie und ihre Hüften. Einmal umarmte sie mich kurz und flüsterte mir zu, auch ihre Ehe hätte ich belebt und ich sei »ein wahrer Engel«, Sergej würde sich schon viel zugänglicher verhalten. Und obwohl ich wusste, dass das gelogen war, rührte es mich irgendwie. Oder vielleicht log sie ja gar nicht, sondern machte sich einfach selbst etwas vor?

Alle telefonierten ständig. Titus war so eingespannt, dass ich ihn kaum allein treffen konnte. Er buchte Unmengen von Tickets nach Sankt Petersburg und Moskau und durch die halbe Welt, Zugfahrten, Flüge, Mietwagen, auch der Helikopter-Pilot hatte gut zu tun. Zwischendurch regelte er irgendwelche Geschäfte für Sergej und kontrollierte Papierstapel voller Zahlen.

Constanze werkelte mit Tonio in der Küche, und dass sie zweimal später als angekündigt aus dem Ort zurückkam, wäre mir früher wohl nie aufgefallen. Jetzt nahm ich an, dass sie Gemma traf und ihr Dokumente zuspielte. Und auch ich war noch einmal unten bei ihr in der Mastersuite, um unseren Plan durchzusprechen.

Danach transportierte ich einen großen Karton mit Gasmasken und Gummiklamotten zum Chalet: eine Idee, auf die mich die Party im *Treibhaus* gebracht hatte und die Gemma Nikola dann als besonders »kinky« für ihre Party verkauft hatte. Einige der Outfits kamen mir, während ich sie im Chalet zusammen mit Nikola durchsah, merkwürdig bekannt vor, aber die Hauptsache war für mich, dass sie ihren Zweck erfüllen mussten.

Auf der einen Seite habe ich wirklich Angst, denn ich bemerkte ein paarmal deutlich, wie Sergej mich musterte, wenn er dachte, ich sei beschäftigt. Er schaute manchmal beim Zumbatraining vorbei und prüfte wohl nochmals, ob ich für die Zwecke des Zaren geeignet war. Was genau das sein könnte, will ich mir lieber nicht vorstellen. Ich fühle mich wie ein Steak auf einem heißen Stein. Auf der anderen Seite läuft alles so normal, dass ich immer wieder verdränge, was bald passieren wird. Ich verlasse mich einfach darauf, dass Gemma und Titus schon wissen, was sie tun.

Und dann ist auch schon Samstag, der Tag der großen Party. Eigentlich wollte ich ausschlafen, um abends fit zu sein, aber als Titus mich weckt, ist es draußen noch stockdunkel. Meine Tür schließe ich zwar immer noch ab, aber er hat ja einen Generalschlüssel fürs Haus. Also kniet er neben meinem Bett und streicht mir sanft über den Kopf. Ich strecke mich schläfrig.

»Was machst du hier?«

»Ich wollte unbedingt mit dir allein sein, bevor es losgeht und alle um uns herum sind. Bist du wirklich ganz sicher, dass du das durchziehen willst? Allerletzte Gelegenheit, Nein zu sagen. Meine Kollegen sind unten im Ort, die schaffen dich schneller weg, als Tonio Frühstück gemacht hat.«

Ich schüttle den Kopf.

»Auf keinen Fall. Gemma passt schon auf mich auf. Bei meiner Tante hat das ja auch geklappt.«

Titus runzelt die Stirn. Offenbar kennt er die Geschichte, wie Gemma und Marei einmal einen Perversen reingelegt haben und wie knapp es für Marei dabei wurde.

»Du musst das nicht tun, nur weil sie es getan hat.«

Da hat er mich falsch verstanden. Etwas zu tun, nur weil es jemand anderes getan hat, wäre natürlich eine dumme Idee. Aber etwas zu lassen, was man gern tun möchte und was man tun muss, weil es einfach wichtig ist, nur weil es jemand anderes auch schon gemacht hat, wäre ebenfalls dumm.

Meine Finger fahren durch sein Haar, es ist ganz weich, noch nicht gestylt für den Tag.

»Ich gebe zu, dass ich ziemlich nervös bin.«

»Kann ich irgendwas dagegen tun?«

Ich hebe die Bettdecke an. Titus steigt aus seinen Shorts und schlüpft neben mich.

Es ist so dunkel, dass ich mich fühle, als wären wir aus Zeit und Raum herausgefallen und würden einfach im Nichts treiben. Ich bin schwerelos und halte mich an Titus fest, weil er das Einzige ist, auf das ich mich gerade ganz verlassen kann und bei dem ich mir jetzt sicher sein kann, dass er ist, wer er ist. Draußen rauschen die Bäume, und ab und zu pfeift eine Böe am Fenster vorbei, dann klappern die Holzläden, diese Folklore-Elemente an der Betonwand. Der Wind schüttelt alles durch, was sich ihm in den Weg stellt, es ächzt, stöhnt und heult draußen. Das Wetter wechselt hier oben so schnell und heftig, dass man es kaum kommen sieht, und wo eben noch bestes Urlaubswetter herrschte, tobt dann ein Sturm.

Titus legt mir die Hand an die Wange. Seine Fingerspitzen wandern über mein Gesicht, malen die Augenbrauen, die Nase und die Lippen nach. Er betastet meine Ohren und meinen Haaransatz wie jemand, der mich noch nie gesehen hat.

»Deine Ohrmuschel war ja zweimal, nein, warte, dreimal gepierct«, flüstert er und betastet die kleinen Verdickungen der Tunnel.

»Jugendsünde. Ich hatte einen ziemlich heißen Sommer, in dem ich sehr kurze Shorts und Piercings gut fand.«

»Du hattest hoffentlich nicht nur einen einzigen heißen Sommer.«

»Keiner war heißer als der jetzt.«

Ich lege ebenfalls meine Hand an sein Gesicht und kann fühlen, dass er lächelt. Dann küsse ich ihn, vorsichtig, als wäre es das erste Mal. Meine Lippen sind weich, ohne Spannung, absichtslos, aber sobald sie Titus' Mund berühren, kribbeln sie. Meine Zungenspitze wagt sich vor, kommt seiner entgegen, sie treffen sich, seine Hand gleitet durch mein Haar und zieht mich näher an ihn. Ich rutsche auch zu ihm heran und schlinge ein Bein um seine Hüften. Wir liegen bewegungslos da und atmen den Duft des anderen ein.

»Du bist voller Kurven und Serpentinen«, flüstert er und fährt über meinen Hals und die Schlüsselbeine. Seine Finger stocken.

»Was ist denn hier passiert?«

Ich muss kurz überlegen, das hatte ich beinahe vergessen.

»Schlüsselbeinbruch in der Grundschule. Ich wollte mich mit der Schaukel im Garten so überschlagen wie mit der auf der Kirmes.«

»Typisch. Halbe Sachen machst du nicht.«

Bei Sven hätte sich dieser Satz vorwurfsvoll angehört, bei Titus klingt es nach einem Schlachtruf, und ich fühle mich wie eine Amazone, die stolz auf ihre Narben und Brüche ist.

»Nicht, wenn ich es vermeiden kann.«

Wir küssen uns wieder.

»Es darf dir nichts passieren«, sagt Titus, während er mich festhält und das Gewicht so verlagert, dass mich sein Körper abschirmt.

»Wird schon gut gehen«, flüstere ich, aber sicher bin ich nicht. Nur will ich jetzt nicht daran denken. In meinem Hinterkopf gibt es nämlich diese kleine lästige Stimme, die mir sagt, dass ich das alles nicht unter Kontrolle habe, dass ich mich lieber raushalten soll, weil ich keine Ahnung habe, was passieren wird. Nichts von dem, was ich bin oder kann oder bisher erlebt habe, wird mir heute Abend nützen. Ich fühle, dass mir die Tränen kommen, und bringe das unkende Flüstern in mir zum Schweigen, indem ich Titus wieder küsse. Dann verstummen alle Gedanken, und ich fühle nur noch seine Zunge, die meine umschlingt, seine kühlen Hände auf meinem glühenden Körper.

Atemlos pressen wir uns aneinander, während unsere Hände gieriger werden und wir uns auf dem feuchten

Laken hin und her rollen. Ich höre ihn leise stöhnen, es klingt überrascht und fast kindlich. Ich streiche ihm durchs Haar.

»Und anfangs dachte ich, du wärst eher so ein ganz Reservierter.«

Er lacht heiser.

»Ich habe hier Verantwortung für einige Menschen, und seit du angekommen bist, fällt es mir nicht mehr ganz so leicht, mich darauf zu konzentrieren und meinen Job zu machen. Damit niemand merkt, was ich tatsächlich tue. Währenddessen erledige ich Dinge, die so widerlich sind, dass ich es kaum ertrage. Gleichzeitig bist du da, und alles, was mit dir zu tun hat, ist schön und leicht und makellos. Und ich habe mit so viel Dreck zu tun und will dich um jeden Preis davon fernhalten, aber stattdessen ziehe ich dich immer weiter rein. Dich abzuweisen, hab ich irgendwann einfach nicht mehr übers Herz gebracht.«

»Niemand kann dir vorwerfen, du hättest es nicht oft genug versucht.«

»Das tut mir so leid, dass ich dich damit verletzt habe.«

Wir drehen uns im Kreis. Und ich will auch nicht mehr reden.

Draußen steigert sich der Sturm endgültig zu einem Unwetter. Erst platschen einzelne Regentropfen ans Fenster, dann trommelt es gegen das Glas. Schließlich prasselt es so laut, als würde draußen der Berg überschwemmt. Der Wind schleudert kleine Steinchen oder Bruchstücke von Rinden vor sich her, und ich glaube, das Ächzen der Bäume zu hören, die sich unter dem Druck biegen, ich höre Äste brechen und das Gurgeln des anschwellenden Bachs an der Liftstation, aber das muss Einbildung sein. Alles draußen wirft sich gegeneinander, kämpft, sträubt sich, die Postkartenidylle der letzten Wochen hat sich in ein Tosen der Elemente verwandelt, und was bis jetzt noch keinen Schutz gefunden hat, wird weggeschleudert, gebrochen und vernichtet.

Titus hat mich auf die Seite gedreht, sodass mein Gesicht zum Fenster zeigt und ich die Blitze sehen kann, die den stockdunklen Himmel mit ihrem Gleißen durchschneiden. Mein Kopf liegt auf seinem Arm, seine Hand fährt über meinen Po und zwischen meine Beine. Ich hebe ein Bein an, um ihm mehr Platz zu geben. Zwischen all dem Jaulen draußen klingt das Knistern der Kondompackung fremdartig. Ich gehe leicht ins Hohlkreuz und halte ihm meinen Hintern hin. Er fühlt noch mal zwischen meinen Mösenlippen nach, ob ich feucht bin, aber ich bin so geflutet wie die Landschaft draußen, und sein Schwanz gleitet mühelos in mich hinein.

Er hält einen Moment inne und streichelt meine Möse.

»Ist das schön für dich?«, murmelt er in meinem Nacken. »Fühlt sich das gut in deiner Fotze an?«

Dann stockt er kurz.

»Magst du das überhaupt so derb?«

Ich lache kurz.

»Das fragst du jetzt, nachdem du mich schon so oft gefotzt hast?«

»Ich kann das lassen. Ich fand nur, dass so was Niedliches wie Schneckchen nicht zu dir passt. Du bist ja sexuell eher eine Löwin als eine Perserkatze.«

Ich lache wieder.

»Und von diesen sprachlichen und zoologischen Erwägungen mal abgesehen, macht es dich außerdem geil, mir Sätze mit Fotze darin zu sagen.«

Er lacht auch und bewegt sich sachte in mir.

»Alles an dir macht mich geil.«

Ich genieße das Gefühl seines ruhenden Schwanzes, während seine Hand zwischen meinen Beinen liegt und meinen Kitzler berührt.

Aber es ist nicht das, was ich heute brauche.

Ich löse mich von ihm, drehe ihn herum und steige über ihn. Ich umfasse seinen Schwanz und führe ihn mir ein, hebe das Becken und senke es wieder, suche meinen Rhythmus, und als ich ihn gefunden habe, ficke ich ihn schnell und hart. Ich fühle, wie er mit einer Hand meine Brust knetet und die andere auf meine Möse presst, sodass meine Klit bei jedem Stoß über seine Finger reibt. Ich bäume mich auf, stütze mich rückwärts auf seinen angewinkelten Beinen ab, und alle Empfindungen und Gedanken schnurren zwischen meinen Beinen zusammen zu einem heißen Glühen, das sich dann in meinem Bauch ausbreitet. Meine Brustspitzen sind plötzlich so empfindlich, dass ich aufjaule, als Titus sie zwischen den Fingerkuppen zwirbelt. Ich möchte schreien, aber es kommt nur ein Fauchen aus meinem Mund. Unsere Körper klatschen aufeinander, und ich lasse mich völlig tragen von dieser heißen Welle. Mittendrin, während ich mich in seine Haut kralle, schwingt mit einem lauten Scheppern das Fenster auf, das ich wohl nicht richtig geschlossen hatte. Der Wind peitscht herein, und bis zum Bett fühlen wir die kalte Nässe einer Regenwolke. Es blitzt und erhellt das Zimmer. Und da ist noch etwas, ein anderes Geräusch, das durch meine Gedanken fliegt wie ein Schatten, ein panisches Flattern. Ein nächster Blitz, länger als die vorigen, und in dem plötzlich hellen Zimmer kreist sie über uns und irrt von einer Wand zur nächsten: eine Fledermaus.

Wieder ist es stockdunkel, und der Donner bricht so laut über uns, dass ich meine, die Druckwelle zu spüren, das Zittern geht durchs ganze Haus. Ich treibe völlig weg in diesem Strudel aus Lust, Sprühregen, innerem Verglühen und Windböen, die eine Gänsehaut über meinen verschwitzten Rücken treiben. Das Gefühl von Titus' Schwanz in mir ist das Einzige, das mich noch hier hält, mein Anker, ohne unsere Verbindung und das Schlingern unserer Körper würde ich hinausgerissen in diese laute Nacht. Ich beuge mich vor, sauge mich an seiner Brust fest, beiße ihn und erzeuge mit den Fingernägeln Striemen auf seiner Haut. Er windet sich unter mir, bekommt meine Hände zu fassen und hält sie fest wie ein Schraubstock. Selbst in diesem Moment behält er die Kontrolle und verhindert, dass ich zu viele Spuren an ihm hinterlasse, die die anderen bei der Orgie heute Abend sehen könnten. Nichts darf sie irritieren. Ich stöhne so laut, bis meine Geräusche diese Gedanken übertönen und sich mein Kopf ganz mit dem Gewitter anfüllt.

Die kleine Fledermaus flattert immer noch umher.

Ich reite ihn, meine Lust galoppiert davon, ein letzter Blitz, schon entfernter als der letzte, erhellt sein verzerrtes Gesicht, und als es donnert, schreie ich, und Titus packt mich, reißt mich an sich und presst mich so fest gegen seinen Körper, dass ich kaum atmen kann.

Das Tosen draußen wird schwächer, das Gewitter zieht weiter, bald wird es über der mittleren Liftstation oder über den Apfelplantagen hängen. Wir keuchen und zittern, immer noch ineinander verkeilt.

Schließlich lösen wir uns voneinander und liegen da wie fallen gelassene Marionetten, verrenkt, ohne jede Spannung. Nur die Fledermaus zieht noch immer hektisch ihre Kreise. Aber endlich merkt auch sie, dass die große Unruhe vorbei ist, und lässt sich von einem Luftzug nach draußen tragen, und mit ihr verschwinden langsam auch die anderen Sturmgeräusche, das

Rauschen der Bäume, das Pfeifen, das Klappern der Fensterläden.

»Ich liebe dich«, sagt er und greift nach meiner Hand.

»Und ich liebe dich.«

Mehr nicht, es ist alles gesagt. Eine große, schwarze Stille breitet sich aus, als hätte das Unwetter draußen nichts übrig gelassen von der Welt, und nur dieses Bett mit uns darauf gäbe es noch. Dieses Fehlen von Lärm, das eine ganz eigene Beschaffenheit hat wie ein schwebendes Gazetuch, dringt in unsere Körper ein, macht sie noch schwerer und nimmt uns jede Möglichkeit, uns zu bewegen. Wir liegen nur da, fast ohnmächtig, leer, verbunden und verschmolzen durch die Gewalt, die alles außer uns ausgelöscht hat. Ist das Schlaf, der sich in uns ausbreitet, oder Bewusstlosigkeit? Ich bin einfach gar nichts und gleichzeitig alles, bin mit allem verbunden, fühle den Flügelschlag der Fledermaus und Titus' Herzklopfen, das Rauschen der Bäume und die morastige Erde, wo der Bach über das Ufer getreten ist. Ich kann mich nicht erinnern, wer ich vorher war.

Plötzlich werden wir von Motorengeräuschen draußen aufgeschreckt und sehen uns benommen an. Das erste Licht breitet sich schon aus und taucht das Zimmer und uns in eine Dämmerung aus grauen Schattierungen. Vor dem Haus hören wir das Schlagen einer schweren Autotür und Schritte. Wer kommt jetzt mit dem ersten Vogelgezwitscher hier herauf?

Wir rappeln uns schwerfällig hoch und wanken wie betrunken zum Fenster. Von dort aus spähen wir, sodass wir von draußen nicht gesehen werden können, ins Halbdunkel hinaus. Mein Kopf fühlt sich an, als wäre er voller Watte, aber als ich sehe, wer gekommen ist, bin ich schlagartig wach: Das Pärchen, das sonst immer Jaris Bilder abholt, verlädt Kunstlederkoffer. Sie wuchten sie in ihren SUV.

Die junge Frau ruft zum Haus: »Sollen wir die Kleine direkt mitnehmen?«

Dann hören wir Nikolas Stimme.

»Keinesfalls!«

Es überläuft mich heiß und kalt wie eine Wechseldusche. Offenbar versucht Nikola, mich zu beschützen. Ich bin ihr dankbar – und bin erleichtert, dass sie wohl doch eine von den Guten ist. Sie kommt aus dem Chalet und reicht der jungen Frau einen Umschlag.

»Erst brauche ich aus der Zentrale das Okay, dass wir damit alles zwischen uns geregelt haben. Alle Verbindlichkeiten. Heute Abend kann die Kleine abgesegnet werden, dann sind wir uns einig.«

Die junge Frau lacht.

»Und ich dachte schon, du hängst an ihr. Sie war doch dein Haustier.«

Nikola schnaubt.

»Auch Haustiere kommen an Festtagen in die Pfanne. Mir ist die dumme kleine Pute egal. Sergej kann sie verschenken, an wen er will. Hauptsache, ich kriege keinen Ärger mit dem Zaren. Lieber hätte ich die übliche Provision bekommen, aber nun ist es eben so, und er kriegt sie obendrauf. Aber erst soll er bestätigen, dass wir damit quitt sind, dann darf er sie verwenden für was auch immer. Ist mir wurscht.«

Ich halte Titus' Hand so fest, dass sich meine Fingernägel in seine Haut krallen. Ich fühle, wie mein Hals eng wird und sich das Wasser in meinen Augen sammelt. Die Wut auf Nikola schießt hoch, weil sie nun doch nicht auf meiner Seite steht, ich bin entsetzt über ihre Kälte – und dass ich mich so in einem Menschen täuschen konnte. Hat sie mich von Anfang an nur als ein Stück Frischfleisch betrachtet?

Nikola und die junge Frau küssen sich kurz auf beide Wangen, dann steigt sie ins Auto. Der Mann schleppt noch etwas hinter dem SUV hervor, das ich bisher nicht gesehen habe. Einen riesigen schwarzen Schrankkoffer.

»Wofür ist der?«, flüstere ich Titus zu, obwohl ich es weiß.

Er zieht mich an sich.

»Der ist für dich.«

KAPITEL 29

Am Abend sehen Sergej und Nikola aus wie ein Glamour-Couple der Unterwelt. Gemma hat es geschafft, ihnen einzureden, dass das Thema Höllenfeuer ganz besonders heiß werden würde, sie hat die Deko organisiert und die Kostüme besorgt, und vor allem ist es ihr gelungen, Sergej davon zu überzeugen, er selbst sei auf diese Idee gekommen.

Die Galerie wurde mit rotem Licht und Ledersofas umgestaltet und so verkleinert, dass sich alles auf eine Spiellandschaft in der Mitte konzentriert und der Rest im Dunkeln liegt. Trockeneis wabert über den Boden, und spezielle Scheinwerfer lassen immer wieder Blitze zucken. Die harten Beats scheinen von überallher zu kommen, aus dem Dunkel, aus dem Boden, von der Decke, sie wummern durch mich hindurch und machen es unmöglich, miteinander zu sprechen. Aber wer will das schon in dieser Nacht?

Nikola und Sergej gefällt ihr Outfit offensichtlich, sie halten Hof und lassen sich von den Gästen bewundern.

Nikola trägt ein langes Kleid aus schwarzem Leder mit einer Unterbrustkorsage, die mit stachligen Nieten besetzt ist. Oben quellen ihre Brüste mit dunkelroten Nippeln hervor. Um ihren Hals trägt sie ein Collier aus täuschend echt aussehenden Rasierklingen. Der Rock ist hoch geschlitzt und gibt den Blick auf ihre Möse frei. Sie hat sich ihren Landing Strip in dem gleichen Rot ihrer Brustwarzen gefärbt und stolziert auf bordeauxroten Lackstiefeln herum, die so schwindelerregende Absätze haben, dass sie damit größer ist als Sergej. Eine Hadesgöttin, und jetzt, wo ich genau weiß, wie grausam sie tatsächlich ist, lasse ich mich von ihrer Schönheit nicht mehr täuschen, sondern fürchte sie endlich.

Ich kann es noch immer nicht fassen, dass ich nichts gefühlt, nichts geahnt, nichts vermutet habe, als sie mich bei meiner Ankunft im Chalet draußen vor der Tür begrüßte und ich sie so sympathisch und anziehend fand. Dieser Moment scheint Jahre her zu sein.

Sergej sieht im Kostüm des Zuchtmeisters ebenso gruselig aus wie seine Frau, doch im Gegensatz zu ihr zeigt er keinen Zentimeter Haut. Er ist eingehüllt in eine rote Mönchskutte und hat sich einen Lederstrick um die Taille gebunden. Seinen Dreitagebart hat er wachsen lassen und heute purpur eingefärbt. Blutrot scheint das Motto des Paares zu sein. Ich bekomme eine Gänsehaut, wenn ich ihn ansehe. Mir ist klar, dass er, ohne zu zögern, alles mit mir machen wird, was Rasputin will. Rasputin selbst, den ich gleich an seinen weiten Ohrtunneln wiedererkannt habe, ist dagegen geradezu unspektakulär gekleidet, trägt nur eine schwarze Lederhose und ein Ledergeschirr über der Brust, und an seinem Gürtel baumeln allerlei Werkzeuge, von denen ich nur hoffen kann, dass er sie heute nicht einsetzt.

Gemma meinte zwar, niemand werde mich anfassen, aber wer weiß schon, ob das nach etlichen Gläsern Champagner und den Drogen, die hier kursieren, noch gilt.

»Rasputin selbst hat kein Interesse an Sex. Ihm geht es um Gewalt und Schmerz, seine Spezialität sind Zähne und Nägel, aber das kann er mit dir nicht machen, denn er muss dich unversehrt beim Zaren abliefern.«

Woher sie all das weiß, frage ich lieber nicht. Ich hoffe nur, dass sie recht hat und er die Zangen und Messer an seinem Gürtel nicht benutzen wird.

Auch wir anderen und die Gäste sind passend zum Thema Hölle hergerichtet. Titus, Constanze und ich tragen die Outfits, die Gemma uns besorgt hat, wir Mädels kurze Lackkleidchen mit Öffnungen an Brüsten und Möse, Strapse darunter und derbe wadenhohe Stiefel. Ich habe mir einen Oberschenkel mit einem Ornament aus wasserfester Schminke bemalt wie ein Tribal Tattoo. Das soll mir Glück bringen. Auf den Köpfen haben wir Kappen aus schwarzem Gummi, die bis unter die Augen gehen und nur einen Sehschlitz frei lassen. Unsere Haare sind zu einem hohen Pferdeschwanz gebunden, der aus einer Öffnung am Hinterkopf der Kappe herauskommt. Constanze hat eine Art *Ghostbusters*-Rucksack umgeschnallt, aus dem ein Schlauch kommt, der wie eine Sauerstoffmaske über ihrem Mund endet. Sie könnte geradewegs aus einem Endzeitthriller stammen. Die Maske ist sicher unbequem, aber ich bin froh, dass sie sie trotzdem trägt, denn darin ist ein Mikro verborgen. So kann sie unbemerkt kurze Nachrichten übermitteln oder um Hilfe rufen, falls die Sache aus dem Ruder laufen sollte, außerdem wird von Titus' Kollegen alles aufgenommen: Wanze Constanze. Ich darf mein Gesicht leider nicht noch mehr verbergen, Rasputin will die Ware ja prüfen. Die Lippen habe ich schwarz geschminkt und mein Muttermal auf der Wange so deutlich mit Schminke hervorgehoben, dass es garantiert nicht zu übersehen ist. Meine Hände stecken in ellenbogenhohen schwarzen Gummihandschuhen. Das fühlt sich schwitzig an und wird sicher bald jucken, aber je weniger Details er von meinem Körper sieht, umso besser ist es.

Die Gäste drängen sich auf der Lederlandschaft. Einige sind ganz nackt, haben sich Wunden geschminkt oder dritte Brüste angeklebt. Manche tragen Catsuits aus Netz, Fell oder Nylon, ihre Gesichter sind von Gasmasken, Augenklappen oder Knebeln verdeckt, andere laufen in Ketten eingewickelt, mit verschnürten Gliedmaßen oder in klassischer Reizwäsche herum. Zwei Frauen und einem Mann werden feierlich Vibratoren und Analplugs eingeführt, die von ihrer Begleitung ferngesteuert werden können, sodass sie immer wieder zusammenzucken, wenn jemand auf das entsprechende Knöpfchen drückt. Ich sehe ABC-Schutzponchos und Nippelklemmen. Eine Frau ist am ganzen Oberkörper mit kleinen Ösen gepierct, durch die ein silbernes Kettchen läuft. Eine trägt eine Maske, die ihren Kopf komplett bedeckt, nur über dem Mund sitzt ein offener Reißverschluss. Ihre Füße stecken in monströsen Ballerina-Schuhen, die den Spann völlig überstrecken, sodass sie nur staksen kann. Ein nackter Mann kriecht auf Knien und Ellenbogen und wird von einem Paar mit einer Viehtreiberstange herumgeführt und ab und zu unter Strom gesetzt, willkürlich.

Als ich glaube, dass ich nun alles gesehen habe, betritt Gemma mit ihrem Gefolge aus den beiden jungen Männern den Raum. Ich möchte glatt applaudieren, denn obwohl sie kein bisschen harmloser aussieht als die anderen Gäste, schafft sie es, dabei noch elegant zu wirken. Nichts an ihr ruft *S/M-Club Wanne-Eickel* oder *Hannibal-Lecter-Fanbase*, sie sieht eher nach Haute Couture aus. Ihr großer, schlangenhafter Körper ist in eine Art Kleid gehüllt, das aus kompliziert drapierten schwarzen Gaze-Wolken besteht. Sie ist praktisch nackt, aber man sieht weder Nippel noch Möse, die Gaze schwebt um sie herum wie kleine Gewitterwolken. Sie hat leuchtend violette Kontaktlinsen eingesetzt, und das Augen-Make-up geht nahtlos in ihr Kopftattoo über.

Ihre Männer stecken in hautengen Ledershorts und Boots. Mir fällt auf, dass einer von ihnen eine dicke Nerd-Hornbrille trägt, die er bei der letzten Ausstellung noch nicht hatte. Ob darin eine winzige Spionagekamera integriert ist? Hoffentlich denkt das niemand außer mir. Wenn Sergej oder Nikola misstrauisch werden, war alle Vorbereitung umsonst, und Constanze kann ihre Rache vergessen.

Ich spüre ein Kribbeln im Nacken und drehe mich tanzend ein bisschen zur Seite, damit es möglichst zufällig wirkt. Rasputin starrt mich mit seinem stechenden Blick an. Titus hat es auch bemerkt, denn ich fühle sofort seine Hände um meine Taille. Er hebt mich auf ein Podest, auf dem ich mich scheinbar festgekettet mit einem Panikhaken an einer Stange rekle. Constanze und er tanzen vor dem Podest und ziehen immer wieder andere Gäste zu sich, um unauffällig einen Schutzwall zu schaffen zwischen Rasputin und mir.

Mein Herz rast. Erst jetzt wird mir wirklich klar, worauf ich mich eingelassen habe. Ob sich Marei in der Nacht, in der sie versteigert wurde, genauso gefühlt hat? Sie hat nur einmal angedeutet, es habe einen Moment gegeben, in dem sie solche Angst hatte, dass sie sich innerlich komplett auflöste, als hätten sich ihre Organe verflüssigt. Das ist bei mir anders, nichts in mir löst sich auf, ich bin gespannt wie ein Gummiseil kurz vor dem Reißen, meine Bauchdecke ist bretthart, alle Muskeln sind in Alarmbereitschaft. Und mir ist heiß, viel heißer, als es die Gummi-Kleidung verursachen kann, ich fühle mich fiebrig, meine Haut brennt.

Unser Plan muss einfach klappen, Gemma hat ihn zigmal mit uns besprochen. Die Orgie soll laufen, wie die Gastgeber sie angelegt haben: Rasputins Männer werden mich betäuben und ins Büro schaffen, ohne dass die anderen Gäste es merken. Von da aus wollen sie mich durch den Lichtschacht weitertransportieren. Es bleibt nur ein winziges Zeitfenster, in dem Gemma arrangieren wird, dass die Männer das Büro verlassen müssen und ich gegen eine mir körperlich sehr ähnliche Polizistin ausgetauscht werden kann. Unsere Outfits werden identisch sein. Im *Treibhaus* hat das funktioniert, Wanda und ich haben Sven mit unseren gleichen Gummianzügen getäuscht, hoffentlich fallen Rasputins Männer auch darauf herein.

Aber erst einmal sind sie abgelenkt von dem Treiben um sie herum. Schwänze werden gelutscht, sämtliche Körperöffnungen penetriert, Vibratoren, Fesseln, Knebel und Peitschen kommen zum Einsatz, Körper werden in den absonderlichsten Stellungen verschnürt, traktiert und gefickt, das Stöhnen und Schreien vermischt sich mit dem harten Technosound, eine Welle aus Fleisch wogt über die Lederlandschaft und hinterlässt Schweiß, Tränen und andere Körperflüssigkeiten.

Ich tanze oben auf dem Podest, zeige ausgiebig mein Oberschenkeltattoo, damit Rasputin und seine Männer es nachher sofort wiedererkennen, lasse meine

Brüste wippen und ziehe mein Kleid ein Stückchen hoch, damit sie auch meine Möse sehen. Aber niemand fasst mich an. Constanze und Titus reichen die üblichen Schalen mit Kondomen und Gleitgel herum, während sie darauf achten, dass immer einer von ihnen in meiner Nähe bleibt.

Zwischen meinen Beinen ist es so nass, dass ich mich selbst wundere. Ich hatte gedacht, Angst und Anspannung würden mich austrocknen lassen, aber im Gegenteil. Aus irgendeinem Grund macht mich die Gefahr an, vielleicht ist das wie bei Paaren, die nach einem Streit noch heißeren Sex haben oder die es darauf anlegen, erwischt zu werden. Geilheit und Risiko hängen zusammen, das wusste ich vor alldem hier vielleicht theoretisch, aber mir war nicht klar, dass ich selbst so ticke. Ich finde diese Erkenntnis beunruhigend, schiebe weitere Überlegungen aber weg, damit befasse ich mich später, jetzt muss ich mich darauf konzentrieren, nicht verschleppt zu werden. Denn Gemmas Plan hat einige Sollbruchstellen, an denen etwas schiefgehen kann.

Das hat sie selbst zugegeben, als sie mich kurz vor der Party noch einmal beiseitegenommen hat.

»Wenn die Wächter etwas merken, bist du dran. Wenn Rasputin etwas merkt, bist du dran. Wenn Nikola es dir ansieht, wenn die Gäste sich nicht verhalten, wie wir das erwarten, wenn das Fenster klemmt, wenn du das falsche Champagnerglas erwischst und ohnmächtig wirst …«

»... bin ich dran«, unterbrach ich sie. »Hab ich verstanden.«

Da musste sie lächeln und strich mir mit der kühlen Hand über die Wange.

»Marei dachte auch, dass sie alles im Griff hat und dass wir gewinnen werden, weil wir die Guten sind.«

»Hat doch geklappt«, sagte ich und hoffte, dass ihre Hand mich noch etwas länger berührt, als könnte ihre Stärke dadurch auf mich übergehen.

»Es war auch Glück dabei«, flüsterte Gemma mit rauer Stimme. Aber dann sah sie mir so fest in die Augen, dass ich in ihren violetten Pupillen versank, in sie eintauchte und tief unten etwas fand, das ich erkannte und das mir zur selben Zeit fremd war, das mich gleichzeitig verstörte und beruhigte.

»Wir sind alle um dich herum und tun, was nötig ist.«

Ich nickte nur und fragte nicht nach, was genau sie damit meinte. Gemma, das wurde mir in diesem Moment klar, hatte Dinge erlebt und getan, für die ich definitiv noch nicht bereit war, die mich aber weniger abstießen, als ich es gedacht hätte. Und auch diese Erkenntnis schob ich weg.

Jetzt auf der Party legt Gemma, die sich mit hochgeschobenem Kleid lecken lässt, die Fingerspitzen an die Schläfen: unser Zeichen. Es wird Zeit, die Show geht los. Ich steige vom Podest und gleite auf eine Couch.

Ich bin hellwach, lasse meinen Körper aber lasziv und schwer auf den Polstern liegen, rekle mich sogar ein bisschen, als sei ich ganz und gar unbesorgt. Ich lasse zu, dass sich die Wand aus Titus, Constanze und Gemmas Männern um mich herum öffnet. Ich lasse zu, dass Rasputin neben mich rutscht, dass er an meinem Hals saugt und mir einen Finger in den Mund schiebt und meine Zähne betastet. Ich unterdrücke den Würgereflex und lache stattdessen leicht hysterisch wie unter Drogen. Ich lasse zu, dass er mir ein Glas Champagner in die Hand drückt. Ich kann mich nicht umsehen und vergewissern, dass keiner seiner Wächter uns beobachtet, ich muss mich darauf verlassen, dass Gemma und die anderen das erledigen. Titus stolpert und stößt gegen Rasputin, der ist nur eine Sekunde unaufmerksam, und die nutze ich, um den Champagner in eine Sofaritze auszukippen. Als er mir wieder ins Gesicht sieht, nuckle ich am Glasrand und grinse betrunken. Er greift nach meiner Maske und will sie hochschieben, um mein Gesicht ganz sehen zu können, aber ich lüfte meinen kurzen Lederrock, lenke ihn ab mit meiner Möse. Es funktioniert. Dann rutsche ich etwas tiefer in die Polster, als wäre ich sehr schläfrig. Als er meine Wange tätschelt, lalle ich nur willenlos, meine Augenlider sind halb geschlossen. Er gibt zwei seiner Wächter einen Wink, und einer von ihnen hebt mich unter den Schultern hoch, der andere packt meine Knie. Schon schwebt das Frischfleisch davon.

Keiner der Gäste achtet auf uns, niemand fragt, wieso ich weggebracht werde, niemand schreitet ein, wahrscheinlich interessiert es nicht, ich bin nur ein weiteres Mädchen, das verschwindet, ein gesichtsloser Körper, auf den es nicht weiter ankommt. Tränen schießen mir in die Augen, ich blinzle sie schnell weg. Mein Herz hämmert vor Empörung und Angst.

Rasputins Wächter tragen mich in Nikolas Büro und lassen mich dort auf das Sofa plumpsen, wo ich schlaff liegen bleibe und mich bemühe, bewusstlos auszusehen. Die Gesichtsmaske hilft ungemein, denn so kann ich die Lider einen kleinen Spalt öffnen und sehen, wie die beiden Schränke sich über mich beugen. Einer begrapscht meine Brüste, der andere schlägt mir leicht ins Gesicht. Ich rühre mich nicht. Als einer von beiden seinen Gürtel öffnet, steigt eine Welle der Panik in mir hoch. Aber gleich muss draußen in der Galerie der Tumult losgehen. Der Wächter holt seinen steifen Schwanz hervor und hebt mein Kleid an. Beide lachen. Ich bin innerlich wie versteinert.

Wo bleibt der Lärm??

Er schiebt meine Beine auseinander, spuckt in seine Hand und wichst, während er sich auf das Sofa kniet. Der Lärm, der Lärm muss sofort einsetzen! Ich könnte das nicht ertragen, hier zu liegen und mich nicht zu rühren, bin nicht so abgebrüht wie Gemma und nicht so erfahren wie Marei, ich bin das, was Nikola gesagt hat, eine »dumme kleine Pute«, ich habe mich übernommen, ich halte das hier nicht aus. Mein Herz schlägt bis zum Hals, ich schwitze vor Angst so, dass sich auf dem Lederbezug eine Lache gebildet hat. Ich fühle die Hand des Wächters auf meinem Oberschenkel, die Couch, die unter seinem Gewicht nachgibt, seinen Atem.

Da endlich bricht in der Galerie die Musik ab, und Geschrei dringt bis zu uns. Etwas Großes fällt um.

Die beiden Männer springen auf und rennen zur Tür und dann raus in den Saal. Ich liege noch eine Sekunde wie schockgefrostet da und möchte mich dafür ohrfeigen, denn schließlich habe ich keine Sekunde für Befindlichkeiten. Gemmas Plan ist heikel, und dieser Moment ist der heikelste, wir konnten nichts proben. Ich habe keine Ahnung, ob die Zeit reicht, ob die Polizistin wirklich in der Abstellkammer wartet, ob das Fenster vielleicht klemmt, ob sie durch das Fliegengitter zusehen muss, wie die Schränke wieder hereinkommen und mit mir tun, was sie wollen, und mich dann wegschleppen.

Aber das Fenster klemmt nicht. Und die Frau ist da.

Mit einer schlangenähnlichen Bewegung schiebt sie sich durch das Lüftungsfenster in Nikolas Büro. Ihr schwarzer Lackmini, der Pferdeschwanz, die schweren Boots, das Oberschenkeltattoo und die schwarzen Lippen, das aufgemalte Muttermal: alles wie bei mir. Nur dass sie hoffentlich Waffen in ihren Stiefeln versteckt hat.

Die Maske fehlt! Die braucht sie doch unbedingt!

Sie landet fast lautlos auf Nikolas Schreibtisch und springt dann zu mir. Unsanft zerrt sie mich, die immer noch reglos in ihrer Schweißlache liegt, vom Sofa. Prüfend sieht sie mich an. Sie bringt stumm ihre Haare in die gleiche Unordnung und verschmiert ihren schwarzen Lippenstift, kopiert die letzten Einzelheiten.

Jetzt erst zieht sie mir die Maske von der Stirn und setzt sie selbst auf.

Sie ist ein kleines bisschen größer als ich und auch etwas dünner, ich kann nur hoffen, dass die Wächter nicht diesen gnadenlosen und geübten Blick für Körper haben, wie Frauen ihn nach jahrelangem Training aus Neid, Konkurrenz und Verzweiflung entwickeln.

Sie spricht kein Wort, sondern gestikuliert, schiebt mich resolut zum Schreibtisch.

Und da endlich kommt Leben in mich. Leider ist das nicht hilfreich. Ich kann mich zwar bewegen, aber ich zittere am ganzen Körper. Ich keuche, mein Atem geht so schnell und hastig, als wäre ich einen Wolkenkratzer hochgesprintet. Ich bin mir nicht sicher, ob ich es in diesem Zustand durch die enge Öffnung schaffe.

Dann erinnere ich mich daran, was ich meinen Zumba-Anfängerinnen immer sage, wenn sie an den Schrittkombinationen verzweifeln: eine Bewegung nach der anderen. Erst die Füße, dann die Arme, erst langsam, dann schneller. Auf den Schreibtisch krabbeln kann ich, das kriege ich hin. Mich dort hinstellen kann ich auch. Das Fenster ist in Brusthöhe, ich muss mich also nicht wie bei einem Klimmzug hochziehen, das hier ist kein Parcours bei *Ninja Warrior*, sondern nur ein schmales Fenster. Hochziehen, einen Fuß auf die Kante, die Hebelwirkung des Beins ausnutzen, mich hinüberschwingen, auf der anderen Seite runterrutschen lassen.

Die Polizistin wird das Gitter hinter mir wieder einsetzen und sich auf die Couch legen. Um ich zu sein.

Ich bin ihr plötzlich so dankbar, dass sie dort liegen wird und ich in Sicherheit in der kleinen Kammer neben dem Büro warten darf, wo mich eine Betonwand von den beiden Wächtern und ihren Schwänzen trennt. Ich will jetzt nur noch weg, ziehe mich durchs Fenster und bin so erleichtert, dass mein Körper macht, was er soll. Danke, ihr Muskeln, danke für all die Stunden Sport, danke, dass ihr wisst, was zu tun ist, denn mein Gehirn ist gerade eher nutzlos. Mein gehorsamer Körper zwängt mich durch die Öffnung, ich könnte heulen vor Glück, dass ich es geschafft habe. Aber dann rutschen meine Hände vom Metallrahmen ab, ich falle und schlage im Heizungsraum hart auf. Den Schmerz nehme ich zwar wahr, aber mache mir mehr Sorgen um das Geräusch, das ich verursacht habe, als ich den Heizkessel getroffen habe. Atemlos bleibe ich so hocken, den Rücken am Bauch des Kessels, Knie und Hände aufgeschürft.

Über mir wird das Fenster mit einem leisen Klacken wieder eingesetzt. Diese Frau weiß, was sie tut. Ich rapple mich hoch, steige auf einen Hocker und spähe durch das Gitter in Nikolas Büro.

Mein Double liegt bereits genauso auf der Couch wie ich eben, die Beine gespreizt, der Kopf abgewendet, die Arme schlaff und reglos. Es ist ein surrealer Anblick, sich quasi selbst zu beobachten. Keine Sekunde zu früh haben wir meinen Austausch geschafft, denn schon öffnet sich wieder die Tür zur Galerie, die beiden Männer kommen herein.

Allerdings feixen sie nicht mehr, sondern sehen gestresst und verärgert aus. Sie packen meine Stuntfrau, nehmen sie zwischen sich wie ein betäubtes Tier und hieven sie aus dem Lichtschacht des Büros nach draußen. Dann sind sie verschwunden.

Meine Augen füllen sich mit Tränen, es tut mir so leid, dass sie das jetzt durchmacht, und ich hoffe inständig, dass alles glattgeht, dass sie wirklich herausfindet, wie die Mädchen über die Grenze gebracht werden, und dass sie jeden drankriegt, der irgendetwas damit zu tun hat. Von mir aus darf sie alle Beteiligten kastrieren, auch die, die nur aufgepasst oder weggesehen oder Typen wie den beiden Schränken einen Kaffee gekocht haben. Dieses Gesocks muss lernen, dass Frauen keine Ware sind.

Ich gehe aus dem Heizungskabuff in den Abstellraum und spähe durch die Lamellen der Tür in die Galerie.

Die Gäste sitzen alle nackt und dicht gedrängt auf den Polstern, auch Gemma, Titus und Constanze sind darunter. Sergej und Nikola sind bleich und starren Jari an, der mit einer Pistole auf sie zielt. Sergejs Gesicht ist so hassverzerrt, als wollte er Jari jeden Moment an die Gurgel gehen. Hoffentlich tut er es nicht, denn wenn er sich dazu entschließt, Jari trotz der Waffe anzugreifen, stehen seine Chancen gut, dass er ihn überwältigt. Hoffentlich ist Jari weniger betrunken als sonst. Hoffentlich behält er seinen Text und die Kontrolle und sagt, was er zu sagen hat. Ich dachte, ich sei die Sollbruchstelle in unserem Plan, aber es ist der unberechenbare Jari, der sich bisher noch immer vor Sergej weggeduckt hat.

Ich sehe Gemmas Blick zwischen den Brüdern hin- und hergleiten, offenbar denkt sie das Gleiche. Sie öffnet den Mund, und ein heiseres Schluchzen dringt hervor. Constanze hat es auch verstanden und fängt ebenfalls an zu wimmern und zu weinen. Es scheint zu wirken, denn erstens ist Sergej kurz abgelenkt, und zweitens macht es ihm vielleicht bewusst, wie gefährlich eine geladene Waffe ist, selbst wenn Jari sie hält.

Gemma hat es also geschafft, Jari vor der Orgie zu stecken, was mit seinen Bildern passiert. Dass keines davon in Namibia hängt. Und dass Sergejs und Nikolas Freunde und Kunden fast alle seine Gemälde zerstört haben, weil sich das für sie Wertvolle nicht auf, sondern hinter der Leinwand befand.

Die Wut in Jaris Gesicht ist echt, er spielt das nicht. Sein Arm zittert deutlich, und ich kann sehen, dass er kurz davor steht abzudrücken. Ich balle die Hände zu Fäusten: Das darf nicht passieren. Ein toter Sergej nützt Constanze nichts, und Nikola kriegt er damit auch nicht dran. Hoffentlich ist ihm das klar – wobei ich seinen Hass auf seinen Bruder natürlich gut nachvollziehen kann.

Langsam, die Waffe unverändert auf Sergej gerichtet, dreht Jari den Kopf, er sucht jemanden. Ja, sehr gut, er folgt dem Plan. Los, Jari, fang mit der Vorstellung an, erinnere dich in deinem wodkagetränkten Hirn an das, was du mit Gemma besprochen hast. Mach es.

Jari hat ihn gefunden: Rasputin. Ich atme aus. Gott sei Dank.

»Und Sie: Wissen Sie, warum die Lieferungen in Frankfurt plötzlich einbrachen? Wieso der Zar Hunderttausende verloren hat? Wissen Sie, dass Sergej sich das Geld – und noch viel mehr – in die eigenen Taschen steckt? Und dass er Ihnen einige Mädchen vorenthalten hat und Ware, kiloweise, und wissen Sie, was mit diesem jungen Kurier in Frankfurt passiert ist, wegen dem alles hochgegangen ist? Er hätte ihn erledigen sollen wie angeordnet, aber diese feige Sau …«, Jari sieht wieder zu Sergej und wedelt mit der Knarre herum, dass alle die Luft einziehen, »… dieses faule Schwein hat ihn laufen lassen. Weil es ihm scheißegal war, was Ihr Chef gesagt hat. So nach dem Motto: *Was interessiert mich der Zar?*«

Sergej springt auf und lässt sich nur durch Jaris grimmiges Knurren dazu bringen, sich wieder hinzusetzen. Auch Rasputin ist aufgestanden, aber Jari lässt es zu, dass der Ohrtunnelmann sich Sergej nähert.

»Ist das wahr, mein Lieber?«

Seine Stimme klingt so freundlich weich, als hätte er sich auf einer Party nach dem Wetter am Urlaubsort erkundigt.

»Ist das wahr mit dem verdammten kleinen Kurier?«

Constanzes Gesicht um die Sauerstoffmaske mit dem Mikrofon ist bleich. Tränen laufen ihr übers Gesicht. Sie schluchzt und schnieft, aber das ist okay, die anderen wissen nicht, dass sie weint, weil diese Männer gerade über ihren Bruder reden.

»Alles gelogen!«, brüllt Sergej. »Jari hat sich sein verschissenes Hirn weggesoffen. Ich hab den kleinen Typen selbst erledigt. Mit diesen Händen! Der hat am Balken gehangen wie 'ne Schweinehälfte. Ich hab das Knacksen gehört, als sein Genick gebrochen ist. Der Zar hat doch Fotos bekommen. Oder schauen Sie doch mal in die Zeitungsarchive oder den Polizeibericht, da werden Sie ja wohl drankommen.«

Jari schüttelt den Kopf.

»Nein, nein, Bruder, du hast das inszeniert und deinen Kurier laufen lassen. Er hat dann noch lange für dich gearbeitet. Da war richtig viel Geld für dich drin.«

Das ist jetzt ein bisschen ausgeschmückt, hoffentlich verrennt sich Jari nicht in seine eigene Geschichte. Aber Sergej brüllt schon wieder.

»Ich hab Wolfram selber kaltgemacht, du Stück Scheiße!«

Rasputin winkt ab. Es scheint ihm gar nicht mehr so wichtig zu sein. Er spricht immer noch leise und sehr höflich, als wäre das alles eine Konversation am Buffet.

»Was mich interessiert – und den Zaren sicher auch –, ist die Sache mit dem Geld. Um die Ware, lebend oder gepresst, kümmern wir uns anschließend.«

Er wendet sich Jari zu, der schwitzend und zitternd im Raum steht.

»Haben Sie Beweise dafür, dass Geld unterschlagen wurde?«

»Hab ich nicht«, sagt Jari, und Sergej johlt schon triumphierend auf, »aber der da, der hat welche!«

Jari schwenkt die Waffe zu Titus hinüber. Die Gäste schreien kurz auf, eine Welle aus Jaulen und Krächzen, dann richtet er sie wieder auf seinen Bruder.

Rasputin winkt Titus zu sich und lässt ihn vor sich knien. Der öffnet erst, als ihm einer der Wächter das Knie ins Kreuz rammt, scheinbar widerstrebend den Laptop, der die ganze Zeit zwischen Zeitschriften neben einem Sofa gelegen hatte. In mir zieht sich alles zusammen, als ich Titus' schmerzverzerrtes Gesicht sehe. Er tippt auf der Tastatur herum. Dann hält er Rasputin den Bildschirm hin.

»Sind das die La-Nebbia-Verkäufe?«

Titus nickt.

»Da steht nichts.«

Titus nickt wieder.

»Wo ist das Geld hin?«

Wie in Zeitlupe zieht Titus die Schultern hoch.

»Nikola und Sergej haben sich persönlich um die Überweisungen gekümmert. Als ich heute Morgen auf die Konten schaute, waren sie leer, auch alle Zwischenkonten, die wir verwenden. Es sieht so aus ...« Er stockt und vermittelt glaubhaft, er könne sich das nicht erklären. »Es sieht auf den Konten so aus, als hätte es gar keine Verkäufe gegeben.«

»Aber ich war dabei, als die Gebote reinkamen.« Nikola springt auf, ihre nackten Brüste wippen dabei.

»Und Sie haben selbst gesehen, wie wir das Geld angewiesen haben, Sie waren im Büro bei den Transaktionen!«

Rasputin schüttelt bedauernd den Kopf, als täte es ihm wirklich leid.

»Und doch fehlt das Geld. Bedauerlich. Was ist mit den Mädchen?«

»Wir haben Ihnen jede geschickt, die infrage kam!«, ruft Nikola. »Ich hab sie selber ausgesucht, und Sergej hat sie in den Zug gesetzt oder Ihren Mitarbeitern übergeben. Das müssen ein Dutzend gewesen sein, aber ich kann es Ihnen genau sagen. Sergej führt nämlich eine Liste, von der Titus nichts weiß – sehen wir nach!«

Rasputin nickt.

»Ich würde tatsächlich gern die Unterlagen prüfen, wenn es Ihnen keine Mühe macht.«

»In einer Wandnische in der Bibliothek«, plappert Nikola, »das B/6-13 und die Mädchen, es steht alles drin.«

Es kommt Bewegung in die Sache. Jetzt müssen nur noch Titus, Constanze und Gemma heil aus der Sache rauskommen. Glücklicherweise kann kaum einer der Gäste eine Waffe bei sich haben, weil die allermeisten halb nackt sind, so eine Orgie hat Vorteile.

Gemmas Ledermänner springen auf, offenbar war die Nennung der Droge deren Zeichen. Constanze hechtet über die Lehne der Polster, ich wusste gar nicht, dass sie so sportlich ist. Gemma bringt sich zusammen mit ihren Männern in Sicherheit hinter eine große Schrottskulptur. Auch zwei Frauen stürmen vor, eine nimmt Jari die Waffe ab und drängt ihn nach hinten in den Tunnel zur Küche. Die Flügeltüren der Galerie werden aufgerissen, und uniformierte Polizisten strömen herein. Gebellte Befehle, das Klicken von Handschellen und wildes Geschimpfe: Sergej, Nikola und Rasputin werden auf den Marmorboden gedrückt und fixiert.

Nachdem alle abgeführt sind, wird es wieder ruhiger. Ich warte. Gemma hat sich etwas übergeworfen und legt auch Constanze, die sich schluchzend an Jaris Brust klammert, eine Decke über die Schultern. Er tätschelt sie unbeholfen und steht da wie angewurzelt. Offenbar kann er noch nicht fassen, was gerade passiert ist.

Ich warte. Soll ich bis zum Morgen in dieser Kammer vergammeln? Dann trommle ich mit den Fäusten gegen die verschlossene Tür. Plötzlich, ohne dass ich ihn habe kommen sehen, steht Titus vor den Lamellen und fuhrwerkt mit dem Schlüssel im Schloss herum. Er trifft es nicht, rutscht ab, versucht es erneut, offenbar zittern seine Hände. Endlich springt die Tür auf. Titus steht vor mir, hat feuchte Augen, und sein schöner Mund zuckt leicht, dann reißt er mich an sich und hält mich so fest, dass ich glaube, in der Mitte durchzubrechen.

Als er mich nach einer gefühlten Ewigkeit lockerer umfasst, bedeckt er meinen Mund mit Küssen.

»Hat schon jemand gecheckt, ob alles auf Band ist?«, frage ich.

Es waren zwar Polizistinnen in Zivil vor Ort, die vieles bezeugen könnten, aber sicher ist sicher.

»Ein Bild, ein Ton, wir kommen schon«, lacht Gemma hinter uns. »Alles da. Sergej hat laut und deutlich gestanden, was er gestehen sollte. Und die Unterlagen, von denen Nikola gesprochen hat, gibt es ja auch noch. Und bei dir, Loulou, alles okay? Haben die Gorillas dich in Ruhe gelassen?«

Ich knurre, als ich an die Wächter denke und wie knapp es auf Nikolas Bürocouch war.

Von einer Sekunde zur anderen fange ich an zu zittern und klappere mit den Zähnen, als hätte ich Schüttelfrost, meine Knie geben nach, ich kann mich kaum mehr auf den Beinen halten. Titus hält mich, bis ich die Welle aus Panik, Erleichterung und Entsetzen überwunden habe. Ich bin so müde. Wenn er mich jetzt auf den Boden gleiten ließe, würde ich sofort einschlafen, aber er lässt mich nicht los.

»Was ist mit meinem Double?«, frage ich, und plötzlich macht sich wieder Eiseskälte in meiner Brust breit. Ihr darf einfach nichts passiert sein.

Titus sieht mich ernst an.

»Die Kollegen sind dran. Der Peilsender funktioniert. Sie hat ein Messer im Stiefel, und sie weiß, was sie tut, sie macht das nicht zum ersten Mal.«

»Werde ich erfahren, was aus ihr geworden ist?«

Er presst die Lippen zusammen.

»Vielleicht. Ich bleibe dran. Wenn ich was höre, sag ich es dir.«

Ich küsse ihn, als würde ich ertrinken, bin unendlich erleichtert.

Als wir uns voneinander lösen, kommt es mir vor, als sähen wir uns zum ersten Mal. Ich fahre über sein Gesicht.

»Keine Geheimnisse mehr.«

Er küsst mich wieder.

»Keine Geheimnisse mehr.«

KAPITEL 30

Das Wasser im Pool glitzert. Drum herum sitzen wir, lachen und trinken und essen. Wir sind alle nackt und haben uns mit Körperfarben, die wir in Jaris Atelier gefunden haben, wild bemalt. Wir sind Kriegerinnen nach einem erfolgreichen Kampf, und außerdem: Was sollten wir nach dem gestrigen Abend voreinander verstecken? Ich fühle mich so frei wie noch nie in meinem Leben, und auch die anderen sehen aus, als sei ihnen ein Gewicht von den Schultern genommen. Jari dreht die Musik lauter, schwenkt seinen Bauch, hebt die Arme und vollführt eine Art Volkstanz, ich steige ein und tanze mit ihm, und diesmal sehen wir uns dabei ins Gesicht, klatschen uns ab, haken uns ein und drehen uns umeinander. Jari tanzt mit viel Gefühl und Rhythmus gerade bei den schnellen Stücken, fast so, als dürfte er es endlich tun.

Titus schaut uns zu, applaudiert und lacht immer wieder so laut, dass ich verwundert zu ihm hinüberblicke, um zu begreifen, dass dieser ausgelassene Mann derselbe ist, der sich wochenlang so verkniffen und verschlossen durchs Chalet bewegt hat.

Tonio schubst die kreischende Constanze ins Wasser, das immer bekiffte Einhorn-Schwimmtier schaukelt auf den Wellen, heute grinst selbst das besonders fröhlich.

Jari löst sich von mir, verschwindet hinter der Bar, grummelt in seinen Bart und mixt Drinks.

Gemma scherzt mit ihren Männern herum, lässt sich von ihnen eincremen und erinnert mit ihrem großen dünnen Körper und dem riesigen Strohhut an eine Blume.

Es ist fast wie zu Beginn des Sommers, als wir mit Sergej und Nikola hier gefeiert haben, nur dass die beiden wahrscheinlich gerade verhört werden.

Niemand vermisst sie.

Ich war gestern Abend so durch den Wind, dass ich nicht mitbekommen habe, wie die beiden und Rasputin abtransportiert wurden. Ich bedaure das fast, ich hätte Nikola gern noch mal in ihr schönes, so sympathisches und unschuldig wirkendes Gesicht geblickt, damit sie begreift, dass sie mich nicht kleingekriegt hat. Dass wir gewonnen haben, nicht sie. Dass sie gar nichts mehr ausrichten kann und ihre Intrigen ein Ende haben. Titus hat eben erzählt, dass die Kollegen im Polizeiwagen entnervt waren, weil Nikola die gesamte Fahrt über rumgejammert hat, ununterbrochen, während Sergej nur stumm vor sich hin gestarrt und den Kopf geschüttelt hat.

Ich lasse die Füße ins Wasser baumeln und schmiege mich an Titus, der neben mir sitzt und sich die Sonne auf die nackte Haut scheinen lässt. Es ist wie im Paradies. Constanze taucht aus dem Wasser auf und spritzt uns nass. Seit sie Tonio alles erzählt hat und Sergej vor Zeugen und auf Band zugegeben hat, dass er ihren Bruder umgebracht hat, scheinen Jahre von ihr abgefallen zu sein, sie albert herum wie ein Teenie, lacht und wirft sich auf Tonio, um ihn unter Wasser zu drücken.

Für einen Moment schließe ich die Augen. Ich bin stolz auf mich, und gleichzeitig schießt mir immer wieder kurz Panik durch den Körper, dann wird mir schlagartig kalt, eine Gänsehaut überzieht mich, und ich habe das Gefühl, mein Herz setzt einen Schlag aus. Titus fühlt diese Momente jedes Mal, zieht mich an sich, rubbelt mir über den Arm oder den Rücken und sagt, dass alles vorbei ist, alle Gefahr, alle Geheimnisse.

Das stimmt nicht ganz. Was er nämlich nicht weiß, weil ich selbst keine Ahnung habe, was es zu bedeuten hat und was ich ihm deshalb noch nicht mitteile: Bei dieser Panik spüre ich auch einen Funken Bedauern.

Vorbei ist nämlich zugleich das Spannendste, das ich in meinem Leben jemals erfahren haben werde.

Was jetzt folgt – eine Beziehung mit Titus hoffentlich, Studium, Job, Urlaube –, wird sicher total schön, und ich freue mich darauf, aber ein kleiner Teil beneidet Gemma darum, dass sie so etwas öfter erlebt und sich ihre Welt von meiner so sehr unterscheidet. Ich würde sie gern besser kennenlernen, aber Gemma ist keine Frau, die zum Grillen vorbeikommt, um über ihre laufenden Geschäfte zu plaudern. Unsere Wege trennen sich hier. Ein Ziehen in meiner Brust möchte den Abschied hinauszögern, weil ich hoffe, dass etwas von ihrem Geheimnis, ihrer Macht und ihrem Wissen auf mich abfärben könnte, wenn wir nur länger zusammen wären.

Constanze dagegen hat mir gesagt, dass sie genug Aufregung für alle Zeiten hatte. Sie wird mit Tonio zusammen im Hotel seiner Eltern arbeiten und freut sich darauf, endlich wieder eine Familie zu haben.

Jari wird weitermalen. Sergej und Nikola haben nicht alle seine Gemälde vernichtet. Etwa drei Dutzend, von denen er sich nicht trennen wollte, stehen in einem Depot in Meran. Er hat mir heute Morgen Fotos gezeigt, als ich ihm gesagt habe, wie leid es mir um seine zerstörten Kunstwerke tut.

Aber die, die er gerettet hat, finde ich noch besser.

Sie zeigen stolze großformatige Frauenkörper mit viel Blattgold, eine Mischung aus russischen Ikonen, Wiener Sezession und etwas Verletzlichem und gleichzeitig Gewalttätigem, das die Bilder, die ich hier von ihm gesehen habe, nicht hatten. Die Werke im Depot gehören ganz ihm. Hier in der Galerie des Chalets wird Jari sie nicht ausstellen. Zu viele zu schlechte Erinnerungen. Er will möglichst schnell runter vom Berg in eine Großstadt, hoffentlich wird es Berlin sein.

Ich habe ihm angeboten, jederzeit Modell zu stehen, und da Constanze hierbleibt, hab ich ihm ein Handyfoto von Wanda gezeigt, und so wie Jari geguckt hat, hätte er wohl am liebsten direkt angefangen, sie zu malen.

Um die Galerie wird sich Biggi kümmern, bis das Chalet verkauft ist. Jari hat sie heute früh angerufen, nachdem ich ihm gesagt habe, dass sie noch eine Rechnung mit Sergej offen hat. Sie will hier oben eine Blumenausstellung und einen Blumen-Malworkshop veranstalten, und ich bin relativ sicher, dass sie eine Wand nur für Sergej mit lauter Schlangenbildern behängen wird.

Sven und sie sind wie Heidi und ihr Geißenpeter, offenbar verbringt er den restlichen Sommer hier, und das kann er auch gern tun und so intensiv Biggis gesamte Lack- und Latexgarderobe abfummeln, wie er will, ich reise ja sowieso bald ab. Es ist zwar befremdlich, dass Sven mich oft »übererotisiert und weird angezogen« fand und ihn Biggis Vorliebe für alles, was quietscht, überhaupt nicht stört, aber bitte, Marei würde sagen: Glück ist es dann, wenn es alle glücklich macht. Mir solls recht sein. Außerdem interessiert mich nur, was Titus scharfmacht, ich denke mal, da geht noch viel mehr, als wir bisher ausprobiert haben.

So viel hat sich seit gestern geändert, ich komme fast nicht mehr mit. Was wird aus mir? Keine Ahnung.

Ich halte mich an Titus fest, den lasse ich nicht mehr los. Ansonsten hänge ich in der Schwebe.

Ich schließe die Augen. Um mich herum herrscht die Geräuschkulisse der Poolparty. Jari hat ein Volkslied angestimmt, Constanze und Tonio planschen und schreien, Gemma und ihre Männer murmeln und lachen miteinander. Und dann ist da eine Stimme, direkt hinter mir. Ich rieche den vertrauten Duft nach Maiglöckchen, und immer noch kommt es mir vor, als wäre ich kurz eingenickt.

»Loulou, Süße.«

Ich fahre herum und reiße die Augen auf, die Helligkeit lässt mich blinzeln. Aber ich muss gar nicht genau hinsehen, es kann ja niemand anderes sein.

Marei steht hinter mir.

Ich springe auf die Füße und werfe mich in ihre Arme.

Sie umschließt mich, ihr Parfüm hüllt mich ein, und ich fühle mich ganz zu Hause. Wir stehen eine Weile so da, bis sie sich von mir löst, mich an den Schultern fasst und ein Stück von sich weghält.

»Warum hast du mir nichts erzählt, Loulou? Ich hätte dich wegbringen können.«

Trotzig schüttle ich den Kopf.

»Ich wollte nicht weg. Das war wichtig hier. Und es waren ja auch Titus und Gemma da.«

Wie aufs Stichwort ist Gemma neben uns getreten, küsst Marei herzlich und ausgiebig auf den Mund und streichelt ihr über die Wange.

»Wir hatten alles unter Kontrolle.«

Marei sieht noch lange nicht besänftigt aus.

»Jaja, das sagst du immer. Du und deine Männer und deine Verbindungen … aber sie hier ist mein Mädchen, das ist meine Kleine.«

»Ich habe sehr gut auf sie aufgepasst. Außerdem, schau sie dir an: Sie ist ganz sicher keine Kleine. Sie ist sogar ziemlich tough. Sie erinnert mich an mich in dem Alter.«

Von hinten schiebt sich ein haariger Arm um Mareis Taille und reicht ihr einen Cocktail an. Ein bauchiges Glas mit einem Löffel quer darauf und einem bunten Schirmchen.

»Wásche sdarówje!«

Jari strahlt Marei an und mustert sie ungeniert von oben bis unten.

Auch die anderen kommen dazu, wir drängen uns um Jari und seine Cocktails. Marei nimmt ihr Glas. Wir alle kriegen eins. Während wir anstoßen, beäugt Marei misstrauisch den Löffel mit der geschmolzenen Schokolade.

»Was trinken wir da?«

»Af-fen-fötz-chen!«, rufen wir alle laut, als wäre es unser ureigenster Schlachtruf. Titus, Constanze und ich fangen an, hysterisch zu lachen. Dann rufen wir es noch mal, wir brüllen es, wir haben gewonnen und schreien es in die Bergwelt.

»Af-fen-fötz-chen!«

Marei leckt die Schokolade vom Löffel, leert das Glas in einem Zug und verzieht das Gesicht.

»Huh! Da springt man ja aus den Klamotten.«

»Das ist der Sinn der Sache«, brummelt Jari und taxiert wieder ihren Körper.

Sie seufzt und streift das blaue Seidenkleid ab, damit sie so nackt ist wie der restliche Stamm der Krieger. Auf der Alm, da gibt's koa Sünd, jedenfalls wenig.

Als Mareis Gesicht wieder ernster wird und sie gerade ansetzen will, wahlweise mich oder Gemma auszuschimpfen, legt Gemma ihr den Zeigefinger auf die Lippen.

»Du unterschätzt mich selbst nach all den Jahren noch, meine Schöne: Ich hatte wirklich alles im Griff. Natürlich gab es einen Notfallplan und einen Notfallplan, falls der Notfallplan nicht funktioniert hätte. Ich sichere alles mehrfach ab, das weißt du doch. Das hat mir schon ein paarmal den Hintern gerettet, das hab ich bei deinen Abenteuern immer getan, und das mache ich auch jetzt bei unserer Loulou.«

Ich glühe innerlich vor Stolz.

»Außerdem warst du ja nicht außen vor. Ohne dich und deine alten Treibhaus-Kostüme hätte ich nie so schnell die Ausstattung für unsere Orgie zusammengehabt.«

Ich starre Marei an. Also habe ich die ganze Zeit richtiggelegen, dass mir die Latexklamotten bekannt vorkamen.

»Das Treibhaus gehört dir?«

Sie zuckt mit den Schultern.

Gemma lacht und legt den Arm um sie.

»Deine scharfe Tante hatte mal einen Swingerclub, der genauso hieß. Nach einer einzigen rauschenden Party brannte er noch in der ersten Nacht nieder. Das jetzige Treibhaus ist der zweite Versuch.«

Der vorbildliche Brandschutz im jetzigen Treibhaus, auf den die Türsteher jeden einzelnen Gast beim Eintritt hinweisen, fällt mir wieder ein.

Meine Erinnerungen werden unterbrochen durch ein Handyklingeln. Es ist für Titus, und wie er da ernst und verschlossen abseitssteht und telefoniert, habe ich Flashbacks zu den letzten Wochen im Chalet, in denen er immer irgendwelche Geschäfte zu erledigen hatte, nur dass er jetzt nackt und bunt bemalt ist und einen Cocktail in der Hand hält. Er atmet tief durch und tritt wieder zu uns.

»Deinem Double geht es gut.«

Mir schießen die Tränen in die Augen.

»Wir haben dank ihr die Schlepper erwischt und auch die nächste Hierarchieebene erreicht. Wir sind fast ganz oben.«

Niemand klatscht. Gemma sieht ihn ernst an.

»Fast ganz oben heißt, der Zar war nicht dabei.«

Titus zuckt mit den Schultern, und sein Gesicht ist eine versteinerte Maske. Er presst die Lippen zusammen und schüttelt den Kopf. Einen Moment stehen wir alle stumm da und fühlen uns betrogen. Dann winkt Gemma einem ihrer Männer und lässt sich ihr Handy geben.

»Ich telefoniere mal ein bisschen rum.«

Sie stolziert davon und redet in einer Sprache, die ich nicht identifizieren kann.

Während wir gedämpfter wieder anfangen, uns zu unterhalten, Tonio Köstlichkeiten aus der Küche bringt und Constanze noch einmal in den Pool springt, kommt Gemma wieder. Nicht mehr nackt. Sie trägt ihren Catsuit.

Tonio hat seine Platten mit Häppchen abgestellt und sich ebenfalls ins Wasser fallen lassen. Er und Constanze fangen an zu knutschen. Sie hat ihre Beine um seine Hüften geschlungen, er betastet ihre Brüste, beide haben offenbar vergessen, dass wir alle am Rand des Pools stehen und sehen, wo Tonio gerade seine Hände hat.

Gemmas Stimme ist leise und kontrolliert.

»Es gibt da eine Spur. Eine lauwarme, eine vage, aber es gibt eine.«

Einer ihrer Männer fängt ihren Blick auf und macht mit dem Zeigefinger eine kreisende Bewegung nach oben in die Alpenluft: Er fragt, ob er einen Hubschrauber organisieren soll. Gemma nickt und schaut sich nach ihren Schuhen um. Sie schlüpft in ihre Sandalen. Während sie die Riemchen schließt, sieht sie mich an.

»Ich werde älter«, sagt sie. »Das ist kein Nachteil, aber es bedeutet Veränderung. Ich muss mich so langsam darum kümmern, dass jemand anderes meine Geschäfte übernehmen kann. Eine, die nicht nur risikobereit ist, sondern Lust drauf hat und die tut, was getan werden muss. Eine wilde, freie und starke Frau, die in mein Business hineinwächst.«

Gemmas Männer sind inzwischen auch angezogen. Sie küsst noch einmal Marei und flüstert ihr etwas ins Ohr. Marei sagt nichts, nickt aber.

Dann sieht Gemma mich an.

»Louisa? Wie sieht es aus? Kommst du?«